2

모래시계 2

초판 1쇄 인쇄 2013년 10월 4일
초판 1쇄 발행 2013년 10월 10일

지은이 | 송지나
펴낸이 | 金濱珉
펴낸곳 | 북로그컴퍼니
편집부 | 김옥자 · 태윤미 · 윤혜민
디자인 | 김승은 · 박연수
마케팅 | 고현경 · 김승지
경영기획 | 김형곤
주소 | 서울시 마포구 서교동 395-117 서교리치빌 101호
전화 | 02-738-0214
팩스 | 02-738-1030
등록 | 제300-2009-30호

대본 ⓒ 송지나
드라마 소재 ⓒ (주)에스비에스콘텐츠허브

ISBN 978-89-94197-54-8 04810
     978-89-94197-52-4 04810 (세트)

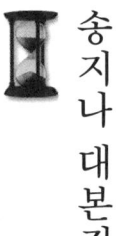

송지나 대본집

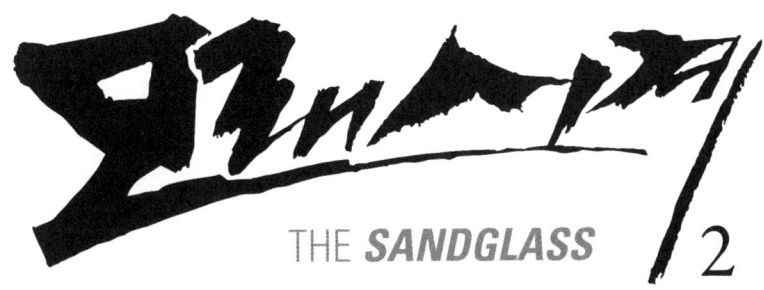

THE SANDGLASS

2

북로그컴퍼니

글쟁이라면 한 번쯤은, 발가벗고 광화문 네거리에서 춤추는 경험을 하게 됩니다. (해야 합니다) 그런 경험을 했다고 해서 더 훌륭한 글을 쓰게 되는 것은 (분하게도) 아니지만, 적어도 그 다음에야 남에게 내놓는 글이 허풍과 허식에서 자유로워질 수 있습니다. 〈모래시계〉는 저에게 그런 작품이었습니다.

그래서 〈모래시계〉가 방송된 뒤에 저 스스로는 단 한 번도 그 작품을 다시 본 적이 없습니다. 그러니까 1995년이 시작되던 겨울에 방송된 그 이후로요.

대본집을 내자는 출판사의 제안을 받고 사실은 좀 놀랐습니다. 아직도 기억해주는 분들이 있다니 신기하기도 했습니다. 고마워해야 하는데 그보다는 거절할 궁리를 먼저 했습니다.
온 세상을 향해 드러내었던 나의 속을 다시 뒤집어 들여다봐야 하다니, 그건 생각만으로도 끔찍한 일이었거든요.

그렇게 옥신각신하던 차에 김종학 감독님의 부고를 듣게 되었습니다.

20년 전 어느 날, 감독님이 말했습니다.
"송 작가. 힘에 대한 이야기를 하고 싶어요."
"무슨 힘이요. 보이는 힘이요 보이지 않는 힘이요?"
"그냥…… 세상의 힘."
그렇게 시작되었던 이야기가 〈모래시계〉가 되었는데, 힘에 대한 이야기를 하자던 감독님은 결국 세상의 힘에 몰리고 몰리더니 훌쩍, 세상을 떠나버렸습니다.

어쩌면 20년 전에는 힘의 정체가 보다 분명했습니다. 적과 아군이, 상식과 비상식이, 싸워야 할 대상과 나아가야 할 길이 좀 더 단순했습니다.

그런데 오늘, 감독님을 몰아낸 힘은 그 부피와 질량을 가늠할 수가 없습니다. 적과 아군은 뒤섞이고, 비상식은 상식의 외양을 하고 있으며, 길마다 번쩍이는 네온사인으로 어지러워서 정작 길 안내판은 찾기가 어렵습니다.

그래서 대본집을 내기로 했습니다.
김 감독님이 그리고 싶었던 힘의 이야기를 들려드리고 싶어서요.
그 시절, 그 힘의 이야기를 하기 위해서 저는 제 속을 뒤집어 다 까 보여야 했습니다. 그 속이란 것이 참으로 치졸하기 그지없었지만, 그래도요.

며칠 전 김종학 감독님의 사십구재가 있어서 모래시계를 만들었던 이들이 다시 다 모였습니다.
"그리우시지요?" 하고 이제는 보이지 않는 감독님께 물었습니다.
함께 일을 해온 우리들이‥ 그 치열했던 현장이‥ 그럴 수 있었던 열정들이‥.
"그곳에서는 보이세요?" 하고도 물었습니다.
우리가 나아가야 하는 길이‥ 그 길 너머에 있는 것이.

〈모래시계〉 당시의 푸르던 현장은 누렇게 바래고, 열정은 잿빛으로 사그라지려 합니다.
그렇게 큰소리로 외쳐봤지만 세상은 도무지 더 명쾌해지지도 따뜻해지지도 않습니다.
그래서 멈칫거리는 우리에게 그 익숙한 목소리로 말해주었으면 좋겠습니다.

자아, 그래도 가봅시다.
레디⋯⋯ 액션!

2013. 가을.
송지나

세대를 뛰어넘어 사랑 받는 작가, 송지나!
그 시절 '힘'에 대한 이야기를 하다!

송지나 작가는 남녀노소 할 것 없이 세대를 뛰어넘어 두루 사랑을 받고 있는 드라마 작가이다. 최근에는 사극, 추리, 메디컬 등 다양한 장르에서 활동하는 여성 작가들이 많지만, 송지나 작가가 등장하기 전까지의 여성 작가는 대부분 멜로드라마를 주로 집필했다. 송지나 작가의 등장으로 여성 작가의 스펙트럼이 넓어지기 시작했다고 해도 과언이 아니다. 그녀의 드라마는 선 굵은 내용과 여성 작가 특유의 섬세한 감성이 잘 버무려졌기 때문이다.

송지나 작가는 20대에 유신과 민주화운동, 그리고 5·6공 시대를 거치며 한국 현대사 현장에 있었고, 그 시절에 겪고 느꼈던 것을 오롯이 〈모래시계〉에 담아냈다. 뿐만 아니라 치밀한 사전 조사와 인터뷰를 통해 더욱 생동감 있는 장면을 묘사했고, 이런 작가의 노고가 있었기에 〈모래시계〉가 수많은 사람들의 마음에 가 닿을 수 있었던 것이다.

당시 컴퓨터 통신이었던 '천리안'에서는 모래시계 페이지가 따로 개설되었고, 여기에는 하루에 수백 개 이상의 글이 올라가며 수많은 드라마 페인을 만들어냈다. 시청자 소감 란에는 '처절한 분노가 느껴지는 드라마' '아찔한 감동을 주는 드라마' 등 극찬이 이어졌다. 뿐만 아니라 〈모래시계〉는 작가 지망생이라면 반드시 읽어야 하는 대본이 되어, 온라인에서는 정리되지 않은 대본이 돌아다니기도 했다. 이 대본을 힘겹게 구해 일일이 프린트하여 직접 제본하고, 형광펜으로 밑줄 그으며 너덜너덜해질 때까지 공부를 하기도 했다는 작가 지망생들의 수기가 끊이지 않았다. 《이끼》《미생》 등으로 알려진 웹툰 작가 윤태호 역시 스토리 공부를 위해 모래시계 대본집을 손으로 베꼈다는 일화를 소개한 바 있다.

　최근 《모래시계》 대본집 출간 소식을 접한 네티즌들은 "〈모래시계〉도 이제 서랍에서 나와 세상에 얼굴을 내밀어야 할 때가 왔다." "〈모래시계〉 대본을 프린트를 하면서 이 작품이 책으로 나와 있으면 얼마나 좋을까, 하는 생각을 했었다." "작가 지망생들뿐만 아니라 배우 지망생들 입장에서도 대본을 책으로 소장하는 것은 충분히 값진 일이다." 등 대본집에 대한 뜨거운 성원의 글을 올리기도 했다.

　이렇게 시간이 흘러도 뜨거운 반응이 식지 않는 작품이지만, 송지나 작가는 오랜 기간 《모래시계》 대본집 출간을 망설였다. 그 당시의 이야기를 지금 다시 끄집어내도 괜찮은 것인지 고민을 하고 있던 차에, 김종학 감독의 갑작스러운 부고를 듣고 대본집 출간을 결심하게 되었다. 20년 전, '힘'에 대한 이야기를 하고 싶다던 故김종학 감독의 말 한마디에서 시작된 〈모래시계〉였으나, 20년이 지난 지금, 세상의 '힘'에 의해 故김종학 감독은 세상을 떠났다. 송지나 작가는 "20년 전에는 힘의 정체가 보다 분명하고 단순했지만, 故김종학 감독을 몰아낸 힘은 그 부피와 질량을 가늠할 수가 없고 비상식은 상식의 외양을 하고 있다"라며 대본집 출간의 의미를 다졌다. 그녀는 〈모래시계〉 대본을 한 글자, 한 글자 찬찬히 읽으며 그 당시 집필할 때의 마음을 되살려 '힘'에 대해 다시 생각해보고자 했으며, 故김종학 감독의 영전에 제대로 된 대본집을 올리리라 생각했다고 한다.

역사는 끊임없이 반복되기에 다시 일어나선 안 된다고 생각했던 과거의 일들은 형태만 조금씩 바꾸며 우리 앞에 버젓이 일어난다. 해서《모래시계》대본집을 세상에 내보이며, 그 힘에 대한 이야기를 다시 상기시키고자 한다. 대본집으로 다시 탄생된《모래시계》는 방송되었던 그 당시 우리에게 던졌던 질문보다 더 깊고 어려운 화두를 우리에게 던진다.

슬픈 역사를 정면으로 마주하며,
앞으로 어떻게 살아갈지를 묻는 명작!

《모래시계》는 1970~1980년대 대한민국의 회색빛 역사를 오롯이 보여준다. 아직까지도 왜곡된 인식이 남아 있는 광주민주화운동을 비롯하여 YH 사건, 불법 슬롯머신과 조직폭력배 사건 등 실제로 있었던 사실을 배경으로 하여 리얼리티를 더했으며, 그 속에서 희생된 사람들의 모습을 진실성 있게 전달한다. 실제로 조직폭력배를 찾아가 취재하고, 외신이 취재한 광주민주화운동 실제 모습을 그대로 묘사하는 등 완성도를 높이기 위해 노력한 송지나 작가의 열정이 대본에 고스란히 묻어난다.

《모래시계》대본집은 단순히 암울한 현대사에 서 있었던 세 명의 인물만 조망하고 있는 것이 아니라 그 인물들을 통해 우리의 모습을 돌아볼 수 있게 해준다. 어느 시대든 역사는 개인에게 상처를 남긴다. 그 상처를 어떻게 치유해나가는지는 개인의 몫이자 사회의 몫이다. 송지나 작가는 우리에게 미래를 묻는다.

"어쩌면 끝이 없을지도 모른다. 그래도 상관없다고, 먼저 간 친구는 말했다. 그 다음이 문제야. 그리고 난 다음에 어떻게 사는지. 그걸 잊지 말라고."

《모래시계》 작가판 대본집 1권에는 13부까지의 대본이 담겨 있으며, 2권에는 24부까지의 대본이 담겨 있다. 더불어 책 속에는 방송분에서 보지 못한 장면과 자세한 등장인물 소개, 그리고 드라마의 배경이 되는 대한민국 현대사에 대한 설명이 수록되어 있다.

북로그 컴퍼니 편집부

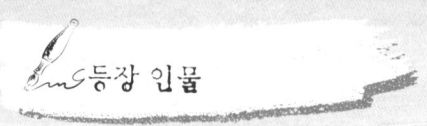

강우석 _박상원

어려서부터 공부를 잘하는 수재였다. 가난한 촌부였던 아버지는 그에게 민주주의를 지키는 자가 되어 억울하고 약한 이들을 보살피라 했다. 열심히 노력하면 그런 사람이 될 수 있을 것이라 믿었다. 아버지는 또 말했다. 까마귀 노는 곳에 백로야 가지도 마라. 그래서 평생의 친구인 태수를 받아들일 수 없었고, 처음 마음을 주었던 여인인 혜린도 떠나보냈다.

그렇게 지켜왔던 바른 뜻은 1980년 5월, 광주에서 처참하게 꺾였다. 계엄군의 일개 병사였던 그가 받은 명령은, 자신이 그토록 지키고자 했던 힘없는 사람들에게 폭력을 가하는 일이었다. 그의 친구 태수도 그 대상이었다. 그 부끄러움을 비밀로 묻고 그는 또 살아갔다. 그것이 아버지의 유언이었다.

그러나 상식을 지켜 정의를 찾아가는 길은 비정했다. 그것은 첫사랑 혜린을 무너뜨리는 일이었고, 유일한 친구 태수를 죽음으로 몰아가는 일이었다. 그렇게 하면서까지 그가 지키고자 했던 나라는 썩은 이들에 의해 장악되었다. 상식은 비웃음을 당하고, 정의는 불편한 단어가 되어 바래갔다. 그렇게 친구를 보내고 그는 남았다.

"먼저 간 친구는 말했다. 그 다음이 문제야.

그러고 난 다음에 어떻게 사는지, 그걸 잊지 말라고."

박태수 _최민수

잘 싸우는 소년이었다. 자신을 믿고 사랑해주던 어머니와 친구 우석을 위해 싸움질을 접고 세상에 순응하려 했으나, 세상은 그를 거부했다. 빨치산이었던 아버지의 경력 때문에 진학하려던 육사에서는 거절당했고, 어머니는 세상을 떠났다. 정치깡패의 길로 접어들었으나 정치 따위는 알지 못했고, 알고 싶은 마음도 없었다. 그저 동료들과 함께 오늘을 살아갈 뿐이었다. 사법고시 공부를 하는 친구 우석을 찾아갔다가 혜린을 만났고, 그녀를 마음에 품게 되었다. 평생을 믿어온 친구 하나, 평생을 사랑한 여인 하나. 사실 태수의 세상은 그것이 전부였고 그 둘만 있으면 만족할 수 있었다.

그러나 역사는 개인을 개인으로 놓아두지 않았다. 1980년 5월, 광주에 있었던 그는 그 모진 역사의 현장을 겪어야 했고, 신분에 맞지 않는 여인을 사랑한 죄로 삼청교육대에 끌려가야 했다. 그 후 사랑하는 여인을 가질 수 있는 방법은 강해지는 수밖에 없다고 생각하게 되었다.

그래서 강한 자가 되기 위해 권력에 붙기 시작했다. 점점 강해지고 높아졌다. 그러나 세상 모든 것을 가능하게 한다던 권력은 그가 원하는 것만은 주지 못했다. 철로 옆 작은 집에서 사랑하는 여인과 단 하루라도 함께 사는 것. 그 작은 소망을 세상은 허락하지 않았다.

"분하고 억울해서가 아냐. 복수 같은 건 생각해본 적 없어.

　　　그렇게 하면 널 가질 수 있을 거라고 생각했어. 넌 내 여자니까."

윤혜린 _고현정

그녀가 아는 모든 것은 아버지에게 배운 것이었고, 그녀에게 아버지는 세상에서 가장 강한 사람이었다. 열네 살에 아버지의 적대세력에게 납치당했다. 무서웠지만 울지 않았다. 아버지가 구해줄 것이라고 믿었기에. 그러나 약점을 보일 수 없는 아버지는 그녀를 구해줄 수 없다고 했다. 아버지 대신 혜린을 보호해준 것은 어린 백재희였다. 이후 아버지에 대한 마음을 닫았다. 그랬더니 아버지가 제대로 보이기 시작했다. 아버지는 강자에게는 약하고 약자에게는 강한 이 사회의 포식자였다.

대학에 들어간 뒤 아버지에 대한 반발심이 합쳐져 약자를 위한 민주화운동에 더욱 열중했다. 아버지는 부패세력을 등에 업은 악덕 사업가였고, 딸은 그런 아버지를 외면하려고 애썼다. 그러는 와중에 우석을 만났다. 우석은 아버지와는 전혀 다른 남자였다. 바르지 않은 길은 쳐다보지도 않았고, 가난한 세상에서 당당했다. 그러나 우석은 그녀의 배경을 용납해주지 않았다. 그리고 태수를 만났다. 혜린이 미처 태수에 대한 사랑을 인식하기도 전에 아버지는 그를 세상에서 지워버리려 했다. 태수를 위해 아버지에게 굽히고 들어갔다. 그렇게 경멸하던 아버지의 사업을 잇는 것이, 태수를 떠나는 것이 그녀가 태수를 위해 할 수 있는 유일한 일이었다.

그러나 아버지는 결국 태수와 손을 잡은 권력들에 의해서 숨을 거뒀다. 그렇게 그들의 사랑은 늘 어긋났다.

"추억마저 없다면 우리 살아온 게 너무 불쌍하잖아요."

우석 쪽 사람들

우석 부친 _김인문

가난하고 배운 것 없는 농부지만 세상에 옳은 것과 그른 것을 안다. 우석에게 누누이 옳은 길을 가라 당부하고 마지막까지 그에게 살아가는 기준을 유언으로 남긴다.

"나같이 어리석은 백성은 지 밥그릇도 못 찾아먹는다 말이여.
그러니 네가 판사가 되어 도와줘야겠다."

검사장 _조경환

권력에 좌지우지되지 않으려는 정의로운 검사장으로 우석을 믿고 있다. 영진의 작은아
버지다.

"살아보면 알겠지만 상식대로 산다는 건 생각보다 어려울 거예요."

정선영 _조민수

우석의 하숙집 주인 딸. 병든 아버지를 돌보며 혼자 하숙집을 꾸려가다 하숙생으로 들
어온 우석과 만났다. 우석의 아내가 되어 우석이 소신껏 일할 수 있도록 현명하게 내조
한다.

"당신. 그거 알아요? 내가 왜 당신을 좋아하는지. 당신을 존경할 수 있어서예요.

신영진 _이승연

검찰청 출입 기자. 윤재용 회장 사건을 뒤쫓다 우석을 만나게 되고 혜린과 태수의 이야
기를 알게 된다. 우석에게 결혼을 제안하지만 거절당하고는 쿨하게 친구가 된다.

"내가 언제 세상을 바꾸자고 그랬어요. 신문에 기사 내자고 했지.
    그게 기자가 봉급 받고 하는 일이잖아요."

오 계장 _임현식

우석과 함께 일하는 16년 차 베테랑 조사관. 올곧은 우석의 성품을 보고 그를 따라 광주 검찰청까지 따라간다.

"차 안 갖고 왔어요? 마감 지나서 기사 쓸 거예요?"

강영석 _김성훈

우석의 동생. 판검사가 돼야 하는 형 대신 아버지를 도와 농사를 짓고 홀어머니를 모시고 산다.

"형은 어째 그렇게 저밖에 몰라. 형만 편하면 되는겨?"

태수 쪽 사람들

태수 모친_김영애

빨치산이었던 남편을 잃고 혼자 몸으로 유복자인 태수를 키웠다. 요정 마담이 돼서도 당당했다. 아버지가 빨치산이라 태수의 앞길이 막히자 절망한 마음에 남편이 잠들어 있는 지리산에 다녀오는 길에 기차 사고를 당해 세상을 떠난다.

"이 학교에선 그렇게 가르치나요? 친구가 맞아도 상관 마라. 정학 맞지 않으려면

너 혼자 도망쳐서 잘 먹고 잘 살아라. 그렇게 가르쳐요?"

이종도 _정성모

야심이 크다. 처세에 능하고 비열하다. 고등학생 때부터 태수와 친구였지만, 뒤에선 수시로 배신하고 앞에선 악어의 눈물을 흘린다. 장도식에게 붙어 보스인 성범을 감옥에, 윤회장의 사주를 받아 태수를 삼청교육대에 보냈다. 바라던 대로 카지노를 접수하고 보스가 되었지만, 그가 빌붙어온 권력은 그를 일회용으로만 사용해왔다는 것을 알게 된다.

"너 실수하는 거야, 시방. 나 들어가도 혼잔 안 들어가."

박성범 _이희도

태수의 보스. 태수가 고등학생일 때부터 눈여겨봤고 그를 신임한다. 장도식의 사주로 전라도에서 서울로 진출해 노주명 파를 쳤지만 정치권과 엮이는 것이 마뜩치 않았다. 내치려 했던 종도에 의해 교도소에 수감된다.

"건달은 주먹을 써서 건달이야. 칼을 쓰면 그때부터 양아치야."

진수 _이희성

태수를 친형처럼 따르는 태수의 부하. 손 씻고 고향인 광주로 내려가 어머니를 도와 식당을 했지만 광주민주화운동이 일어나고, 태수와 함께 시민군이 되어 계엄군에 맞서다 죽임을 당한다.

"국민한테 고로케 하면 안 된다고 보여줘야지라.
가만 놔두면 고자식들이 또 그렇게 아니요. 요로코롬 해도 되는구나 할 거 아니겠소."

노주명 _현길수

서울을 주름잡던 조직폭력배 보스였다. 태수와 삼청교육대에서 다시 만난 그는, 태수와 맞서 싸우던 건장했던 사내가 아닌 중늙은이가 돼 있었다. 태수와 함께 탈주를 하다 죽음을 맞는다.

"남의 눈에 피눈물 나게 하고 더러 병신도 만들고… 그 값을 받는 거야.
　　　　내 아들놈은 절대 나처럼 살면 안 돼."

정인재 _송금식

노주명의 부하. 종도에게 아킬레스건이 끊겼다. 삼청교육대에서 태수를 만나 노주명을 부탁하고 그들을 탈주시키기 위해 목숨을 건다.

"박태수니까. 내가 사람을 잘못 봤나?"

정인영 _손현주

정인재의 동생. 종도에게 복수하기 위해 수하들을 이끌고 태수 밑으로 들어간다.

"들었니? 형님 아직 무사하시다."

정근 _정명환

태수의 부하. 태수를 따라 구치소에 갈 정도로 충성심이 깊다.

"말씀드렸잖습니까. 형님 가시는 곳이면 어디든 따라 간다고요. 그래서 왔습니다."

혜린 쪽 사람들

윤재용 _박근형

혜린의 아버지. 카지노 업계 대부다. 정치권에 뒷돈을 대주며 사업을 키웠다. 자상한 남편, 아버지의 이면은 잔혹한 사업가였다. 일찍이 아들 영재보다 대범하고 똑똑한 혜린을 후계자로 정했다. 강하고 믿음직스러운 딸. 그런 딸인 혜린이 자신을 거역하지만 결국 자신에게 돌아올 것을 믿었다. 혜린과 함께 그의 꿈인 대규모 관광단지 개발을 앞두고 있는데, 태수가 그에게 맞서온다.

"용서도 힘이 있어야 할 수 있는 거야. ···· 이제부터 넌 힘이 뭔지부터 배워야 할 거다."

백재희 _이정재

어린 시절, 납치된 혜린을 구해주면서 윤 회장 일가와 연을 맺는다. 그 나머지 생애 동안 재희는 오직 혜린을 지켜왔다. 마음이 넘어설 수 없는 거리만큼 떨어진 채.

"한 사람을 알고 평생 그 사람을 바라볼 수 있었습니다. 세상에 그럴 수 있는 사람은 그렇게 많지 않습니다. 아가씨가 있어서 난 그렇게 할 수 있었습니다."

민 변호사 _김종결

윤재용 회장의 변호사. 윤 회장의 검은돈까지 모든 것을 관리한다. 윤 회장이 죽자 혜린이 카지노 사업을 이을 수 있도록 돕는다.

"오 사장님… 우리나라 법을 너무 믿으시는군요."

윤영재 _김응석

윤재용의 장남이자 혜린의 오빠. 윤 회장 그룹의 상속자였지만 그는 권력이나 돈이 아닌 사랑을 택해서 떠난다.

"그 친구… 위험하게 될지 몰라. 넌 아버지를 아직 잘 몰라."

그 외 주요인물

장도식 _남성훈

정보기관의 실무책임자. 조직폭력배를 동원해 야당을 치게 하고, 정계와 재계를 연결해주는 등 음지의 일을 한다. 스스로 애국자라고 믿는 그는 나라를 위해서 국민의 일부는 희생되어도 어쩔 수 없다고 생각한다. 그런 신념과 실력으로 수많은 일인자들이 명멸하는 와중에도 그 자리를 지키며 살아남는다.

"나 4·19세대야. 그때 구호도 기억해. 여러분! 행동이 결여된 지성을 우리는 원치 않습니다. 말하자면 나, 변절자야. 그런데 나, 지난 20년에 보람을 느끼고 있어. 내 나름대로 행동을 해왔으니까."

강동환 _김병기

정계 고위 간부. 장도식의 상사다. 윤 회장을 비롯한 사업가들에게 비자금을 받는 창구
역할을 한다. 한때 무소불위의 권력을 휘두르던 그는 윤 회장이 만들어놓았던 비밀 장
부가 밝혀지면서 법정에 서게 된다. 그리고 권력은 그를 희생양으로 만들고 버린다.

"어쨌거나 내가 믿고 의지할 곳은 거기밖에 없어. 내가 거기에 등을 돌리고 나면,

　　　어디 다른데 날 받아줄 데가 있을 거 같아?"

Contents

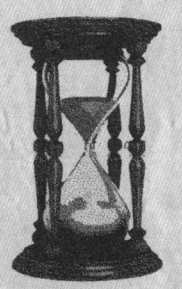

14부

실은 나, 하고 싶은 말이 참 많아.
하고 싶은데 못 하는 말이 참….
있잖아. 난 말이지…. 난…..

양재동에 있습니다. 빌라를 하나 구했어요.
박태수…. 멀리서라도 보겠습니까?

The
  Sandglass..

1   남산길

승용차 한 대, 와서 멈춰 선다.
장도식, 내려선다. 기다리던 창민과 정근이 장도식을 맞는다.

태수 소리 제 도움이 필요하십니까?

2   남산길 일각

걷고 있는 장도식과 태수. 장도식, 껄껄 웃고 있다.

도 식 도와달라가 아니라 도와주겠다?
태 수 먼저 제가 도움이 돼야 저를 도와주실 테니까요.
도 식 많이 변한 거 같군.
태 수 그렇습니까?
도 식 3년쯤 됐나? 그때 자넨 아주 낭만적인 청년이었는데. 정치니 권모술수 같은
　　　　 건 경멸하고 있었지.
태 수 일거리를 주시겠습니까?
도 식 ····· 자네 상대는 이종도인가?
태 수 종도는 첫 번쨉니다.
도 식 그럼 윤재용 회장?
태 수 ··· 안 됩니까?

| 도 식 | (웃는다) 재밌군. 재밌어. |
| 태 수 | 제가 필요하십니까? |

장도식, 태수를 본다. 웃음기가 가시지 않은 얼굴. 속으로 뭔가 생각하고 있다.

#3   대회장 A

서울 관악지구당 창당대회장 현수막이 올라가고 있다.

#4   태수네 본부

벽에 커다랗게 걸린 상황판. 서울 관악지구 스티커가 붙여진다. 상황판에는 각 지구별로 이름이 붙어 있고, 중요 지구에는 빨간 선이 그어져 있다. 본부에는 와이셔츠 사무원 차림의 사내들이 사무를 맡고 있고, 태수를 비롯한 창민, 인영, 정근 등의 무리가 모여 있다.
태수, 인영에게 지구당 중의 한곳, 청주 지구당을 가리켜 보인다. 인영, 돌아서 나간다. 상황판 옆의 사무원, 경북 왜관 이름 위에 파란 매직으로 체크를 한다.

#5   대회장 B

경북 왜관지구당 창당대회장 현수막 아래 입구 앞으로 거칠게 달려와 급브레이크로 서는 승용차와 소형버스. 승용차에서 내리는 인영의 뒤로 소형버스에서 우르르 내리는 사내들….

#6   본부

전화를 받고 바쁘게 돌아가는 분위기. 사무원이 보여주는 서류를 서서 보고 있는 태수. 누군가 수화기를 건네고, 받는 태수.

#7   고속도로

앞뒤 일정한 간격으로 달리는 소형버스 두 대.

#8   대회장 내부

한창 진행 중인 창당대회장에 각목을 들고 소란을 피우는 사내들…. 그 선두에 창민의 모습이 보인다.

#9   본부 내

상황판 위 어느 지역 이름에 또 하나의 파란 체크가 되어진다.

#10   대회장 C

입구에서 도망쳐 나오는 사람들…. 그 뒤를 쫓아 나오는 사내들. 선두에 지휘를 하는 정근의 모습이 보인다.

#11   본부

상황판에는 파란 체크가 늘어나 있다. 깊은 밤의 분위기. 몇몇 사무원들, 작업을 계속하고 있다. 한쪽에 태수, 의자에 길게 기대어 천장을 보고 있다. 쓸쓸함 속에 비치는 자괴감.

#12   주류도매상 앞

경찰차가 요란하게 와서 선다. 놀라서 보는 직원들….

#13   도매상 사무실

국세청 직원들이 장부들을 뒤지고 있다. 직원들, 그저 보고만 있다.

14   도매상 밖

도매상 사장이 체포되어 차에 태워진다.

15   도매상 밖(시간 경과)

닫힌 셔터가 올려진다. 사다리 위의 사내들, 간판을 바꿔 달고 있다. 도착한 차에서 태수와 인영이 내린다.

16   다른 주류도매상

술을 가득 실은 트럭이 빠져나가고 있다. 그 뒤로 간판을 바꿔 다는 모습이 보인다.
서부주류도매….

17   도매상 사무실

흐트러진 사무실을 정리하고 있는 청년들. 허가증이 끼워진 액자가 내려지고 새 액자가 걸린다.
사무실로 들어서는 태수와 인영. 태수, 사무실 내부를 둘러본다. 중앙의 책상 위에 명패가 얹혀 있다.
태수, 명패를 들어 이리저리 보다가 옆의 쓰레기통에 던져 넣는다.

18   카지노 연수실

화려하고 능란한 솜씨로 카드를 섞는 여자의 손, 혜린이다. 혜린과 마주 앉은 최 과장, 냉랭한 눈길로 지켜보고 있다. 혜린, 최 과장과 자기 앞에 카드를 나눠놓는다.
나머지 카드를 뒤집은 채로 밀어 펼쳐놓는다. 최 과장을 힐끗 보고 혜린, 그 중에 넉 장을 정확히 집어내어 뒤집는다. 모두 에이스다. 마지막으로 스페이드에이스가 뒤집어진다.

19   카지노 내부

혜린, 블랙잭 테이블에서 일하고 있다. 딜러인 혜린 앞으로 반원을 그리며 앉아 있는 손님들.
저만치서 보고 있는 최 과장. 한 판이 끝나고 혜린, 가장자리의 손님부터 칩을 거둔 후 나눠주고 시작한다.
최 과장의 눈이 가늘어진다. 혜린이 칩을 거두는 쪽의 반대편 가장자리에 앉은 손님, 슬쩍 자기 앞의 칩에 칩 몇 개를 더 얹고 있다. 혜린은 다른 쪽으로 시선이 가 있는 상태.
최 과장, 앞으로 나서려는데 혜린, 뒤로 돌아서더니 생긋 웃으며 손님이 더 얹은 칩을 집어 도로 내려놓는다. 손님, 오히려 벌컥 화를 낸다.

손 님   (중국어) 뭐하는 짓이야?

최 과장, 바로 그 뒤에 서며 경비들을 부른다. 손님은 빠른 중국어로 욕을 하기 시작한다. 최 과장, 손님에게 테이블 위에 있는 카메라를 가리키며.

최 과장   (영어) 카메라에 녹화되어 있습니다. 함께 가서 보실까요?

손님, 카메라를 보더니 갑자기 술 취한 흉내를 내며 경비들에게 일으켜 세워진다.

손 님   (중국어) 난 취했어. 왜 이러는 거야? 뭐가 잘못됐나.
최 과장   (경비들에게 낮게) 전력이 있나 조사해봐.

경비들, 사내를 끌고 가고 최 과장, 돌아보면 혜린은 아무 일 없었다는 듯 게임을 진행하고 있다. 혜린과 시선이 마주친다. 혜린, 칭찬 한마디를 기대하지만 최 과장은 여전히 냉랭한 얼굴로 돌아선다. 혜린, 입이 비쭉한다.
그러나 돌아선 최 과장, 슬쩍 미소를 흘린다.

20 카지노 내 여자 라커 룸

떠들며 옷을 갈아입는 여자 딜러들.
그중에 혜린, 손목시계를 보아가며 부지런히 옷을 갈아입는다. 딜러복을 벗고 웨이트리스 복장을 입고 있다. 옆에서 보고 있는 현숙, 한심하다는 듯 보더니 고개를 젓는다.

21 호텔 라운지

혜린, 요리가 든 트레이를 밀고 경쾌하게 테이블 사이를 빠져나간다. 한 테이블에 다가서서 서브를 한다. 그 테이블에는 신사 세 명이 한창 사업 얘기를 하고 있다. 혜린, 천천히 요리를 나누며 그들의 얘기를 듣는다.

신사1 발표는 은행 대출이 확정된 다음으로 하지요.
신사2 직원 인사에 대한 것은 약속대로 해주셔야 됩니다. 대부분 창업 때부터 함께 일해온 사람들이에요.
신사1 물론입니다. 삼진의 기술에 그저 우리의 영업만 보태진다고 생각해주십시오.

웃는 신사들….

22 호텔 공중전화 박스

혜린, 전화하고 있다.

혜 린 오늘 중으로 대영 거 팔고 삼진 주식을 사주세요. 그래요 몽땅 다 팔아요. 네? 아뇨. 역시 비밀인데요. 그럼 내일 아침 9시에 전화드릴게요.

전화를 끊고 손에 쥐고 있던 수첩에 뭔가 적는다.

#23   윤 회장의 집 거실

차를 마시며 민 변호사와 얘기를 나누고 있는 윤 회장.

민 변호사 말레이시아에서 회수한 돈 50을 스위스 은행에 넣었습니다.
윤 회장 강동환에게 연락했나.
민 변호사 금주 내로 50을 더 넣어주길 원하더군요.
윤 회장 간이 부었군. 돈이 뭔지도 모르는 작자들….
혜린 소리 아버지.

혜린이 다가선다. 그 앞에 내밀어지는 수표.

혜 린 빌린 돈이에요. 1부 5리로 이자 계산했어요.

윤 회장, 수표를 민 변호사에게 내민다.

윤 회장 계산해봐.

민 변호사, 계산기를 꺼낸다.

혜 린 차용증을 주세요.

윤 회장, 뒤로 기대 편히 앉는다.

윤 회장 앉아라.

혜린, 망설이다가 앞에 앉는다.

윤 회장 봉급만으로는 벌써 이 돈을 모으지 못했을 텐데.
혜 린 …· 주식 투자를 했어요.
윤 회장 들었다. 그런데 주식이라면 작년부터 바닥일 텐데.

혜 린	그래서 시작했어요. 워낙 바닥이라서 더 내려갈 데가 없었으니까요.
윤 회장	정확히 언제부터 시작했나?
혜 린	올 1월 자본 자유화 발표가 나면서요.
윤 회장	그래서?
혜 린	3월 선거에서 여당이 압승할 거라고 생각했어요. 생각대로였고요. 제2주가지수가 150을 넘겼죠.
윤 회장	역시 건설주에 투자했나?
혜 린	인기 있는 상장주에는 손대지 않았어요.
윤 회장	그럼?
혜 린	사업상 비밀이에요.

민 변호사, 힐끗 혜린을 보고 미소를 감춘다.

윤 회장	미소를 잊지 마라.
혜 린	네?
윤 회장	강하게 보이고 싶으면 소리를 낮춰. 미소를 잊지 말고.
혜 린	(입가에 억지로 미소를 띠어 보인다)
윤 회장	좀 낫군.
혜 린	(민 변호사에게) 맞아요?
민 변호사	맨 끝에 47원까지 틀림없어요.
혜 린	차용증을 받고 싶은데요.

민 변호사, 윤 회장을 본다. 윤 회장, 끄덕이다. 민 변호사, 일어선다. 혜린, 따라 일어서는데.

윤 회장	그래서 이제 돈을 갚았으니 일을 그만둘 생각이냐?
혜 린	(미소로) 아뇨 계속할 거예요. 이제 돈맛을 알았거든요.

윤 회장, 그런 혜린을 살펴서 본다.

24   공단 야경

25   공단 내 허름한 건물

창고 같은 허름한 건물의 반지하 창문으로 보이는 광경.
야학 수업이 진행되고 있다.

26   건물 근처

혜린, 옆에 앉은 대학 후배에게 봉투를 건넨다.

후 배   받을 때마다 생각하는 거지만 꺼림칙해요.
혜 린   부의 재분배야. 자본주의에서 꼭 필요한 거고.
후 배   부잣집에는 용돈도 많을 거라고 생각했지만 정말 참 많이 받나봐요.
혜 린   (웃고 만다)
후 배   저… 다음엔 시내 어디서 만났으면 좋겠어요.
혜 린   왜?
후 배   다른 애들 눈에 띄면 안 좋을 거예요. 누나에 대해서 아직 안 좋게 생각하는
         애들 많아요.
혜 린   … 넌?
후 배   난…. (대답 못 하는데)
혜 린   (등을 쳐준다) 가봐. 다음엔 시내서 만나고.

후배, 좀 망설이다가 뛰어간다. 혜린, 혼자 남는다. 미소가 사라진다. 무더운
여름날 밤…. 누군가 저만치서 오는 소리.
혜린, 얼른 돌아서 벽의 포스터를 구경하는 척한다. 그들, 지나쳐가고 혜린,
벽에 이마를 댄다. 쓸쓸하다.

27   남산길

비둘기 날아가고…. 나란히 앉은 장도식과 태수.

장도식은 천연덕스럽게 군것질을 하며 한가로운 얘기를 하듯.

도 식 간단한 얘기야. 윤 회장은 너무 컸어. 이젠 정부 고위층 정도는 언제든지 원하는 대로 움직일 수 있다고 생각하는 거야. 아니 이렇게도 생각할 수 있겠군. 이제껏 자기는 너무나 많이 바쳐왔다. 이젠 좀 그만 바래라. 허나 그건 모르는 소리지. 윤 회장이야 늘 바쳐왔겠지만 받는 쪽은 계속 바뀌었거든.

태 수 그래도 윤 회장 정도면 아직 쓸 데가 많을 텐데요.

도 식 자네. 몸 팔던 여자가 갑자기 정조를 지키자고 들면 어떻게 되는 줄 알아? 간단해. 젊고 말 잘 듣는 여자로 바꾸면 돼. 그게 여기 생리야. (서류 명단을 넘겨준다) 윤 회장이 갖고 있는 파친코 업소들 지분이야. 가명으로 구입한 것들이지. 조금씩 건드려봐. 자금줄은 대줄 테니까.

태 수 이게 그거군요.

도 식 그래. (멀리 하늘을 본다) 날은 좋은데 하늘은 뿌옇구만. 스모그 때문인가.

할 일 없는 사람들처럼 한가로이 앉아 시내 전경과 하늘을 바라본다.

#28 호텔 내 파친코장

요란하게 돌아가고 있는 기계들…. 특유의 소음과 외치는 소리. 움직이는 종업원들….

#29 룸

파친코의 기계 소음이 낮게 들려오는 실내. 테이블 위로 내밀어지는 저금통장과 도장.
지배인과 마주 앉은 종도. 지배인이 밀어주는 통장을 안주머니에 넣는다.

#30 파친코 내부

여전히 게임에 열중한 사람들…. 안쪽에서부터 걸어 나오는 종도와 종도를 따르는 사내 두 명. 파친코의 지배인…. 지배인, 뭔가 계속 종도에게 얘기를 하고 있고, 종도는 대충 *끄덕*여주며 듣는다. 종도가 지나가면 종업원들, 정중하게 인사를 한다. 단순한 손님이 아니라 파친코 주주의 한 명이고 보호를 하고 있는 조직의 보스이다.

#31   파친코장 외부

지배인, 밖에까지 따라 나와 인사를 한다.
종도, 몸에 밴 권위적인 태도로 인사를 받고 걸음을 옮긴다. 그 뒤를 경호하여 바짝 따르는 두 명의 사내.

#32   A호텔 앞길

(카지노가 있는 곳과는 다른 호텔) 한적한 길을 종도가 탄 차가 나오고 있다. 문득 저 앞에서 마주 오는 자가용 한 대. 얼마만큼 오더니 느닷없이 차를 90도로 꺾어 양 차선을 막아 세운다. 놀라서 급정거를 하는 종도의 차 운전기사. 뒷자리에 앉았던 종도, 간신히 중심을 잡아.

종 도   뭐야?

앞차에서 내리는 정근과 창민. 그 외에 두엇.

종 도   차 빼.

운전기사, 다급해서 백기어를 넣어 움직이다가 놀라 브레이크를 밟는다. 쾅. 뒤를 부딪힌다. 어느새 뒤에 바짝 다가와 일부러 부딪히듯 세워진 또 한 대의 차. 거기서도 사내들이 우르르 내린다. 창문 옆으로 와서 선 정근, 종도를 들여다보며 배시시 웃으며.

정 근   오랜만입니다.

종도, 다급해져 있다. 정근의 어깨를 젖히며 들여다보는 창민. 시선이 곱지 못

하다.

창 민   내려.

33   강변 음식점 별채

외따로 세워진 원두막 별채에 태수, 혼자 앉아 술잔을 기울이고 있다가 고개
를 든다. 저만치 창민, 정근 등에 둘러싸여 종도가 오고 있다. 겁에 질려 끌려
오다시피 하던 종도, 태수를 발견하고 우뚝 선다.
태수, 종도를 향해 미소를 짓는다.
(시간 경과)
태수, 마주 앉은 종도의 술잔에 술을 따른다.

태 수   몇 가지 의논할 게 있어서 불렀다.

종도, 재빨리 주위를 살핀다. 좀 떨어져 앉은 창민과 정근, 정식, 영섭 등….
더 떨어진 주위에는 조용히 자리를 지키는 더 많은 무리들….

태 수   바쁜 모양이니까 용건부터 말하지. 첫째는 성범이 형님 전갈이야. 너 면회 한
번도 안 온다고 섭섭해하시더라. 내주 안으로 면회 가.
종 도   (상황을 보아하니 친한 척하는 게 낫겠다) 그래 가야지. 그게 참 간다 간다 하
면서도 워낙….
태 수   둘째 너 손대고 있는 파친코 나한테 넘겨야겠다.
종 도   (번쩍 고개를 든다)
태 수   (여전히 온화하게) 애들 말로는 니가 파친코 다섯 개에 지분을 갖고 있다며.
그거 다 넘겨.
종 도   (목소리의 떨림을 애써 숨기고 웃음을 띠려 하며) 무슨 말하는 거야. 파친코
지분이라니?
태 수   금성호텔 거 청계천 거 두 개, 강남 거 두 개. 거기 사장들하고는 얘기 끝났
다. 니가 양보할 거라고 했어.
종 도   (저도 모르게 불끈 상을 짚어 일어선다)

뒤쪽의 창민 등, 반쯤 일어선다.

태 수   앉아.

종도, 부들부들 떨리지만 주위를 보고 다시 주저앉는다. 다시 냉정을 찾으며.

종 도   너 뭔가 잘못 생각하고 있나본데 나 예전에 종도가 아냐.
태 수   알고 있어.
종 도   니가 이렇게 말로다 내놔라 그러면 내가 내놓을 것 같으냐?
태 수   그래야 될 거야. 아니면 니가 괴로워지니까.
종 도   (웃는다) 너 나를 협박하는 거냐 시방?
태 수   너의 윤 회장, 밑에 애들이 주먹질하는 거 싫어한다고. 나도 그래. 너하고 싸우고 싶지 않아.
종 도   (웃음이 멈춘다)

태수, 빈 술잔에 술을 따라 종도에게 건네준다.

종 도   (술잔은 받지 않고) 너 오해하고 있나본데.
태 수   뭘? 니가 형님들을 찔러 넣은 거? 아니면 날 삼청교육대에 넘겨준 거?
종 도   내가 한 게 아냐.
태 수   알어. 너 혼자 한 짓이 아니지. 니 뒤에 윤 회장이 있었으니까. 받어.

태수, 술잔을 내민다. 종도, 술잔을 받아 단숨에 마신다. 목이 타고 있다.

종 도   태수야.
태 수   어.
종 도   누구냐. 니가 누구 밑에 붙었길래 시방 이렇게 힘주는지 모르겠다만.
태 수   (웃는) 니 말이 맞다. 우리 같은 놈들이야 뒤 봐주는 사람이 있어야지.
종 도   앞으로 몸조심하는 게 좋을 거다.
태 수   … 명심할게. (웃어 보인다)

34   요정 방 / 밤

박 회장, 너털웃음을 웃는다. 그 앞에 장도식, 부드러운 미소로.

도 식   이번 일을 성사시키는 덴 이 친구 공이 컸습니다.

장도식이 소개시키는 자, 태수다. 태수, 고개 숙여 보이고.

태 수   박태숩니다.
박 회장 알아요. 나, 카지노 사업 같은 덴 영 무식쟁이지만 우리 박 선생 같은 사람이 필요하단 것쯤은 알아요. 참 거 어디 박씬가. 나두 박씬데.
태 수   예. (대답하려는데)
박 회장 아냐 몰라도 돼요. 어디 박씨면 어때. 모두 대한민국 사람인데 안 그래요. 허허.
도 식   (좀 한심한 기분이지만) 앞으로 사업하시면서 귀찮은 일이 생기면 알아서 정리해줄 겁니다.
박 회장 그래 그래. 부탁해요. 내가 말이에요. 청춘을 군대서 바치고 말년에 낚시질이나 하면서 보내려고 하니까 주위에서 그냥 놔두질 않어. 하긴 죽으면 썩어질 몸. 놀리면 또 뭘 하겠나. 그래서 이제껏 이름만 걸어놓았던 사업들도 슬슬 손대볼까 하는데⋯. 이게 이상해. 사람이 한 번 욕심을 내기 시작하니까 이게 또 끝이 없어요. 큰일 났어. 우리 같이 해보자고. 내 이 욕심하고 자네 그 젊음하고. 허허.
태 수   최선을 다하겠습니다.
박 회장 가만. 무슨 직함이 있어야지. 명함에 찍는 거. 부장? 실장? 알아서 해요. 사장만 빼고. 허허허.

35   요정 대문 앞

장도식이 탄 차가 빠져나온다. 그 뒤에서 허리를 굽혀 인사하는 종업원과 한복 차림의 기생들⋯. 그 뒤로 또 한 대의 차가 빠져나온다. 뒷좌석에 박 회장과 태수가 앉아 있다. 박 회장, 뭔가 흥겨운 듯 얘기를 하고 있다. 그들의 차가 지나가는 모습을 보고 있는 시선. 이만치 차의 뒷좌석에 앉아 있는 종도다.

#36 박 회장의 집 앞 / 아침

두 대의 승용차, 와서 거칠게 멈춰 선다.

#37 마당

현관문을 열던 박 회장의 아들 경철(30대 초반), 놀란다. 거침없이 마당을 가로질러 오는 종도와 그 패거리들.

#38 거실

박 회장의 부인, 놀라서 막으려 하며.

박 회장 부인 이보세요. 누구신지. 미리 연락도 안 하고. 아니 이것 보세요.

그대로 기세 좋게 들어선 종도의 일행. 안방 문이 열리며 막 샤워를 끝낸 가운 차림의 박 회장이 내다본다.

#39 안방

보료에 앉은 박 회장, 부채질을 하며 보고 있다. 그 앞에 앉은 종도, 명함을 밀어놓는다.

종 도 이번에 서부호텔 카지노를 인수하셨다고 들었습니다. 제 경험이 도움이 되지 않을까 해서 찾아왔습니다.
박 회장 고마운 일이구만.
종 도 카지노 처음이지요?
박 회장 그래요. 평소에 가본 적도 없어.
종 도 카지노는 술집하고 다릅니다. 술집은 양아치 애들 몇 명하고 파출소장만 알면 됩니다. 그런데 카지노는 격이 틀려요.
박 회장 호오.

종도	저는 지난 3년간 윤 회장님 밑에서 카지노를 배웠습니다. 어느 정도 인맥도 넓혀놨고. 제가 반드시 필요하실 겁니다.
박 회장	그렇게 대단한 일을 해준다면 돈도 많이 받으시겠구만.
종도	그저 약간의 지분과 인사권만 주시면 됩니다.
박 회장	인사권이라….
종도	회장님 밑에 박태수라고 있지요?
박 회장	있어요. 우리 실장이야.
종도	예전에 내가 데리고 있던 친굽니다. 이미 알아보셨겠지만 경력이 좀 지저분합니다. 카지노를 하는데 그런 친구가 근처에 있으면….
박 회장	곤란하다?
종도	그렇습니다.
박 회장	이거 참 신기하구만 신기해. 그 박 실장이 벌써 얘길 해주더라고. 이종도란 친구가 찾아올 거다. 찾아와서 이리저리 얘길 할 거다. 근데 그 말대로야. 놀랐어요. 허허.
종도	박 회장님.
박 회장	나한테 이렇게 하라고까지 가르쳐줍디다. 내가 윤 회장한테 전화를 하면 어떻게 되나. 이종도란 사람이 날 찾아왔다. 이 사람은 나를 아주 좋아해서 날 도와주겠다고 한다. 그리고 명단도 갖고 왔다.
종도	명단이라니요?
박 회장	그 왜 있잖아요. 윤 회장이 파친코 지분들 비밀리에 산 거 말이요.
종도	(얼굴이 굳는다)
박 회장	내 이름으로 산 건 10프로고 윤 회장이 산 건 20프로라며? 그거 다 위에서 힘써준 돈이며 힘으로 산 것들 아닌가. 위에는 모르게 말이야.
종도	(창백해지는데)
박 회장	내 말 맞지요? (껄껄 웃는다)

#40   카지노 연수실

연습용 룰렛이 돌아가고 있다.
서툰 솜씨로 볼을 놓는데 볼은 터무니없이 튕겨져 밖으로 나간다. 신입 딜러들을 훈련시키는 과정. 혜린, 고참으로서 신입을 가르치고 있는 중이다. 혜

린, 신입 대신 볼을 놓는 시범을 보이며.

혜 린 슬쩍 놓는다는 기분으로 해요. 손목에 힘주지 말고.

혜린이 놓은 볼이 정확히 돌다가 한곳에 떨어진다. 옆 테이블에서는 다른 선후배가 연습을 하고 있다.

41 카지노 홀 내부

손님들로 가득한데 혜린, 신입 세 명 정도를 데리고 나직나직하게 얘기해주고 있다.

혜 린 딜러가 승부욕을 보여주면 안 돼요. 딜러는 어디까지나 초연한 척, 손님이 따면 기뻐해주고 손님이 잃으면 안타까워해주고.
신 입 손님이 많이 따면 팁도 많이 주지 않나요?
혜 린 아니. 너무 잘 되면 고마운 걸 몰라 팁도 안 줘요. 너무 잃어도 약 올라서 안 주지만.
신 입 (어리둥절하다)
혜 린 제일 위험한 건 저기 저 사람이에요.

혜린이 슬쩍 가리키는 곳에 최 과장이 있다.

신 입 최 과장님이요?
혜 린 데드마스크. 저 사람은 한 번 둘러보기만 해도 여러분이 한 시간에 얼마나 잃었는지 알아내거든.
신 입 많이 잃으면 어떻게 돼요?
혜 린 여러분 정강이뼈가 괴로워질걸.

혜린을 발견한 최 과장이 조용히 오라고 손짓을 한다.

혜 린 자 각자 배당받은 자리로 가요. 가서 선배들 하는 걸 잘 보라고.

혜린, 최 과장 쪽으로 간다. 가는 길에 술을 마시고 있던 마쓰다, 혜린에게 아는 척을 한다.
혜린, 정중하게 인사를 받고 간다.

최 과장 (턱으로 한곳을 가리킨다)

그곳에 현숙이 바카라의 딜러를 하고 있는데 그 앞에 야쿠자들로 보이는 험상궂은 사내들 대여섯이 앉아 있다. 껄껄 웃고 일본어로 떠들어가며 칩을 긁어모으고 있다.
그 테이블 주위로 구경하는 사람들도 가득하다. 주눅이 들어 보이는 현숙, 눈치를 보며 카드를 나누고 있다.

최 과장 야쿠자 애들이에요. 기로 눌리고 있어. 미스 윤밖에는 상대할 딜러가 없어요.
혜 린   호봉이나 올려주세요.

그쪽으로 간다.
전혀 표정이 없을 듯한 최 과장의 얼굴에 미소가 잠깐 떠오른다. 현숙의 테이블 주위에서 구경하던 사람들, 탄성이 오른다. 야쿠자 한 사람, 또 잔뜩 칩을 긁어간다. 혜린, 미소를 지으며 현숙의 자리로 들어선다.

현 숙   (한숨을 지으며 낮게) 왜 인제 오는 거야. 30분 동안 800 잃었어. (손수건으로 목의 땀을 닦는다)

혜린, 미소로 테이블 사람들에게 인사를 건네며 날렵한 솜씨로 카드를 만진다. 혜린, 카드를 나눈다. 게임이 진행되자마자 혜린, 이긴다.
혜린, 손님을 위해 안타깝다는 표정으로 칩을 가져가려는데 그 손 위를 덮는 손. 야쿠자의 손이다. 그는 혜린을 향해 웃음을 보이고 있다.
다른 동료들, 재미있다는 듯 보고 있다. 혜린, 야쿠자를 향해 달콤하게 미소 지어 보인다.

혜 린   (일어) 손님. 내 손이 당신 손 밑에 들어가 있습니다.

야쿠자, 하하 웃으며 손을 놓아준다. 다른 동료들도 웃어댄다. 혜린, 침착하게 칩을 가져간다.

야쿠자　(일어) 예쁜 손이다.
혜 린　(일어) 제 마음이 더 예쁜데요.

요란하게 웃어대는 야쿠자들. 저만치서 보고 있던 최 과장, 안도하여 돌아선다. 혜린, 카드를 나누다 문득 보면 둘러선 도박꾼들 뒤에서 마쓰다, 술잔을 건배하듯 들어 보인다.

#42　호텔 로비 / 아침

혜린과 현숙, 퇴근하여 나온다.

현 숙　(눈밑을 가리켜 보이며) 여기 좀 봐. 기미 같은 거 보이지 않아?
혜 린　(봐주는 척한다) 어디요? 티 하나 없는데.
현 숙　어머… 거짓말도 참 기분 좋게 하네. 어쨌거나 이놈의 밤 근무 한 달만 더 계속하면 내 피부 다 망칠 거야. 사람은 밤에 자야 돼. 그게 자연법칙이고 하느님의 뜻이라고. 근데 이거…. (그러다 한곳을 보고 혜린을 쿡쿡 찌른다) 애 저기.

그 앞에 마쓰다, 기다리고 있었던 듯 혜린을 보고 일어서 다가온다. 혜린, 한 손으로 얼굴을 가리는 척하여 현숙을 향해 찡그려 보인다.

마쓰다　윤상.
혜 린　(웃음으로) 안녕하세요.
마쓰다　(일어) 기다리고 있었습니다.
혜 린　(마쓰다를 향해 미소를 계속 지으며 현숙에게) 언니 이거 어뜩허지?
현 숙　(역시 미소 지어) 얼마나 부자인지부터 알아봐.
마쓰다　(일어) 아침식사 아직 안 하셨지요? 식사 대접을 하고 싶은데요.
혜 린　(일어) 감사합니다만 피곤해서요. 좋은 하루 되세요. (고개 숙여 보이고 가려는데)

마쓰다	(그 앞을 막아선다) (일어) 식당으로 가기 싫으면 내 방도 좋습니다. 편한 데로 가지요.
혜 린	얘 뭐라고 떠드는 거야.
현 숙	어뜩해. 나 피해줘? 아님 계속 구경할까.
혜 린	(마쓰다를 향해) (일어) 안녕히 가세요.

혜린, 가려는데 그 팔을 붙잡는 마쓰다.

| 마쓰다 | 윤상. |

혜린, 팔을 뿌리치려는데 다른 쪽 팔마저 잡는 마쓰다.

| 혜 린 | 이거 봐요. (뭐라 더 말하려다 마쓰다의 뒤를 본다) |

마쓰다의 어깨에 놓이는 손. 어느 틈에 다가온 재희다.

| 마쓰다 | (일어) 뭐야? |

재희, 아무 표정 없이 혜린을 잡은 마쓰다의 팔목을 잡더니 그 손을 가볍게 비틀어 뗀다.
마쓰다, 아픈 팔목을 움켜잡는다. 놀라서 보고 있는 현숙.
혜린, 잠시 난처하지만 얼른 미소를 지어 마쓰다에게 고개 숙여 보인다.

| 혜 린 | (일어) 미안합니다. 실례하겠습니다. |

돌아서며 자 이제 어떻게 한다 하는 기분.

#43　호텔 진입로 갈림길

혜린, 현숙과 헤어진다. 재희, 혜린의 한 걸음 뒤를 따라 걷는다.
혜린, 슬쩍 뒤를 돌아본다. 현숙, 호기심으로 이쪽을 계속 보고 있다. 혜린,

발걸음을 늦춰 재희와 나란히 걷는다.

혜 린   우리 좀 더 다정하게 걷는 게 좋겠어. 애인이라고 그랬거든. 내가 팔짱을 낄까?

혜린, 재희의 눈치를 보는데 재희, 혜린을 힐끗 보고 잠시 생각하더니 팔을 들어 혜린의 어깨를 감싼다.

혜 린   (어색하지만) 이것도 괜찮은데.

그렇게 말해놓고 킥 웃는다. 재희, 그렇게 걸으며 싱긋 웃는다.

#44   한강변

혜린, 길게 기대앉아 있다. 소주병을 들어 한 모금 마신다. 쓰다. 또 그렇게 망연하게…

그 뒤 좀 떨어진 곳에 재희가 앉아 있다. 혜린, 문득 재희를 돌아본다. 다른 곳을 보고 있던 재희, 금세 그 시선을 알아채고 마주 본다. 혜린, 끄응 몸을 일으켜 재희의 옆에 가서 앉는다.

소주병을 내밀어준다. 재희, 고개를 젓는다.

혜린, 끄덕이고 또 한 모금을 마신다. 그 모습을 보고 있는 재희.

혜 린   걱정 마. 아직 알콜중독은 아니야. 아직 손도 안 떨리는걸. (자기 손을 들여다본다) … 하루에 몇 마디쯤 얘기해? 네 알겠습니다. 그러는 거 말고 말! 말을 몇 마디나 하냐고?

재 희   (소리 없이 웃는다)

혜 린   그래도 괜찮아? 하고 싶은 말 안 하고 자꾸 안에만 쌓아놓으면 언젠가 자폭할지도 몰라. 술도 안 마시고 담배도 안 피고… 오래 못 살 거야.

재 희   하고 싶은 말 있으면 해요.

혜 린   (멈칫했다가 웃는다) 아아 들켰네. 맞아. 실은 나, 하고 싶은 말이 참 많아. 하고 싶은데 못 하는 말이 참… 있잖아. 난 말이지… 난….

결국 무릎에 얼굴을 묻어 감싼다. 그 손에 쥐어진 술병…. 재희, 가만히 그 술병을 받아든다. 혜린은 꼼짝 않고 있다. 재희, 말없이 술병을 들여다보다가 조용히 쏟는다. 병에서 쏟아진 소주가 땅에 떨어진다. 그러다가…

재 희 양재동에 있습니다. 빌라를 하나 구했어요.

혜린, 고개를 들어 재희를 본다.

재 희 박태수…… 멀리서라도 보겠습니까?

혜린, 꼼짝 않고 보는데 자기 앞만 보고 있던 재희, 혜린을 돌아본다. 혜린, 시선을 돌리고 피식 웃는가 싶더니 아예 드러누워버린다.

#45 법원(이전하기 전) / 밤

전경.
자막: 1983년 여름
거의 불이 꺼진 건물에 몇 군데만 불이 켜져 있다.

#46 법원 복도

늦은 시간. 조용한 복도를 수사관 둘이 수갑 찬 사람 하나를 데리고 지나간다. 그 위에.

우석 소리 먼저 때린 거 맞지? 여기 그렇게 자백한 걸로 돼 있는데 먼저 때렸다고.

#47 우석의 검사실

초년 검사라서 작은 방 하나로 배당되어 있다. 심문 중이다. 주사 한 명과 우석, 그 앞에 앉아 있는 20대 초반의 용철. 아직 싸우고 난 상처가 남아 있는 얼굴.

용 철	(계속 쿨쩍쿨쩍 울고 있다)
우 석	(피곤해 있다. 앞의 서류를 들춰보며) 전과 2범…… 둘 다 폭력.
용 철	나가 더 맞았는디.
우 석	사회보호법이라고 들어봤어?
용 철	(울며 고개를 젓는다)
우 석	같은 죄를 두 번 저서 3년 이상 실형 산 사람이 또 같은 죄를 지면 보호감호 7년이야. 또 한 번이면 무조건 10년이고. 이건 나도 어쩔 수 없어.
용 철	그럼 안 되여라. 어이구 참 그럼 안 되는디.
우 석	홀어머니 모시고 있다고 했지.
용 철	예. 시방 어무니 혼자 계셔라. 어이구우.
우 석	(휴지를 한 장 빼어 건네준다)
용 철	(고개 숙여 인사하고 받아서 코를 푼다)
우 석	어머니 걱정하는 사람이 주먹은 왜 써.
용 철	나도 고거 좀 알았으면 좋겠구먼요. 어쩔라고 고로코롬 했을까. 나가 미쳤구만요. (또 키잉 운다)

우석, 주사를 돌아본다. 주사, 타이핑하며 하품하고 있다. 하루 종일 쉴 새 없이 일했다.

용 철	그놈이 그 말만 안 했어도 참을 수가 있었는디.
우 석	무슨 말?
용 철	서울에 목욕탕 때밀이는 죄 전라도 것들이라고. 어이구 전라도서 태어난 게 무신 죄냐 말요.

우석, 할 말을 잊어 본다. 주사, 타이프 자판에 손을 얹은 채 우석을 본다.

#48   부장검사실 / 낮

우석, 들어선다.

우 석	부르셨습니까?

소파에 마주 앉아 있던 서 부장검사와 검사장.

서 부장검사 어 왔구만. 가만, 검사장님께 인사드렸었나. (검사장을 향해) 강우석 검사입
　　　　니다. 요번 연수원 수석 졸업한 친구요.

검사장, 온화하게 웃어 보인다. 우석, 인사드린다.

서 부장검사 (엉거주춤 일어서며) 잠깐….
검사장　　말씀하세요. (탁자 위에 있던 잡지를 집어든다)

서 부장검사, 책상 쪽으로 간다.

서 부장검사 강 검사. 열심히 일한다고 소문났어. 그 방 오 주사가 몸살 났다며.
우 석　　(쓸쓸레 웃으며 따른다. 칭찬 뒤의 말을 짐작하고 있다)
서 부장검사 (책상 위에 서류 10여 장을 집어든다) 근데 이거 뭐야. 이거 다 검찰총장한
　　　　테 보내는 거 맞나?
우 석　　그럴 겁니다.
서 부장검사 보호감호 청구를 취소한다. 승인해달라.
우 석　　그랬습니다.
서 부장검사 경찰서에서도 전화 왔어. 열 건 중 다섯 건은 구속영장 기각이라고. 강 검
　　　　사가 누구냐. 경찰을 뭘로 보는 거냐. 술이라도 사야 되는 거냐.
우 석　　… (쓰게 웃고) 죄송합니다.
서 부장검사 검사는 죄를 주라고 있는 게 검사야. 풀어주는 건 변호사고. 뭐 착각하고
　　　　있는 거 아냐?
우 석　　….
서 부장검사 뭐 해명이라도 해봐. 나도 뭐 변명거리가 있어야 대신 변명을 해주지.
우 석　　… 전 그저.
서 부장검사 그저 뭐?
우 석　　배운 대로 하고 있을 뿐입니다.

잡지를 읽고 있던 검사장, 힐끗 우석을 본다.

서 부장검사 이봐요 강 검사. 사람들이 뭐래는 줄 알어? 피의자들로부터 돈을 받고 있
는 거 아니냐. 하나 앞에 5만 원씩만 받아도 그게 다 얼마냐.

우 석 (보다가 허허 웃는다)

서 부장검사, 어이없는데. 보고 있던 검사장도 피식 웃고 잡지로 눈길을 돌린다.

#49   우석의 하숙집 마당

열려진 대문으로 들어서는 신 여사.
마당에 선 채 집 내부를 둘러본다. 경멸의 기분을 감추지 못하고.
빨래한 광주리를 들고 나오던 선영.

선 영 어떻게 오셨어요?

신 여사, 선영도 아래위로 살펴본다.

신 여사 아가씨는 누구예요?

선 영 예?

신 여사 여기가 강우석 검사 사는 데 맞지요?

선 영 그런데요. 아직 안 오셨는데.

신 여사 알아요. 강 검사하고 어떻게 되는 사이예요?

선 영 (불쾌하지만) 우리 집에 하숙하세요.

신 여사 아아.

선 영 무슨 일로 오셨어요?

신 여사 강 검사 방이 어디죠?

선 영 무슨 일로 오셨는지 먼저 말씀해주시면.

신 여사 됐어요. 더 볼 것도 없네요.

선 영 (좀 강경하게) 누구세요?

신 여사 몇 가지 좀 물어봐도 될까? 강 검사 사귀는 여자 있어요? 한 집에 사니까 알
거 아녜요.

선 영 누구시냐고 물었어요.

신 여사   나 부탁받고 온 사람이에요. 신부 될 집에서 좀 알아봐달라고 해서.

선영, 아무 말 없이 대문 쪽으로 가서 문을 열고 기다린다.
신 여사, 웃고 나가며 한마디 더.

신 여사   설마 아가씨가 강 검사 맘에 두고 있는 건 아니겠죠. (농담했다는 듯 웃는다)

신 여사, 한 번 더 집을 둘러보고 나간다. 선영, 문 닫고 빨래 광주리를 놓은 곳으로 와서 빨래를 하나 집어든다. 탁탁 털다가 다시 내려놓고 대문 쪽으로 간다. 거칠게 문을 잠가버린다.

#50   법원 로비 / 밤

몇 개의 비상등만 켜져 있는 상태. 경비들이 두엇 텔레비전을 보며 자리를 지키고 있다. 이만치 어둔 곳에 우두커니 앉아 있는 우석. 자판기에서 뽑은 커피를 마시고 있다.

소 리   늦었구만요.

우석, 돌아보면 검사장이다. 우석, 얼른 일어선다.

검사장   생각하는 거 방해했나요?
우 석   아닙니다. 이제 퇴근하십니까?
검사장   책상에 앉아 졸다보니 이 시간이더라고요. 그럼 나 먼저 가요.
우 석   (고개 숙이는데)
검사장   아 요즘은 한 달에 몇 건이나 처리하지요?
우 석   이삼백 건 됩니다.
검사장   힘들지요?
우 석   솔직히 시간이 좀 모자랍니다.
검사장   그거 말이에요. 한 달에 한 보름으로 끝내봐요.
우 석   예?

검사장	그러는 검사도 더러 있어요. 한 달에 보름에서 20일만 송치사건 하고 나머지 시간엔 자기 사건을 하는 거예요. 자기가 하고 싶은 거, 이건 꼭 해야겠다 싶은 거.

우석, 어리둥절해서 보는데.

검사장	나 진짜로 가요.

손 들어 보이고는 휘적휘적 간다.

#51   우석의 하숙집 마당 / 밤

선영, 대문을 열어주고 우석, 들어선다. 꽤 늦은 시간이다. 선영, 우석을 보자마자 인사도 없이 돌아서 안방 쪽으로 간다.

우 석	저‥ 남은 밥 좀 없을까요?

선영, 걸음을 멈춘다.

우 석	아직 저녁을 못 먹었는데.

선영, 돌아보지도 않고 방향을 바꿔 부엌 쪽으로 간다.

#52   우석의 방

고시공부 할 때보다는 가구들이 많아졌다.
앉은뱅이책상은 입식 책상으로‥ 책꽂이도 그럴듯하게.
선영, 밥상을 들여놓는다. 황송하게 받는 우석.

우 석	미안합니다. 다음부터 늦으면 꼭 먹고 올게요.

허기져서 숟갈을 들다 보면 선영, 가지 않고 거기 서 있다. 무슨 일인가 보면 선영, 머뭇거리다가 시선을 마주치지 않은 채.

선 영　결혼하세요?
우 석　예?
선 영　낮에 어떤 아주머니가 다녀갔어요. 신부 될 분 집에서 보냈다던데요.
우 석　(영문 모르다가 짚이는 게 있다) 혹시 안경 쓰지 않았어요?
선 영　맞아요.
우 석　아 그 사람 뚱쟁이예요.
선 영　(그제야 돌아본다)
우 석　총각 검사들만 찾아다녀요. 중매시켜주고 꽤 돈을 버는가봐요. 내가 결혼한 대요?

웃으며 밥을 먹는데, 그러다가 보면 선영은 여전히 가지 않고 있다. 밥을 계속 먹기가 어색하다. 선영, 아예 문가에 걸터앉는다. 여전히 시선을 피하고.

선 영　이왕이면 부잣집 아가씨하고 결혼하는 게 좋겠지요? 검사라는 직업·· 여러 가지로 유혹받는 게 많을 거니까 돈이 많으면 그런 유혹에 흔들리지 않을 거 예요. 그럴 거라고 생각해요.

우석, 그런 식으로 말하는 선영이 의외라 당황스럽다.
선영, 앞치마로 문지방의 무언가를 닦는가 싶더니 일어나 간다. 우석, 상체를 기울여 가는 선영의 뒷모습을 본다.

#53　부엌

선영, 큰 양푼에 김치를 버무리고 있다. 우석, 밥상을 들고 들어선다.

선 영　(힐끗 보고) 거기 두세요.
우 석　설거지 제가 할께요.
선 영　(무뚝뚝하게) 아뇨. 그럼 하숙비 못 받아요.

우석, 할 수 없이 밥상을 놓아둔다. 망설이다가 물주전자를 들어 따라 마신다. 그러면서 선영의 눈치를 본다. 선영은 버무린 김치를 독에 담고 있다.

우 석   (목을 가다듬고) 아까 말한 거 말이에요. 검사랑 유혹… 부자집 아가씨에 대한 거… 그게 그래요. (선영의 반응을 보는데)

선 영   (일만 계속하고 있다)

우 석   부잣집에서 검사 사위를 보려는 건 이유가 있어서예요. 이용 가치가 있다는 얘기죠. 그럴 경우, 떳떳하고 바른 일에 이용하진 않거든요. 난 그런 거 재미 없어요.

선영, 여전히 들었는지 말았는지.
우석은 그런 선영의 성격에 익숙해 있다.

우 석   (웃음기를 감추어) 잘 먹었습니다.

우석, 나간다.
우석이 나가고 나서야 선영, 일손을 멈추고 우석이 나간 문 쪽을 본다. 입가에 저도 모르게 미소가 떠오른다. 가벼워진 마음에 손등으로 이마를 스윽 문지르고 일을 계속한다. 이마에 벌건 김치 양념이 묻어난 것을 전혀 자각하지 못한다.

#54   윤 회장의 집 서재

활짝 펼쳐지는 지도. 윤 회장, 책상 위에 지도를 펼쳐 표시된 곳을 혜린에게 보여준다.

윤 회장   현재 우리가 매입한 땅이 14만 평 정도 될 게야. 여기서부터 이쪽까지는 대충 손에 넣었지. 우선 20만 평 정도를 더 매입할 생각이다.

혜린, 지도를 들여다보며.

혜 린   공사는 언제 시작되는데요.

윤 회장   일단 허가가 나야지.

혜 린   아직도 부족하세요?

윤 회장   무슨 소리냐?

혜 린   카지노 다섯 개에 호텔 세 개로는 부족하시냐고요.

윤 회장   (웃는다) 이건 굴러가는 자전거 바퀴나 같은 거야. 멈추면 쓰러져. 계속 굴러
          가야 돼. 자본주의란 게 원래 그래.

혜 린   여기도 카지노가 들어서나요?

윤 회장   이건 그냥 카지노가 아냐. 아시아 최대의 놀이터가 될 거다. 일본, 대만, 인도
          에서까지 몰려올 거야. 마누라에 애들까지 데리고 오게 만드는 거야. 가족 단
          위의 최고급 휴양지. 아이들을 위한 디즈니랜드가 있고, 골프장이 있고, 겨울
          엔 스키장, 물론 그 중심엔 카지노가 있지. 2000평 규모의 카지노야. 두고 보
          렴. 자동차 만 대를 수출하는 거보다 여기서 한 달에 벌어들이는 외화가 더
          많게 될 거야.

          혜린, 물끄러미 부친을 본다. 윤 회장은 사랑스러운 듯 지도를 쓰다듬고 있다.

윤 회장   이건 내 꿈이다. 카지노를 시작할 때부터의 내 꿈이었어.

          그때 다급한 노크 소리.

윤 회장   누구야?

          문이 열리며 민 변호사, 다급하게 들어선다.

민 변호사 들으셨습니까?

윤 회장   뭘 들어?

민 변호사 서부호텔 카지노 임대 계약… (차마 말을 잇지 못한다)

윤 회장   뭐가 잘못됐나?

민 변호사 박승철 회장이 계약했답니다.

윤 회장   ⋯⋯ 다시 말해봐.

민 변호사 죄송합니다. 전혀 낌새도 채지 못하고 있었습니다. 방금 서부호텔 쪽에서 통보를 해왔습니다.

윤 회장 (조용히 침묵하다가) 장도식이 그자는 뭘 하고 있었어.

민 변호사 박 회장을 서부에 소개한 게 바로 그 장도식이란 얘기가 있습니다.

윤 회장, 말없이 펼쳐진 지도를 찬찬히 접는다. 그 느린 동작에 감추어진 분노. 혜린과 민 변호사, 아무 말도 못 하고 보고 있다.

#55 　호텔 복도

빠른 걸음으로 오고 있는 윤 회장과 민 변호사, 장근섭. 회의룸 문 앞에 서 있는 두 명의 경호원. 윤 회장을 보고 문을 열어준다.

#56 　회의룸 내부

장도식, 강동환, 민 변호사, 윤 회장, 둘러앉아 있다.

윤 회장 제가 뭔가 잘못한 게 있습니까?

동 환 무슨 말씀인지요?

윤 회장 (어디까지나 여유 있는 미소를 잃지 않아) 제가 실수하는 게 있다면 진작 말씀해주셨으면 좋았을 텐데요.

동 환 허허. 이거 무섭습니다. 그렇게 말씀하시니까 제가 뭐 잘못한 거 같은데요.

윤 회장 박승철 회장…

동 환 박 회장? 아 압니다.

윤 회장 서부호텔 카지노 계약을 했다고 하더군요. 박 회장이 카지노 허가권을 얻을 줄은 몰랐어요.

동 환 나도 그 얘기 들었어요. 가만있자. 카지노 개업파티를 한다고 하던데 언제라고 했나?

도 식 다음 주 토요일입니다.

동 환 그래. 그때 윤 회장님도 오시겠지요? 국내인들도 초청한다고 하던데.

윤 회장 (잠시 보다가 웃고) 그 박 회장이 지리산 땅을 매입하고 있단 얘기를 들었습니다.

| 동 환 | 지리산이라….|

동 환 지리산이라….

윤 회장 우연인지 제가 개발하려는 지역의 바로 옆이에요. 제가 사려는 땅이 이미 박 회장한테 넘어가 있더란 얘깁니다.

동 환 아아 기억납니다. 윤 회장님, 그 뭐냐 대규모 관광단지를 개발하신다고 했던가.

윤 회장 (얼굴의 웃음기가 지워진다) 단도직입적으로 말씀드리죠. 거기 개발허가권을 저에게 내주셔야겠습니다. 빠른 시일 내에. 이달 말 안이면 아주 좋겠습니다.

동 환 허허. 이 뭔가 오해를 하고 계신 모양인데.

윤 회장 스위스 은행, 어르신네 구좌에 입금해야 될 돈.

동 환 (말을 막으려는 듯) 윤 회장님.

윤 회장 이번 달 치는 아직 넣지 않았습니다. 아시겠지만 저로서도 위험부담이 큰 일이니까요.

미소를 띠고 있던 강동환의 얼굴이 싸늘해진다. 장도식, 굳어져서 윤 회장을 본다. 민 변호사, 애써 불안함을 감춘다.

동 환 윤 회장님. 지금 거래를 하자는 겁니까? 감히 어르신의 돈을 놓고.

윤 회장 아직은 제 돈입니다. 그리고 저는 평생 장사밖에는 해온 게 없습니다. 다른 건 할 줄을 몰라요.

강동환의 얼굴에 미소가 되살아나기 시작한다. 그러더니 재미있다는 듯 웃는다.

동 환 장사라…. (장도식을 본다)

장도식, 일어나서 안쪽의 문가로 가 문을 연다. 윤 회장, 어떤 일이든 흔들리지 않을 자세로 앉아 있는데 들어서는 남자. 양복을 깨끗하게 차려입은 태수다.

태 수 부르셨습니까?

태수를 보는 윤 회장, 그가 누군지 기억해낸다.

동 환 이리 앉아요. 윤재용 회장님을 소개하지.

태 수	전에 인사드린 적이 있습니다. (윤 회장을 향해) 박태숩니다. 기억하시겠습니까?
윤 회장	(말없이 보고 있다. 상대가 무슨 속셈인지 짐작할 수가 없다)
동 환	(유쾌해져서) 우리 박 실장으로 말하면 현재 박승철 회장님의 일을 보고 있어요. 몇 가지 윤 회장님하고 상의드릴 일이 있다고 해서 오늘 나오시라고 했습니다. 괜찮겠지요.
태 수	(윤 회장을 향해) 저희 회장님께선 먼저 윤 회장님께 인사드리라고 하셨습니다. 그동안 슬롯머신 업소들을 대신 경영해주신 것, 감사하신다고요. 앞으로는 저희 회장님께서 직접 경영하실 겁니다.
윤 회장	(허허 웃는다. 강동환을 향해) 재미있군요.
태 수	(여전히 덤덤한 어조) 그리고 나머지 장부에서 빠져 있는 지분들에 대해서도 이 기회에 정리를 해놓으라고 하셨습니다.

윤 회장, 잠시 태수를 본다.

윤 회장	자네가 박태수였나.
태 수	그렇습니다.

다시 말없이 태수를 보는 윤 회장.
그런 둘을 재미있다는 듯 보고 있는 강동환.

윤 회장	그래. 자네였군.

태수, 조용히 윤 회장의 시선을 받고 있다.

14부 THE END

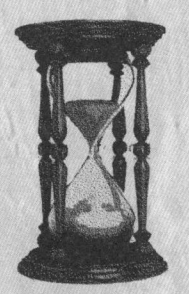

15부

오늘 온 거··
무슨 뜻이냐 날 의심해서?
아님 도망가라고?

글쎄····
··· 만약에 널 잡아넣게 되면
내 손으로 할 수 있을지···
알아보고 싶었어. 그랬던 거 같애.

The
    Sandglass..

#1   서부 카지노

개업식이 한창이다.

각계 인사들이 모인 화려한 분위기. 카드 테이블과 룰렛 테이블에서는 손님들의 게임이 벌어지고 있고, 사방을 둘러 음식이 차려져 있다. 실내악단의 연주가 흐르고… 주빈 역의 박 회장, 호탕한 웃음으로 손님들을 맞고 있다.

그런 박 회장 뒤를 그림자처럼 따르는 정장 차림의 인영과 창민. 문득 인영이 박 회장의 귀에 낮게 뭔가 말한다.

박 회장, 문 쪽을 본다. 거기 들어서고 있는 윤 회장과 혜린. 그 뒤를 따르는 장근섭과 재희.

박 회장, 반가운 얼굴로 윤 회장을 맞으러 나간다. 가장 반가운 듯 악수를 청하며.

박 회장   와주셨구만요.

윤 회장   축하합니다. 박 회장님.

박 회장   진작에 대선배님을 모시고 자문을 구했어야 하는데.

윤 회장   어이구 무슨 그런 말씀을.

박 회장   말도 마십시오. 일부터 벌여놓긴 했는데 뭐 아는 게 있어야지요.

윤 회장의 팔을 끼다시피 중앙으로 가며 뒤를 따르는 이들에게.

박 회장   음식도 드시고 게임도 하세요. 오늘은 몽땅 공짭니다. 공짜. 하하.

(시간 경과)

혜린, 손에 든 술잔의 술을 한 모금씩 마시며 무료해서 두리번거린다.

재희가 시선을 돌리다가 멈칫, 사람들 너머 저만치에 서 있는 태수. 깔끔한 정장 차림. 서너 사람과 함께 얘기를 나누고 있다.

재희가 다급한 마음에 혜린을 돌아보는데. 혜린도 태수를 발견했다.

혜린, 저도 모르게 돌아선다. 다시 태수가 있는 쪽을 몰래 본다.

태수는 고개를 기울여 어느 세련된 부인이 하는 얘기를 듣고는 고개를 젖혀 웃고 있다.

혜린, 놀라움이 잦아들며 그리움으로 그런 태수의 모습을 훔쳐본다.

#2   VIP룸 내부

박 회장, 방에 놓인 카드 테이블을 가리키며.

박 회장 이거 특별 주문을 했는데 보기 어떻습니까? 특별 주문한 거 같습니까?

윤 회장, 테이블을 어루만져본다.

윤 회장 좋군요. 훌륭합니다.

박 회장 야아. 이 뭐 밥상 같은 거 가지고 돈을 얼마나 달래는지. 가만있자. 그 뭐냐. 룰렛인가 구슬치기하는 거 말예요. 것도 보여드려야지. (나가려다가 갑자기 생각났다는 듯) 그래 참 그거부터 물어봐야지. 윤 회장님 지리산에 땅 샀다면서요?

윤 회장 (잠깐 보다가) 예.

박 회장 그거 나한테 파세요.

윤 회장 ……. (차가워진다)

박 회장 (전혀 눈치 못 챈 듯) 너무 비싸게 부르지 말고 산값에 그냥 파세요. 윤 회장님이야 땅장사 하는 분도 아니고.

윤 회장 좋은 생각이군요. 어차피 둘이 나눌 수 없는 땅이니.

박 회장 그러니까 윤 회장님이 파세요. 등기비용도 있고. 그러니까 내 평당 100원씩은 더 붙여드릴게. 어차피 윤 회장님 거기 개발 못 하세요. 허가권이 나와야지.

그렇지요? 허허.

윤 회장, 아무 말 없이 웃는 박 회장을 보고 서 있다.

#3   카지노 홀 파티장

실내악단의 지휘자, 새로운 연주를 시작한다. 감미로운 음악이 흐른다.

#4   홀 내 외진 곳 / 밤

혹은 베란다. 안의 음악이 들리고 있다.
혜린, 혼자 술을 마시고 있다. 생각에 잠겨 있다가 혼자 웃는다. 생각해보면 이렇게 숨는 자신이, 상황이 우습다. 웃고 돌아서다가 굳어서 선다. 두어 걸음 앞에 우뚝 서서 자신을 바라보고 있는 태수. 순간 혜린의 손에서 술잔이 떨어지며 깨져 소리가 난다.
태수, 혜린의 앞까지 와서 선다.
속생각을 알 수 없는 태수의 표정. 태수, 새삼스럽게 드레스를 입은 혜린의 아래위를 훑어본다.
혜린, 말없이 태수의 옆을 빠져나가려 한다. 태수, 그 어깨를 짚어 가만히 돌려세운다.

태 수   그새 잊었습니까? 3년쯤 전에 뵌 적이 있는데요.

혜린, 얼굴이 굳어진다.
냉정으로 무장했던 태수의 얼굴이 차츰 풀어지며 한 손이 가만히 혜린의 얼굴로 올라온다. 기억을 더듬는 듯 그 손가락 끝이 혜린의 턱선을 따라 조심조심 움직인다.
혜린의 입술 끝으로 움직이던 손이 갑자기 떨어지며 태수, 뒤로 한 걸음 물러난다.
입구에 서 있던 재희, 뚜벅뚜벅 다가오더니 혜린의 뒤에 감싸듯 선다. 태수, 재희를 보고 혜린을 보고 빙긋 미소 짓는다.

| 태 수 | 여전히 보호해주는 사람이 많으시군요. |

태수, 선뜻 돌아서더니 나가버린다.

| 재 희 | 괜찮습니까? |

혜린, 긴장이 무너져 내리며 재희를 돌아보더니 미소 짓는다. 그 눈에 눈물이 글썽이고 있다.

| 혜 린 | 아니. 기분이 아주 드러워. |

재희의 품에 고개를 박는다. 재희, 그런 혜린을 감싸려는데 혜린, 애써 기운을 내어 고개를 들더니 저만치 걸어간다. 재희, 말없이 보고 섰다.

#5   개발 예정지 산야

박 회장, 흐뭇한 표정으로 주변을 둘러보고 있다. 그 뒤를 따르고 있는 수행원들…. 그중에 정식의 모습도 보인다. 정식, 차의 뒷문을 열어 박 회장을 타게 하고 자신은 조수석에 탄다.

#6   국도

박 회장의 차가 달려오고 있다.

#7   차 내부

조수석의 정식, 뒤를 돌아본다. 박 회장, 입을 벌리고 잠이 들어 있다.

#8   국도 다른 곳

샛길에서 국도로 접어드는 컨테이너 트럭.

9   국도

달려오는 박 회장의 차. 그 앞에서 공사 중인 듯 한쪽 차선이 막혀 있다. 공사 인부, 깃발을 흔들어 통제하고 있다. 박 회장의 차를 통과시키고 뒤따라오는 다른 차는 막는다. 공사 현장에 있던 레미콘 한 대가 박 회장의 차 뒤를 따라 출발한다.

10   국도 다리 위

홀로 달려오는 박 회장의 차. 마주 오는 컨테이너 트럭.
순간, 트럭은 급브레이크를 밟아 중앙선을 넘으며 박 회장의 차를 덮친다. 뒤로 밀려 서는 박 회장의 차. 컨테이너 트럭, 재빨리 뒤로 후진을 한다. 순간, 박 회장의 차 뒤에서 달려오던 레미콘 트럭, 박 회장의 차를 밀어 반대편 다리 난간 너머로 박는다.
다리 아래로 떨어지며 박살이 나는 박 회장의 차.

11   서울 검찰청 건물 밖 / 저녁

저녁 무렵.
퇴근해 나오는 우석. 서류가 가득 든 가방을 들고 빠른 걸음으로 걸어 나오는데 기다리고 있던 듯한 사내, 영섭이 앞을 막는다.

영섭   강우석 검사님이시죠?
우석   그런데요.
영섭   박승철 회장 아십니까?
우석   (언뜻 생각이 안 난다)
영섭   이틀 전 교통사고로 사망했습니다.
우석   고발할 게 있으면 저 안에 안내 창구가 있어요. 거기서 물어보시면…
영섭   이번에 새로 카지노를 인수했었습니다. 서부호텔이요.
우석   (성가신 기분에 웃으며 뭐라 말하려는데)
영섭   카지노의 대부 윤재용 회장하고 맞붙었거든요.

우 석	(얼굴이 굳는다)
영 섭	살해당했습니다. 단순 교통사고로 처리됐지만 살해사건입니다. 조사해보시면 아실 겁니다.

우석, 그제야 심상치 않음을 느끼는데 영섭은 고개를 숙여 보이더니 재빨리 길을 건너 뛰어간다.

우 석	이보세요.

따라가려 하지만 그 앞을 가로막으며 지나가는 자동차들…. 그 사이 영섭은 사라져버린다.

#12 검찰청 근처 골목

뛰어온 영섭, 대기하고 있던 승용차의 조수석에 잽싸게 올라탄다. 차는 서서히 움직여 골목을 빠져나간다. 차는 검찰청 앞을 통과한다. 뒷좌석에 앉아 있던 태수, 검찰청 앞에 아직 망설이며 서 있는 우석을 본다. 차는 우석의 앞을 지나쳐간다.
태수, 뒤를 돌아본다. 우석은 마음을 정했는지 검찰청으로 다시 들어가고 있다.

#13 사고 현장

검찰청 마크가 찍힌 검은색 마크5차가 대기하고 있다. 운전기사가 무료하게 앉아 있다가 나온다.

순경 소리	뭐 검사님도 아시겠지만 이 스키드 마크야말로 과실 사고냐 고의 살해냐를 판단할 수 있는 중요 포인트지요.

기사, 어슬렁거리며 구경하는 곳에 우석에게 사고 현장을 설명하고 있는 좀 나이가 든 순경의 모습.

우 석   (아스팔트 위의 스키드 자국을 가리키며) 이게 당시 스키드 마큽니까?

아스팔트 위에는 중앙선을 가로지른 바퀴 자국이 보이고 사고 현장을 표시한 분필 자국들은 며칠이 지나 희미하게 남아 있다.

순 경   그렇습니다. 금 사고의 경우 피해 차량이 이렇게 선명한 자국을 남김으로써 과실로 중앙선을 침범했다는 걸 증명하고 있습니다.

우석, 경찰 조서를 넘기며 설명을 듣고 있다. 우석의 등 뒤에서 운전기사, 슬쩍 넘겨다본다. 우석이 넘기는 조서에는 사고 현장의 사진이 죽 붙어 있다. 절벽 밑에서 박살이 난 외제차의 모습이 보인다.

운전기사   아따 푸조네. 엄청 비싼 건데.

우석, 좀 갑갑한 기분으로 차가 떨어졌다는 절벽 밑을 내려다본다. 그 뒤에서 운전기사는 허리를 굽혀 스키드 마크를 내려다보고 있다.

순 경   더 물어보실 말씀 있습니까?

우석, 고개를 젓고 차 쪽으로 간다.
운전기사, 얼른 따라간다.

#14   고속국도

달리는 우석의 차.

#15   차 내부

뒷좌석의 우석, 창밖을 보고 있다. 헛걸음을 하고 돌아가는 기분. 앞좌석의 운전기사, 운전을 하다가 불쑥.

운전기사 5년 전에 제가 서우 사장님 차를 몰았거든요. 그때 차가 푸조였는데 그 차 참 말 죽입니다. 브레이크를 밟으면 팍 서고 엑셀을 밟으면 팍 나가고 소리도 없어요.

우석, 좀 짜증스러운 기분이지만 참고 있다.

운전기사 근데 이런 차는 타이어 하나까지 지 걸로 해줘야 돼요. 아까 타이어 자국을 보니까 국산을 꼈드라고요. 그런 경우가 없는데 그 차 기사가 누군지 좀 웃긴 놈인갑대요.

우석, 별 생각 없이 창밖을 보고 있다가 문득 짚이는 생각. 운전기사의 뒷머리를 쳐다본다. 그러다 들고 있던 조서를 다시 들춰본다. 사진이 붙어 있는 페이지. 거기 바퀴를 보이며 뒤집어진 차의 사진.

#16　수사 연구소 연구실

아까의 차 사진. 확대되어 붙어 있다. 그 옆에는 바퀴만 확대한 사진. 그 옆에는 스키드 마크를 찍은 사진.

연구원 이 사고 차량의 바퀴는 브리지스톤 70R 172이고 이쪽 마크에 난 자국은 한국 타이어 65R 180입니다. 즉 이 마크는 사고 차량 것이 아니란 얘기죠.

그 옆에 서 있는 우석. 벌써 수많은 생각이 시작되고 있다.

#17　우석의 검사실

오 계장, 종이커피 두 잔을 들고 와 놓아준다. 책상 위에는 사고 조서가 펼쳐져 있다. 우석과 마주 앉은 경철.

우 석 여기까지 오시게 한 건 이런 이윱니다. 저로선 제대로 수사를 하고 싶습니다. 그러기 위해선 고발장이나 진정서가 필요해요.

경 철	그러니까 우리 아버지가 살해됐다고 생각하시는 겁니까?
우 석	(웃는) 그런 생각은 안 합니다. 다만 가능성이 있다고 보는 거죠.

경철, 뭔가 망설인다. 우석, 경철을 보는 시선을 놓치지 않으며 커피를 마신다. 기다려줄 생각이다.

경 철	(결심하여) 진정서가 있으면 수사를 시작할 수 있는 겁니까?
우 석	그래요.
경 철	수사를 시작하면 제대로 끝까지 하실 수 있겠습니까?

우석, 그렇게 묻는 경철을 새삼 본다.

#18 우석의 검사실 앞

오 계장의 배웅을 받으며 나오는 경철. 걸어오는데 마주 걸어가던 영진과 스쳐 지나간다.
가던 영진, 멈칫 걸음을 멈추어 돌아본다. 코너를 돌아가는 경철의 얼굴을 확실히 본다. 영진, 경철이 나왔던 우석의 검사실을 돌아본다.

#19 조사실

앞에 앉은 트럭 운전사 강대영, 고집스러운 표정으로 천장만 쳐다보고 있다.

우 석	트럭 회사에 입사한 지 일주일 만에 사고가 났군요. 사고 난 직후 바로 회사를 그만두었고요.
대 영	그만두라고 해서 그만두었소.
우 석	피해 차량이 중앙선을 넘었기 때문에 보험회사선에서 모든 게 끝났고.
대 영	나는 죄 없소.
우 석	목격자는 아무도 없고.
대 영	다른 차가 하나도 없었다니까요.

강대영, 불끈해서 상체를 일으키더니 책상 위에 담뱃갑이며 성냥갑 등을 늘어놓으며 설명을 한다.

대영   난 이쪽 차선으로 가고 있었고. 상대 차는 이리로 오고 있었단 말요. 근데 그 차가 이리 내 앞으로 들어와서 내 트럭을 받더니 이리 떨어져버렸단 말요.

오 계장, 지겨워하는 표정으로 받아 적고 있다.

대영   내가 중앙선을 넘었으면 저쪽 차는 이쪽으로 박혔어야지. 뻔한 얘기 아니요.
우석   기억력이 좋군요.
대영   뭐요?
우석   아까 진술할 때하고 토씨 하나 안 틀려요. 연습을 많이 했어요?

강대영, 당황하다가 불끈 자리에 앉아 다시 천장을 본다.

대영   나는 죄 없소.
우석   다시 한 번 설명해볼래요?

강대영, 불안하지만 다시 담뱃갑이며 성냥갑을 늘어놓는다. 설명하려다가 말이 막히며 우석을 본다.
우석, 냉정하게 보고 있다.

20   조사실 밖 복도

조사실을 나서는 우석. 따라나서는 오 계장.

오 계장   전과 2범입니다. 둘 다 폭력이고요.
우석   저 사람 통장을 모두 조사해보죠. 뭉칫돈이 들어와 있을지 모르니까.
오 계장   저기 이런 말씀드리긴 대단히 실례스럽습니다만.
우석   (멈춰 선다) 말씀하세요.
오 계장   청부를 받았다면 실명 구좌에 넣을 리가 있습니까? 아이큐가 두 자리가 아닌 이상….

우 석　시작해주세요. (걸어간다)

오 계장, 멈춘 채로 씨근씨근 김이 나는 기분이다.

#21　카지노

전경.

#22　카지노 입구

드나드는 손님들…. 입구 검색대의 아가씨들, 문득 고개 들어 보는 곳. 민 변호사와 장근섭을 선두로 한 그 무리 네 명 정도(재희 제외), 거침없이 걸어가고 있다.

#23　종도의 상무실

벌컥 열리는 문. 책상 뒤에 앉아 있던 종도, 놀라 엉거주춤 일어선다. 장근섭의 지시에 따라 들어온 사내들, 종도에는 아랑곳없이 책상으로 다가가더니 책상 위의 종도의 명패를 집어 바닥에 던져 발로 부수고 다른 사내는 종도의 등덜미를 잡아 책상 앞으로 밀쳐내버린다.
종도, 당황한 대로 자세와 옷깃을 바로잡아 민 변호사 앞에 선다.

종 도　뭡니까? 이거 지금 뭐하는 거예요?
민 변호사　(어디까지나 찬찬한 말투) 이 상무 오늘 자로 해임됐어요. 사무실을 비워줘야겠는데요.

뒤에서 사내들은 책상 서랍 속의 물품들을 거칠게 쏟아내고 있다.

종 도　(어처구니없어 말도 안 나오다가) 이유가 뭡니까?
민 변호사　여권 있어요?

종 도	뭐요?
민 변호사	당분간 해외에 나가 있어야겠어요. 어디 아는 데 있어요?
종 도	윤 회장님 어디 계십니까? 나 좀 만나야겠는데.
민 변호사	왜 그랬어요? 처음 윤 회장님 밑에 들어올 때 약속했던 거 있지요. 쓸데없이 폭력 쓰지 않겠다. 윤 회장님을 난처하게 하는 일은 절대 없겠다고.
종 도	(벌컥) 무슨 말을 하는 겁니까. 지금.

민 변호사, 장근섭을 쳐다본다. 문가에 서 있던 장근섭, 문을 연다. 거기 사내 두 명에 끌려 들어오는 트럭 운전기사 강대영. 종도, 당황하여 필사적으로 머리를 굴리지만.

민 변호사 (불쑥) 쓸모없는 양아치.

#24　윤 회장의 집

전경.

종도 소리 절대로 심려하시지 마십시오.

#25　서재

종도, 선 채로 열과 성을 다해서.

종 도	아무 일도 없을 겁니다. 제가 다 깨끗이 정리해놓겠습니다. 믿어주셔도 됩니다.

윤 회장, 책상 뒤에 앉아 모래시계를 돌려놓는다. 모래가 떨어지기 시작한다. 저만치 앉아 있는 민 변호사도 종도 쪽에는 관심 없는 듯 딴짓을 하고 있다.

종 도	허락도 없이 이런 짓을 한 거 정말 제가 백번 죽을죄를 졌습니다. 그렇지만 그냥 한 번만 모른 척해주시면….
윤 회장	자네 혼자 한 짓이란 얘긴가?

종 도	예?
윤 회장	뒤에서 누구 사주한 사람은 없다?
종 도	사주요?
윤 회장	그러니까 자넨 지금 박 회장하고 나하고 어떤 관계란 것도 몰랐다?
종 도	(도통 모르는 말이다) 제가 잠시 미쳤습니다. 전 그저…
윤 회장	그 박태수란 아이를 견제하려다보니 박 회장 하나 없애면 간단할 거 같더라…
종 도	제가 죽일 놈입니다.
윤 회장	그랬더니 그 태수란 아이가 조용해졌든가?
종 도	제가 다 깨끗하게 정리해놓겠습니다.
윤 회장	왜?
종 도	예?
윤 회장	파친코 비밀 장부. 왜 빼돌렸나?
종 도	(언뜻 말문이 막히는데)
윤 회장	(그런 종도의 얼굴을 빤히 보고 있다가) 역시 자네가 한 짓이군.
종 도	(털썩 무릎을 꿇는다) 회장님.
윤 회장	(짜증기가 스친다. 민 변호사를 향해) 돈을 줬다고 했나? 그 트럭 모는 애한테.
민 변호사	그런 모양입니다.
윤 회장	(일어나 문 쪽으로 가며) 담당 검사가 누군지 알아봤나.

민 변호사, 윤 회장을 따르며.

민 변호사	서영호 부장검사 밑에 있는 친굽니다. 초임 검사라 아직 물정을 잘 모를 겁니다.

윤 회장과 민 변호사가 나간 방에 종도 혼자 남았다.
비굴해 보이던 종도의 얼굴에 차츰 비장한 결심이 자리 잡는다.
책상 위의 모래시계에서 마지막 모래가 떨어져 내리고 끝난다.

#26   부산항

27   부관페리 타는 곳

일본까지의 요금이며 시간이 쓰인 안내문. 아직 개찰 전이다.

대합실에 앉아 있는 종도. 그 옆에 지키고 있는 사내 두 명.

저 앞에 신문을 보고 있는 장근섭. 시계를 본다.

종도, 역시 시계를 본다. 입구 쪽을 슬쩍 본다. 조금 초조해지고 있다.

개찰원이 개찰구로 와서 선다. 막아놓았던 줄이 치워지고 개찰이 시작된다. 그 앞으로 가서 줄을 서는 사람들. 장근섭, 신문을 치우고 일어선다. 종도 양 옆의 사내들도 일어선다.

종도, 천천히 일어서다가 퍼뜩 돌아보면 대합실 입구로 밀려 들어오는 사내 들. 선두에 태호.

장근섭, 긴장하며 종도를 막아서고 수하들더러 종도를 어서 데려가라고 손짓 하지만 그러나 이미 밀쳐 들어오는 사내들. 이쪽은 장근섭까지 세 명. 대합실 의 사람들이 놀라거나 말거나 벌어지는 짧은 난투극.

장근섭, 막아서는 사내 둘을 패고 밀치고 보면 그 와중에 종도는 호위를 받으 며 재빨리 그곳을 벗어나고 있다.

28   검찰청 구내식당

우석, 밥을 먹고 있는데 그 앞에 오 계장, 수첩을 들고.

오 계장   석 달 전에 개설한 통장에 23만 원이 들어 있고요. 1년 전에 개설한 거엔 403원이 들어 있습니다. 네. (좀 의기양양해하는 표정으로 보면)

우 석   그 통장에 거래된 입금처를 다 조사해주세요.

오 계장   (대답이 없다가) 저기 혹시 제 봉급이 얼만지 아십니까?

우 석   (보는)

오 계장   제가 여기서 일한 지가 현재 16년쨉니다.

우 석   그런데요.

오 계장   16년 동안 저는 봉급이 적다거나 일이 많다고 해서 불평해본 적이 한 번도 없 어요. 네.

우 석   알고 있습니다. 고맙게 생각하고 있고요.

오 계장 왜 그런지 아십니까? 지난 16년 동안 적어도 난 내가 하는 일이 뭔지 알고 있었기 때문이죠. 내가 뭘 위해서 뭣 땜에 뭘 조사하는지 알고 있었기 때문에 사명감을 갖고 일해올 수 있었단 얘깁니다. 네.

우 석 (식판을 들고 일어서며) 지금 당장 시작할 수 있겠습니까?

오 계장 그렇게 하죠.

우석, 간다. 남은 오 계장, 분해서 수첩을 집어던지려다가 간신히 자제하고 다시 주머니에 넣는다.

#29 우석의 검사실 / 밤

한쪽에는 먹다 남은 김밥. 책상마다 쌓여 있는 서류를 일일이 찾고 있는 우석과 오 계장. 오 계장, 졸려서 거의 이마가 책상에 닿으려고 한다. 그때 씩씩한 노크 소리. 오 계장, 화들짝 놀라서.

오 계장 네에.

문이 열리며 영진이 들어선다.

영 진 안녕하십니까.

오 계장 (저도 모르게 일어나며) 신 기자아.

영진, 들고 온 비닐봉지를 기세 좋게 책상 위에 올려놓는다. 그 안에서 맥주 깡통이며 땅콩 등을 꺼내놓으며.

영 진 오 계장님 아직 장가 안 가셨죠? 월궁에 미스 박하고는 잘 안 돼요?

오 계장 그런 그 그건 오햅니다. 전….

영 진 (아랑곳없이 우석을 향해) 대한일보 신영진 기잡니다. (한 손을 내밀어) 강우석 검사님 얘기 많이 들었습니다. 연수원 수석 졸업, 미남에 총각. 저 악수하려고 손 내밀고 있어요.

우 석 (할 수 없이 악수를 받는다)

영 진   (씩씩하게 손을 흔들고는 우석의 책상 위에 있던 담배를 하나 꺼내 입에 물며 서류 하나를 들어 본다) 응 생각했던 대로구만요. 강대영, 사고 트럭 운전기사.

우 석   (서류를 뺏어 다시 놓는다)

영 진   청부살인인가 과실치사인가. 지금 통장 조사하는 거 맞죠?

어느새 옆으로 다가온 오 계장, 라이터 불을 붙여 내민다.

영 진   고맙지만 담배 끊었어요.

오 계장, 아쉽게 라이터를 거둔다.

영 진   현재 상황으로 봐선 가명 구좌를 찾는 중인 거 같은데. 일단 실명 구좌의 입금처를 조사한다. 실명, 가명 구좌 사이에는 돈이 왔다 갔다 하게 돼 있으니까. 에 그중에 엉뚱한 이름을 찾으면 그게 바로 가명 구좌인 거죠.

우 석   그냥 나가실래요. 끌어낼까요?

영 진   아직 초임 검사라 잘 모르시는구나. 검사하고 출입기자 사이요. 밥과 숟가락 같은 관계라고요. 숟가락이 없어도 밥은 먹지만 아주 불편하거든요.

우석, 꺼내놓은 맥주 등을 도로 비닐봉지에 담는다.

영 진   (불붙이지 않은 담배를 손가락에 끼웠다가 입에 물었다 하며) 저 유능한 사회부 기자예요. 특히 조직폭력 전공이고요. 1920년부터 조직폭력의 계보도를 그려드릴 수도 있어요.

우석, 영진에게 비닐봉지를 안기고 문 쪽으로 걸어가 문을 연다.

영 진   (빈 담배의 연기를 내뿜고) 실패했네. 이런 식으로 등장하면 관심 끌 줄 알았는데. (가방을 메고 문으로 간다)

우석, 자기 책상 쪽으로 오고. 오 계장, 얼른 문으로 나가 배웅하며.

오 계장　안녕히 가세요. 또 오세요.

문이 닫힌다. 오 계장, 돌아서 뭐라 말하려는데 다시 문이 벌컥 열린다.

영 진　빼먹은 대사가 있습니다. 강대영, 그 운전기사요. 이종도라는 보스 밑에 있던 똘마니예요. 이종도는 윤재용 회장 밑에 있고요.

우석, 멈춰서 영진을 본다.

영 진　윤재용 회장이라고, 이름 들어봤어요?

#30　검사실(시간 경과)

여전히 방 안 가득한 서류며 장부들…. 한쪽의 칠판에 영진이 이름과 줄을 그어가며 설명하고 있다.
우석, 보고 있다. (맨 위엔 윤재용과 박승철의 이름이 양쪽에 쓰여 있고)

영 진　(윤재용 이름 밑에 줄을 그어 이종도 이름을 쓰며) 이종도가 윤 회장 밑에 들어간 건 3년 전쯤이에요. 80년 일제검거 선풍 때 잽싸게 우산 밑으로 들어간 셈이죠. 그 전에 이종도는 박성범이라는 보스 밑에서 일했는데 이 박성범이! 전라도에서 서울로 진출해서 노주명파를 일시에 제압했던 인물이에요. 요기서 재밌는 사실 하나. 박 회장이 최근 손잡은 조직에 보스가 누구냐면 (박승철 이름 밑에 줄을 그어 박태수의 이름을 쓰며) 박태수란 자거든요.

우석, 꼼짝 않고 보고 있다.

영 진　바로 박성범이 밑에서 함께 놀았던 친구예요. 그럼 박태수하고 이종도가 한패냐.

우석, 천천히 눈을 감는다. 믿고 싶지 않은 사실이다.

영 진   (계속) 정보에 의하면 그건 아닌 거 같아요. 80년 이후로 이 둘이는 거의 원수
        지간같이 된 모양이에요. 속사정은 알 수 없지만요. 듣고 있어요?
        그때 문이 벌컥 열리며 오 계장이 몇 장의 서류를 들고 들어선다.

오 계장   찾았습니다. 이겁니다. (우석의 책상 위에 들고 온 서류 중 하나를 놓아준다)
        강영호, 가짜 이름. 지난 17일 자로 700만 원이 입금돼 있습니다.
우 석   (아직 흥분하고 있지 않다) 어디서 들어온 돈인지 찾을 수 있겠습니까?
오 계장   찾아야죠. 그래서 찾았죠. (의기양양하게 다른 서류를 내려놓는다) 삼진상사,
        이건 유령회사고 라이온 카지노 이종도 상무의 비밀 구좌 이름이기도 하지요.
        네. (잔뜩 으쓱해서 보다가 차츰 김이 샌다)

우석은 한꺼번에 지쳐버린 듯한 얼굴을 쓰다듬더니 의자를 돌려 창을 향한
다. 오 계장, 머쓱해서 영진을 돌아본다. 영진, 빈 담배를 씹으며 그런 우석을
보고 있다.

#31   강대영의 셋방 부엌

네 살 다섯 살 정도의 아들 두 명을 데리고 있는 여인(강대영의 부인), 앉아서
불안한 듯 방 안쪽을 힐끔거리고 있다. 굳게 닫힌 방문. 그 앞에는 남자들의
구두가 여러 켤레 어지럽게 놓여 있다. 칭얼대는 작은 아이에게 과자를 쥐여
주다가 여인, 화들짝 놀란다. 방문이 열리며 남자들이 우르르 나온다. 맨 나
중에 나오는 태호. 힐끗 여인과 아이들 쪽을 보고 방 안을 본다. 방 가운데
우두커니 고개를 숙이고 앉아 있는 강대영. 태호와 남자들이 나가고 난 뒤 여
인, 주춤주춤 방 쪽으로 다가간다. 고개를 들어 아내 쪽을 보는 강대영의 겁
에 질린 얼굴. 그 무릎 앞에는 두툼한 서류봉투에 삐져나온 현금 다발이 놓
여 있다.

#32   강대영의 허름한 집 앞

승용차 한 대가 세워져 있다. 집에서 수사관들이 강대영을 잡아서 나온다. 차
에 싣고 떠나고 대문간에 남은 강대영의 부인, 망연하게 차가 가는 쪽을 본

다. 그 치마꼬리에 매달려 있는 어린 아들. 그들을 이만치에서 숨어 보는 사내. 껌을 씹으며 지켜보다가 재빨리 몸을 돌린다.

#33   공중전화 박스

사내, 전화를 걸고 있다.

#34   아파트 내부

태호, 전화를 받고 있다. 전화를 끊고 돌아본다. 거기 종도가 마담의 안마를 받고 있다.

태 호   강대영이 체포됐습니다.
종 도   (마담의 손놀림에 맡겨 목을 움직이며) 얘긴 틀림없겠지.
태 호   물론입니다.
종 도   그렇지 거기. 거기 좀 더 풀어봐.
마 담   여기요?
종 도   그래. 어이 내가 겉보기엔 좀 야들야들해 보이지. 그래서 사람들이 날 좀 과소평가를 해. (아주 만족해 있다) 아 하이고 아프네. 고기가 맥이구만.

#35   커피숍

거리가 내다보이는 창가. 반쯤 빈 주스 잔을 앞에 놓는 우석의 시선으로 보이는 창밖. 도착한 승용차에서 내리는 태수. 간판을 확인한다.
우석, 주스를 한 모금 더 마시고 일어선다. 우석이 계산을 치르는 사이에 창밖에서 태수는 따라 내린 수하들을 돌려보내고 있다.

#36   포장마차

공사장 근처의 포장마차 전경. 어둠이 내리고 있다.

#37   포장마차 내부

나란히 앉아 술을 마시는 우석과 태수.

태 수   석 달쯤 됐나. 소개받았어. 이 세계에선 다 그래. 박 회장같이 카지노나 술집
하는 치들하고 나같이 주먹 가진 놈들하고 동생공사하는 거지. 다 아는 얘기
잖아.

우 석   이종도하곤 왜 헤어졌니?

태 수   (술병을 들었던 손, 잠깐 멈칫했다가 우석의 잔에 술을 따른다) 이 바닥에서
의리 같은 건 없어진 지 오래야. 배고팠던 시절엔 그래도 그런 게 쪼끔 있었는
데. (웃음으로 대충 얼버무리고 술잔을 비운다)

우 석   니가 박 회장 밑으로 들어간 건 종도하고 관계있는 거니?

태 수   야 어째 심문받는 거 같다 어? (웃는데)

우 석   아니면 혜린이 하고 관계있나?

태 수   (웃음이 멈춘다)

우 석   3년 전에 혜린이한테서 너하고 약혼했단 얘기 들었어. 윤 회장이 반대했다는
얘기도 들었고. (태수의 빈 술잔을 채워주며) 그런데 이번에 박 회장 사건이
터졌지. 대충 두 가지로 각본이 짜여졌어. 하나는 니가 윤 회장과 맞붙기 시작
했다. 다른 하나는…… 윤 회장이 너를 박 회장한테 보냈다.

태 수   난 해줄 말 없다. 검사는 너니까 니가 알아봐. (우석의 어깨를 치더니) 아줌마
여기 얼마예요?

여 자   2000원인데요.

태수, 주머니에서 돈을 꺼내려는데 우석, 그 손을 막더니 다른 손으로 1000원
짜리 두 장을 올려놓는다. 웃음이 없는 둘 사이.

우 석   혜린이하곤 왜 아직 결혼 안 했니?

잠깐 침묵….

태 수   2차 가자. 삼겹살 어때?

우석, 일어서려는 태수의 팔을 잡아.

우 석   난 니가 혜린이하고 결혼해서 잘 살아줬으면 했어. 보통의 직업… 보통의 가정을 가지고….

태수, 자기의 팔에 얹혀 있는 우석의 손등을 툭툭 치고 좀 웃고 혼자 생각에 잠겼다가 불쑥.

태 수   나 광주에 있었던 얘기했었냐?

우석, 그 말에 손을 떼고 술잔에 남았던 술을 마신다. 광주는 항상 우석의 약점이다.

태 수   광주에 후배 놈이 있었는데 그 어머니가 나한테 했던 말이 있어. 살아달라고. 살아서 광주 얘기를 남들한테 해달라고.

우석은 술잔만 보고 있다.

태 수   난 그렇게 못 했어. 그 다음에 삼청교육대에 끌려갔지. 나와보니까 모든 게 변해 있더라고. 그래서 생각했지. 강한 놈만이 할 말 다 하고 사는구나.
우 석   그래서 강해지기로 했어? 그래서 주먹패들을 끌어모으고 돈 많은 놈 찾아 손 잡고 옳고 그른 거 따질 거 없이…
태 수   기준이 뭔데? (조금씩 화가 나고 있다) 니가 말하는 옳고 그른 거 기준이 뭐야. 그 기준대로 살면 뭐가 어떻게 되는데.
우 석   태수야.
태 수   좋아. 됐어. 그만하자고.

우석, 그렇게 말하는 태수를 본다. 태수, 선뜻 일어선다. 의자를 밀치고 나가는데.

우 석   태수야…. 조만간 너한테 소환장 갈 거다. 주소 옮기지 마라.

태수, 우석을 보다가 끄덕인다. 의도적으로라도 웃어보고 싶지만 잘 안 된다.

#38   포장마차 밖

먼저 포장마차 밖으로 나온 태수, 대충 목운동을 하다가 멈칫 느낀다. 어두운 길 저만치에서 얼핏 움직이는 사내들의 그림자. 우석이 나온다. 태수, 무심한 듯 허리운동을 하며 재빨리 주위를 살핀다. 그림자들은 확실히 이쪽을 노리고 있다. 우석, 태수에게 다가오는데 태수, 얼른 뒤로 물러서며.

태 수   나 모른 척해. (그러면서 곁눈으로 그림자들을 살핀다)
우 석   (그런 태수의 눈치를 챈다. 태수의 시선 따라서 보면)

그림자들, 노골적으로 앞으로 나오고 있다.
네다섯 명의 험상궂은 사내들….

태 수   빌어먹을.
우 석   널 찾아온 거냐?
태 수   나중에 보자.

태수, 공사장 안으로 뛰어 들어간다.
사내들, 따라 뛰기 시작한다.
우석, 길 반대쪽을 본다. 거기에서도 댓 명의 사내가 뛰어온다. 그들이 들고 있는 각목…. 우석, 더 생각할 거 없이 태수를 따라 뛴다.

#39   공사장 내부

뛰어 들어온 태수, 닥치는 대로 쌓여 있는 자재들을 발로 차다가 쇠파이프를 발견한다. 집어든다.
등 뒤의 발자국. 쇠파이프를 들어 후려치려다 겨우 멈춘다. 우석이다.

태 수   너!

우석, 쇠파이프를 든 태수의 손목을 잡는다.

태 수   (다급해서 우석의 등 뒤를 본다)

이미 달려와 에워싸는 무리들.
태수, 우석을 자기 뒤로 채어 넣으려는데 우석, 잡은 손목을 놓치지 않으며
태수의 앞자리를 뺏기지 않는다. 짧은 시간의 거친 몸싸움. 태수와 우석의 의
외의 행동에, 둘러싼 무리들, 잠시 멈칫하는 사이. 우석과 태수도 멈췄다.

태 수   (제발‥ 하는 느낌) 우석아.

그러나 우석, 태수를 막듯 사내들을 향해 돌아선다. 잠깐의 몸싸움에 거칠어
진 호흡을 애써 누르고.

우 석   나 서울지검의 강우석 검사다. 날 노리고 온 거냐?

둘러싼 무리들 사이에 순간 혼란이 돈다. 무리들 앞으로 한 걸음 나서는 태호
(종도의 이인자).

우 석   날 건드릴 거면 아예 죽여놓는 게 좋아. 그럴 각오라면 와라.

사내들, 태호 쪽을 힐끗거리고 본다. 태호, 옆에 선 사내가 들고 있던 손전등
을 잡아챈다.
우석의 얼굴을 정면으로 비추는 플래시 불빛. 우석, 찡그리지만 꼼짝 않고
서 있다. 잠시의 침묵이 지나고 태호, 손짓한다. 사내들, 물러난다. 어지러운
발자국 소리가 사라지고.
우석, 멈추었던 숨을 서서히 내쉰다. 태수를 향해 돌아선다. 태수, 보다가 허
웃더니 굳게 움켜쥐고 있던 쇠파이프를 던져놓는다.

우 석   이종도가 보낸 애들이니?
태 수   ……..

우석, 뭔가 더 말하려다가 그저 끄덕이더니 돌아선다. 몇 걸음 걷는데.

태 수 오늘 온 거‥.
우 석 (멈춘다)
태 수 무슨 뜻이냐. 날 의심해서? 아님 도망가라고?
우 석 (사실은 그 질문의 답을 이 순간에야 생각하고 있다) 글쎄‥‥. (돌아보지 않은
      채) ‥ 만약에 널 잡아넣게 되면 내 손으로 할 수 있을지‥. 알아보고 싶었어.
      그랬던 거 같애.

      우석, 걸어간다. 태수, 가는 우석을 그저 보고 있다.

#40   검찰청

전경.

#41   부장검사실

부장검사 서영호, 전화를 받고 있다.

서 부장검사 예‥‥. 그럴 겁니다. ‥‥‥ 그러지요.

#42   강동환의 사무실

전화를 끊는 강동환. 한쪽에 있던 장도식.

도 식 이럴 필요까지 있을까요?
동 환 왜? (어쩐지 기분이 좋아 보이는 얼굴)
도 식 너무 궁지에 몰면 발가락을 물리는 수가 있잖습니까? 그리고 윤 회장, 절대
      만만한 상대가 아닙니다.
동 환 그럴 거야. (유쾌한)
도 식 잘못하다간 윤 회장의 카지노가 흔들릴지도 모릅니다. 사실상 어르신네 해외

자금도 거기서 만들어놓은 거고요.

동 환 자네 정보가 어둡구만. (이미 웃음기는 사라졌다)

도 식 예?

동 환 지난주에 벽제에서 모임이 있었어. 서 국장하고 장성 열둘이 모였지. 그 모임을 주선한 게 누군지 아나? 윤 회장 그 늙은이야.

도 식 그렇다면….

동 환 그래. 윤 회장 그 늙은이라면 서 국장 정도는 가볍게 요리하지. 늙은이가 서 국장에게 나에 대한 말 어떻게 하고 있을지 눈에 보이지 않나?

도 식 (미소가 떠오른다) 윤 회장답군요. 정확하고 신속해요.

동 환 서 국장이 윤 회장을 받아들이게 되면….

도 식 실장님께서 많이 곤란해지시겠군요.

동 환 (그렇게 말하는 장도식을 힐끗 보고 서성이는) 장 부장.

도 식 예.

동 환 카지노 운영할 만한 사람 한번 찾아봐. 윤 회장만큼 머리가 잘 도는데 윤 회장보단 노골노골 해야 돼. 무슨 말인지 알지?

장도식, 머리를 숙여 보인다.

동 환 빨리. 늦기 전에.

강동환은 결정이 다 끝났다는 듯 길게 기지개를 켜고 있다.

#43   검찰청 조사실

테이블 위에 늘어져 있는 담뱃갑이며 라이터 등을 움직이며 하는 설명.

대영 소리 이렇게 내가 이쪽에서 차를 막았습니다. 그리고 그 뒤에 오던 레미콘이 차를 밀었습니다.

설명하고 있는 강대영. 듣고 있는 우석. 받아 적는 오 계장.

우 석   중앙선 넘어간 바퀴 자국이 있었는데.

대 영   레미콘 뒤로 차가 한 대 또 왔습니다. 그 차가 자국을 냈습니다.

오 계장, 어이없는 얼굴.

우 석   세 대의 차에 그 많은 사람들이 공모를 했는데 다른 사람들은 알지 못한다.

대 영   그날 처음 봤습니다. 난 전화받고 하란 대로만 했습니다.

우 석   전화를 걸어온 사람도 누군지 모른다.

대 영   난 그냥 돈 준다기에 차를 막는 일만 했습니다.

우 석   이종도가 누군지 알아요?

대 영   압니다. 전에 형님으로 모셨습니다.

우 석   이번 일에는 관계없고.

대 영   본 지 오래됐습니다.

우 석   왜 거짓말을 해요?

대 영   예?

우 석   당신, 사건 치르고 나서 돈을 받았어요. 알지도 못하는 사람 일을 후불 받고 해?

대 영   (우물쭈물)

우 석   일 시킨 사람 누굽니까?

대 영   (고개를 숙이는)

오 계장, 기대하며 보고 있다.

대 영   (낮은 목소리) 회장님이요.

우 석   누구요?

대 영   윤재용 회장이요.

우석, 오 계장, 아연해서 본다.

오 계장, 비로소 정신을 차리고 타이프를 친다. 심문 내용이 문답 형식으로 적혀 있는 종이. 타이프 종이에 박히는 글자.

[답 윤재용 회장이요.]

44   우석의 검사실

안절부절 거닐고 있는 오 계장.
창문 쪽에서 우석, 동전을 햇볕에 비춰보고 있다.

오 계장   (드디어 못 참고) 체포가 아니라 소환입니까? 그래도 명색이 살인교사범인
         데…. 아니 뭐 이해를 못 하는 건 아닙니다. 상대가 상대니만큼 신중을 기하
         셔야겠지요. 허나 참…. 그….
우 석   실망했습니까?
오 계장   아뇨. 그냥 뭐랄까. 상대가 상대니만큼 체포영장이 덜컥 나오기도 힘들겠지
         요. 이해하죠.
우 석   우리가 갖고 있는 증거는 자백밖에 없어요.
오 계장   물론 그렇죠. 이해합니다.
우 석   (동전을 던졌다가 손등에 받아 감싸) 내기할까요? 소환장 받을 수 있다는 데
         걸래요? 그 반댑니까?
오 계장   예?
우 석   (동전을 보지도 않고 주머니에 넣으며) 난 받지 못하는 데 걸겠어요. 알겠습니
         까? 소환장도 어려워요.

서류를 집어들고 나간다. 남은 오 계장, 눈만 껌벅거리고 있다.

45   부장검사실

서 부장검사, 서류를 살펴보고 있다. 그 앞에 서 있는 우석.

서 부장검사 윤 회장 같은 인물을 소환한다는 거 어떤 일인지 알고는 있어? 이 정도면
         사회면 톱이야. 잘하면 일면에 제목이 들어갈 수도 있고.
우 석   자금 추적, 돈세탁 경로, 범행 동기. 무엇보다 자백한 증인이 있습니다. 그 정
         도면 심문 자료로 충분하다고 생각했는데요.
서 부장검사 보통의 경우라면 그렇지. (서류를 탕 집어 밀어놓는다)
우 석   (예상했던 일이다) 부족하다면 보강해서 다시 올리겠습니다. (서류를 집으려

는데)

서류 위에 올려져 있는 서 부장검사의 손, 치우지 않는다.

우 석   (보면)
서 부장검사 해봐.
우 석   … 예?
서 부장검사 소환하라고.
우 석   (선뜻 믿기지 않는데)
서 부장검사 강 검사, 교과서대로 하는 사람이잖어. 교과서대로 해보자고. (웃어 보인다)

그러나 우석, 선뜻 웃음이 나오진 않는다. 이렇게 쉽게 될 일이 아니었다.

#46   우석의 하숙집 대문 밖 / 밤

대문을 여는 선영. 멈칫하는 기분. 대문 밖에 서 있는 영진.

#47   하숙집 마당

방문을 열고 나오는 우석, 당혹스러운 기분. 마당 한가운데 영진, 당당하게.

영 진   안녕하십니까?
우 석   (어처구니없는 기분에 보다가) 여긴 어떻게 알았어요?
영 진   주소 보고요.

뒤에서 보던 선영, 부엌 쪽으로 들어간다. 우석이 아는 여자라는 것에 별 좋은 기분 아니다.

우 석   (영진의 앞에 서며) 원래 검사 집에까지 찾아오고 이래요?
영 진   (서류봉투를 들어 보인다) 거래하러 왔습니다. 또 하나의 확실한 심증 자료.
우 석   …… 나가시죠. 근처에 찻집이 있는데…

그러나 영진은 이미 우석의 방으로 가며.

영 진   얘기하긴 여기가 좋겠는데요.

영진, 방으로 들어가고 있다. 우석, 어이가 없다.

#48   우석의 방 안

우석, 들어선다. 영진, 벌써 자리를 잡고 앉아 봉투에서 서류며 등기부등본 뭉치들을 꺼내고 있다. 우석, 문을 열어놓은 채 문가에 자리 잡아 앉는다. 영진, 그중에 지도를 펴 들고 우석 쪽으로 다가앉으며.

영 진   이건 사실 제 쪽에서 손해를 보는 장사란 말입니다. 이 지도 좀……. (그러다가 문을 닫는다) 이거 좀 보세요.
우 석   (도로 문을 열어놓는다)
영 진   (그런 우석에 웃음기가 새어 나오지만) 여기 빨간 원이 그려진 데요. 대충 20만 평이 넘는 땅이에요. 그리고 이 옆에 파란 원 안에 땅 요것도 한 10만 평이 넘어요. 소유자가 누굴 거 같아요?

우석, 아직 불쾌한 기분을 떨치지 못하고 영진을 보고만 있다.

영 진   어이구 참 드러워서 못 해먹겠네. 지금 고마워서 쩔쩔매야 되는 쪽은 검사님이고요. 난 뻗대면서 알려줄까 말까 이래야 하는 입장이라고요 이게.
우 석   …… 소유자가 누굽니까?
영 진   빨간 쪽은 윤 회장, 파란 쪽은 박 회장. 감이 잡혀요?

#49   부엌

참외를 깎아 가지런히 놓은 접시. 마지막 참외 쪽을 얹어놓는 선영. 쟁반을 내려 접시를 담으려다가 불끈. 탕 내려놓는다. 모양이 흐트러지는 참외 쪽들. 잠시 내려다보다가 선영, 다시 참외들의 자리를 잡기 시작한다. 접시 밖, 쟁반으로 떨어진 참외는 집어 우적 씹어 먹는다.

50   우석의 방

영진   그 정도 규모라면 골프장 정도가 아니라고요. 대규모 위락단지, 그러니까….

선영, 쟁반을 들여놓는다. 우석, 황송해서 얼른 받는다. 영진, 그런 두 사람을 살펴보다가 선영과 시선이 마주친다.
선영, 무시하듯 시선을 돌려 문 앞에 어질어진 것들을 탁탁 챙겨놓는다. 우석, 그런 선영에게 미안해서 거든다. 영진에게 대하던 태도와는 다르다.
선영, 문 옆쪽에 놓여 있던 와이셔츠 등의 세탁물이 들어 있는 바구니를 들고 나간다.

우석   (좀 어색한 대로 등기부등본들을 살피며) 토지 구입은 윤 회장이 먼저 시작을 했군요. 우리가 조사한 걸로는….
영진   어느 정도 진행됐어요?
우석   조사 말입니까?
영진   저 아가씨하고 강 검사님 관계.
우석   (… 무시하고) 서부 카지노 역시 윤 회장이 먼저 노렸다고 하던데.
영진   이상하다고 생각했어요. 마담뚜들이 극성인데 어떻게 아직 혼자일까…. 이유가 있었군요.
우석   카지노든 개발 지역이든 결국 허가권의 문제란 말이죠.
영진   진부한 스토리예요.
우석   이봐요.
영진   이 사건 말이에요. 고위직하고 연결돼 있다고요. (생글생글 웃고 있다) 그 고위직께서 어느 회장편인지는 모르겠지만요.
우석   (언뜻 멈추어 영진을 본다)
영진   (그런 우석의 눈치를 못 챈 채) 자 그럼 장사를 계속해야죠. 정보의 대가.
우석   (뭔가 생각하고 있다)
영진   기자회견 할 거죠? 발표 내용에 없는 거 두 가지만 얘기해줘요.

우석, 영진의 무심히 지나쳐가는 말에서 떠오른 감이 잡힐 것 같다.

#51   검찰청

전경.

#52   부장검사실

서 부장검사, 거울 앞에 서서 넥타이를 바로잡는다. 거울 속 자신의 얼굴을 들여다본다. 사실 지금부터 하려는 일은 결코 단순한 일이 아니다. 사태 파악을 잘 해야 한다.
노크 소리.
서 부장검사, 돌아선다. 문이 열리며 젊은 조사관이 얼굴만 들이민 채.

조사관   기자들이 왔습니다.
서 부장검사   (잠깐 사이… 끄덕여 보인다)

조사관이 열어놓은 문으로 우르르 들어오는 기자들, 그중에는 사진기자도 보인다.

#53   검사장실

창가에 주르르 놓여 있는 난 화분들.

우석 소리 너무 쉽다는 생각을 했습니다.

검사장은 쭈그리고 앉아 물통을 들어 난 화분에 물을 주는 작업을 하고 있다.

우 석   솔직히 이렇게 간단하게 윤 회장의 소환장이 발부될 수 있을 거라곤 생각도 못 했습니다.
검사장   근데 어째 좋아하는 얼굴로 안 보이네요.

우 석	윤재용 회장, 지난 20년간 세무조사 한 번 안 받았던 사람입니다. 제가 자금 추적을 했다고 하지만 기껏해야 그 밑에 부하 직원까지에서 그쳤어요. 그런데…
검사장	펄펄 뛰고 막을 줄 알았던 상부에서 오히려 적극 지원을 하더라.
우 석	… 제가 누군가에게 이용을 당하고 있는 겁니까?
검사장	(온화한 얼굴로 우석을 본다) 만약 그렇다면 어떻게 하려고요?
우 석	(선뜻 대답하지 못하는)
검사장	나 아주 궁금해요. 만약 그렇다면 강 검사가 어떻게 할지.

우석, 그렇게 말하는 검사장의 의중을 살핀다.

#54　검찰청 내 기자실

바쁘게 달려 들어오는 기자들. 저마다 전화기에 매달려 본사에 소식을 전한다. 메모한 수첩을 펴고 읽어주기도 하고.

#55　카지노

한창 손님이 가득 차서 바쁜 시간. 스케치… 휴게실 바에 나란히 앉아 음료수를 마시고 있는 혜린과 현숙.

현 숙	뭐하는 사람이야?
혜 린	누구요?
현 숙	있잖아. 그 키 큰 애인.
혜 린	아아. (웃는)
현 숙	이름이 뭐야?
혜 린	(잠깐 생각하다가) 재희요. 백재희.
현 숙	그 시간에 데리러 오는 걸 보면 회사원은 아닌 거 같고. 혹시… 아이 설마 그렇진 않겠지.
혜 린	뭐가 그렇지 않아요?
현 숙	여기 그런 애들 좀 있어. 딜러라는 게 그래도 고소득이잖아. 백수건달 애들이 잘 붙는다고. 기둥서방 말야.

혜 린   그 사람 기둥서방처럼 보였어요?

현 숙   어머 내가 그런 식으로 말했어? 말이 헛나갔네. 그니까 오해하지 않게 다 털 어놓으라고. 만남부터 현재까지.

혜 린   음…. 처음 만난 건 내가 중학교 3학년 때고요.

현 숙   시작은 재미없다아.

혜 린   그 후 언제나 내 옆에 있었어요.

현 숙   그건 더 시시하다 애.

혜 린   (말하다보니 생각에 빠진다) 그런 거 알아요? 한 사람은 주기만 하고 다른 한 사람은 받기만 하는 거예요. 받는 사람은 받으면 받을수록 불편해지고 더 멀 어지는 거 같은데 그래도 어쩔 수 없어요. 처음부터 그렇게 정해졌거든요. 한 사람은 주기만 하고 다른 한 사람은 받기만 하는 걸로….

현 숙   (무슨 말인지 모르겠다) 그러니까 미스 윤이 주는 쪽이야? 마음 주고 몸도 주고?

혜린, 그만 웃고 선뜻 일어선다. 돌아서 가는데 그 앞에 최 과장과 남자 직원 몇이 신문을 보고 있다.
수군거리는 표정들이 심상치 않다.
최 과장, 침중한 얼굴로 신문을 접는다.

혜 린   뭐예요?

최 과장   교대 시간 안 됐어요? 일해요.

기분 나쁜 듯 가버린다. 혜린, 최 과장이 놓고 간 신문을 들어 본다. 놀람. 믿 을 수 없는 기분.
신문 사회면에 커다랗게 나와 있는 제목.
[카지노 대부 윤재용 회장 검찰 소환]
옆의 중간 제목 [박승철 회장 살해교사 혐의] [카지노 이권 분쟁] 기사 옆에는 윤재용 회장의 얼굴 사진이 나와 있다.

56 윤 회장의 집 서재

문이 벌컥 열리며 혜린, 들여다본다. 책상이며 책상 위의 모래시계는 그 자리에 있지만 서재는 비어 있다.

57 안방

역시 비어 있다. 혜린 모친이 사망한 이후 윤 회장 혼자 쓰는 방. 여자의 손길이 닿지 않은 삭막한 느낌. 혜린, 우두커니 서서 낯선 듯 방 안을 둘러본다. 생각해보면 전혀 들어와보지 않던 방이다. 옷걸이에 걸려 있는 가운을 슬쩍 건드려보기도 하고… 침대에 걸터앉는다.

문득 본 사이드테이블 위에 놓여 있는 액자. 혜린의 대학 졸업모를 찍은 사진과 영재의 사진이 양쪽에 하나씩 들어 있다. 둘 다 면접 서류에나 붙임직한 딱딱한 사진들이다.

사이드 테이블의 서랍을 빼어 본다. 손길이 멈춘다. 잠시 후 꺼내드는 것, 또 하나의 액자다. 액자 속에는 어린 시절의 혜린과 영재, 부친과 모친이 함께 찍은 가족사진이 들어 있다. 단란해 보이는 한 가족.

혜린, 문득 목이 메는 기분으로 그렇게 앉아 있다.

58 아파트 내부

아파트의 주인 여자(술집 마담을 함직한)가 양주며 안주가 든 쟁반을 가져와 거실 탁자에 놓는다.

소파에 앉아 있는 종도, 신문을 읽고 있고. 그 앞에 앉아 있는 태호. 종도, 신문을 탁자에 던져놓는다. 언뜻 보이는 윤 회장에 대한 기사 제목.

여자는 익숙한 솜씨로 얼음 넣고 술 따르고….

종 도 (기분이 좋아져 있다) 일이 아주 재미있게 풀려가고 있단 말여. 이렇게 되리라고는 나도 상상도 못 했지. (여자가 건네주는 술을 받아 마시고) 이거 박 대통령이 먹던 술인가?

여 자 시바스 리갈. 괜찮죠?

종 도	좋네. 기가 막혀.
태 호	어떻게 하실 생각이십니까?
종 도	제일로 간단한 방법이 있지. 윤 회장 그 늙은이가 자백을 하는 거야. 내가 시켰다. 내가 죽였다.
태 호	그렇지만…
종 도	윤 회장, 그 딸내미 있지. 내 보기엔 늙은이가 아들보단 그 딸을 중히 여기더란 말야. 후계자로 생각하는 것이지. 밑바닥부터 착실하게 수업을 시키는 거봐. 아주 끔직허게 생각을 하드라고.

태호, 무슨 소린지 몰라 눈만 껌벅거리며 본다.

종 도	한 잔 더 따라봐. 이거 참 입에 착착 감기는구만.

#59　카지노 내부

테이블들을 감독하던 최 과장, 언뜻 입구 쪽을 본다. 거기 태호가 서너 명의 사내들을 데리고 들어서고 있다. 최 과장, 어째 기분이 좋지 않다. 들어선 태호, 마중 나온 남자 직원(기도)에게 고개를 끄덕여 보인다. 그 직원, 알았다는 듯 다른 직원에게 간다. 낮게 뭔가 전달한다.
불안해진 최 과장이 보는 시선에서, 그런 전달은 카지노 곳곳에 흩어져 있던 남자 직원들에게 전해지고 있다. 전달을 받은 직원들은 지체 없이 자기와 자리를 떠나거나 다른 직원에게 전달한다.
태호는 테이블의 딜러들을 훑어보며 혜린을 찾는다. 시계를 본다. 옆에 있던 사내, 태호에게 뭐라 말한다. 태호, 돌아보면 입구로 수심에 찬 혜린이 들어오고 있다.
혜린, 걸어오다 태호에게 막혀 선다.

태 호	회장님께서 부르십니다.

혜린, 좀 이상해서 태호며 옆의 사내들을 둘러본다.

| 태 호 | 은밀히 모시고 오라고 하셨습니다. |

혜린, 선뜻 대답하지 않고 있는데 그들 사이로 들어서는 최 과장.

최 과장	무슨 일이에요?
태 호	(성가시다) 가서 일 보시죠.
최 과장	(태호를 무시하고 혜린에게) 4시간 30분 늦었어요. 그만큼 연장 근무해야 되는 거 알지요?

말하며 혜린의 팔을 잡아 데리고 가려고 한다.
최 과장으로서는 이 심상치 않은 분위기에서 혜린을 빼내려는 의도이다. 그러나 태호의 눈짓에 양옆의 사내들이 최 과장을 거칠게 잡아 떼어낸다. 최 과장, 놀라 태호를 보다가 그보다 더 놀랄 상황을 본다. 자리에서 이탈한 남자 직원들이 줄줄이 문 밖으로 나가버리고 있다.

#60　　호텔 내 계단쯤

태호와 두 남자와 나오는 혜린, 계단을 오르려다가 문득 멈춰 선다.

혜 린	아버지 지금 어디 계시죠?
태 호	가보시면 압니다.
혜 린	잠깐만요. 저 댁들 얼굴 본 적 없어요. 아버지 밑에서 일하는 분들은 제가 거의 아는데요.
태 호	(잠깐 찌푸려 생각해보다가 사내들에게) 끌고 와.

앞서 나간다. 혜린, 놀랄 새도 없이 사내들에게 양팔을 잡힌다.

#61　　호텔 야외 주차장

주차장 옆 화단에 꽃이 피어 있다.
그 꽃들 위로 원반이 날아와 떨어진다. 재희, 원반을 주워든다. 그 밑에 깔렸던 꽃이 눕혀져 있다. 재희, 꽃의 줄기를 세워본다. 원반을 던졌던 일곱 살 정도의 아이가 달려온다. 재희, 원반을 아이에게 강하지 않게 날려준다. 아이, 서툴게 겨우 받는다. 아이 얼굴에 활짝 웃음이 피어난다. 저만치 뒤에 승용차를 타려던 부부, 아이를 부른다. 아이, 돌아서 달려가다가 서더니 재희를 돌아보고 꾸벅 절을 하고는 다시 달려간다.

재희, 얼굴에 얼핏 미소가 스친다. 재희, 무심히 돌아서다가 문득 굳는다.

저 멀리 호텔 입구에 대기해 있는 승용차. 두 사내에게 팔을 잡힌 혜린이 억지로 태워지고 있다. 차는 급출발을 한다.

재희, 그 차가 가는 방향에서 시선을 떼지 않으며 잽싸게 자신의 차로 달려가 탄다. 거칠게 출발한다.

#62   길

달려오는 태호의 차. 운전기사와 조수석에는 태호, 뒤에는 두 사내 사이에 끼어 앉은 혜린. 그들 뒤를 따라 미친 듯이 달려오는 차를 발견한다.

재희, 추격한다. 앞차의 혜린도 뒤를 따라오는 재희의 차를 알게 된다. 추격전.

바로 옆에까지 따라붙은 재희, 앞차를 어떻게든 세우기 위해 계속 충돌을 시도한다. 그 정신없는 와중에 앞차의 혜린, 순간의 기회를 잡아 두 팔로 운전기사의 눈을 가리고 목을 잡아당긴다. 급브레이크로 한쪽에 처박히며 서는 차. 재희의 차, 앞을 막듯 박아 선다.

재희, 언제나 갖고 다니는 좌석 옆의 목검을 빼어들며 뛰어나온다. 차에서 뛰어내리는 사내들. 재희, 그대로 공격을 시작한다.

혜린, 틈을 타 뛰쳐나와 재희의 차 쪽으로 달려간다. 재희의 앞에 태호, 일본도를 빼어든다. 사내 중의 하나, 차의 트렁크에서 꺼낸 쇠파이프들을 순식간에 나눈다. 재희, 넷에게 포위된 상태가 된다. 혜린, 어쩔 줄 몰라서 보다가 재희의 차 운전석으로 뛰어 들어간다. 시동을 걸려고 하지만 박혀서 세워진 차는 좀처럼 시동이 걸리지 않는다.

1대 4의 격투. 재희, 더러 얻어맞기도 하지만 결코 밀리지 않는 대결이다. 재희, 태호의 칼에 어깨를 베인다.

혜린, 간신히 시동이 걸린다. 거칠게 차를 뒤로 뺀다. 재희, 이미 상대를 두엇 정도 뻗게 한 상태. 뒤의 사내에게 발로 걷어차이면서도 앞의 태호의 손을 쳐

서 검을 떨어뜨리고 태호를 후려친다. 그래서 생긴 공간으로 뛰어나가 혜린이
대기시킨 차에 올라탄다.
혜린, 중앙선을 넘어 차를 돌려 출발한다.
그 뒤에 오던 다른 차, 반쯤 돌며 겨우 세운다. 달려가는 혜린의 차.

#63   차 내부

정신없이 운전하던 혜린, 얼마만큼 가서야 겨우 정신을 차린다. 옆 좌석의 재
희를 돌아본다.
재희, 어깨의 상처를 막고 있던 손을 떼어 본다. 피가 흥건히 묻어 나왔다. 시
선을 느끼고 혜린을 돌아본다.
혜린, 재희의 피를 보고 기가 찬 심정으로 운전을 계속하는데.

재 희   죄송합니다. 잠깐 딴 데를 보고 있었습니다.

혜린, 불끈하여 그만 차를 옆으로 빼어 세워버린다. 재희를 본다. 울어버리거
나 화를 내버릴 것 같은 아픔과 안타까움으로.
재희, 그런 혜린의 기분을 느끼고 얼핏 자조적인 미소가 스치며 시선을 돌
린다.

15부 THE END

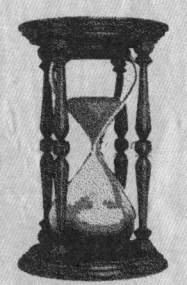

16부

이거 봐라. 뭔가 뜻이 있는 거 같지 않느냐.
한쪽 모래가 다 떨어지면
끝나는 게 꼭 우리 사는 거 같다.
제 아무리 대단한 것도 끝이 있는 법이다.

The
    Sandglass..

#1 윤 회장의 집 대문 앞

기자들이 여럿 서성거리고 있다.
굳게 잠긴 대문. 그 대문을 찍는 방송국의 카메라.

소리 소환 날짜가 다가오고 있는 가운데 윤재용 회장은 일체 모습을 드러내지 않고 있습니다.

#2 거실

윤 회장 밑의 사내들 몇, 텔레비전을 보고 있다.
그들이 보고 있는 텔레비전의 뉴스 화면에 굳게 닫혀 있는 윤 회장의 집 대문이 비춰지고 있다.

소리 성북동 윤 회장의 자택 대문은 굳게 닫혀 있으며 기자들의 출입을 막고 있는 상태입니다. 사회부 오병훈 기자의 보돕니다.

#3 재희의 방

장식이라고는 거의 없는 재희의 방. 가슴에 붕대를 감은 채 침대에 걸터앉아 있는 재희, 와이셔츠를 입으며 텔레비전을 보고 있다.
그 위에 기자 리포트 소리 계속.

소 리 　박승철 회장의 불의의 교통사고가 고의에 의한 살해임을 밝혀낸 바 있는 검찰은, 당시 가해 트럭의 운전기사였던 강대영 씨를 연행, 사건 전모를 자백받은 바 있습니다.

#4 　서재

혜린, 텔레비전을 보고 있다. 윤 회장의 스냅사진이며 카지노의 전경, 은행의 스케치 등 화면이 흐르는 가운데 계속되는 리포트….

소 리 　사고 직전 박승철 회장과 윤재용 회장은 카지노 허가권과 지리산 개발 허가권을 놓고 치열한 경쟁을 해왔다고 합니다.

암담한 심정으로 고개를 돌리려던 혜린, 멈칫 다시 화면을 본다. 화면에는 검사실에서 나오는 우석이 기자들에게 둘러싸여 간신히 빠져나오는 모습이 비춰지고 있다.

소 리 　이번 사건을 담당하고 있는 서울지검의 강우석 검사는 윤재용 회장의 비자금 장부를 조사하겠다고 발표, 세간에 의혹이 집중되고 있는 막후 권력층에까지 조사를 확대시키겠다는….

#5 　태수의 집

화면 속 스톱모션으로 잡힌 기자들 사이에서 우석의 성가신 듯한 얼굴.

소 리 　검찰의 의지를 대변한 것으로 보여집니다.

앵커의 얼굴이 이어지며.

앵 커 　다음 소식입니다.

텔레비전을 끄는 장도식. 태수의 빌라 거실이다. 넓은 공간에 비해 절제된 인

테리어. 태수, 소파에 길게 기대앉아 있다. 어쩐지 우울해 보이는 얼굴. 저 뒤쪽으로 정근 등이 소리 없이 지나쳐가는 모습도 가끔 보이고…. 태수가 그 수하들과 함께 지내는 집이라는 분위기.

도 식   강우석 검사? 고등학교 때부터 친구라고?
태 수   … (내키지 않는) 예.
도 식   아주 제보를 제대로 한 거 같아. 잘 골랐어. 웬만한 검사들 저렇게 못 해. 상대가 윤 회장인데 쉽지 않은 일이야.
태 수   그 친구라면 상대가 누구든 몸 사릴 성격이 아니니까요.
도 식   위에선 윤 회장을 깨끗하게 정리해놓고 그 자리에 새 인물을 앉히고 싶어해. 내 생각은 좀 달라. 시끄럽게 소문나게 할 필요 없거든. 얼마든지 조용하게 보기 좋게 처리할 수가 있다고.
태 수   (지나가는 정근에게) 어이 맥주 찬 거 있냐?

정근, 대답하며 가고. 그렇게 관심 없어 보이는 태수에게 미소가 나오는 장도식.

도 식   윤혜린이…. 윤 회장 딸.
태 수   (돌아본다)
도 식   자네하고 각별한 사이였지 아마. 윤 회장이 일선에서 물러나게 되면 그 딸한테 자리를 넘기고 싶어할 거야. 난 자네하고 혜린 양 아주 어울린다고 생각하는데…. 자네 윤 회장 자리를 원했던 거 아닌가? 그렇게 되면 모양도 좋고 구색도 맞고….

태수, 보다가 허허 웃더니 일어선다. 정근이 가져온 맥주를 받아 시원하게 마신다. 장도식, 시계를 보고 일어서 윗옷을 걸쳐 입다가.

도 식   아 이종도. 아직 서울에 있는 모양이야. 며칠 전에 혜린 양을 납치하려고 했단 얘길 들었어.

태수, 정지한다. 돌아본다.

도 식   이종도 그 친구. 워낙 과격한 데가 있어. 궁지에 몰린 쥐 꼴이니 무슨 짓을 못 하겠나. 그 참…. (설레설레)

#6   우석의 하숙집

억수같이 내리는 비.
대문을 여는 선영. 그 앞에 서 있는 재희.

재 희   강우석 검사 댁입니까?
선 영   그런데요. 아직 안 오셨는데….

재희, 뒤를 돌아본다. 그 뒤에서 나서는 혜린. 품위 있는 정장 차림.

혜 린   안에서 기다려도 될까요?

선영, 뭐라 대답해야 할지 모르겠는데.

혜 린   (재희에게) 혼자 만나고 싶어.

재희, 고개 숙여 보이고 간다.
선영이 머뭇거리는 옆을 혜린, 지나쳐서 들어간다.
(시간 경과)
열려진 안방 문틈으로 자리에 누운 아버지를 보살피는 선영의 모습. 옷을 갈아입혔다. 벗긴 옷가지를 들고 나오는 선영. 부엌 쪽으로 가며 보는 곳, 우석의 방문 앞에 혜린이 앉아 있다.
(시간 경과)
어두워진 마당.
비가 내리는 마당을 정리하던 선영, 대문 쪽을 본다.
서류가방에 서류봉투를 잔뜩 든 우석, 들어서고 있다.

우 석   (선영에게) 찬밥 남은 거 있어요? 어뜩하죠. 또 저녁 굶었는데.

선영, 혜린 쪽을 가리켜 보인다.
우석, 혜린 쪽을 보고는 표정이 굳는다. 혜린, 일어선다. 어색한 대로 미소를
지으며. 우석, 혜린에게 다가간다.

혜 린   오랜만이야.

우석, 방문을 열어 가방이며 봉투를 안에 들여놓는다.

우 석   들어오지.

먼저 방으로 들어간다. 그 뒤를 따른다. 그런 둘을 보고 있는 선영.
비가 내리는 울타리 밖으로 우산을 쓰고 있는 재희가 언뜻 보인다.

#7   방 안

우석, 먼저 자리를 잡아 앉으며 윗도리를 벗는다.
망설이며 서 있는 혜린에게 옷을 건네준다.
혜린, 여전한 우석의 배려심 때문에 좀 웃고. 받아서 무릎을 덮으며 앉는다.

혜 린   고마워⋯. 우석 씨 여전한 거 같애. 아까 하숙집에 앉아 있는데 옛날 생각나
        더라.
우 석   ⋯ 아버지가 보내서 왔니?
혜 린   (멈칫 보고) 사건 나고 나서 아버지 한 번도 못 뵈었어.
우 석   (끄덕인다)
혜 린   무슨 일인지 나도 뉴스 보고 알았어. 물어볼 데도 없고 가르쳐주는 사람도
        없고.
우 석   신문에 나온 대로야. 좀 과장되기는 했지만.
혜 린   (망설이다 결심하여) 잘은 모르지만 아버지 그런 일을 할 분은 아니야. 살해
        같은 거⋯. 아냐. 뭔가 잘못됐어. 그럴 분은 아냐.
우 석   (좀 웃고) 말이 다른데.
혜 린   뭐가?

우 석	전에 태수를 삼청에 보낸 거 느이 아버지가 시킨 거라고 안 했니? 그때 너 그랬어. 충분히 그럴 사람이라고.
혜 린	(말이 막히는데)
우 석	(일어선다) 옛날 친구를 이런 식으로 만나고 싶지 않아…. 오지 않는 게 좋았어.
혜 린	(따라 일어서고. 우석의 옷을 놓아주고) 우석 씨 옛날에 나 좋아했었지. 그 마음 지금도 조금은 남아 있지?
우 석	(허 웃고, 시선을 돌린다)
혜 린	그렇다면 한 번만 더 생각해줘. 우리 아버지 증거 남겨가면서 청부살해 같은 거 안 해. 그 뒤에 누가 있어. 누군가 아버질 모함하는지도 몰라. 아니라면 아버지 같은 위치에서 이렇게 당할 리가 없어.
우 석	그 말… 나 같은 일개 검사는 느이 아버지 같은 분 함부로 건드릴 수 없다는 뜻인가?
혜 린	… 그래.
우 석	(웃는다) 대한민국 검사로서 화가 나는데.
혜 린	대한민국 검사. 난 안 믿어.

우석, 치미는 것을 삼키고 혜린을 보다가 혜린을 스쳐 지나가 방문을 연다. 담 너머 우산을 쓰고 자리를 지키고 있는 재희의 옆모습이 보인다.

우 석	조사하다보니까 너에 대한 것도 있더라. 아버지 밑에서 후계자 수업을 받고 있다고…. 옛날에 넌 챙피한 게 참 많았는데. 넌… 누구 딸인 거 상관없이 변하지 않을 줄 알았어. 그렇게 믿었어.

혜린의 옷차림을 다시 눈여겨보는 듯하더니 방문을 활짝 열어 보인다.

우 석	얘기해준 거 고마워. 우리도 지금 그걸 조사 중이야.

혜린, 더 이상 말을 꺼내지 못한다. 잠시 더 보더니 방을 나선다.

#8   부엌

찌개의 불을 보던 선영, 대문 소리에 뒤를 돌아본다.

#9   하숙집 대문

나가는 혜린을 보는 우석. 혜린이 대문을 나서자마자 다가와 우산을 씌워주는 재희. 그 뒤로 우석이 대문을 닫아건다.

#10   우석의 방

문을 연 선영이 보면, 책상 앞에 앉아 등을 보이고 있는 우석.

선 영   그 여자분은 가셨어요?
우 석   (대꾸가 없다)
선 영   아는 분이신가보죠?
우 석   (여전히 뒤도 돌아보지 않는다)

선영, 서운한 마음으로 들고 온 밥상을 거칠게 안에 들여놓아주고 문을 닫아 버린다.

#11   종도의 여자 아파트

문이 벌컥 열리며 우르르 들이닥치는 창민, 정근 등의 사내들….
골프채를 들고 마루에서 연습을 하고 있던 종도, 놀라서 본다. 안에서 나오던 여자, 뭐라 말할 사이도 없이 사내들에게 밀리고, 종도, 급한 대로 옆에 있던 자기 수하들 몇을 그쪽으로 밀쳐내고 틈을 벌어 베란다 쪽으로 뛴다.

#12   아파트 밖

베란다에 매달린 종도, 옆의 비상계단 쪽으로 아슬아슬하게 건너간다. 10층 정도의 높이….

#13   비상계단

간신히 넘어온 종도, 정신없이 밑으로 뛴다. 그러나 밑에서부터 달려 올라오는 창민의 패들…. 종도, 방향을 바꿔 위로 뛰어오르기 시작한다.

#14   아파트 옥상

벌컥 문을 열어 달려 들어온 종도, 재빨리 빗장을 잠근다. 안에서 문을 박차는 소리 몇 번. 이내 조용해진다. 종도, 거친 숨을 내쉬며 돌아서다가 굳는다. 거기 우뚝 서 있는 태수와 인영.

인 영   지 발로 왔는데요.
태 수   그렇군.

인영, 종도 쪽으로 온다. 종도, 얼른 인영을 비켜서 태수에게로 간다. 인영이 잠근 문을 여는 동안 종도, 얼른 자아낸 웃음으로.

종 도   태수, 니가 보낸 애들인 줄 몰랐어. 난 그냥….
태 수   형사들인 줄 알았구나.
종 도   그래. 야 정말…. (안도하는 척 꾸미는)
태 수   너 수배 중이지?
종 도   그래. 일이 그렇게 됐다.
태 수   그럼 경찰서로 가야지.

종도, 뒤쪽에 밀려들어온 수하들을 본다. 창민 등, 와서 종도의 팔을 끼워 잡는다.

종 도   태수야.
태 수   뭐.

종 도　왜 이러냐. 나한테 왜애.

태 수　(더 말도 하기 싫다) 데려다 줘.

순간 종도, 있는 힘을 다해 잡힌 팔을 뿌리치더니 태수에게 달려들어 멱살을 잡는다.

종 도　너 실수하는 거야 시방. 나 들어가도 혼자 안 들어 가. 태수 너는 못 끌고 들어갈 거 같애? 너는 무사할 거 같애?

태수, 종도의 멱살을 마주 잡더니 그대로 잡아당겨 저만치 벽에 박아 세운다. 그리고….

태 수　(낮게) 혜린이는 왜 건드렸어.

종도, 말이 막힌다. 이런 문제는 예상하지 못했다.

태 수　내 말 잘 들어. 너 다시 그 여자한테 손대면 내가 죽인다. 잊지 마.

태수, 종도를 움켜잡았던 손을 놓아주고 물러선다.
창민 등이 다가오는데 태수, 한 손을 들어 멈추게 한다. 인영, 멈추긴 했지만 납득을 못해 태수를 본다. 태수, 여전히 종도를 노려보고 있다가 돌아선다.

15　아파트 앞

대기해 있던 여러 대의 승용차. 가운데 차에 태수, 인영 등이 타고 사내들, 나누어 오른다.

16　차 내부

뒷좌석에 앉은 인영과 태수.

인 영	왜 그냥 놔뒀습니까? (인영은 분이 안 풀린 상태다)
태 수	아직은 아니야.
인 영	경찰에 안 줄 거면 제가….
태 수	됐어.

매정하게 잘라놓고 인영의 불복하는 얼굴을 힐끗 보더니 툭 쳐준다. 차가 출발한다.

17   헬스클럽 내부

화려하고 고급스러운 클럽 내부 스케치. 그중 한곳에 운동복 차림에 수건을 두른 강동환, 운동을 하고 있다.

18   헬스클럽 외부(로비)

민 변호사, 서 있는데 불안해서 한쪽을 힐끗거리고 본다.
그쪽에 기다리는 윤 회장이 있다. 민 변호사로서는 처음 보는 초라한 윤 회장이다.
민 변호사, 입구 쪽을 보다가 자세를 바로 한다. 경호원 둘과 함께 강동환이 나오고 있다.
윤 회장, 얼른 일어선다. 강동환이 자기 쪽으로 오길 기다린다. 그러나 강동환, 아무것도 보지 못한 듯 스쳐 지나간다.
보고 있던 민 변호사, 민망해서 시선을 돌린다.
윤 회장, 꼼짝 않고 서서 그렇게 가는 강동환을 본다.

19   별장 정원

강물이 보이고 강물에 접해 있는 별장의 뒷마당. 야외 테이블에 앉아 있는 윤 회장. 한가한 듯 강물을 보고 신록도 보고…. 안에서 민 변호사, 나온다. 옆에 와 선다.

윤 회장	약속이 몇 시였지?
민 변호사	5시였습니다.
윤 회장	지금 몇 신가?
민 변호사	아직 4시 20분입니다.
윤 회장	그래….

한가로운 듯 앉아 마지막 길을 기다리는 윤 회장.

#20   서 국장의 사무실

서 국장, 일어서며 들어오는 강동환을 반가운 제스처로 맞이한다. 악수를 하고….

서 국장	어이구 어쩐 일이십니까? 강 실장님이 여기까지….
동 환	보고 싶어서 왔지요 허허.
서 국장	이 어쩐다. 약속이 있는데.
동 환	잠시면 됩니다. 긴히 드릴 말씀이 있어서….
서 국장	(시계를 보고 다시 강동환을 보고)

#21   별장 정원

윤 회장, 거닐고 있다. 새삼스레 정원수도 살펴보고….

#22   서 국장의 사무실

마주 앉은 강동환과 서 국장.
강동환이 넘겨준 서류를 훑어보는 서 국장. 고개를 들어 강동환을 보는데 만족한 표정이다. 강동환, 겸손한 듯 고개를 숙여 보인다.

23   별장 정원

민 변호사, 시계를 본다. 초조해져 있다.

7시가 넘은 시각. 어느덧 석양이 깔리고 있다.

저만치 윤 회장, 뒷모습을 보인 채 우뚝 서서 노을에 물드는 강물을 보고 있다. 안에서 젊은 사내, 전화기를 들고 나온다.

민 변호사, 얼른 다가가 수화기를 받는다. 받으며 윤 회장 쪽을 본다. 서 국장으로부터 오지 않겠다는 연락.

전화를 끊고 민 변호사, 윤 회장에게 내키지 않는 마음으로 다가간다.

민 변호사 연락이 왔습니다.

윤 회장 그래.

민 변호사 서 국장님 오지 못하신다고‥. 다시 약속을 잡을까요?

윤 회장 ···· 노을이 아주 좋구만.

민 변호사, 민망한 마음으로 윤 회장이 보는 강물의 노을을 본다. 문득 몸을 돌이켜 걸어가며.

윤 회장 아 그 스위스 은행에 돈.

민 변호사 예.

윤 회장 구좌를 옮겨. 암호도 바꾸고.

민 변호사 하지만‥.

윤 회장 당장 해.

윤 회장, 집 쪽으로 간다.

24   카지노

룰렛 테이블의 혜린과 현숙.

혜린은 볼을 돌리고 현숙은 칩을 나누며 재빠르고 능숙하게 일을 하고 있다.

한 판이 끝나고 새로운 칩들이 놓이는 것을 보며 혜린, 다음 판을 기다린다.

혜린, 볼을 들어 던지려는 순간 무심코 입구 쪽을 보다가 놀란다. 그 바람에 균형을 잃고 던져진 볼은 룰렛 판을 벗어나 튕겨나간다. 놀라서 보는 손님들과 현숙.

혜 린   죄송합니다.

당황하여 수습을 하면서도 다시 보는 곳.
윤 회장이 민 변호사와 장근섭 등 수하를 거느리고 들어오고 있다. 어느새 테이블로 온 최 과장, 재빨리 뒷수습을 하지만, 손님 중의 두어 명은 재수가 없다는 듯 칩을 거두어 가버린다.

최 과장   미스 윤 시집가요? 이제 그만두고 싶어요?

그러나 혜린은 최 과장의 말을 듣고 있지 않다.
최 과장, 혜린이 보는 쪽을 본다. 윤 회장, 곧바로 이쪽으로 걸어오고 있다. 아직 사태를 파악하지 못한 현숙.

현 숙   (일을 하며 입으로는) 진짜로 그만두면 어쩔려고 그래요. 같은 말도 어떻게 고렇게 해요.

말하다보니 분위기가 이상하다. 최 과장, 재빨리 테이블을 돌아 나가 윤 회장에게 절을 한다.

최 과장   나오셨습니까?
윤 회장   수고해요. 나 저 딜러 아가씨하고 얘길 하고 싶은데.

최 과장, 즉시 손짓을 하여 다른 딜러를 바꾼다. 혜린, 자리를 넘겨주고 물러난다. 현숙, 걱정이 돼서 낮게.

현 숙   저분 회장님이셔. 하필 이런 때 보셔 가지고 어뜩해.

혜린, 말없이 윤 회장에게 간다. 윤 회장, 혜린의 어깨를 감싸 나가려다가 돌아선다.

윤 회장   (최 과장에게) 내 딸이야. 그동안 잘 가르쳐줘서 고맙구먼.

최 과장, 놀라서 할 말을 잃었다. 현숙 역시 같은 상황…. 손에 들었던 칩을 떨어뜨린다. 윤 회장은 혜린을 감싸다시피 해서 걸어 나가고 있다. 근처의 직원들, 절을 한다.

#25   복도

윤 회장에 어깨를 감싸여 걸어오는 혜린. 이제 주위에 다른 이들은 없다.

혜린   놓으세요.

윤 회장, 손을 내린다. 혜린, 멈추어 똑바로 돌아본다.

혜린   저 아직 아버지 편 아니에요.
윤 회장   알고 있다.
혜린   거기 내 직장이에요. 아버지 때문에 직장 동료들 잃고 싶지 않아요.
윤 회장   알아.
혜린   아버지 때문에 제 주위엔 아무도 남지 않았어요. 그거 알아요? 아무도 안 남았어요. 아무도요. 다 떠났다고요. 아버지 때문에!
윤 회장   미안하다.
혜린   (멈칫하여)
윤 회장   니 도움이 필요하다. 내 주위엔 너밖에 없어…. 부탁이다.

혜린, 충격받아서 보는….

26   임원 회의실

간부들이 모두 모여 있는 가운데 상석의 윤 회장, 혜린을 소개하고 있다. 깔끔한 정장을 차려입은 혜린, 고개를 숙여 절을 한다. 간부들, 하나하나 자기소개를 하기 시작한다.

27   윤 회장의 집 마당

혜린, 현관을 나와 보면, 저만치 정원 테이블 앞에 앉아 있는 윤 회장. 윤 회장, 모래시계(서재에 있던)를 만지작거리고 있다. 옆에 와서 앉는 혜린.

혜 린   저녁식사 준비됐어요.

윤 회장   그래.

혜 린   동태찌개 끓였어요. 시원해요.

윤 회장   (끄덕이고……) 모래시계… 이거 느이 어머니가 사준 거다. 처음이었지 아마. 둘이 같이 해외여행 한 게… 그때 나 모르게 샀다더구나.

혜 린   (새삼스레 모래시계를 본다)

윤 회장   이거 주면서 느이 어머니 그런 말을 했었다. 이거 봐라. 뭔가 뜻이 있는 거 같지 않냐. 한쪽 모래가 다 떨어지면 끝나는 게 꼭 우리 사는 거 같다. 제 아무리 대단한 것도 끝이 있는 법이다.

세워져 있는 모래시계에서 마지막 모래가 떨어져 내린다.
잠시의 침묵…. 그러다가 불쑥.

윤 회장   혜린아.

혜 린   네.

윤 회장   날 용서해라.

혜 린   (놀라서 보는)

윤 회장   이런 식으로 너를 내 자리에 앉힐 생각은 없었다. 언젠가 니가 스스로 원할 때 그때를 기다려줄 생각이었다. …… 그거밖엔 내가 너한테 해줄 수 있는 게 없었는데….

혜 린	지금 무슨 생각을 하고 계신 거예요. 아버지 지금 뭔가 하시려는 거죠? 그거 위험한 거죠?
윤 회장	(혜린의 초조함을 미소로 감싸) 여자는… 아니지. 사람은… 어떻게 해야 어떤 때에… 행복해지는 건지 모르겠단 말이야. 우습지 않으냐. 이 나이가 돼서 이런 소리를 하고 있다니….

윤 회장, 허하게 미소 짓는다.

혜 린	… 아버지.
윤 회장	오냐.
혜 린	우리 오빠 있는 데로 가요. 아니면 미국이나 동남아나 아무 데로나 가요. 여기 거 다 버리고 가요. 제가 따라갈게요.
윤 회장	그렇지가 않아.
혜 린	아버지 돈, 갖고 싶은 사람이 다 가지라고 해요. 이제 무슨 필요가 있어요. 어머니 돌아가시고 오빠도 떠났어요.
윤 회장	넌 어떠냐?
혜 린	····· (속상해서) 전 아버지 돈, 필요 없어요. 알고 계시잖아요.
윤 회장	내가 가진 돈…. 그건 돈 이상이야. 그건 내 자식 같은 거야. 내가 낳고 내가 키워온 거다. 이해하겠니?
혜 린	(보다 고개 젓는다) 아뇨.
윤 회장	혜린아.
혜 린	(아픔으로) 전 이해 못 해요. (일어선다) 잠시 동안은 아버지 곁에 있겠어요. 그 이상은 싫어요. (돌아서 간다)
윤 회장	혜린아.

혜린, 걸음을 멈춘다.

윤 회장	애야.

혜린, 약해지는 마음 다잡고 돌아보지 않은 채 걸어간다.

#28   우석의 검사실

울리는 전화벨. 절컥 받아드는 수사관.

수사관   네에. 1203호실입니다.

인원이 보강돼서 수사관 두 명 정도에 타이프를 치는 여직원까지 테이블에
서류들을 놓고 전화를 하기도 하고 바쁘게 일하고 있다. 우석, 서류를 바쁘게
넘겨 보고 있는데, 노크 소리.

오 계장   네에.

문이 열리며 들어서는 검사장. 오 계장, 벌떡 일어나 인사하고.

오 계장   검사장님 오셨습니까?

분분히 인사하는 직원들.

검사장   일들 하세요. 신경 쓰지 마세요. 나 보지 말아요. (그리고 조그맣게 우석을
부른다) 강 검사.

우석, 다가오면.

검사장   (속삭이는 목소리) 바둑 얼마나 둬요?
우 석   (어리둥절하지만) 3급쯤 됩니다.
검사장   내가 2급이니까 흑 잡으시면 되겠네. 우리 딱 한 판만 둘래요?

우석, 당황하여 웃는.

바둑판에 반 넘어 채워진 바둑알… 우석, 검은 돌을 따악 놓는다. 검사장, 아주 진지하게 바둑판을 들여다보고 있다.

검사장 역시 생각했던 대로야.

우석, 슬쩍 시계를 본다. 이렇게 바둑 두고 있을 여유가 없다.

검사장 강 검사, 겉보기에는 얌전한 선비 같은데 이거 두는 거 봐요. 임전무퇴. 저돌적이구만요.

우석, 초조한 마음을 감추고 웃어 보인다.

검사장 (바둑판을 보고 생각하며) 국세청에서 나서기로 했다고요.
우 석 네. 이번 조사에서 비자금 장부만 찾아낼 수 있다면….
검사장 강 검사.
우 석 예.
검사장 같은 바둑을 같이 시작해도요. 할 때마다 쑥쑥 느는 사람이 있는가 하면 해도 해도 그 자리인 사람이 있잖아요. 그 차이가 뭔지 알아요?
우 석 (대체 무슨 소릴 하자는 건지)
검사장 전자는 병가지상사를 아는 사람이에요. 한 번 실패를 하면 아 내가 이래서 졌다. 좋다. 다음엔 이렇게 해야지. 그게 되는 사람이라고요. 그거 안 되는 사람은 바둑을 그만두는 게 좋아요.
우 석 제게 뭐 해줄 말씀이 있으십니까?
검사장 방금 했잖아요. (따악 흰 돌을 놓는다) 자아 끊었어요. 어떻게 할래요?

고개를 들어 온화한 얼굴로 우석을 본다.

30   깨끗한 한식집

정치인들이 잘 감직한 한옥 스타일의 한정식집. 식사를 끝낸 강동환, 비슷비슷한 신사 두엇과 방을 나서고 있다. 주인 여자, 달려와 인사를 하고 종업원은 구두를 찾아 대령하고⋯. 강동환, 구두를 신으려다가 고개를 들어 본다. 거기 마당에 들어서고 있는 윤 회장과 윤 회장을 호위하고 있는 장근섭과 또 몇 명의 사내들. 윤 회장은 강동환 바로 앞에 와서 선다.

강동환과 함께 왔던 신사들, 무슨 일인가 본다. 강동환, 조용히 처리하는 게 낫겠다 싶어진다.

31   한정식집 방

마주 앉은 윤 회장과 강동환. 강동환, 싸늘한 시선으로 보고 있다.

윤 회장   여러 날 생각해보았지요. 어떻게 하면 좋은가⋯. 두 가지 방법이 남더군요. 하나는 무조건 무릎을 꿇고 비는 거지요. 날 좀 살려달라고 말입니다. 그런데 그러기에는 이미 늦은 거 같단 생각이 들더군요. 그렇지요?

동 환   또 한 가지는 뭡니까?

윤 회장   이제까지 통상 제가 해오던 방법이지요. 거래를 해볼까 합니다.

동 환   (웃는다) 아직 윤 회장님께 남은 게 있습니까? 저에게 주실 게 있어요?

윤 회장   제 나이 열댓 살 때부터 장사를 시작했습니다. 처음엔 좌판 장사를 했고, 미군부대 물건을 빼다 팔기도 했지요. 그때로부터 오늘날까지 하루도 빠짐없이 계속해온 게 있습니다. 장부를 쓰는 겁니다. 사업이 커지면서 남한테 보여도 되는 장부, 보여선 안 되는 장부⋯. 좀 복잡해졌어요. 소위 로비자금이라든지 어르신네 돈 관리에 대해서도 따로 장부가 필요했고요. 그 장부에 대해서 흥미를 갖는 사람들이 많을 겁니다.

동 환   같이 망하자는 얘기요?

윤 회장   말씀드렸잖습니까. 남은 방법이 이거밖엔 없다고.

강동환, 냉정하게 보다가 문득 소리 없이 웃는다.

동 환　　그럼 한번 해볼까요.

#32　　카지노 내부

　　　　여전히 성업 중인 카지노 내부. 제복이 아닌 정장을 입은 혜린. 간부로 보이는
　　　　중년 남자의 안내를 받는 모양으로 들어선다.
　　　　그 뒤를 따르는 재희.
　　　　직원들, 그런 혜린을 보고 얼른 시선을 돌린다. 그중에 시선이 마주친 자는
　　　　당황한 듯 고개 숙여 절을 하기도 한다.
　　　　현숙, 막 다른 딜러와 교대를 해서 테이블에서 물러나오다가 혜린과 시선이
　　　　마주친다. 혜린, 어색하게 웃는데 현숙, 당황해서 등을 돌린다. 그래놓고 꼼
　　　　짝 못하고 서 있는데 다가온 혜린, 현숙의 어깨를 짚는다.

혜 린　　이제 나 모른 척하기로 했어요?

　　　　현숙, 마음 다잡고 돌아선다.

현 숙　　(절해 보이며) 나오셨습니까?
혜 린　　(현숙의 귓가에 대어) 언니까지 이러지 마요. 안 그래도 나 민망해 죽겠어요.

　　　　현숙, 혜린의 뒤에 서 있는 재희와 시선이 마주친다. 저도 모르게 재희를 손
　　　　가락질했다가 손가락이 혜린에게 돌아오는데 재희, 입가에 언뜻 미소가 스치
　　　　더니 시선을 돌린다.

혜 린　　최 과장님 어디 계세요?
현 숙　　(혜린의 스스럼없는 태도에 마음이 좀 누그러진 상태) 우리 뒤통수 어딘가 있
　　　　겠지…… 요.

　　　　혜린, 현숙 뒤 저만치에 최 과장을 발견한다. 혜린과 시선이 마주치더니 고개
　　　　를 돌려버린다.
　　　　혜린, 한숨이 나온다.

33   호텔 로비

우르르 들어서는 국세청 직원들.

34   카지노 사무실

일하던 직원들, 놀라서 일어서는데 들이닥치는 국세청 직원들. 서류를 들이밀어 확인시킴과 동시에 거칠게 조사가 시작된다. 서류 서랍이 통째로 빼내지며 책상 위에 장부들이 와르르 쏟아진다.

35   카지노 내부

혜린과 같이 왔던 간부, 구내전화를 받고 있다.
이만치에 혜린과 마주 선 최 과장, 불쾌한 표정을 감추지 않고 딴 데를 보고 있다.

혜 린   그동안 숨긴 건 죄송해요. 그때 전 정말로 일이 필요했고….
최 과장   분부하실 일이 없으면 이만…. (고개 숙여 보이고 가려는)
혜 린   (할 수 없다. 턱을 들고) 내 말 안 끝났어요.

최 과장이 혜린을 향해 돌아서길 기다려.

혜 린   지금 우리 상황이 좋질 않아요. 기분은 안 좋겠지만 지금은 내 지휘에 따라주세요. 먼저 당분간 영업장 운영, 각별히 조심해주세요. 몇 달 적자 날 거 각오하더라도….

달려온 간부, 혜린의 귓가에 대고 다급하게 뭐라 말한다. 혜린, 긴장한다. 순간 입구 쪽이 소란스럽다.

혜 린   오늘 국내인 들었어요?
최 과장   (그제야 다급하다) VIP룸에 있습니다.

혜 린	가서 시간 좀 끌어요.

혜린, 재빨리 뒤쪽 VIP룸 쪽으로 간다.

#36   입구

형사들, 우르르 몰려와 있다. 그 앞을 막아서고 있는 직원들. 형사 중 한 명.

형 사	책임자가 누구야?

최 과장, 앞으로 나서며.

최 과장	무슨 일이십니까?
형 사	당신이 지배인이야?
최 과장	영업과장 최윤식입니다. 어떻게 나오셨는지요? 저흰 아무 연락을 못 받았는데요.
형 사	이 친구가. (성질나는데)

뒤에서 나서는 우석, 증명서를 최 과장에게 보여준다.

우 석	나 서울지검 강우석 검사예요. 피차 조용히 하는 게 좋겠지요?

#37   VIP룸

혜린, 안의 손님들을 재빨리 나가게 하고 있다. 직원 하나를 불러 안내를 하게 하며.

혜 린	죄송합니다. 뒤에 차를 대기시켜놨습니다.

불쾌해서 나가는 손님들…. 대부분 유력인사들이다.

남자1   뒷문? 아니 이거 무슨 망신이야. 어?

그중 하나, 앉은 채 뻗대며.

남자2   어디 서에서 왔다는 거야. 거기 책임자 불러와. 이리 데리고 오라고.
혜 린   신문사에서도 나온 모양이던데요.

남자, 흠칫해서 일어선다. 나가면서도 한마디.

남자2   내 원 재수 없게. 윤 회장한테 한마디 해야겠구만. 장사를 어떻게 하는 거야
이거.

#38   VIP룸 밖

손님들 내보내고 혜린, 겨우 한숨을 돌리는데 뒤에 섰던 재희가 혜린의 팔을
툭 친다. 혜린, 돌아보다가 굳는다. 거기 앞에 우석이 서서 보고 있다. 혜린을
만난 게 뜻밖이라 찌푸려진 기분.
우석, 시선을 돌리더니 혜린을 지나쳐 VIP룸의 문을 열어본다. 테이블 위에는
아직 카드놀이를 하던 흔적이 그대로 남아 있다.
혜린, 외면하고 우석에게 등을 돌려 멀어져간다.
우석, 기분이 더럽다.

#39   카지노 사무실 앞 복도

우석, 빠른 걸음으로 다가온다. 복도에는 직원들이 웅성웅성 몰려서 수군
거리고 있다. 사무실 문 앞에 도착하여 들어가려는데 막는 수사관.

수사관   조사 중입니다.
우 석   (신분증을 보여준다)

수사관, 망설이다가 문을 열어준다.

40   사무실 내부

들어서던 우석, 멈칫 선다. 아무도 들어오지 못하게 하고 수사를 하고 있어야 하는 사무실 내부에는 국세청 직원들이 한가롭게 모여 잡담을 하고 있다가 우석을 돌아본다. 책상마다 장부는 쌓여 있지만 누구 하나 열심히 뒤지는 사람은 없다. 이방인을 보듯 배타적으로 우석을 보고 있는 사람들의 시선.

41   은행 비밀금고실

서류 가방에 두툼한 장부 몇 권을 넣는 손. 따로 봉투도 넣는다. 가방을 금고 안에 넣고 잠그는 윤 회장.
기다리고 있던 은행 직원과 방을 나서며 윤 회장, 다시 한 번 뒤를 돌아본다.

42   윤 회장의 집

계단을 내려오던 혜린, 놀라서 본다. 수색 영장을 보이며 들이닥치는 수사관들…. 겉옷을 걸치며 급히 나오는 재희. 혜린, 앞을 막아서는데 수사관들은 이미 거친 수사를 시작하고 있다.
(시간 경과)
수색이 끝나고 수사관들이 돌아가고 난 뒤의 집 내부. 아수라장이 되어 있다.
현관을 들어서던 민 변호사, 놀라서 선다.
거기 우뚝 서 있는 재희를 본다. 재희는 고갯짓으로 서재를 가리켜 보인다.

43   서재

민 변호사, 들어와서 보면 혜린, 거기 말없이 앉아 있다.
서재 역시 아수라장이 되어 있다. 무언가 물건을 찾은 듯 서랍의 서류마다 난장판으로 **빠져나와** 있다.
민 변호사, 돌아서서 나가려는데.

혜 린   앉으세요.

민 변호사, 멈추어서 보면.

혜 린 이제 알아야겠어요. 대답해주세요.

(시간 경과)
혜린과 민 변호사. 뒤의 떨어진 구석에 자리 잡은 재희.

민 변호사 간단하지가 않아. 처음엔 그저 회장님을 견제하려고 했던 거 같아. 박승철 회
장을 중간에 껴서 말이지.

혜 린 그러다 박 회장이 죽자 그 죄를 아버지한테 뒤집어씌우기로 한 거고요. 견제
하는 거보다는 없애는 게 간단하니까.

민 변호사 그렇지.

혜 린 박 회장 사고… 아버지가 시킨 거 아니죠?

민 변호사 ⋯⋯ 아니야. 아니라는 거 알잖아.

혜 린 그럼 이종도가 혼자 한 일인가요?

민 변호사 지 말로는 박태수를 노린 거라고 하더군.

혜 린 ⋯⋯.

민 변호사 박태수, 박 회장을 등에 업고 이종도의 세력을 먹어가고 있었으니까. 그렇지
만⋯. (망설이는)

혜 린 그렇지만 뭐요?

민 변호사 어쩌면 다 한편이었는지도 몰라. 박태수와 이종도는 원래 한통속이었고 그 뒤
에서 조종한 건 장도식이고.

구석에 있던 재희, 힐끗 돌아본다.

혜 린 (보다 웃는다) 설마 그렇게까지⋯.

민 변호사 어쨌든 박태수가 회장님을 노린 건 사실이야.

혜 린 하지만⋯.

민 변호사 이번 일 검찰에 제보한 거 박태수야. 담당검사가 친구라고 하던데 몰랐어?

혜린, 움직이지 않고 민 변호사를 본다.

44   방안

윤 회장이 은신하고 있는 곳. 윤 회장, 천천히 약병 뚜껑을 돌려 약을 하나 꺼내 먹는다.
시계를 본다. 그 주위에 대기하고 있는 장근섭과 젊은 남자들…. 윤 회장, 전화기 옆의 사내에게 끄덕여 보인다. 사내, 전화기를 든다. 그 앞에는 각 언론사의 전화번호를 죽 적은 수첩이 펼쳐져 있다.

45   신문사 제작국

제작국 특유의 분위기…. 지저분하게 쌓여진 책상들…. 더러는 비어 있고, 마감에 쫓겨 글을 쓰는 기자들…. 그중에 영진, 원고지를 메우고 있다가 옆의 기자가 신 기자 하며 건네준 전화를 받는다.

영 진   네 신영진 기잡니다. 검찰 출입기자 맞습니다. 네?

들고 있는 영진의 표정에 긴장이 감돈다. 재빨리 노트를 끌어다 받아 적기 시작한다.

46   신문사 부장실

문 부장, 전화를 받고 있다. 침중한 얼굴.
들고 있는 펜으로 계속 책상을 콕콕 찍고 있다.

47   제작국 내부

전화를 끊은 영진, 튀어 오르듯 일어난다.

영 진   카메라 카메라 누구 남았어! 지금 몇 시야. 젠장, 한 시간도 안 남았잖아.

다른 기자들, 돌아본다.

기 자	뭐야. 왜 또 방방 뛰어.
영 진	윤재용 응? 윤 회장이 기자회견 한대. 으아. (펄쩍 뛰며) 재밌어. 재밌어 죽겠다.

저만치 들어서는 카메라를 든 사진기자. 영진, 그리로 뛰어가며.

영 진	배 차장님 나하고 좀 나가요. 필름 챙기라고요.

부장실의 문이 열리며.

문 부장	신 기자.
영 진	나중에 얘기해요. (부산스레 가방이며 수첩 챙기며) 기사 쓴 거 책상 위에 여기 있어요. 마무리는 부장님이 좀 해줘요.
문 부장	신영진.

부르는 목소리가 심상치 않다. 영진, 돌아본다.

문 부장	들어와.

먼저 방으로 들어간다. 영진, 불길한 예감으로 본다.

#48   기자회견장

민 변호사, 몇 명의 사내들을 데리고 회견장을 준비하고 있다.
마이크를 설치히고 의지를 설치히고 음료수도 준비한다. 민 변호시, 시계를 본다.

#49   길

윤 회장의 차가 달려온다. 조수석의 장근섭. 뒷좌석의 윤 회장….

50   우석의 검사실

오 계장, 후다닥 일어선다.

오 계장   또 오셨네요. 기삿거리 아직 없는데.

우석도 돌아본다. 영진, 들어선 대로 문가 벽에 기대서서.

영 진   누구 술 마시고 싶은 분 없어요? 오늘 같은 날은 그냥 왕창 마시고 팍 취해야
되는데.

우석, 무시하고 수사관에게 서류 설명하던 것 계속한다.

우 석   여기 홍콩 지점에서 수금한 게 있을 거라고.

오 계장, 우석의 눈치를 보며 서랍에서 술병을 꺼낸다.

영 진   어이 강 검사님.
우 석   (할 수 없이 본다)
영 진   출입기자가 검사 방에 찾아와서 술 마시고 싶다, 취하고 싶다. 이런 얘기할 때
는 무슨 일이 있구나, 그런 생각 안 들어요?

오 계장, 술병을 들고 와서.

오 계장   술 남은 거 있는데 한잔하실래요?
영 진   (오 계장을 물끄러미 쳐다본다)
오 계장   북어포도 좀 남았는데.
영 진   고마워요.
오 계장   (신 나서 물컵에 따르는데)
영 진   근데 술 끊었어요. 그냥 기분이 그렇단 얘기죠. 술이라도 마시고 싶을 정도로
아주 지저분하다….

우석, 그런 영진을 본다.

51

기자회견장 밖 복도

윤 회장, 장근섭 등을 대동하고 걸어온다. 안에서 나오던 민 변호사, 얼른 문을 등 뒤로 닫는다.

윤 회장 시작하지. (들어서려는데)
민 변호사 (저도 모르게 막으며) 좀 있다가 들어가시죠.
윤 회장 ….
민 변호사 (당황하며) 우선 제가 먼저 정리를 하고 그 다음에….

윤 회장, 민 변호사를 밀치고 문을 연다.
열려진 문으로 보이는 기자회견장. 그 많은 기자석이 텅 비어 있다.
윤 회장, 천천히 안으로 들어선다. 민 변호사, 뒤따르려는데 윤 회장, 한 손을 들어 막는다.

민 변호사 회장님.
윤 회장 내가 좀 일찍 왔구만. 기다려야겠지.

손짓으로 뒤에 선 민 변호사에게 나가라고 명하고 앞쪽으로 간다. 민 변호사, 머뭇거리며 보다가 밖에서 문을 닫아준다.

기자회견장 내부

윤 회장, 앞에 놓인 자기의 자리에 가서 단정하게 앉는다. 숨이 답답한 느낌이 들어 넥타이를 느슨하게 한다.
텅 비어 있는 의자들…. 우두커니 세워져 있는 마이크. 천장의 형광등…..
윤 회장, 차츰 숨이 가빠지며 사람을 부르려고 자리에서 일어난다. 그러나 그대로 바닥에 쓰러진다. 문을 향해 손을 뻗쳐보지만 소리가 나오지 않는다. 더듬거리는 손짓으로 주머니에서 약병을 꺼낸다. 필사적으로 약병의 뚜껑을 열려고 하지만 한 번 눌러 돌리게 되어 있는 플라스틱 약병의 뚜껑은 자꾸 헛돌기만 한다.

조급하고 서툰 손길로 애쓰다가 약병이 손에서 미끄러져 구른다. 윤 회장, 약병을 집으려 마지막 힘을 다하여 기어가다가 멈춘다. 약병을 향해 뻗었던 손이 툭 떨어진다.

#53 병원 복도

혜린, 재희와 함께 뛰어 들어온다. 복도에 초조하게 서 있는 장근섭과 민 변호사, 수하들…. 혜린, 중환자실 보고 민 변호사 보고.

혜 린 무슨 일이에요? 아버지가 왜요?

#54 중환자실 내부

윤 회장에게 달라붙은 의사, 간호사들….
모니터의 그래프가 불규칙적으로 미약하게 뛰고 있다. 비상조치를 바쁘게 취하는 의사들…. 주사약을 주입하고 전기 충격 마사지에 들어간다.

#55 복도

혜 린 그럴 리가 없어요. (웃어보려고)
민 변호사 오래전부터 약을 드셨어.
혜 린 아녜요. 아버지 건강하세요.
민 변호사 혜린이…. 아버지에 대해서 잘 몰라….

혜린, 고개를 젓는다. 무조건 부정의….

#56 중환자실

다시 한 번 전기 충격 마사지. 모니터의 맥이 끊어지고 삐이 일직선…. 어디에

도 남아 있지 않은 생명의 흔적. 의사, 손을 멈춘다. 잠시 침묵….

#57   복도

혜린, 돌아본다. 중환자실 문이 열리고 나오는 의사 한 명…. 이마의 땀을 닦고 있다. 혜린, 재희가 잡는 것을 뿌리치고 뛰어 들어간다.

#58   중환자실 내부

들어선 혜린, 멈춰 선다. 윤 회장의 시신 위에 흰 천이 덮이고 있다. 혜린, 달려들어 천을 벗겨버린다. 그러고는 옆의 의사를 붙잡는다.

혜 린   뭐하고 있어요. 어떻게 좀 해요.
의 사   유감입니다.

혜린, 거의 정신없다. 손에 잡히는 대로 충격기며 의료기들을 들어 아무나에게 안기며.

혜 린   왜 가만있어요. 이러고 있으면 어뜩해요. 빨리 어떻게 좀 해요. 당신들 의사 아니야? 어뜩게 좀 해보라고. (부친에게) 아버지 내 말 들리죠? 조금만 더 힘내세요. (의사들 향해) 이봐요.

그러나 의사들은 이미 방을 나가고 있고, 간호사들은 정리를 하고 있다. 혜린, 달려가 방을 나서는 의사를 잡는다.

혜 린   아직 아니에요. 나 아직 못 한 말이 있어요. 한마디만 하면 돼요. 제발…. 아버지하고 한마디만 하게….

재희, 거칠게 혜린을 떼어낸다. 의사, 얼른 나가버리고.

혜 린   이봐요.

쫓으려는 것을 재희, 돌려세워 안아버린다. 발버둥 치다가 혜린, 조금씩 조용해진다. 재희, 혜린을 윤 회장의 시신 옆으로 데려간다.

재 희 (혜린을 돌려세우며) 인사드리세요.

혜린, 멍하니 윤 회장을 본다. 그러다가 비로소 울음이 터지기 시작한다. 손을 뻗쳐 윤 회장을 만지려다가 다시 손을 거둔다. 자기 손을 들여다보고 아버지를 보고…. 다시 손을 뻗어보려 하지만 안 된다. 결국 거리를 좁히지 못했던 부녀 사이. 그러는 자신 때문에 주저앉으며 목 놓아 운다.

#59   태수의 빌라 내부

태수, 꼼짝 않고 앉아서 술을 잔에 따르고 있다. 그 앞의 정근.

정 근 심장마비라는대요. 뭐 손쓸 새도 없이 순식간에…. (말을 못 잇고 보면)

태수가 따르는 술, 잔을 넘치고 있다. 태수, 그제야 기울였던 병을 놓는다. 정근, 얼른 휴지를 뽑아 쏟아진 술을 닦는데.

태 수 (혼잣말처럼) 이게 아니었어.
정 근 예?

태수, 힐끗 정근을 노려본다. 정근, 영문 모른 채 움츠러드는데 태수, 벌떡 일어나더니 저만치 간다. 정근, 테이블 밑을 닦느라고 엎드렸다가 순간 와장창 부서지는 소리에 놀라 머리를 든다. 태수, 장식품 하나를 박살을 내놓고 생각에 잠긴 채 우뚝 서 있다.

#60   성당

장례식이 거행되고 있다. 찬송가가 낮게 깔리는 가운데 관 주위로 성수를 뿌리는 신부…. 거물의 장례식답게 화환들이 즐비하고 검은 양복을 입은 수하들이며 조문객들이 가득하다.

조객 중의 유력인사들은 삼삼오오 귓속말로 무언가 얘기를 하고 있다. 손님들, 하나씩 걸어와 관 위에 꽃을 놓는다.

관 앞에 검은 상복을 입고 서 있는 혜린과 영재. 영재, 슬픔으로 고개를 숙이고 있고.

혜린, 고개를 든 채 관으로 다가오고 지나가는 사람들을 하나씩 보고 있다. 꽃을 놓은 사람들은 영재와 혜린 쪽으로 와서 절을 나눈다.

혜린의 뒤에 선 민 변호사, 사람들이 지나칠 때마다 혜린의 귀에 낮게 설명을 해주고 있다.

그중에 강동환의 모습이 보이고 장도식의 모습이 보인다.

장도식, 혜린과 시선이 마주치고 고개를 숙여 보이지만 혜린, 거만할 정도로 약간만 고개를 숙여 보이며 시선을 떼지 않는다.

조문객들이 들어서는 초입에 서 있던 재희, 문득 보면 태수가 혼자 들어서고 있다. 재희, 얼른 혜린 쪽을 본다.

혜린도 태수를 봤다. 태수가 점점 앞으로 오고 있다.

재희, 순간 한 걸음 옆으로 나서며 태수의 걸음을 막는다.

태수, 재희를 보았다가 혜린 쪽을 본다.

재희, 태수를 반쯤 막은 상태에서 혜린을 본다. 혜린, 천천히 재희에게로 시선을 옮기더니 슬쩍 고개를 끄덕여 보인다.

재희, 내키지 않은 상태에서 한 걸음 비켜준다.

그 옆을 지나쳐 온 태수, 꽃을 들어 관 위에 놓는다. 영정사진을 본다. 윤 회장에 대한 회한이 잠시 스친다.

이윽고 고개를 들고 혜린을 돌아보다가 멈칫하는 기분.

태수를 쳐다보고 있는 혜린이 경멸과 증오가 담긴 시선.

태수, 치밀어 오르는 것을 삼키고 혜린에게 다가선다. 혜린에 대한 미안함과 안쓰러움….

태수, 막 입을 열어 뭐가 말하려는데 혜린은 시선을 피하더니 태수 뒤로 온 조객과 절을 나눈다. 태수, 얼어붙은 듯 서서 완전히 자신을 무시하고 있는 혜린을 본다.

태수, 결국 몸을 돌려 걸어 나간다. 걸어가다 멈춰서 다시 돌아보지만 혜린은 여전히 이쪽은 무시한 채 도도하게 서 있다.

태수, 몸을 돌려 걸어 나간다.

16부 THE END

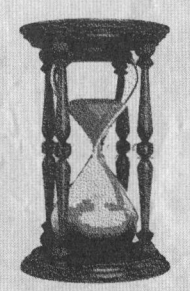

17부

예전에는‥ 잘 안다고 생각했었지요.
그때는 돈 같은 건 아주 경멸하는 사람인 줄 알았는데‥.
이거 아주 더러운 사업이에요.
당신 같은 사람하고는 어울리지 않아.
당신은 못 해. 하지 않는 게 좋아.

The
    Sandglass..

1   검찰청

전경.

2   부장검사실

노크 소리. 문을 열어 들어서는 우석. 그대로 서 부장검사가 앉아 있는 책상 앞으로 가서.

우 석   설명해주십시오.

서 부장검사 (표정 변화도 없이 보는)

우 석   방금 제 사건이 다른 검사한테 넘어갔단 얘길 들었습니다. 어떻게 된 겁니까?

서 부장검사 들은 그대로야. 박 회장 사건은 특수부로 넘어갔으니까 강 검사는 본연의 임무로 돌아가.

우 석   본연의 임무요? (웃고 겨우 자제하여 다시) … 이유가 뭡니까?

서 부장검사 이유를 알고 싶어?

우 석   제가 맞혀볼까요? 처음부터 저는 낚싯밥이었죠? 내가 앞뒤도 모르고 날뛰는 거 써먹자고 생각한 사람이 있었고요. 그리고 이제 윤 회장이 죽으니까 나 같은 애송이는 더 할 일이 없어진 거죠. 누굽니까? 검사를 이용하고 세무조사 까지 형식적으로 시킬 수 있는 사람.

서 부장검사 (한숨을 쉬더니 할 수 없다는 듯 서랍에서 파일 하나를 꺼내놓는다) 자네에 대한 내사가 있었어. 서류에 보면 이번 사건의 용의자인 이종도. 그리고 그

동료인 박태수 등과 친밀한 관계라던데 맞지? 그중에 박태수하고는 사건 이후에도 만났다고. 강 검사 조사기록에는 그 얘기가 빠졌던데.

우석, 자세를 바로 하며 보다가 허 웃는다. 더 할 말 없다. 돌아선다.

#3   우석의 검사실

오 계장, 안절부절못하여 보는데 직원들이 검사실에 쌓여 있던 사건 서류들을 챙기고 있다. 박스에 넣어지는 서류뭉치들…. 책상 뒤의 우석, 의자를 돌려 창밖을 보고 있다가 의자를 다시 돌려 보았을 때 박스를 든 사내들이 나가고 있다.
오 계장, 박스에서 떨어진 서류 하나를 집어 박스에 얹어주다가 우석의 눈치를 본다. 우석, 아무 느낌이 드러나지 않는 얼굴로 보고만 있다. 이미 마음의 결정을 한 상태. (사표를 내겠다는)

#4   교도소 면회실

안의 문이 열리고 간수의 안내를 받아 나오던 강대영, 기다리던 사람을 보고 멈칫 선다. 칸막이 저편에 우석이 있다.
강대영, 의심스러워하며 멈칫멈칫 다가선다.

우 석   건강하지요?
대 영   여긴…. 아니 왜 검사님이 여기로 이렇게….
우 석   오늘은 검사 자격으로 온 거 아니에요. 그냥 아는 사람으로 면회 왔어요.
대 영   (영 의심이 풀리지 않아 우석을 보고 뒤에 선 간수를 보고)
우 석   나 이번 사건에선 손 뗐어요. 손 뗐는데 한 가지 영 궁금한 게 있어서 그래서 왔어요.
대 영   (뻗대듯) 저는 더 이상 할 말이 없는데요.
우 석   (끄덕이고 잠시 생각하다가) 이번 일…. 박 회장 살해사건…. 윤재용 회장이 시킨 거 아니죠?
대 영   변호사 있는 데서 얘기하겠수. 내 변호사 만나보슈.

우 석	(피식 웃고) 알아요. 좋은 변호사와 손을 잡았더군요. 내 알기론 아주 비싼 변
	호사던데….
대 영	(딴 데만 쳐다보는)
우 석	부인하고 애들 만나봤어요. 가장이 잡혀 들어갔는데 그다지 생활 걱정은 안
	하는 거 같더군요.

우석, 강대영을 가만 본다.
강대영, 우석의 시선을 마주 받지 못한다.
우석, 그런 강대영을 보다가 낮게 한숨을 쉰다. 씁쓸한 미소가 스친다. 짐작
을 확인한 기분이다. 우석, 미련 없이 일어선다.

#5   교도소 밖

길게 이어지는 높은 담장.
그 옆을 걸어 나오다가 우석, 문득 멈춰 선다. 발밑의 땅을 툭툭 차본다.
담장에 기대선다. 잠시 갈 곳을 몰라 하는 기분. 그 위에.

검사장 소리 점수를 매기면 몇 점이나 받을 거 같애요?

#6   검사장실

마주 앉은 우석과 검사장.

| 검사장 | 내 보기에 40점도 안 돼요. 낙제예요 낙제. |

우석, 아무 말 없이 앉아 있지만 이미 마음의 결정을 끝낸 평온한 얼굴.

검사장	강 검사 언제나 이런 식이에요? 뭐 좀 해보려다가 안 되면 애들처럼 삐쳐서
	사표 던져요?
우 석	죄송합니다.
검사장	그러니까 강 검사 사표 던지는 속뜻이 뭐예요? 나는 소신껏 정의롭게 일해보

려고 했다. 그런데 이 바닥이 너무 썩어서 내 뜻을 몰라준다. 에이 더럽다 집 어치자. 그런 거 아니에요?

우 석　꼭 그런 건 아닙니다.

검사장　이 바닥에서 일하는 선배, 동료들… 죄다 소신 없고 정의롭지 못해서 아직 사 표 던지지 못하고 있다…. 그런 거예요?

우 석　⋯⋯ 제가 분수를 몰랐던 겁니다. 전 처음부터 자격이 없었습니다. 이해하지 못하시겠지만 제가 주제넘었다고 생각하고 있습니다.

검사장　그럼 날 이해시켜봐요.

우 석　(잠자코 보다가) 80년 5월. 전 광주에 있었습니다. 계엄군이었습니다.

검사장　(끄떡없이) 그래서요?

우 석　아버님 유언이 아니라면 사법고시 같은 건 치지 않았을 겁니다.

검사장　그래서요?

우 석　(말이 막혀 보는)

검사장　어리광 부리지 마세요.

우 석　어리광이라고 하셨습니까?

검사장　그만한 상처 없이 사는 사람, 별로 없어요. 혼자만 생각 많이 하고 사는 거 아니에요.

우 석　(더 이상 얘기할 것을 단념하고 일어선다) 그동안 고마웠습니다.

검사장　(말없이 보는)

우 석　(고개 숙여 보이고 돌아서 가는데)

검사장　강 검사.

우 석　(돌아보면)

검사장　광주 얘기, 다른 사람한테는 할 거 없어요.

우석, 문득 전해져오는 따뜻한 마음에 끄덕인다.

#7　법원 근처 술집

우석, 한 잔을 단숨에 비운다.
돌아보는 곳, 오 계장이 술에 취해 잠이 들어 있다.
우석, 다시 한 잔을 따르고 잠든 오 계장에게 건배를 하고 마시다가 멈춘다.

입구 쪽에 들어서고 있는 영진. 두리번거리며 찾다가 우석을 발견하더니 곧바로 와서 앉는다.

영진 아이구 다리야. 이 근처 술집을 죄 뒤졌네. (신을 벗고 아예 책상다리로 올라 앉는다) 나눠 마십시다. (오 계장의 잔을 들어 내민다)

우석 (말없이 따라준다)

영진 사표 냈다면서요? 그럼 이제 변호사 하는 거예요? (술잔은 입에만 댔다가 내려놓고) 하긴 변호사 쪽이 돈은 더 벌 수도 있어요.

우석 (담뱃갑을 내밀어준다)

오 계장, 끄응 소리를 내며 불편한 듯 자세를 옮겨 계속 잔다.

영진 (한 개비 빼어 입에 물고) 오 계장님은 벌써 가셨네. 이래서 오 계장님하곤 술 마시면 안 돼요. 맥주 두 병, 양주 넉 잔이면 주무시거든요.

우석, 불붙이지 않은 담배를 물고 있는 영진을 말없이 보고 있다.

영진 사무실 얻을 돈은 있어요? 광고지는 안 돌리고요?

우석 술 안 들어요?

영진 한동안 엄청 마셨거든요. 덕분에 위에 고장이 났어요. 좀 쉬는 중이에요.

우석 (웃는)

영진 왜 웃어요?

우석 담배 끊은 거 아니죠?

영진 담배요?

우석 처음부터 필 줄 몰랐죠? 술도 처음부터 마실 줄 몰랐고요.

영진의 앞에 놓인 술잔에는 술이 그대로 채워져 있다.

영진 ···· 어떻게 알았어요?

우석 몰랐어요. 넘겨짚었어요.

영진 (보다가 흐흥 웃어) 아깝네요. 괜찮은 검사가 됐을 텐데···.

잠시 둘, 말이 없다.
옆자리에는 남녀가 마주 앉아 다정하게 술을 마시고 있다. 그들을 구경하다가.

영진   (불쑥) 변호사라는 거 검사들한테는 마지막 카드가 아닌가요? 쫓아내려면 내라. 그래도 난 먹고살 수 있다. 그렇게 쓰는 건데… 아까운 카드를 너무 빨리 던져버렸어요.

우석   (웃고) 검사라는 직업, 게임으로 생각해본 적은 없어요.

저만치 카운터에서 종업원, 전화를 받아.

종업원   강우석 씨. 손님 중에 강우석 씨 계세요?

우석, 실례한다는 표시를 보이고 카운터 쪽으로 간다. 영진, 혼자 물컵을 찾아 마시는데 오 계장, 부스스 일어나 앉더니.

오 계장   강 검사. 괜찮은 남잡니다. 남자가 볼 때 괜찮은 남자가 진짜 괜찮은 남자라고요. 그거 압니까?

영진   언제부터 깨어 있었어요?

오 계장   신 기자 아름다운 목소리를 들을 때부터….

카운터 쪽에선 우석이 전화를 받고 있다.

오 계장   어떤 여자한테는 별 볼 일 없는 남자일 수도 있을 거예요. 돈 욕심 없지, 출세 욕심 없지. 그런데 이거 하난 내 장담할 수 있어요. 강 검사, 태어날 때부터 바람 같은 건 못 피게 태어났어요. 일단 한 번 혼인신고 하고 나면 평생 보증수표예요. 한번 해봐요.

오 계장, 말하다 보면. 영진, 어이없어 보고 있다.
오 계장, 멋쩍어져서 딴전을 피우는데. 전화를 끝낸 우석, 급히 다가와 윗도리를 집어든다.

우 석	먼저 가야겠습니다.

오 계장과 영진이 뭐라 대꾸하기 전에 벌써 가고 있다.

오 계장	하숙집 아가씨일 겁니다. 여기 들어서자마자 전화했거든요.

영진, 저도 모르게 술 한 모금을 마시다가 써서 찌푸린다.

오 계장	(답답하다는 듯) 차 안 갖고 왔어요?
영 진	네?
오 계장	마감 지나서 기사 쓸 거예요?

영진, 멍해서 보다가 벌떡 일어선다.

#8   술집 앞

택시를 잡으려고 애쓰는 우석. 그 앞에 와서 서는 차. 영진이 상체를 기울여 조수석의 문을 열어준다. 우석, 잠시 망설이다가 탄다.

#9   병원 복도

우석, 빠른 걸음으로 와서 접수구에 위치를 묻는다. 간호사가 손가락으로 위치를 가르쳐준다. 우석, 뒤를 돌아본다.
따라온 영진, 저만치 서 있다가 딴 데를 본다. 불청객인 셈이다. 우석, 상관없이 간호사가 가르쳐준 곳으로 간다. 영진, 자신이 좀 한심해 보이긴 하지만 따라간다.

#10   중환자실 앞

대기 의자에 앉아 손수건만 쥐어뜯고 있던 선영, 다가오는 우석을 발견하고 벌떡 일어선다.

우 석	(중환자실 쪽을 보고) 저녁때만 해도 괜찮다고 하셨잖아요.
선 영	괜찮으셨어요. 괜찮았는데…. (그새 혼자서 공포에 질려 있었다. 우석을 보자 갑자기 긴장이 풀어지며 횡설수설하여) 텔레비전 보시다가 갑자기…. 병원에 전화했는데 앰뷸런스가 없다고 택시를 잡아야 해서 아버지만 놔두고…. 택시도 없고 돈도 안 갖고 와서….
우 석	(선영의 어깨를 잡아) 됐어요. 별일 없을 거예요. 병원에 왔으니까 됐어요. 접수는 했어요?
선 영	돈이 모자라서… 입원하려면 돈을 미리 내야 된다고….
우 석	제가 다녀올게요.

돌아서 가려다가 멈칫, 돌아보면 선영, 우석의 옷자락을 움켜쥐고 있다. 선영, 우석의 옷자락을 움켜잡은 채 결국 비죽비죽 울음이 나오고 있다.
우석, 얼핏 영진 쪽을 본다. 이만치에서 영진, 벽에 기대선 채 그들을 본다. 우석은 우는 선영을 위로하고 있다. 영진 쪽은 다시 보지 않는다. 신경을 끄기로 한 듯.
영진, 그들을 보다가 혼자 웃고, 그리고 돌아선다.

#11   윤 회장의 집

전경.

#12   서재

모래시계에서 모래가 떨어져 내리고 있다.
혜린, 그 너머로 보이는 영재를 보고 있다. 영재는 아내와 전화를 하고 있다.

영 재	내일 병원 가는 날이지? 혼자 괜찮겠어? 웬만하면 전화해서 이틀 미루지. 내일이면 내가 갈 텐데. 어…. 여기 시간으로 오후 6시 출발이야. 몸도 무거운데 공항에 나올 거 없어. 글쎄 집에 있어.

영재는 아내에 대한 정겨움으로 입가에 미소를 띠고 있다.

영 재 혼자 있다고 대충 먹는 거 아냐? 과일 사놓은 건 아직 남았어? 오렌지는 2번
가에서 사. 거기 오렌지가 좋아. 응….

영재, 문득 보면 혜린, 문을 나서고 있다. 그 모습에 잠시 말을 잊었다가.

영 재 아니 듣고 있어. 어.

#13 정원

혜린, 우두커니 앉아 있는데 영재, 다가와 옆에 선다.

영 재 너한테 미안하대. 아버지 장례식에도 못 오고. 시누이 볼 면목이 없댄다.
혜 린 예정일이 얼마 안 남았다며. 안 데리고 오길 잘했어. 내 조카가 비행기에서 태
어나는 건 나도 싫어.

일부러 밝게 얘기하는 혜린을 보다가.

영 재 나야말로 미안하다. 모든 걸 너한테 떠맡기고.
혜 린 남들은 그렇게 생각 안 해. 아버지 재산을 물려받은 건 나야. 내 나이에 나만
큼 부자가 된 사람 없어.
영 재 혜린아.
혜 린 응.
영 재 (말없이 보다가) 미안해.
혜 린 (미소 짓고 있지만 목이 메는)
영 재 어뜩하니. 너 혼자 이렇게 힘들어서.

혜린, 언뜻 말을 못 하다가 영재의 품에 고개를 박는다. 그런 혜린을 안아주
는 영재. 잠시 그대로….

14   대문 앞

장근섭이 운전하고 영재를 태운 차가 떠나간다. 대문간에 선 혜린과 민 변호사. 혜린, 손을 흔들어 보낸다. 차가 멀어지자 혜린, 차가운 얼굴로 돌아간다.

혜 린   날짜 잡혔어요?
민 변호사 일주일 뒤야. 주주총회 처음이지?
혜 린   네.
민 변호사 숫자는 얼마 안 되지만 하나같이 보통은 아닌 늙은이들이야. 할 수 있겠어?

혜린, 민 변호사를 돌아보는데 생긋 웃고 있다.

15   서재

민 변호사, 한 아름의 서류와 장부를 책상에 올려놓는다.
혜린, 민 변호사가 알려주는 장부의 세목들을 듣는다.

16   혜린의 방

침대 가득한 서류들…. 바닥에도 널려 있는 장부들…. 혜린, 바닥에 퍼질러 앉아 커피를 마셔가며 장부들을 살펴보고 있다.
창밖은 어두운 밤.

17   식당

혜린, 아침으로 빵을 먹으며 어깨에 건 전화를 하고 건너편의 민 변호사가 알려주는 서류의 내용을 듣고 있다.
커피 잔을 향해 손을 뻗치는데 어느 틈에 다가온 재희, 커피 잔을 치우고 우유 잔을 놓아준다.

#18   욕실

욕조에 물이 넘치고 있다.
그 옆에 옷을 입은 채 서성이며 서류를 보고 있는 혜린. 졸리고 피곤하여 서류의 내용이 잘 들어오지 않는다.
서류를 든 채, 옷을 입은 채 그대로 욕조에 들어간다.
주저앉은 채, 서류를 든 손은 높이 올린 채, 멍하니 천장을 보다가 얼굴을 물속에 박아버린다.

#19   거실 / 새벽

새벽 운동을 끝내고 들어서던 재희, 소파에 잠들어 있는 혜린을 본다. 소파 주위에는 서류들이 흩어져 있다.
재희, 조심스레 다가가 바닥에 떨어져 있는 담요를 혜린에게 덮어주고, 혜린의 손에 들려 있는 서류를 빼내 테이블에 놓는다. 혜린, 끄응 돌아눕는다.
재희, 옆에 앉아 잠든 혜린을 바라본다.
안쓰러움과 비밀스러운 애정.

#20   건물 복도

(회의실이 있는) 혜린과 민 변호사, 재희, 걸어온다.

#21   회의실

혜린네 들어서다. 이미 와 있던 주주들, 10여 명. 대부분이 50대의 신사들…. 혜린이 들어서는 모습을 앉은 채 보고만 있다.
혜린, 상석에 비어 있는 자신의 의자 뒤에 가 선다. 양옆에는 민 변호사와 재희가 자리하고.
혜린, 선 채 앉지 않고 모두를 보고만 있다.
불편해서 보는 주주들…. 잠시의 시간이 지나고 눈치를 챈 주주 한 명 불편한 듯 자리에서 일어난다. 이어 나머지도 주춤주춤 자리에서 일어난다. 모두가 일어서길 기다려서.

혜 린   처음 뵙겠습니다. 윤혜린이라고 합니다.

혜린, 그제야 자리에 앉는다. 주주들, 따라 앉는다. 혜린의 양옆에 앉는 민 변호사와 재희.
주주들, 서로 얼굴을 마주본다. 혜린은 만만치가 않다.

#22   별실

(회의실이 있는 건물의 한 방) 시계를 보는 장도식.

도 식   지금쯤 시작했겠구만.

그 앞에 앉은 태수. 그들 사이 테이블에 놓여 있는 칵테일 잔.

도 식   윤 회장 딸…. 혜린이 장례식 이후에 한 번도 안 만났다고 했나?
태 수   예.
도 식   나 같은 사람은 남녀 간의 문제에 있어선 영 아는 게 없어서 말이야. 자네 두 사람 사이 잘 이해가 안 돼. 둘이 아주 가까운 사이 아니었나?
태 수   그랬던 적이 있었지요.
도 식   (살피듯 보며) 부장님께 자네를 적극 추천한 것도 결국 자네 둘의 친분을 생각해서였어.
태 수   그랬습니까?
도 식   윤 회장 죽고 나서 그 자리에 눈독 들이는 사람 많아. 우리로선 조용히 처리하고 싶은 거야. 조용히 자연스럽게…. 자네하고 혜린이라면 그렇게 될 수 있다고 생각했는데….
태 수   (술을 마신다) 장 선생님하고 여자 얘기를 하고 싶은 생각은 없습니다.
도 식   이해를 못 하는군. 난 사업 얘기를 하고 있는 거야.
태 수   그렇다면 사업 정보가 잘못됐군요. 윤 회장의 따님께서는 날 떠난 지 오래됐습니다.

도 식	그럴까?
태 수	확실히 해두죠. 내가 윤 회장 딸을 다룰 수 없다면 자격이 없는 겁니까?
도 식	(허허 웃고) 전에 내가 이 말을 한 적이 있던가? 자네 순화교육 받을 때 윤 회장이 날 찾았어. 혜린이하고 모종의 거래를 했다고 하더구만. 자네를 빼내는 조건으로 말야.
태 수	(말이 없이 본다)
도 식	(생각을 더듬는 척) 그때 뭐라고 했더라. 그래 그 조건 중에는 자네를 다시 안 만난다는 조건도 있었지 아마. 윤 회장, 참 재미있는 양반이야. 나 그 양반 좋아했어. 이따금 보고 싶어질 거야. (웃고는 시계를 본다) 시간이 됐는데 그만 일어나야지.

장도식, 보면 태수는 뭔가 생각에 빠져 있다.

#23   회의실

회의가 진행되고 있다. 긴장되고 딱딱한 분위기다.
주주1, 어이없다는 듯 말하고 있다.

주주1	이거 봐요 윤 양. 뭘 잘 모르는 모양인데 지금 우린 사업 얘기를 하고 있는 거예요. 사업이란 건 애들 장난이 아냐. 그래 우리들이 새파란 여자애한테 사업 경영권을 줄 거라고 생각한 건가. 아니 어떻게 그런 생각을 할 수 있지?
혜 린	어떻게 이런 생각을 할 수 있었는지는 지금 별로 중요하지 않다고 생각합니다. 문제는 새로운 경영자를 뽑아야 한다는 거 아닌가요?
주주1	그래서 자네가 하겠다?
혜 린	저 역시 주주의 한 사람으로서 저 자신을 추천했을 뿐입니다.
주주1	허! (어이가 없다는‥)

다른 주주들도 웅성웅성 당돌하다는 듯….

| 주주2 | 자아 자. 진정들 하시고 차근차근 얘기합시다. 윤 양. |
| 혜 린 | 듣고 있습니다. |

주주2	윤 양이 우수한 재원이란 건 알고 있어요. 윤 회장께서 평소에 착실히 교육시
	켜온 것도 알고 있고. 허나 최 사장 말대로 사업은 쉬운 게 아니에요.
혜 린	알고 있습니다.
주주2	우린 상당한 재산을 이 카지노에 투자했어요. 우린 윤 양이 사업공부 하라고
	그 돈을 대준 게 아니에요.
혜 린	말씀 도중에 죄송합니다만 장 회장님 말씀은 새 경영자를 주주선거를 통해
	선출하는 걸 반대하신다는 건가요?
주주2	(헛기침을 하고) 사실은 그래요. 우린 윤 양을 만나기 전에 이미 새 경영자를
	구했어요.

민 변호사, 놀라 혜린을 돌아본다. 혜린, 꼼짝 않고 주주2를 보고 있다.

주주2	윤 양도 알겠지만 카지노 사업이란 거 이거 장부만 가지고 되는 게 아니에요.
	아랫사람들도 잘 다스려야 하고 또 외교적인 능력도 필요하고. 잘 알잖아요.
	그런 여러 가지를 감안해서 우리가 만장일치로 찬성한 분이에요.
혜 린	제가 아는 분입니까?
주주2	아 오늘 참석을 하신다고 했는데. (시계를 본다)
주주1	7층에 와 있어요. 아까 봤어. 사람 시켜 부르지.

그때 노크 소리. 재희, 일어서 나가 문을 열어준다. 문을 연 재희, 잠시 그대로 서 있다가 천천히 비켜준다. 들어서는 태수. 혜린, 놀라 테이블을 짚는다. 하마터면 벌떡 일어날 뻔했다. 태수, 들어서며 주주들과 분분히 인사를 나눈다.

태 수	좀 늦었습니다.
주주1	아냐 딱 맞춰 왔어요.
주주2	어서 오세요. 이쪽 자리로….

태수, 혜린과 반대편 테이블 끝에 앉는다. 비로소 혜린을 쳐다본다.

| 주주2 | 인사하세요. 이쪽은 윤 회장 따님 되시는 혜린 양이고 이쪽은 박태수 사장이 |
| | 에요. |

태수, 다시 일어나서 혜린을 향해 정중히 고개를 숙여 보인다. 혜린, 충격 때문에 잠시 굳어 있다.
문가의 재희, 그런 혜린을 걱정스레 본다.

주주2   박 사장 역시 나이는 젊지만 우리와 유사한 사업을 죽 해오신 분입니다. 윤 양. 우리를 믿어요. 박 사장이라면 아버님의 사업을 더욱 번창하게 해줄 거예요.

태수, 자리에 앉는다.

주주1   여기 모인 분들 다 바쁜 사람들이니까 짧게 짧게 끝냅시다. 그리고….
혜 린   과연 외교능력이 뛰어난 분이군요.

혜린은 태수만 똑바로 보고 있다. 충격으로 침착했던 태도를 잃고 있다.

혜 린   뒤에 장도식 선생, 그 위에 강동환 실장, 그 위에 또 있나요?

민 변호사, 얼른 혜린의 팔을 잡아 자제시킨다.

민 변호사   (낮게) 혜린이.
혜 린   (자신의 실수를 깨닫는다)

모두 침묵하여 혜린을 보고 있다. 태수도 말없이 보고 있다.
혜린, 가쁜 숨을 겨우 진정시킨다.

혜 린   (천천히 일어서 좌중을 둘러본다) 죄송합니다……. 여러분께 한 가지만 일깨 워드리겠습니다. 회칙에 의하면 주주총회에 제기된 모든 안건은 투표에 의해 결정됩니다. 각 주주들은 자신이 갖고 있는 지분만큼 투표권을 가집니다.
주주2   잠깐만 윤 양. 윤 양이 가진 지분은 50프로를 넘지 못해요.
혜 린   2주일 뒤 다시 총회를 열겠습니다. 거기서 새 경영자를 투표로 선출할 겁니 다. 이상입니다.

혜린, 흐트러짐 없는 발걸음으로 회장을 나간다. 태수 쪽은 보지도 않는다.
뒤따르는 민 변호사. 문을 열어주는 재희.
문을 나서려던 혜린, 문득 태수를 돌아본다.
태수, 그 시선을 받는다. 혜린의 표정은 언뜻 아픔이 느껴진다.
다음 순간 혜린은 방을 나선다.
웅성대는 주주들 속에서 태수, 말없이 자기 앞의 테이블만 내려다보고 있다.

#24   건물 앞

재희, 자동차를 댄다. 민 변호사, 혜린을 위해 뒷문을 열어주는데 생각에 잠겨 있던 혜린, 그 문을 잡고 들어서지 않은 채.

혜 린   각 주주들의 신상명세를 뽑아주세요. 설득할 수 있는 사람이 있을 거예요.
민 변호사 그러지.
혜 린   (자신에게 다짐해주듯 한 번 더) 할 수 있을 거예요.

혜린, 차에 오른다. 민 변호사, 문을 닫아준다. 운전석의 재희, 백미러로 혜린을 본다. 아무도 보지 않는 상태에서 혜린, 괴로움을 드러낸다. 아직 마음의 격동을 다스리기에는 어리다.
조수석에 탄 민 변호사.

민 변호사 집으로 갈까?

거울 속의 혜린, 얼른 냉정한 얼굴을 되찾는다.

혜 린   서부 카지노로 가요. 할 일이 있어요.

재희, 잠자코 차를 출발시킨다.

25   장도식의 사무실 건물

전경. 언뜻 보기엔 가정집으로 보이는 2층집. 굳게 닫힌 대문.
대문 옆으로 감시 카메라가 보인다.
자동차 한 대가 도착하고 두 명의 사내가 내린다. 대문 앞에 서서 벨을 누르
고 감시 카메라를 향해 장난을 치듯 손을 흔들어 보인다. 잠시 후 대문이 자
동으로 열리고 사내 둘, 안으로 들어간다.

26   마당

사내들을 따라가며 보이는 마당에는 역시 사복 차림의 사내 몇이 잡담을 나
누며 담배를 피우고 있다.

27   집 내부

각 방은 사무실로 꾸며져 있다. 열려진 문으로 보이는 방에는 사무 책상들
이 있고, 전화를 받거나 사무를 보는 사내들…. 복도에 바쁘게 지나치는 사내
들…. 대문을 들어섰던 사내 두 명, 안쪽의 닫힌 문을 노크한다.

28   방 안

장도식의 사무실이다. 장도식, 전화를 받으며 들어선 이들의 인사를 받는다.

도 식   그래 계속 지켜봐. 무슨 짓을 하든지 보고만 있으라고. 그렇지. 누구를 만나
         는지만 잘 체크해. 그래. (전화를 끊고) 알아봤어?
사내1   윤재용 회장 사망 일주일 전에 동서은행에 개인 금고를 빌렸습니다. 윤 회장
         은 단 한 번 이용을 했답니다.
도 식   은행이라…. (생각해보는)

#29   윤 회장의 집 정원

정원의 나무에도 단풍이 들었는데…. 그 앞을 왔다 갔다 서성거리며 생각에 잠겨 있는 혜린.

문득 걸음을 멈추고 보면 정원 저만치 잔디에 재희, 평상복 차림으로 앉아 죽도를 손보고 있다. 끈을 조이고 다듬고…. 옆에는 두어 개의 손때 묻은 죽도가 놓여 있고.

혜린, 그 옆에 앉는다. 재희, 혜린을 힐끗 보고 약간 미소 짓고 하던 일 계속.

혜린, 놓여 있는 죽도 하나를 들어본다. 손잡이를 두 손으로 잡아 허공을 겨냥해본다. 재희, 혜린의 손 위치를 바꾸어준다. 왼손은 아래에 오른손은 위에…. 벌어진 두 손은 중심을 바르게 조여주고. 혜린, 두어 번 허공을 때려본다.

혜 린   생각보다 무겁네.

재 희   (빙긋 웃고 끈을 조이는 일 계속)

혜 린   …· 어떻게 생각해? 나·· 할 수 있을까?

재 희   ······.

혜 린   내가 아버지 자리 지킬 수 있을 거라고 생각해?

재 희   ···· 한 가지 물어봐도 되겠습니까?

혜 린   뭐?

재 희   왜 그렇게 애를 쓰는 겁니까? 회장님하고의 약속을 지키기 위해선가요 아니면··.

혜 린   (웃어서) 아니면 갑자기 돈 욕심이 생겨서 그런 거냐고?

재 희   상대가 박태수이기 때문입니까?

혜 린   (말이 막혔다가 ····) 그렇게 보였어?

재 희   회장님이 돌아가시면 자유로워지실 거라고 생각했습니다. 원래 이런 사업, 좋아하지 않았잖습니까?

혜 린   ··· 그랬어.

재 희   모든 거 다 정리하고···. 원하는 곳으로 가실 거라고 짐작했었습니다.

혜 린   (뭔가 대꾸하려다가 머뭇거린다. 원래 하려던 말 관두고 농담처럼) 내가 어디론가 가면 같이 가줄 거야?

| 재 희 | (엄한 눈길로 보고 있다) |
| 혜 린 | (어색해지며 시선 피하는데) |

안에서 나오는 장근섭. 혜린, 벗어나는 기분으로 보면.

근 섭	(앞에 와 서서) 장도식이 전화했습니다. 만나고 싶다는데요.
혜 린	일로 오라고 하지요.
근 섭	밖에 장소를 정했답니다.

#30　레스토랑 내부

들어서는 혜린과 재희, 안쪽 자리에 앉아 기다리던 장도식, 손을 들어 보인다.
지배인의 안내로 다가서면 혜린, 멈칫 선다.
장도식의 옆에 앉아 있던 태수, 혜린을 보더니 자리에서 일어난다. 재희, 혜린
을 돌아본다. 혜린, 금세 냉정을 되찾고 마저 걸어간다. 장도식도 일어선다.

| 도 식 | 바쁜데 여기까지 나오라고 해서 미안합니다. |

재희, 혜린의 의자를 빼어 앉히고 자기도 그 옆에 앉는다. 장도식과 태수도 앉
고. 혜린, 태수 쪽은 보지 않는다.

도 식	사무실에서 김밥 먹어가며 일한다면서요? 가끔은 이런 데서 여유를 찾는 것 도 좋아요.
혜 린	분위기가 아주 좋군요 조용하고
도 식	아 여기 우리 박 사장이 전세 냈어요. 얘기하는 데 조용한 게 좋다고 말이지요.

혜린, 새삼 주위를 둘러본다. 손님이 하나도 없는 식당 안에는 제복을 입은
종업원들만 각자의 자리에 대기하고 있다. 다가온 종업원 한 명, 혜린과 재희
의 컵에 물을 따르고 옆에 선 지배인.

| 지배인 | 특별코스를 준비했는데 괜찮으시겠습니까? |

혜 린   좋아요. 고마워요.

지배인과 종업원, 물러가고.

혜 린   (장도식에게) 하실 말씀이 있으시다고요.
도 식   꼭 해야 될 말 같은 건 없어요. 그냥 뭐랄까. 가을이 이유라고 할까. 날씨 얘
기도 하고 하늘 얘기도 하고 그럽시다. 하하.

와인병이 든 얼음통이 있는 트레이를 밀고 온 지배인. 맛보기로 장도식의 잔
에 솜씨 좋게 따르고 기다린다. 장도식, 와인 맛을 음미해보고 만족한 듯 끄
덕인다.
지배인, 정중하게 각각의 잔에 와인을 따르는 동안 태수, 뒤로 기대 편한 자
세로 혜린을 보고 있다. 혜린, 고집스럽게 태수 쪽은 보지 않고 있다.

도 식   지금 나오는 곡 알아요? 브라암스예요. 브라암스 좋아해요?
혜 린   장 선생님 관심사가 다양하시네요. 국사를 돌보시고 음악 감상도 수준급이시
고…. 남의 회사 경영도 간섭하시고요.
도 식   하하 역시 날씨 얘기는 무리였나. 자아 건배합시다. 우리 혜린 양의 건강과 미
모를 위해서.

혜린, 잠시 망설이다가 잔을 들어 보이고 조금 마신다. 재희는 그저 움직임 없
이 있다.

혜 린   한 가지 여쭤볼까요. 장 선생님 쪽에서 새로 밀고 있는 경영자 말이에요.

태수, 혜린을 본다.

혜 린   거래 조건이 어떻게 되죠? 제 아버지보다 더 많은 정치자금을 대겠다고 하던
가요?

태수, 그만 허 웃는다.

도 식   허허 이거 뭔가 오해가 있는 모양인데.

혜 린   물론 그래야 하겠지요. 그러지 못할 경우엔 언제든지 잘라버리고 새 사람으
　　　　로 바꿀 테니까요. 더 충성스러운 사람으로 말이지요.

도 식   혜린 양.

혜 린   아버지한테 했던 것처럼…. 그렇지요? (미소 지어 보고 있다)

도 식   내 충고 하나 할까. 그런 말은 함부로 하는 게 아니에요. 한 회사를 책임지는
　　　　사람은 먼저 할 말 못 할 말을 가릴 줄 알아야지.

혜 린   장 선생님 그렇게 해서 얼마나 버세요? 혹시 더 많은 돈을 벌고 싶은 생각은
　　　　없으세요? 저 스카웃하고 있는 건데요.

도 식   (보다가 허허 웃는다) 영광인데. 내 생각해보지요. 허허. 박 사장 어때요. 이
　　　　런 분보다 경영을 더 잘할 자신 있어요?

　　　　태수, 아무 말 없이 혜린을 보고만 있다. 그 바람에 잠시 어색한 침묵이 흐른
　　　　다. 재희, 슬쩍 혜린을 돌아본다. 혜린은 마치 태수 쪽에는 아무도 없다는 듯
　　　　이 행동하고 있다.

도 식   자아 사실 내 오늘 좋은 일을 하려고 이 자리를 마련했어요. 혜린 양 그리고
　　　　우리 박 사장. 두 분 원래 잘 아는 사이지요? 오늘 그간의 회포도 풀고 또….

태 수   예전에는·· 잘 안다고 생각했었지요.

　　　　혜린, 결국 태수를 돌아본다. 여전히 혜린을 똑바로 보고 있는 태수.

태 수   그때는 돈 같은 건 아주 경멸하는 사람인 줄 알았는데….

도 식   내 보기엔 전혀 변하지 않는걸. 두고 봐요. 아마 조만간 카지노에 노동조합
　　　　을 만들지도 몰라요. 하하.

태 수   (혜린을 향해 똑바로) 이거 아주 더러운 사업이에요. 당신 같은 사람하고는
　　　　어울리지 않아.

혜 린   (웃는)

태 수   당신은 못 해. 하지 않는 게 좋아.

혜 린   (잠시 보다가 자제하여 조용하게) 내가 뭘 못 한다는 거죠? 이종도란 사람과
　　　　댁과 한패였죠? 그 사람 시켜서 아버지의 장부를 빼내고…. 아…. 박 회장 사

건도 댁의 솜씨였겠지요? 그리고 아버지한테 덮어씌웠고요. 그런 거라면 물론 난 못해요.

일어선다. 재희, 일어나 혜린의 의자를 빼준다.

혜 린   (장도식을 향해) 실례하겠어요. 식사할 기분이 아니군요.

핸드백을 들려다가 놓친다. 사실은 마음속으로 흔들리고 있다. 재희, 슬쩍 도와준다. 장도식, 일어선다.

도 식   아쉽군요. 혜린 양.

혜린, 목례하고 나선다. 자리에 앉은 채 꼼짝 않고 있는 태수.
재희, 혜린을 감싸듯 걷는다.

재 희   고개를 드세요.
혜 린   (저도 모르게 숙여졌던 고개를 세운다)
재 희   됐습니다.

입구를 나서는 혜린을 배웅한 창민과 정근, 태수를 돌아본다.
장도식, 빈 잔에 와인을 따르며.

도 식   따라가봐야 되는 거 아냐? 아직 감정이 남아 있는 거 같은데. (재미있다는 듯 미소 짓고 있다)

31   윤 회장의 집 서재

민 변호사, 서류가방을 책상 위에 올려놓는다. 그 앞에 혜린.

민 변호사 (가방을 열려다 멈추고) 이건 마지막 처방이야.
혜 린   알고 있어요.

민 변호사 회장님께서 생전에 이것을 쓰려던 것은 그게 마지막이라고 생각했기 때문이야.

혜 린 (미소 지어) 걱정 마세요. 너 죽고 나 죽자 그럴 만큼 저 아직 절망적이지 않아요. 그냥 내용만 보려고요. 내용을 알아야 거래를 붙여보죠.

민 변호사, 내키지 않는 대로 가방을 연다. 거기에는 몇 장의 서류 위에 금고 열쇠가 얹혀 있다. 혜린, 열쇠를 들어 본다. 잠시 아버지의 생각…….

혜 린 얼만큼 상세하게 기록이 되어 있죠?

민 변호사 전부다. 주고받은 거래 내역, 장소와 일시까지.

혜 린 물론 상대의 이름도 쓰여 있겠죠.

민 변호사, 끄덕인다.

#32 외딴 곳 / 밤

자동차 한 대가 와서 선다. 운전석의 장도식. 혼자다.

자동차의 실내등을 켠다. 어둠 속에 드러나는 장도식의 모습. 담배를 꺼내 불을 붙인다. 마치 한가로운 드라이브를 나온 듯한 표정. 담배연기를 창밖 어둠 속에 날려보낸다.

잠시 후 어둠 속에서 나오는 종도. 장도식, 종도의 뒤를 살펴본다. 태호와 다른 사내 몇이 어둠 속에 주위를 지키는 모습이 보인다. 종도, 조수석으로 들어와 앉는다.

종 도 오랜만입니다.

도 식 (피식 웃고) 그새 겁이 많아졌구만.

종 도 (떨떠름한 표정) 웬일이십니까? 전 아직 수배 중인 처진데요.

도 식 맞아 참. 자네 수배 중이지.

종 도 (농담할 기분이 아니다) 요즘 바쁘시다면서요. 박태수를 거물로 키우시느라고.

도 식 어허 질투하는가? (재미있다는 듯)

종 도 일이 있으시면 태수를 부르시지요.

도 식 그러게 누가 죄를 지으래?

종 도	안 그래도 후회가 막심입니다. 자다가도 벌떡벌떡 일어나요. 회개하고 있습니다.
도 식	어이 죄를 지었으면 보상을 해야지. 공을 세워서 갚아야 할 거 아닌가.
종 도	(눈치를 보는) 제가 할 일이 있습니까?
도 식	박 회장 사건은 윤 회장이 무덤으로 끌고 갔고. 산 사람은 살아야지. 안 그래? (혼자 웃고) 이봐. 고향 가서 새 출발을 해보는 게 어때. 자네 정도면 금방 기반을 닦을 텐데. 인생은 생각보다 길어요. 차근차근 터를 닦아서 서울에 재상륙을 하는 거야.
종 도	(기대감에 부푼다. 납작 고개를 숙여) 뭐든지 하겠습니다. 수배만 풀어주십시오.

장도식, 혼자 재미있다. 이와 같은 용병술이 어쩌면 장도식 인생의 즐거움이다.

#33   은행 내부

창구 직원이 아닌 중간 간부가 혜린을 맞고 있다. 민 변호사가 내어놓은 서류들을 검토해보고 있다. 혜린과 윤 회장의 관계 증빙 서류들이다. 혜린, 주민등록증을 내어놓는다.

#34   은행 건물 앞길

재희, 차를 대어놓는다. 조수석에는 장근섭. 장근섭, 내려서 잠시 목운동을 한다.
재희도 내려서 시계를 본다. 무심히 고개를 들다가 한곳을 본다. 길 건너편 쪽을 천천히 지나가는 차 한 대. 그 뒤에 타고 있는 태호. 재희, 긴장하여 장근섭을 친다. 장근섭도 그를 본다.
재희, 재빨리 차를 따라간다. 태호가 탄 차에는 사내들이 네 명 가득 타고 있다. 차는 은행 뒤의 주차장 쪽으로 들어간다. 내리는 태호와 또 한 명의 사내. 그들, 은행이 있는 건물의 뒷문 쪽으로 들어간다. 뒤따라온 장근섭, 재희와 마주 보더니 재희를 그 뒤로 민다. 따라가라고.

35   은행 내부 개인금고실

혜린과 은행 직원, 각자의 열쇠를 사용하여 금고를 연다. 은행 직원, 비켜서고 혜린, 열린 금고에서 가방을 꺼낸다. 한쪽에 마련된 칸막이 안에서 가방을 연다. 가득 들어 있는 장부들….

36   건물 뒷문 쪽

막 들어서던 재희, 기다리고 있던 태호와 또 한 명에게 막힌다. 재희, 멈칫하여 뒤를 돌아본다. 차에 있던 두 명이 어느새 뒤를 막으며 들어선다. 재희, 아뿔싸 하는 마음에 한 사내를 치고 밖으로 뛰어나가려고 한다. 순간, 누군가 휘두른 각목이 재희의 무릎 뒤를 치고 재희, 휘청 무릎이 꺾인다.

37   은행 뒤 주차장

뒷문 쪽으로 급히 가던 장근섭. 걸음을 멈춘다. 미리부터 와 있던 차 한 대가 장근섭의 퇴로를 막듯 뒤로 와서 선다. 돌아보면 차에서 우르르 내리는 사내들.

38   은행 내부

가방을 든 혜린과 민 변호사가 은행을 나서고 있다. 은행 문밖은 건물의 로비.

39   뒷문 안

좁은 공간에서 벌어지는 격투.
재희, 다급한 마음에 안으로 들어가기 위해 애쓰지만 태호를 비롯한 사내들에게 막힌다. 좁은 공간이 재희의 움직임을 방해하고 있다. 두 명까지는 제치지만 태호에게 잡힌다.
재희, 초조함이 극에 달한다.

40   은행 문 앞 건물 로비

입구 쪽으로 걸어 나오는 혜린과 민 변호사. 회전문으로 들어선다. 순간 반대
쪽에서 사내 한 명, 회전문으로 들어선다.
회전문이 돌고 혜린, 밖으로 나서는데 가로막는 사내, 무사시.
다른 사내는 문을 잡아 민 변호사가 따라 나오지 못하게 한다.
그 짧은 순간, 무사시가 혜린의 팔을 움켜잡아 바짝 붙는다. 놀란 혜린이 내
려다보면 무사시의 바바리코트 주머니로부터 혜린의 옆구리에 닿는 흉기. 그
사이 어쩔 줄 모르는 민 변호사를 놓아두고 오는 사내.
무사시, 여유 있게 혜린의 가방을 가로채더니 사내에게 넘긴다.
그 사내는 미리 대기해 있던 차에 오른다. 혜린, 잡히고 위협받는 채로 꼼짝
없이 가는 남자를 보고 있다.
무사시, 미소를 남기고 차 쪽으로 간다. 행인들이 지나가는 가운데 벌어진 찰
나의 사건.

41   뒷문 쪽

장근섭, 사내들을 제치고 들어서자마자 재희를 잡고 있던 사내들을 공격한
다. 잇단 공격으로 뒷문의 길을 트고 재희를 움켜잡아 밖으로 밀쳐낸다.

42   건물 앞

숨 가쁘게 뛰어온 재희, 혜린을 발견한다. 길가에 우두커니 서 있는 혜린.

민 변호사 (격해져서) 어디 있다 이제 오는 거야.

재희, 무엇보다 혜린의 안부가 관심이다. 혜린에게 달려가 얼굴을 본다. 혜린,
넋이 나간 듯한 표정으로 거리를 보고 있다.

재 희   잠깐만 기다리세요. 뒤에 놈들 패거리가 있습니다.

뛰어가려는데 혜린, 그의 팔소매를 잡는다.

혜 린   소용없어.
재 희   그렇지만.
혜 린   내 잘못이야. 내가 상대를 잘 몰랐어.

재희, 안타까움에 이를 악무는데 혜린, 차 쪽으로 걸어간다.
재희, 돌아보는 곳에 태호 등을 태운 차가 지나간다. 그 뒤를 쫓아 나온 장근
섭. 헐떡이며 선다. 입가에 배어나온 피를 손등으로 훔친다. 상황은 끝났다.

#43   국도

7, 8대의 검은 승용차가 줄줄이 지나간다. 가을 길이다.
그 승용차 중 가운데 차에 종도가 타고 있다. 일렬로 진행하는 고급차들의 위
세가 종도의 위세를 말해주는 듯.

#44   국도변 휴게소 주차장

승용차들이 도착해서 선다. 승용차에서 내리는 양복의 사내들.
그중의 한 차. 무사시가 뒷문을 열어주면 종도가 의젓하게 내려선다. 무사시
가 혜린의 가방을 종도에게 넘겨준다.

#45   휴게소 한곳(경치가 좋은)

종도와 장도식이 만나고 있다.
장도식, 열린 가방(혜린의) 안의 내용을 확인하고 닫는다.
장도식이 저만치 뒤에 어슬렁거리고 있는 양복의 종도 패거리들을 본다.

도 식   금의환향하는 사람 같구만.
종 도   지방은 서울하고 다르니까요. 일단 기선을 잡는 게 중요합니다.
도 식   기선을 잡는다…. 그럴듯한 얘기야. (한가하게 경치를 둘러본다) 가을이구

만. 이런 계절에는 브라암스나 들어야 하는데. 괜찮은 커피 한 잔하고 말이지….

종도, 그런 장도식의 여유에 같이 맞출 기분이 없다. 수배가 풀린 지금, 거만하고 의젓한 모습으로 돌아와 있다.
경치 감상을 하고 있는 장도식의 뒤에서 태호 등을 향해 자기 손목시계를 가리키고 손짓으로 지시를 내린다. 재빨리 차 쪽으로 가며 출발 준비를 하는 패거리들….
장도식, 종도가 가져온 가방 위에 손가락으로 장단을 맞추며 경치를 보고 있다. 속으로 브람스의 음악이라도 생각하는 듯.

17부 THE END

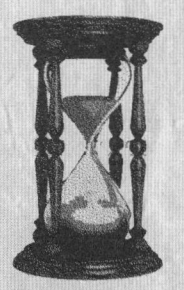

18부

하나만 묻겠어요. 절 원하는 건가요.
아니면 그냥 살림할 여자가 필요한 거예요?

····· 사랑하냐고 묻는 겁니까?
사랑은 노력하는 거라고 생각해요.
난 노력할 준비가 되어 있어요. 평생 노력할 생각입니다.
이런 말로··· 안 되겠습니까?

The
    Sandglass..

#1 　우석의 하숙집

전경.

#2 　마당

안방 앞의 마루에 걸터앉은 우석, 종이백에 선영의 옷가지들을 넣고 있다. 들어가지 않아 넣었던 것을 다시 빼고 서툰 솜씨로 다시 개고 있는데 열려져 있던 대문으로 들어서는 검사장.

검사장　계십니까?

우석, 놀라서 일어선다.

우 석　아니 어긴 어떻게….

검사장의 뒤를 따라 들어서는 영진.

영 진　제가 모시고 왔어요.
검사장　내가 부탁을 했어요. 강 검사 보고 싶다고.
우 석　전화를 주시면 갔을 텐데요.
검사장　나, 강 검사 방에 들어가서 얘기해도 돼요?

| 우 석 | (당황하고 있다) 아 죄송합니다. 이쪽입니다. (방으로 안내하는) |
| 영 진 | 두 분 말씀 나누세요. 저 밖에서 망볼게요. |

들어가는 둘을 보다가 영진, 우석이 밀어놓은 선영의 옷가지들을 본다. 대충 짐작이 간다.

#3   우석의 방

우 석	누추합니다. 방석도 없고….
검사장	(앉으며 방 안을 둘러보며) 학생 방 같으네요. 책도 많고 검소하고…. 바람직한 검사의 방이라고 해야 되나.
우 석	저… 차라도….
검사장	아니에요. 여기 주인집에 우환이 있단 말 들었어요. 됐어요. 나 금방 갈 거예요.

그래놓고 여전히 둘레둘레 방 안을 구경한다.

#4   마당

마루에 걸터앉은 영진, 물끄러미 옷가지들을 내려다보다가 혼자 웃고, 에이 옷들을 개어 종이백에 넣기 시작한다. (한눈에도 여자 옷인 줄 알 만한…)

#5   방 안

마주 앉은 두 사람. 우석, 민망해서 웃고 있다.

검사장	어허 진지하게 하는 소리예요. 남자가 일을 제대로 하려면 아내가 필요한 거예요.
우 석	아직 준비가 안 됐습니다.
검사장	가정이 안정돼 있지 않은 남자는 못 써요. 애를 낳아보지 못한 여자나 같애요. 철이 안 들어요.
우 석	명심하겠습니다.

검사장, 옆의 바둑판 위에 엎어져 있던 바둑책을 들어 한가하게 뒤적여본다.

우 석   … 무슨 일이 있었습니까?

검사장   (바둑책을 보며) 예. 일이 있어요.

우 석   (기다린다)

검사장   이종도라고 수배했던 인물 있지요?

우 석   예.

검사장   수배가 풀렸어요. 무혐의 처리됐어요.

우 석   (말이 막히는. 불끈해지는 마음 자제한다)

검사장   (그런 우석을 살펴보고) 광주로 내려갔대요. 와신상담하려나봐요.

우 석   … 그렇게 됐군요.

검사장   그리고 강 검사 휴가는 이번 주로 끝나요.

우 석   (무슨 소린가…) 휴가요?

검사장   내가 휴가로 처리했어요. 충분히 쉬었지요?

우 석   (그제야 말뜻이 이해된다) 저 검사장님.

검사장   (말을 막아) 이번 인사이동 때 명단에 들어 있나봐요. 강 검사 광주로 전출됐나보던데…. 사실 이거 미리 알려주면 안 되는데 내가 슬쩍 봤어요. (바둑책을 넘겨 다음 장을 본다)

우 석   (말없이 그런 검사장을 보고 있다)

검사장   시작한 일은 마무리 지어야지요. 한 번 도망치기 시작하면 그거 버릇돼요. 평생 고치기 힘들어요.

우석, 할 말이 없다.

#6   동네 길 / 밤

어두운 밤길. 차를 타고 떠나는 검사장을 배웅하는 우석과 영진. 우석, 고개 숙여 보이고 차창 안에서 검사장, 끄덕여 보이고 차는 떠나고……. 우석, 우두 커니 서 있는데, 영진, 옆에서 어색하게 있다가.

영 진   안에서 무슨 얘기했어요?

우 석	취재하는 겁니까?
영 진	저기…. (답지 않게 어색해하다가) 내 얘기 안 했어요?
우 석	신 기자 얘기요?
영 진	으흠. (목에 걸려 안 나오는 말 얼른 해치워버린다) 고백할게요. 검사장님 저희 작은아버지 되세요.
우 석	(돌아보는)
영 진	실은…. (지레 당황해하다가 머리를 벅벅 긁고 에잇) 작은아버지하고 협상했어요. 내가 강 검사님 사표 철회하게 도와주면 작은아버지가…. 그러니까 도와준다고요.
우 석	뭘 도와줘요?
영 진	(멀뚱멀뚱 우석을 보다가 딴 데를 보다가 다시 보고는) 중매요. 우리 둘이….
우 석	(잠시 후에야 말뜻이 전해진다. 어이없다)
영 진	(용기 낸 김에) 나 안 되겠어요?
우 석	····· 왜 그런 생각을 했어요?
영 진	왜는 없고 그냥 생각했어요. 검사와 사회부 기자. 맞벌이 부부 하면 서로 득이 될 것도 같고 집에선 선보라고 야단이고…. 내가 본 남자 중에 제일 낫다 싶고…. (우석의 눈치를 본다)
우 석	(뭐라 할 말이 없어 그저 보고만 있다. 난처할 따름이다)
영 진	역시 안 되는구나.

영진, 어깨를 으쓱해 보이더니 걷기 시작한다.
우석, 선 채 보고만 있다. 영진, 걷다가 돌아서 뒤로 걸으며.

영 진	좀 걸을래요? 나 방금 실연당했는데 위로해주는 게 어때요?

우석, 후 웃음이 나오고 따라 걷는다.

#7   동네 공원

영진, 뒤로 기대앉아 밤하늘을 보고 있다.
우석, 옆에 앉은 채 그런 영진을 본다. 웃음이 나오기도 하고 웃으면 안 될 것 같고. 영진의 시선을 따라 하늘을 본다.

우 석   별이 보입니까?

영 진   봐도 몰라요. 그냥 어색해서 이러고 있는 거예요.

우석, 얼굴을 돌려 입가에 떠오르는 미소를 감춘다.

영 진   웃고 싶으면 웃어도 돼요.

자세를 바로 하여 우석을 본다. 우석, 전혀 웃지 않았다는 표정으로 영진을 본다.

영 진   작은아버지가 그러셨어요. 나하고 작은아버지 관계를 알리면 될 일도 안 될 거라고요. 강 검사 그런 사람이라고. 처갓집 빽을 쓰느니 총각으로 죽을 거라고요.

우 석   꼭 그런 건 아닙니다.

영 진   (배시시 웃어) 하숙집 아가씨 좋아하죠? 선영 씨라고 그랬던가.

우 석   선영 씨하곤 그런 얘기해본 적 없는데요.

영 진   에에이 보니까 알겠던데 뭐.

우 석   (어쩔 수 없이 웃는)

영 진   강 검사님 성격에 마음에도 없는 여자가 계속 추파를 던지는데 3년 이상씩 같은 집에 눌러살 리가 없어요. 그렇죠?

우 석   기자하고 얘기하는 건 무서운데요.

영 진   … 병원에 가보셔야죠. 아까 선영 씨 갖다 줄 옷을 싸고 있었지요?

우 석   (보다가 끄덕인다)

영 진   딱지 먹을 각오했었어요. 나 선영 씨처럼 내조할 자신 없어요. 사실 나한테 필요한 건 남편이 아니고 마누라예요. 그런 거 같죠?

우 석   예.

영 진   흐흥 잔인하군.

우 석   여성운동가들한테 욕먹을 얘기지만 정말로 나, 신 기자가 사내들보다 열 배 낫다고 생각하고 있습니다.

영 진   계속하세요.

우석   (미소 짓고 있지만 진지한 어조) 나보다 훌륭해요. 난 신 기자 같은 용기 없어
       요. 언제나 속으로만 계산해요. 혼자 속으로 따져보고 정리하고⋯. 예전에 좋
       아하던 여자도 그렇게 해서 보냈어요.

       영진, 뭐라 대꾸하려다가 관둔다. 우석은 아까의 영진처럼 뒤로 기대어 하늘
       을 본다.
       영진, 턱을 괴고 그런 우석을 본다. 우석, 영진을 돌아보고 피식 웃는다. 영진
       도 웃는다. 나란히 앉아 밤바람 속에서 잠시 평화롭고 따뜻한 시간을 보낸다.

#8   광주

       시내 전경. 평온한 일상에 분주한 거리⋯.

#9   요정 앞

       이미 와서 주차해 있는 여러 대의 차. 각 차 주위에는 그 차를 따라온 주먹패
       의 수하들이 진을 치고 있고, (지방의 주먹패들이라 옷차림은 제각각) 새로
       차가 도착한다. 조수석에서 뛰어내리는 수하는 뒷문을 열고 보스를 내리게
       한다.

#10   내부

       이 지방의 내로라하는 주먹패들이 모인 자리. 여자들은 없는 상황. 상에는 술
       이며 요리가 차려져 있지만 아무도 손을 대지 않고 있다. 새로 들어온 자가
       이리저리 인사를 하고 그자를 자리에서 일어나 맞이하는 자도 있고, 앉은 자
       리에서 거들먹거리는 자도 있고⋯. 자기 옆에 앉은 자와 수군거리기도 하고
       어수선한데.
       문이 열리더니 태호와 무사시가 문 양쪽에 들어와 지켜 선다.
       장내 조용해진다. 들어서는 종도. 분분히 자리에서 일어나는 사내들⋯.
       종도, 상석으로 가서 앉고 뒤를 따른 태호와 무사시는 양쪽에 나눠 앉는다.
       종도가 자리에 앉자 자리에 앉는 사내들. 종도, 좌중을 둘러보더니 여유와 위

엄으로…. 어느새 더 강해진 원단 사투리로.

종 도 오랜만입니다. 고향에 오니까 좋긴 좋구만요. 내가 어렸을 땐 천지 분간을 못하고 고향이 고마운 줄도 몰랐소. 그동안 서울살이 하면서 쪼끔 힘도 비축을 했고, 앞으로 당분간 있는 힘을 다해서 내 고향 발전을 위해 애써볼 생각이요. 여러 형제들의 성원을 부탁하겠소.

누군가 박수를 치기 시작하고 좌중의 모두가 열렬한 박수를 보낸다.

#11 교도소 내부 복도

간수가 뚜벅뚜벅 다가와 문 하나의 앞에 선다. 문을 쿵쿵 치고.

간 수 1251번 면회.

건너편 감방의 쪽문에 매달려 내다보는 죄수 한 명. 간수가 문을 열면 천천히 나서는 성범. 성범이 나온 감방 안에서 젊은 죄수 한 명, 문가까지 따라나서며 복도를 향해 소리친다.

죄 수 형님 면회 나가신다아!

그리고는 성범을 향해 깍듯이 절을 한다.

죄 수 다녀오십시오, 형님.

건너편의 감방에서 내다보던 사내도 소리 지른다.

사 내 형님, 다녀오십시오.

이 방 저 방에서 외치는 소리가 들린다. 다녀오십시오. 형님 면회 가신다아…. 그 소리들 속에 성범, 느릿느릿 간수를 따라나선다.

#12   면회실

창살이 없는 특별 면회실이다. 기다리던 태수와 인영, 정근, 일어선다.
간수와 함께 들어서는 성범. 인영과 정근, 허리를 꺾어 인사를 하고, 성범, 다
가선 태수의 팔을 잡아 툭툭 쳐준다.
(시간 경과)
정근, 가느다란 시가를 성범에게 내어주고 불을 붙여준다.

성 범   그래서 전북 쪽은 죄다 종도 그놈 손에 들어갔다는 거야?
태 수   조만간 남북을 통일할 거 같습니다.

태수, 재미있다는 듯 미소 짓고 있다. 그런 태수를 한심하다는 듯 보다가.

성 범   그래서 잘한다고 꽃다발이라도 보내줬냐?
태 수   눈치를 봐선 장 씨가 밀어주고 있는 모양입니다.
성 범   흥. 의리가 있는 친구로구만.
태 수   야구에도 일진이 있고, 이진이 있잖습니까? 말하자면 이진인 셈 치고 돌봐주
는 거겠지요.
성 범   그래서 언제고 네 어깨가 고장 나면 걷어차버리고 그놈을 끌어올린다. 그거야?
태 수   그렇겠지요.
성 범   도 닦은 놈처럼 얘길 하는구나.
태 수   형님. 그동안 저 돈 많고 힘 가진 자들 구경 많이 했습니다. 보고 배운 것도
많습니다.
성 범   그래서?
태 수   배운 대로 해볼 생각입니다. 강한 자에겐 약하고 약한 자에겐 강한 게 그들
의 생리예요. 이왕 시작한 거 아주 강해질 겁니다. 아무도 건드리지 못하게요.
성 범   ……. (웃더니) 잘못 배웠군.
태 수   물론 내가 자기들보다 강해지는 거 그들은 원하지 않겠지요. 되도록 은밀하게
진행하겠지만 어쩌면 형님께 안 좋을지 몰라요. 가석방이 늦어질지도 모르고
요 그래서…
성 범   난 신경 쓸 거 없다. 여기 좋아. 네가 보내준 애도 영리하고… 나야 들어올 만

해서 들어온 거니까 억울한 것도 없고……. 사실 요즘처럼 편한 때는 없었어. 성경이란 것도 읽고 있다. 그럴듯한 책이야.

태 수　죄송합니다.

성범, 인영과 정근을 보고.

성 범　느이들 오느라고 수고했다. 먼저 나가 있지.

인영, 정근, 인사를 하고 나간 뒤.

성 범　그 여자앤 어떻게 됐냐.

태 수　…… 윤 회장 딸 말입니까?

성 범　종도 그 자식이 한 짓을 죄 니가 시킨 걸로 알고 있다며?

태 수　(웃는)

성 범　오해는 풀었냐?

태 수　별로 신경 쓰지 않고 있어요.

성 범　(안 믿는다는 듯 피식 웃어보다가) 괜찮은 애냐. 그 여자?

태 수　……. (웃기만)

성 범　똑똑하다며?

태 수　애들이 쓸데없는 말을 했군요.

성 범　대학원 다녔다고?

태 수　…… 착해요.

성 범　착하다…….

태 수　그렇게 기억해요.

성 범　흐흥………. 태수야.

태 수　예.

성 범　넌 머리가 나빠……. 정말로 중요한 게 뭔지 몰라. (킬킬 웃더니) 강해지겠다고? 어디까지? 얼마나 어떻게? 강해지고 나면 아무도 건드리지 못할 거라고? 강하다는 놈들이 두 발 뻗고 자는 거 봤니? 바보 같은 놈. 진짜로 강한 게 뭔지도 몰라. 철들래면 멀었어.

성범, 다시 웃기 시작하고, 한쪽에 하릴없이 앉아 있던 간수, 힐끗 쳐다본다. 태수, 곤혹스러워서 보는데.

성 범　신경 쓰지 않고 있어요? 착하다고 기억해요? (계속 웃는)

#13　호텔 볼룸

연단 뒤에는 [관광호텔 슬롯머신 협회 정기총회]라는 현수막이 걸려 있다.
파친코 업소 사장들이며 관계자들이 모인 자리이다. 사회자가 소개를 하고 있다.

사 회　국세청에서 와주신 오성철 부가세 과장께서 격려사를 해주시겠습니다.

회원들의 박수⋯⋯. 연단의 오 과장.

오 과장　회원들께서 올해 하반기에 자율적으로 상반기보다 세금을 100프로에서 300 프로까지 인상, 성실 신고하는 등 납세 업무에 적극 협조해준 데 대해 감사드 립니다.

회원들, 와아 박수를 친다.
(시간 경과)

사회자　그간 우리 슬롯머신 협회에서는 여러 차례 군과 경찰을 직접 위문해왔고, 그 에 대한 치하의 말과 함께 수많은 감사패를 받은 바 있습니다. 이 모든 일을 앞장서 추진해주신 분, 우리 협회의 실질적인 대들보, 박태수 사무총장을 소 개합니다.

연단 한쪽에 앉아 있던 태수, 겸손하게 일어나 답례한다. 회원들, 열렬하게 하 나둘 일어나 기립박수를 친다.

14   도박 하우스

전경. 겉으로는 정원이 넓은 가정집 저택이지만 안에서는 대규모 도박이 벌어
지고 있다. 대문 안으로 보이는 정원에는 셰퍼드 정도의 개를 데리고 어슬렁
거리며 감시를 하고 있는 경비 사내들의 모습이 보인다.

15   내부

거실은 일종의 카운터와 바처럼 쓰이고 있다.
신사복의 손님들이 드나들고 그때마다 안내를 하는 젊은 사내들…. 카운터
의 지배인, 금고에서 돈다발을 꺼내고 있다. 그 앞에서 기다리는 종업원. 거실
옆으로 열려진 방문 사이로 보이는 모습…. 커다란 방에는 몇 패의 고스톱패
가 둘러앉아 한창 도박 중이다. 깔끔하게 와이셔츠에 나비넥타이를 맨 종업
원이 쟁반 위에 돈다발을 받쳐 들고 바쁘게 간다.

16   방

문을 열며 종업원이 들어선다. 그 방에서는 포커 판이 벌어지고 있다. 자욱한
담배 연기….
테이블 위에는 고액권의 돈다발이 쌓여 있다. 밤을 새워 추레한 모습의 권 사
장, 또 돈을 잃고 있다. 초조한 모습으로 술을 마시다가 들어선 종업원을 보
고 어서 오라고. 종업원이 내민 차용증에 얼른얼른 사인을 하고 돈다발을 받
는다. 카드가 돌려지고 있다.
권 사장, 받은 카드를 조심스레 본다.

17   빌딩 앞

현대적인 세련된 건물. 고급 승용차가 와서 선다. 조수석에서 내려선 정근, 뒷
문을 열면 말끔하게 차려입은 태수, 내린다.

18   사장실

권 사장, 손수건으로 이마의 땀을 닦고 있다. 그 앞에 앉은 태수, 온화한 얼굴로 그런 권 사장을 보고 있다.

권 사장 내 오죽하면 박 사장한테 도움을 청하겠소. 내가 아무래도 병이 든 게야. 이게 아무래도 정신병이야. 지정신이 아니에요 내가.
태 수 공금도 쓰셨습니까?
권 사장 (움찔해서 보다가 긴 한숨)
태 수 여기 감사가 얼마 안 남은 걸로 알고 있는데요.
권 사장 (죽을상으로 고개를 끄덕이는) 이번 감사만 어떻게 넘어가게 해줘요. 내 어떻게든 이 은혜를 보답할게.
태 수 (빙그레 웃고) 보답이라고 하셨습니까?
권 사장 그래요. 내 할 수 있는 일이라면 뭐든지….
태 수 한 가지만 약속해주시면 됩니다.
권 사장 (좀 불안하지만 고개부터 끄덕이고) 말씀하세요.
태 수 … 다시는 도박을 하지 마세요. 약속하실 수 있겠습니까?

권 사장, 그만 목이 메어오면서 테이블 너머 태수의 손을 찾아 잡는다.

19   도박 하우스 정원

대문이 벌컥 열리면서 인영을 선두로 한 양복의 사내들이 우르르 수십 명 들어선다. 경비를 서던 도박 하우스의 사내들, 수에 눌려 주춤주춤 뒤로 물러선다.

20   거실

구둣발로 거침없이 들어서는 인영과 그 무리들…. 지배인, 놀라며 나선다.

지배인 죄송하지만 우리 집은 예약제인데….

인영, 그를 보고 싱긋 웃는가 싶더니 그대로 그의 멱살을 잡아 밀어버린다. 여기저기서 튀어나오는 경비들…. 그러나 인영의 무리가 워낙 숫자가 많다.

#21   특실

도박을 하던 신사들…. 놀라서 보는데 방으로 우르르 들어서는 양복의 인영 무리들…. 그중 하나는 사진기를 들고 있다. 신사들, 놀라 우왕좌왕하는 사이 그 얼굴에 대고 거침없이 사진기의 플래시를 터뜨린다.

#22   정원

황급히 나서는 신사들…. 도박 하우스의 경비들은 구석에 모여 서서 눈치를 보고 있고, 정원도 이미 인영의 양복 무리들이 여기저기 서서 장악하고 있다.

#23   거실

역시 검은 양복의 인영 무리들이 진을 치고 있는데 잡담하는 이 하나 없이 절도 있게 자리를 지키는 모습. 군기가 잡힌 무리들이라는 인상.

#24   포커 방

인영, 포커 테이블 한쪽에 여유 있게 앉아 카드를 만지작거리고 있다. 옆에는 수하들 몇 명.
방문이 열리며 지배인이 가방을 들고 들어선다. 이미 얻어맞아 피가 맺힌 입술. 사내들의 눈치를 보며 인영의 앞에 가더니 가방을 올려놓고 열어 보인다. 가득 든 돈다발 위에 차용증이 몇 장 얹혀 있다. 인영, 차용증을 들어 살펴보더니 지배인을 향해 미소 지어 보이고 라이터로 차용증에 불을 붙인다.

#25   빌라

전경. 서울 시내 경치 좋은 곳에 위치한 고급 빌라. 한 동 전체가 태수 패거리의 사무실 겸 아지트로 사용되고 있다.

빌라로 들어가는 입구에 위치한 경비실에는 검은 양복의 사내들이 경비를 서고 있다.

막 도착한 승용차, 경비 사내들의 저지를 받고 안의 손님을 확인한 후에 승용차를 들여보낸다.

승용차에는 주주1과 주주2가 타고 있다.

승용차가 빌라 안의 정원을 지나 현관에 도착하는 동안 정원 이곳저곳에 역시 검은 양복의 사내들을 볼 수가 있다.

26   태수의 집무실

빌라 내에 위치한 곳. 주주1, 2와 태수가 얘기를 나누고 있다. 정근, 한쪽에서 대기하고 있고….

주주1   그 처녀, 나이 어리다고 만만히 보면 안 돼요. 범 새끼에 고양이는 없다. 이런 말도 있잖소. 그러니까 박 사장. 이러고 사무실만 지키고 있으면 곤란해.

주주2   (어디까지나 사분사분하게) 박 사장, 윤 양을 좀 아신다면서요. 여간 당찬 게 아니에요. 요즘 카지노 주주들을 하나씩 찾아다니고 있는가봐요

주주1   각개격파를 하겠다 이 말이지. 이봐요 나, 군대서 모은 돈 여기 카지노에 다 쓸어 넣었어. 나, 사단, 여단을 지휘하던 사람이야. 늘그막에 새파란 여자애 밑에서 놀게 될 줄 상상이나 했냐 말이지.

주주2   나이 젊은 거야 뭐 좋죠. 허허 우리 박 사장도 젊은 분이시니까. 하하.

주주1   (그제야 실언을 알고 흠흠 헛기침)

주주2   사실 우리야 박 사장을 윗분들 소개로 알게 됐지만요. 꼭 소개 때문만은 아니에요. 우리도 정보망이 있어요. 박 사장이 얼마나 유능한지. 에 또‥ 얼마나 활약이 대단한지 다 듣고 있어요. 우리 도와줘요. 우리 믿고 있어요.

태 수   (피곤한 듯 듣고만 있다가) 주주들을 찾아다니고 있답니까?

주주1   이봐 이봐. 우리가 아니었음 아무것도 모르고 있었지.

주주2   그렇대요. 그래봤자 혜린 양 얘기 들을 사람은 없겠지만 그래도 유비무환이니까.

태 수   윤 회장 딸이 지분에 42프로를 갖고 있다고 했지요?

주주2	그래요 9프로의 지지만 얻게 되면 우린 꼼짝 못 해요. 박 사장을 밀어주고 싶어도 그럴 수가 없게 된다고요.

태수, 불쑥 일어선다.

태 수	알겠습니다. 일부러 와주셔서 감사합니다. 그럼···.
주주1	가라고? 아니 술이라도 한잔해야지. 어?

#27　　빌라 로비

정근, 주주 둘을 배웅한다.

주주2	(정근을 향해) 우리 박 사장 건강 잘 살펴드려. 할 일이 많은 분이니까.
정 근	명심하겠습니다. 살펴 가십시오.

깍듯이 절하여 보낸다.

주주1	어이 장 사장. 우리끼리라도 한잔해야지. 섭섭하잖아.

주주1, 계속 구시렁거리며 가고···.

#28　　태수의 집무실

정근, 문을 닫고 들어와 보면 태수, 창밖을 바라보며 서 있다.

정 근	식사하셔야죠. 준비시킬까요?
태 수	어 아니. 별로 생각이 없는데.
정 근	점심도 거르셨는데.

태수, 싱긋 웃고 대답이 없다. 어쩐지 피곤해 보인다.

정 근   (망설이다가) 형님, 이번 일 내키지 않으십니까?

태 수   왜?

정 근   그냥요…. 내키지 않으시면 관두시죠.

태수, 돌아본다. 정근, 민망해지는데 태수, 싱긋 웃더니.

태 수   회나 먹으러 갈까?

정 근   예.

다른 옷걸이에 걸려 있는 태수의 윗도리를 벗겨들고 보면 태수는 여전히 그대로 서 있다. 정근, 기다리는데.

태 수   (불쑥) 정근아.

정 근   예.

태 수   넌 왜 이 바닥에 들어섰니?

정 근   예?

태 수   왜 주먹질을 시작했냐고.

정 근   (머리를 벅벅 긁고 민망한 대로) 그야 뭐…. 글쎄요. 그냥…. 학교에서 떨려나고…. 기술은 배우기 싫고…. 노는 친구들이 다 이 바닥이고. 히히 다 그렇죠 뭐.

태 수   학교에서 떨려났다…. 갈 데가 없어서 이 바닥으로 기어들었다….

정 근   에에 헛소립니다. 사실 고향 친구 한 놈은 중학교 겨우 나왔는데 지금 자동차 정비하면서 잘 살아요.

태 수   잘 산다?

정 근   장가갔거든요. 애가 벌써 둘이에요. 그놈 마누라가 된장찌개를 기차게 끓여요. 가끔 얻어먹습니다. 히히.

태수, 빙긋이 웃으며 보더니 다시 창밖으로 시선이 간다.
정근, 손에 태수의 옷을 든 채 머뭇머뭇 서 있다.

29   한옥 정원

연못에 낙엽이 떨어지고 있다. 한옥의 고요한 정취….

30   사랑방

화선지에 난이 쳐지고 있다.
일흔은 되어 보이는 해암 노인, 방금 쳐놓은 난의 모양새를 이리저리 본다.
마음에 들지 않는다.

해 암   역시 난이 문제야. 사내의 손에 난은 맞지가 않아.

그 앞에 다소곳이 앉아 있는 혜린. 아까부터 기다리고 있지만 해암 노인은 아예 무시하고 있다.

해 암   오 군아. 계속 갈아라.

해암 노인의 옆에 앉은 10대 소년 오 군, 먹을 간다. 해암 노인, 새 화선지를 펼친다.

혜 린   잠시만 시간을 나눠주시겠습니까?

해암 노인, 아랑곳하지 않고 빈 화선지를 보며 구상을 한다.
혜린, 한숨이 나온다. 꿇어앉은 다리가 저리고 있다. 단념을 하고 방 안에 걸린 족자며 병풍을 보고 있는데.

해 암   (혜린 쪽은 여전히 보지 않은 채) 세상이 변하긴 했구만. 치마 두른 젊은 것이 도박 장사를 하겠다고 나서대고….
혜 린   그래서 반대를 하시는 겁니까?
해 암   묻기 전엔 나서질 말어.
혜 린   ……

해 암   내가 죽은 니 애비한테 투자를 한 건 어디까지나 인생이 불쌍해서였어. 젊은
       것이 처자식 먹여 살리겠다고 뛰어다니는 꼴이 가상하기도 하고.

       찻잔을 들어 마시려다가 찡그리고.

해 암   오 군아. 차 식었다.

       오 군, 얼른 방 한쪽에 마련된 화로에서 새로 차를 마련한다.

해 암   니 애비를 봐서 하는 얘기야. 나이가 찼으면 남편을 만나. 요즘 것들 남녀가
       평등하니 뭐니 말들 해대는데 자승자박인 줄 알아야지. 지 무덤을 지가 파는
       것이야. 내 말뜻 알겠냐.
혜 린   예.
해 암   알긴 뭘 알아. 남자 일, 겉으론 화려해 뵈도 그처럼 고생이 없다. 치마 두른
       것들이 너나없이 거리로 뛰쳐나오면 가정은 어찌 되고 나라는 어찌 되겠는가.
       가정을 지키는 것도 큰일이야.
혜 린   제가 이 사업을 하자는 것은 화려해 보여서가 아닙니다.
해 암   어허. 어른 말하는 도중에!
혜 린   꾸중 들을 각오하고 말씀 올리겠습니다. 어르신 갖고 계신 주식이 필요합니다.

       해암 노인, 언짢아서 돌아앉는다. 오 군이 가져온 차를 마시는데. 혜린, 계속.

혜 린   제게 찬성해주시지 않을 거면 주식을 팔아주십시오. 대금은 바로 치러드리겠
       습니다.
해 암   오 군아. 손님 간다. 문 열어드려라.

       오 군, 엉거주춤 일어서는데.

혜 린   돈을 벌자고 하는 짓이 아닙니다. 돈을 뺏기지 않으려고 이러는 겁니다. 카지
       노도 사업입니다. 떳떳하게 벌어서 떳떳하게 쓰고 싶습니다. 옳지 못한 자들
       이 권력을 유지하는 데 뒷돈을 대주고 싶지 않습니다. 그럴 바엔 차라리 불

을 질러버리고 싶은 게 제 심정입니다.

오 군, 해암 노인의 눈치를 본다. 해암 노인, 아무것도 들리지 않는다는 듯 차만 마시고 있다.

혜 린   (화가 나고 있다) 치마 입은 제가 나서서 죄송합니다. 바지 입은 남자들이 제대로 해준다면 저도 이런 거 싫습니다.

오 군   저 그만 가시죠.

혜 린   솔직히 말씀해주시겠습니까? 제가 여자이기 때문이 아니라 더러운 짓을 하지 않으려고 하니까. 그러면 카지노 사업이 위험할지도 모르니까.

오 군   손님.

혜 린   그러면 어르신 수입에 지장이 있으니까 그래서 반대하시는 거 아닙니까?

해 암   오 군아.

오 군   (울상이 돼서) 일어나세요.

혜린, 일어선다. 여전히 돌아앉아 있는 해암 노인. 다시 해암 노인을 내려다보다가.

혜 린   가보겠습니다. 시간 내주셔서 감사합니다.

혜린, 고개 숙여 보이고 돌아선다.
오 군, 얼른 문을 열어주고 혜린, 나간다.
해암 노인, 붓을 들어 먹을 묻힌다. 빈 화선지를 내려다보다가 붓을 댄다. 빈 화선지에 힘차게 그려지기 시작하는 대나무….

31   병원 / 밤

전경.

32   병원 복도

진료시간도 면회시간도 지난 밤의 적막한 복도. 바쁘게 걸어가는 우석의 발 소리만 들린다.

33   중환자실 앞

도착한 우석, 잠시 비어 있는 복도에 의아해한다. 언뜻 보기에 복도에는 아무 도 없는 듯하다. 그러다가 대기의자 저쪽 땅바닥에 웅크리고 앉아 있는 선영 을 발견한다. 그 앞에 다가가서 보면 선영은 마치 겁에 질린 조개처럼 우석이 온 것도 알아차리지 못하고 마음속 생각에만 집착해 있다.
우석, 그 앞에 쭈그려 앉는다.

우 석   왜 그래요. 아버님 상태가 안 좋아지셨어요?

선영, 힐끗 우석을 보지만 다시 그 자세로 돌아간다. 마치 조금이라도 딴생각 을 하면 아버지에게 안 좋은 일이라도 일어날 것처럼. 우석, 조심스레 선영의 어깨에 손을 얹는다.

우 석   선영 씨.

선영, 움찔하더니 어깨를 비킨다.
우석, 할 수 없이 손을 떼는데 중환자실에서 나오는 의사.

의 사   보호자 되십니까?

선영, 공포에 질리며 의사를 본다. 꼼짝하지 않는다.
우석, 대신 의사에게 간다. 선영이 보는 시선에서 저만치 우석은 의사의 말을 듣는다. 절망적임을 알리는 의사의 무거운 낯빛, 다급하게 뭔가 묻는 우석. 고개를 절레절레 흔드는 의사. 우석, 선영을 돌아본다.
선영, 공포에 질려 보고만 있다. 의사, 다시 들어가고 우석, 내키지 않는 발걸음으로 선영에게 온다.

우 석	(머뭇거리다가) 어디 연락해야 할 데 있어요? 친척분이라든가….
선 영	(고개를 젓는다)
우 석	(잠시 보다가 선영의 두 손을 모아 잡는다) 오늘 밤 넘기기 힘드신가봐요.
선 영	(꼼짝 않고 보고만 있다. 아무것도 받아들여지지 않는 막막한)
우 석	들어가서 가시는 길 지켜드려야죠.
선 영	(고개를 젓는다)
우 석	선영 씨.
선 영	(고집스레 고개만 젓는다)

우석, 그런 선영을 보다가 손을 잡아 일으킨다.

우 석 일어나요.

선영, 고집부리는 아이처럼 고개를 저으며 손을 빼내려는데 우석, 억지로 일으켜 세우더니 병실로 끌고 들어간다.

#34   병실 안

우석, 선영을 끌고 들어온다.
저만치에는 전화를 걸고 있는 의사. 선영 부친의 기계를 체크하고 있는 간호사. 침대에 누워 있는 혼수상태의 선영 부친.
우석, 선영을 침대 옆으로 끌고 오는데 선영, 거칠게 손을 빼내더니 한 걸음 뒤에 멈춰 선다. 믿기 싫어서 부친을 외면한다.
우석, 혼자 침대 옆에 서더니 의식 없는 선영의 부친을 향해.

우 석 어르신 들리십니까? 저 아랫방 사는 강우석입니다.

꼼짝없이 누워 있는 부친.

우석   허락받고 싶은 게 있습니다. 저 따님과 결혼하고 싶습니다. 허락해주시겠습니까?

선영, 놀라 우석을 쳐다본다.

우석   (아랑곳없이 나직나직 성한 사람에게 말을 하듯) 이제껏 제가 해놓은 거라곤 사법고시 붙은 거밖엔 없습니다. 고향집엔 동생이 홀어머님을 모시고 있습니다. 보잘것없습니다만 따님을 맞게 허락해주신다면 평생 아끼고 지키겠습니다.

선영, 굳어서 보고 있다.

우석   아이를 낳게 되면 우리 둘이 힘을 다해서 바르게 키울 겁니다. 어르신. 따님을 제게 주십시오.

꼼짝 않고 누워 있는 선영의 부친.
선영, 주춤주춤 다가와 우석을 보고 다시 부친을 보았을 때 시체처럼 창백하게 누워 있던 부친의 감은 눈가로 눈물이 맺히고 흘러내린다.
선영, 그제야 울음이 치밀어 오른다. 떨리는 손으로 부친의 손을 잡고 천천히 부친의 품으로 무너져 고개를 묻으며 운다.
우석, 우는 선영의 어깨에 손을 얹어준다.

35   병원 영안실 / 낮

영안실 한쪽에 초라하게 마련된 빈소.
부친의 영정. 쓸쓸하게 놓여 있는 국화. 피어오르는 향. 상주도 따로 없이 앞에는 하숙생들로 보이는 젊은 청년들 몇만이 구석에 모여 얘기를 나누고 있을 뿐이다.
그 청년들과 얘기를 나누던 우석, 문득 주위를 둘러본다.

달랑 쳐져 있는 천막 밑에는 돗자리가 깔려 있지만 아무도 없다. 그 뒤에 석
유곤로를 갖다놓고 큰 솥에 육개장을 끓이고 있는 상복 차림의 선영. 국자로
끓는 국을 휘휘 젓고 있다.
다가온 우석, 뭐라 말을 건네지 못하는데.

선영   식사 더 하실 분 없대요?
우석   없어요. 좀 쉬어요.
선영   국을 너무 많이 끓였나봐요. 전이랑 떡도 많이 했는데….

곤로 옆에 놓인 대바구니에는 수북하게 쌓여 있는 전과 그 옆에는 박스에 그
대로 담겨 있는 떡.

선영   (슬픔을 내색하지 않느라고 쓸데없이 수다스러워져가고 있다) 음식‥ 너무 많
       이 한다는 건 알고 있어요. 알고 있는데 그래도 너무 적게 하면 섭섭해서….
       그래서 (얼핏 목이 메는 것, 얼른 삼키고 국자로 국을 떠 맛을 본다) 너무 오
       래 끓였나봐요. 짜졌어요. 어뜩하나…. (결국 목이 메어 입을 다문다)
우석   (그런 선영을 안쓰러워 보다가 국자를 뺏어 놓고 선영을 곤로 앞에서 끌어낸
       다) 간밤에 한숨도 못 잤지요? 일로 앉아요. (돗자리에 앉히고) 아무것도 하
       지 말고 아무 생각도 하지 말고 좀 앉아 있어요. (자기도 그 옆에 앉는다)
선영   …… 하숙하는 분들이 와주셔서 그나마 다행이에요. 아니면 아무도 없을 뻔
       했어요. 그죠? (웃어보다가 그만둔다)
우석   (말이라도 하지 않으면 견딜 수 없을 것 같은 선영을 안다)
선영   사실 돌아가신 분은 모를 거예요. 조객이 많이 왔는지 아닌지….
우석   결혼식은 간단하게 빨리 했으면 해요. 검사장님께 주례를 부탁할까 하는데
       괜찮겠어요?
선영   (자기 앞만 보고 있는)
우석   조만간 광주로 부임하게 될 거예요. 관사를 빌릴 수 있을 겁니다. 신혼여행 갈
       시간이 없을지도 몰라요. 그 전에 고향집에 함께 다녀왔으면 하는데….

선영, 불쑥 일어나더니 저만치 가서 선다.

우석, 따라가 그 뒤에 서면.

| 선 영 | 아버지 돌아가시기 전에 그렇게 말해줘서 고마워요. 아버지 안심하셨을 거예요. 고마워요. 이제 됐어요. |

선 영　아버지 돌아가시기 전에 그렇게 말해줘서 고마워요. 아버지 안심하셨을 거예요. 고마워요. 이제 됐어요.

우 석　무슨 뜻입니까?

선 영　(돌아서 마주 보고) 이제 걱정 안 하셔도 돼요. 저 씩씩해요. 혼자 괜찮아요.

우 석　……: (웃는)

선 영　걱정 마시고 좋은 분 만나세요. 어울리는 분으로요.

우 석　제 청혼을 거절하는 겁니까?

선 영　아시잖아요. 전 안 돼요. 맞지‥ 않아요.

우 석　제가 싫은 게 아니고요?

선 영　그런‥ 우린‥ 데이트 같은 것도 안 했고‥.

우 석　그런 건 결혼하고 나서 하면 안 될까요? 데이트도 하고 연애도 하고.

선 영　‥ 진심이세요?

우 석　청혼 같은 거 장난으로 하지 않아요 저.

선 영　(…… 결심하여) 하나만 묻겠어요. 절 원하는 건가요. 아니면 그냥 살림할 여자가 필요한 거예요?

우 석　…… 사랑하냐고 묻는 겁니까?

선 영　… 네.

우 석　(보다가 웃고 생각해보다가) 사랑은 노력하는 거라고 생각해요. 난 노력할 준비가 되어 있어요. 평생 노력할 생각입니다. 이런 말로… 안 되겠습니까?

선영, 말 못 하고 본다. 그런 선영을 조용히 지켜보는 우석.

#37　회관(식장 내부)

오 계장, 기분 좋게 안내판을 들고 앞으로 나간다. 안내판에는 신랑 강우석 신부 정선영이라고 쓰여 있다.

주례석 옆에 안내판을 놓고 흐뭇하게 장내를 둘러보는 오 계장. 결혼식을 치르기 위한 간단하고 검소한 준비가 되어 있다.

하객은 별로 없이 하숙생 몇 명과 동료 검사 몇 명 정도 한담을 나누고 있다.
오 계장, 주례석 탁자에 놓인 꽃의 방향을 다시 한 번 조정해본다. 입구에서
우석의 모친과 동생 영석이 들어선다.
오 계장, 얼른 그쪽으로 달려가 맞이한다.

오 계장 어서 오십시오. 전 강 검사님을 모시고 있는 오 계장입니다.
우석 모 고맙습니다.
오 계장 오늘 제가 신부 되시는 분을 모시게 됐습니다. 자 이쪽으로⋯. (안내하며) 신
부 되실 분, 그러니까 사모님 되실 분께서 제게 특별히 청을 해주셨어요. 영광
으로 생각하고 있습니다.

앞에 마련된 자리에 우석 모친을 앉힌다. 우석 모친은 썰렁한 장내를 둘러본다.

오 계장 하객이 별로 없어서 섭섭하시죠. 이게 다 우리 강 검사님의 깊은 뜻이 있어서
요. 청첩장도 돌리지 않으셨거든요. 축하하러 오는 게 아니고 검사기 때문에
억지로 오는 하객은 있어선 안 된다⋯. 뭐 그런 뜻이지요. 그 참 강 검사님을
보고 있으면 말이죠. 평소 가정교육이 어땠길래 이런 훌륭한 아들이 성장했
을까⋯. 뭐 이런 생각을 하지 않을 수가 없어요. 정말 대단하십니다. 어머님.

#38 신부 대기실

따로 마련된 작은 방.
선영, 드레스 대신 하얀 원피스에 머리에는 꽃을 꽂은 차림. 차림새를 손봐주
던 친구.

친 구 면사포라도 쓸걸 그랬나봐.
선 영 (걱정돼서) 이상해?
친 구 아냐. 이뻐. 이쁜데 섭섭해서⋯.
선 영 (한 바퀴 돌아 보인다) 정말 괜찮아?
친 구 괜찮아. (웃고) 준비 어떻게 됐나 보고 올게.

나가려다가 멈춘다.

문가에 서서 보고 있는 영진. 친구, 선영을 돌아본다.

선 영   (당황스럽지만) 오셨어요?

영진, 미소 지으며 들어선다. 친구, 나가고.

영 진   이뻐요. 나도 시집갈 때 드레스 말고 이렇게 입을까 생각 중이에요.

선 영   (우물우물) 드레스 빌리는 값에 샀어요. 나중에도 입을 수 있을 거 같아서….

영 진   나, 결혼식 시작하기 전에 선영 씨하고 둘이서만 얘기하고 싶어서 왔어요. 괜찮아요?

선 영   (긴장하지만) 그러세요. 말씀하세요.

영 진   실은 나 강 검사한테 청혼했었어요. 나하고 결혼해달라고요. (웃고) 깨끗하게 거절당했지만요.

선 영   ‥ 몰랐어요

영 진   제발 오해하지 마세요. 결혼 어쩌고 할 만큼 친했던 게 아니에요. 그냥 뭐랄까. 강 검사 같은 사람이 망가지는 게 싫어서…. 그러니까 내가 마누라가 되면 잘 지킬 수 있을 거 같아서 그랬던 거 같아요. (머리를 긁고) 뭐 좀 좋아하는 마음도 있었지요. 괜찮은 남자잖아요. (웃는다)

선 영   무슨 말씀인지 잘 모르겠어요.

영 진   젠장. 나도 잘 설명이 안 되는데…. 음…. 그런 검사들 더러 있어요. 소신 있고, 정의와 명예가 뭔지 아는 검사들이요. 그런데 얼마 못 가 포기하더라고요. 결혼을 하게 되면 포기가 더 빨라요. 내가 설명을 잘 하고 있어요?

선 영   네. 이해하고 있어요.

영 진   내가 검사의 아내가 된다면 절대 남편을 포기하지 않게 만들 자신이 있었거든요.

선 영   (보다가 웃음이 나오려고 한다. 억지로 참고 근엄한 얼굴을 유지한다)

영 진   (그런 선영을 보다가 그만 킥킥 웃음이 나오기 시작한다)

선영도 그만 웃음이 터져 나온다. 그렇게 둘이 웃다가.

영진	이해하지요? 나 여기 여자로 온 거 아니고 사람으로 왔다는 거.
선영	··· 우리 곧 광주로 가요. 그쪽으로 오게 되면 놀러 오세요.
영진	우리 좋은 친구가 될 수 있을 거 같아요. 그죠.
선영	(웃고···) 나, 괜찮은 검사의 아내가 될 생각이에요. 두고 보세요.
영진	믿어요. 오늘 그 원피스 보고 믿게 됐어요.

친구가 다급하게 들어오며.

| 친구 | 얘 다 됐어. 나가야 돼. 부케 여기··. |

영진, 얼른 가방에서 카메라를 꺼내며.

| 영진 | 잠깐만요. 여기 온 두 번째 목적. 전문가는 아니지만··. 여기 보세요. 행복하게 웃어요. 하나두울. |

선영, 어색하게 포즈를 취한다. 찰칵 사진이 찍힌다. 들리기 시작하는 음악소리.

#39　식장 내부

몽타주로 전개되는 결혼식 장면들···. 오 계장의 팔을 끼고 입장하는 선영. 맞이하는 우석. 눈물이 나오려는 표정으로 보고 있는 우석 모친. 그런 모친의 팔을 잡아주는 영석. 주례석에서 보고 있는 검사장. 썰렁하리만큼 단출한 하객들···. 부지런히 움직이며 그런 모습들을 사진 찍는 영진 등등···
주례사가 진행되고 있다.

| 검사장 | 신랑 신부에게 딱 한 가지만 부탁하겠어요. 상식대로 살아주십사 ·· 하는 거예요. 상식이라는 건 보통사람으로서 알아야 될 일반적인 지식을 말해요. 길거리에 휴지를 버려서는 안 된다. 도둑질을 해선 안 된다. 부부는 서로 믿고 사랑해라. 이런 게 다 상식이지요. 살아보면 알겠지만 상식대로 산다는 건 생각보다 어려울 거예요. 상식대로만 살면 남들이 바보라 그럴지도 몰라요. 그 |

럴 때 서로서로 격려해주고 한편이 되어주라고 부부가 있는 거예요. 언제까지 나⋯ 세상 사람이 뭐라고 해도 든든한 한편이 되세요.

우석, 옆에 선 선영을 돌아본다. 선영, 우석을 본다.

검사장 자아 다음 뭐지요? 반지 주는 거 맞지요? 신랑 신부 서로 마주 보세요. 신랑. 반지 꺼내요. 어느 손가락에 끼워주는지 알지요?

하객들, 웃음⋯. 화기애애한 가운데 치러지는 결혼식.
우석, 선영에게 반지를 끼워준다.

검사장 자아 이것으로 두 사람은 부부가 되었음을 선언합니다. 축하해요.

하객들, 박수 쳐주고⋯.
우석, 미소 지어 고개를 돌리다가 문득 멈춘다.
식장 뒤편, 입구 쪽에 서 있는 태수. 우석과 시선이 마주치자 박수를 보낸다.
우석의 동료들을 의식해서 가까이 나아오지 않고 있는 태수. 우석, 그런 태수를 보며 가슴이 싸해오는데.
하객들, 와아 모여들며 색종이를 뿌려주고 축하해준다. 악수하러 오는 사람, 어깨를 두들겨주는 사람⋯.
태수, 사람들에 싸여 있는 우석을 본다.
우석, 사람들 틈으로 태수 쪽을 보려고 하고 있다. 우석의 모친과 영석도 앞으로 나와 축하를 받고 축하를 해주고 어수선한 와중에 우석, 휩쓸리다가 다시 입구 쪽을 보았을 때 태수는 보이지 않는다.

#40   건물 밖

태수, 대기하고 있던 승용차에 올라탄다.
잠시 식장 건물 쪽을 다시 보고 입가에 떠오르는 미소. 운전석에 앉아 있는 정근에게 고갯짓을 해 보인다. 정근, 차를 출발시킨다. 뒤이어 건물에서 뛰어나오는 우석. 두리번거리며 찾다가 저만치 멀어져가는 차를 본다. 뒷좌석의 태수가 얼핏 뒤를 돌아본 듯도 한다. 차는 코너를 돌아서 가버린다.

우석, 우뚝 서서 잠시 그대로 있다. 굳이 찾아온 친구에 대한 따뜻함과 회한 속에서……

18부 THE END

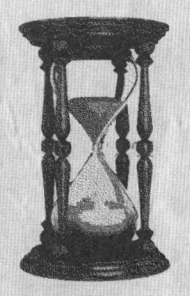

19부

분하고 억울해서가 아냐.
복수 같은 건 생각해본 적 없어.
널 갖기 위해서였어.
모르겠어? 그렇게 하면 널 가질 수 있을 거라고 생각했어.
넌 내 여자니까. 그 생각밖에 없었어.
말했잖아. 다시는 힘이 없어서 내 여자를 뺏기지 않겠다고.

The
    Sandglass..

#1   카지노

전경.

#2   회의장

주주총회가 준비되고 있다. 비서들, 각 좌석마다 음료수와 서류를 차려놓는다. 주주들, 하나둘씩 도착한다. 민 변호사가 그들을 맞아들이고 있다.
혜린의 좌석인 중앙의 자리는 아직 비어 있다.

#3   옥상

재희, 옥상 문을 열고 나서 보면 저만치 난간 옆에 서 있는 혜린. 재희, 다가선다.

재 희   시간 됐습니다.
혜 린   (끄덕이지만 움직일 생각을 않는다)
재 희   좀 더 있고 싶습니까? 기다리라고 전할까요?
혜 린   (좀 웃고 심호흡을 한다) 솔직히 말하면 가고 싶지 않아. 그냥 도망가면 안 될까?
재 희   그러시든지요.

혜린, 돌아보면 재희는 빙긋이 웃고 있다.
혜린도 웃고 먼 데를 본다. 서울의 전경…….

혜 린   오늘로 이 짓도 끝나. 잘 됐어. 앞으로는 주식 배당금이나 받으면서 편하게 살
        거야. 오빠 있는 파리에나 가볼까. 조카 태어나면 같이 놀아주고.

재희, 그저 미소 지으며 혜린이 보고 있는 같은 방향을 보고 있다.

혜 린   재희도 같이 갔으면 좋겠어. 파리에서 검도 도장을 차리는 건 어때?

재희, 웃더니 혜린을 향해 선다.

재 희   돌아서봐요.

혜린, 마주 서면 재희, 혜린의 흐트러진 옷차림을 단정하게 고쳐준다. 그리고….

재 희   열다섯 살 때부터 늘 보아왔습니다. 맞혀볼까요? 절대 도망가지 못해요. 그럴
        수 있는 사람이 못 돼요. 그리고…. 오늘 아가씨 이길 겁니다.
혜 린   (웃으려다 말고 본다)
재 희   두고 봐요.

4   회의장

혜린, 자기 자리에 앉는다. 혜린을 맞아 자리에서 일어섰던 사람들도 하나둘
자리에 앉는다. 주주들은 거의 자리를 메우고 있다.
문이 열리며 주주1과 주주2가 들어선다. 그들은 공손하게 누군가를 안내하고
있다. 그들이 안내하는 사람이 모습을 보인다. 두루마기 차림의 해암 노인이
다. 주주1, 2와 들어서는 해암을 보는 순간, 혜린, 마지막 희망이 사라지는 기
분이다.
해암은 지팡이를 텅텅 짚으며 기세 좋게 안내된 자리에 앉는다. 혜린 쪽은 보
지도 않는다.

(시간 경과)
주주2가 사회자 격으로 진행하고 있다.

주주2   윤재용 회장께서 타계하신 뒤로, 에 또 임시 경영자로서 그동안 애써준 윤혜
         린 양에게 우선 심심한 사의를 표하는 바입니다. 허나 그것은 어디까지나 임
         시조치에 불과했던 만큼 또… 우리 주주들 사이에 우려의 목소리가 높았던
         바, 이에 대한 대처가 있어야겠다… 해서 오늘 이 자리에서는 현 대표 경영자
         에 대한 신임 여부를 투표로 결정하게 되겠습니다.

#5   회의장 밖 복도

         각 주주를 따라온 보좌역의 사내들, 이리저리 모여 서 있다.
         재희, 소란스러운 그곳을 떠나 걷기 시작한다.

#6   계단 쪽

         걸어 내려가던 재희, 문득 멈춰 선다. 계단 저 아래 인영 등과 걸어 올라오는
         태수.
         태수, 재희를 발견하고 멈칫하는가 싶더니 그대로 올라간다. 재희를 지나쳐
         올라가다가 문득 멈춰서 돌아본다. 마침 돌아보던 재희와 시선이 마주친다.
         태수, 빙긋이 웃는가 싶더니 올라갔던 계단을 다시 내려온다.

#7   라운지

         (전에 태수가 장도식과 들렀던 건물 내에 있는)
         태수와 재희, 바에 나란히 앉아…. 재희, 자기 앞에 놓인 잔에는 손도 대지
         않고, 술을 마시고 있는 태수를 바라본다. 태수는 아무 말이 없다.

재 희   할 말이 있다고 하지 않았습니까?
태 수   아… 그저… 언제든 한번 이렇게 단둘이 술을 마셔보고 싶다…. 그런 생각을
         했었지요.

| 재 희 | (손목시계를 본다) 총회에 참석하러 온 게 아닙니까? |
| 태 수 | 필요하면 부르겠지요. |

둘 다 별말 없이 하나는 술을 마시고 하나는 무표정하게 앉아 있다가 문득 태수, 웃는다.

| 태 수 | 둘 다 말재주는 없는 사람들인 것 같군. |

다시 침묵이 흐르다가 불쑥.

태 수	혜린이를 아가씨라고 부르지요 아마?
재 희	(보면)
태 수	아가씨를 정말로 위한다면 이 일에서 손을 떼게 해요.
재 희	(슬쩍 미소가 스친다. 결국 이 얘기였나 하는)
태 수	이대로 고집을 부리면 다치게 될 거야. 상대가 못돼.
재 희	…· 생각은 아가씨가 합니다. 내가 하는 일은 아가씨를 지키는 겁니다.

재희, 일어서려는데.

| 태 수 | 백재희…· 당신이 있어서 다행이라고… 그 말이 하고 싶었어. |

재희, 멈춰 서서 본다. 태수, 아무 말도 안 했다는 듯 남은 술을 마신다.

#8   회의장 내부

주주1, 영 불쾌한 얼굴로 들어주고 있다. 다른 주주들도 마찬가지. 냉냉한 분위기 속에서 혜린이 발언하고 있다.

| 혜 린 | 투표를 하기 전에 한 가지 가르침을 청하고 싶습니다. 지난 2개월 동안 카지노 수입은 작년 같은 기간에 비해 12퍼센트 증가했습니다. 물론 그에 대해 주주 여러분의 배당금도 올랐고요. 연말연시 시즌을 대비, 단체 관광객을 비롯, |

거물급 손님들의 예약도 이미 완료된 상태입니다. 좀 전에 저의 경영에 대해 주주 여러분들이 우려하신다고 말씀하셨는데 잘 납득이 되지 않는군요. 누가 설명해주시겠습니까?

주주들, 서로 얼굴만 마주 볼 뿐 선뜻 나서는 사람이 없다.

주주2	에 또 윤 양은 아직 잘 모르겠지만 이 카지노 사업이란 게 무슨 옷공장이나 신발공장하곤 달라요. 매출액이 늘었다고 해서 잘한다… 하고 말할 수가 없는 거예요.
혜 린	(미소가 떠오르려고 하는) 좀 더 구체적으로 말씀해주시겠어요?
주주2	그게 그러니까….
주주1	장부계산만 잘해서 되는 게 아니란 얘기야. 대인관계, 외교능력, 이런 게 필요한 사업이야.
혜 린	정확하게 누구와의 대인관계지요? 카지노를 찾는 손님 말고 다른 사람을 말씀하시는 거 같은데요.
주주1	이 원…. (주주2를 향해) 이봐요. 이런 거 시간낭비 아냐? 우리 다 바쁜 사람들인데.
혜 린	여기저기에 얼마나 뇌물을 잘 바칠 수 있는가 그런 말씀이신가요? 이제까지 해오던 것처럼요?

주주들, 웅성거린다. 주주1은 벌겋게 화가 오르고 주주2는 사람들을 진정시키느라고 손을 젓고 있다. 그때 지팡이로 바닥을 찧는 소리. 쿵쿵…. 좌중, 조용해지며 해암을 바라본다.
해암, 지팡이로 사람들의 시선을 모은 다음 혜린을 본다.

해 암	임시 사장. 이렇게 부르면 되나?
혜 린	말씀하십시오.
해 암	방금 자네가 한 얘기는 죽은 자네 아버지를 욕하는 건가?
혜 린	(말을 잃었다가) 저는 새로운 경영방식에 대해서 말씀드리고 있는 겁니다.
해 암	그러니까 자네 말은 뇌물 같은 거 바치지 않아도 잘 꾸려나갈 수 있다 이건가?
혜 린	당분간은 어려움이 있을지도 모릅니다. 하지만 궁극적으로는 그게 옳다고 생

각하고 있습니다.

해 암   어째서?

혜 린   (잠시 긴장하여 생각을 정리하고) 예를 들어보겠습니다. 시장바닥에 자릿세
          를 걷는 양아치 조직이 있습니다. 상인들은 누구나 그 조직에 자릿세를 내줍
          니다. 양아치들은 고마운 것도 모릅니다. 당연한 일이니까요. 날이 갈수록 자
          릿세는 오를 겁니다. 그리고 언젠가는 하루벌이보다 자릿세가 더 많아지게 될
          겁니다.

해 암   그래서 남들 다 내는 자릿세를 나 혼자만 안 내겠다?

혜 린   양아치를 만든 건 상인들입니다. 자릿세 따위 내지 않는 게 당연한 일이 되면
          양아치들은 다른 직업을 찾을 겁니다.

해 암   천진난만하구만. 주주들이 겁내는 것도 이해가 돼.

          혜린, 더 이상 할 말이 없다. 혜린의 뒤에 있던 민 변호사, 맥이 빠지는 기분.
          주주1, 2를 돌아본다. 안도하는 눈짓이 오고 가고.

주주2   자아 그럼 투표를 시작하겠습니다. (뒤쪽에서 대기하고 있는 비서를 향해 고
          갯짓을 한다)

          비서, 각 주주 앞에 용지를 나누기 시작하는데.

해 암   복잡하게 할 거 없어. 어이 임시 사장.

혜 린   네.

해 암   자네가 주식 몇 프로를 갖고 있지?

혜 린   42퍼센트입니다.

해 암   내가 10프로 정도 갖고 있어. 9점 몇 프로쯤 될 거야. 자네하고 내 거 합하면
          다른 사람들 건 볼 것도 없어.

혜 린   (언뜻 이해가 되지 않는다)

          다른 주주들도 멍하니 바라보는데 해암, 두루마기 자락을 떨치고 일어서더니.

해 암   이제부터 임시가 아니라 정식 사장이야. 잘 해봐. 내년 총회 때 다시 보자고.

주주2 (놀라 일어서며) 아니 해암 선생님.

해 암 (지팡이를 탕탕 짚어 말을 막고는) 이 중에 카지노 망하면 밥 굶을 사람 있으신가? 없어요? 그럼 됐군.

해암, 지팡이를 텅텅 짚으며 나간다. 혜린, 얼결에 일어나지만 아무 말도 못하고 나가는 해암을 보고만 있다.

#9   카지노 내부

손님들, 가득 찬 상태.
혜린, 내부를 둘러보고 있다. 저만치에서 플로어를 보고 있던 최 과장, 목례를 해온다. 혜린, 그 인사를 받고 룰렛 판 쪽으로 가본다.
현숙, 게임을 하고 있다가 혜린을 보고…. 혜린, 웃고 손가락으로 손님 쪽을 슬쩍 가리켜 보인다. 현숙, 얼른 보면, 이미 룰렛이 돌아가고 있는데 칩을 걸려는 손님. 현숙, 능숙하게 그것을 막는다. 혜린, 카지노를 본다. 이것이 아버지가 평생을 걸려 지켜온 사업인 것이다.

#10   청와대

전경.

#11   내부 대기실

면담 차례를 기다리는 고위직들이 몇 명, 그들의 보좌관들과 있다. 그중의 둘은 서로 얘기를 나누고 있고, 한 명은 자신의 보좌관과 서류를 검토하기도 한다. 떨어진 곳에 강동환과 장도식이 낮게 얘기를 나누고 있다. 안에서 문이 열리며 서 국장이 나온다. 기다리던 보좌관, 얼른 맞이하고, 안에서 나온 비서, 다른 면담자를 맞아들인다. 나서던 서 국장, 강동환을 발견하고 선다. 강동환, 자리에서 일어난다.

동 환 나오셨습니까?

서 국장	강 실장께선 거의 매일 출근을 하신다고요.
동 환	하하 여긴 과장이 심한 곳이라…. 서 국장님이야말로 오늘 면담이 아주 길어 지셨다든데 중한 얘기를 나누신 모양이지요?
서 국장	(웃고 있지만 차갑게 살피며) 안에서 무슨 얘기가 오고 갔는지 저보다 먼저 알고 계시잖습니까?
동 환	그럴 리가 있습니까? 떠도는 소문 정도는 들었지만….
서 국장	어허 벌써 소문이 났습니까? 이번 국회의원 선거에 제가 출마할 거라고요?
동 환	어이구 출마하라고 하십니까? 축하드립니다. 잘된 일입니다. (주위를 살피는 척하고 서 국장을 가볍게 밀어 자리를 옮기며) 언제까지나 뒷줄에 계셔선 이 인자로 부상하기 힘들지요. 전면에 나설 땝니다. 좋은 기회예요.
서 국장	(웃는다. 그러나 여전히 언짢은 기색이 남아) 종로에 출마하라더군요.
동 환	아아 종로입니까?
서 국장	만약 제가 낙선되면 어찌 될까요?
동 환	설마요.
서 국장	허허 난 말이에요. 이 얘기를 듣는 순간 이런 그림이 떠올랐어요. 누군가 나 를 나무 위에 올려놓고 흔드는 게 아닌가.
동 환	무슨 말씀이신지….
서 국장	어째서 나를 출마하라고 했을까. 그것도 안전한 고향 지역구가 아니라 가장 고전이 예상되는 종로란 말이에요.
동 환	그만큼 믿으시는 거겠지요.
서 국장	그럴까요. 전 이런 구상이 강 실장 머리에서 나온 게 아닌가 생각했는데요. 강 실장만큼 머리 좋은 분 별로 없잖습니까?
동 환	(움찔 굳는데)
서 국장	하하 가봐야겠습니다. (가며) 너무 높은 나무에 올려놓고 흔들진 마세요.

강동환, 정중하게 배웅을 하지만 표정이 굳어진다. 옆으로 다가온 장도식.

도 식	별로 좋아하지 않는 거 같군요.
동 환	어떻게 나올 거 같은가?
도 식	글쎄요. 시키는 대로 출마할 만큼 어리석어 보이진 않는데요. 거기라면 당선 될 가능성 별로 없습니다. 2등으로 당선된다 해도 체면이 안 서지요. 잘못하

면 이제껏 쌓아온 후계자의 위상이 흔들릴 게 뻔하니까요.

동 환 흥. 종로도 겁내는 자가 나라를 탐내?

#12 강동환의 집무실

강동환, 들어가며.

동 환 그래서 카지노는 결국 그 여자애 손으로 넘어간 거야?
도 식 일단 모양새는 그렇습니다.
동 환 성가시게 됐군.
도 식 잠시 그대로 놔둬볼까요? 차근차근 알아듣게 설득을 하고….
동 환 (불끈 짜증이 솟구치며) 알아듣게 설득을 해? 지 아버지 장부를 가지고 장난을 치려던 애야. 그리고 시간이 없어. 당장 돈 들어갈 데가 천지라고!
도 식 알겠습니다. 즉시 손을 쓰지요.

강동환, 언짢아서 자리로 간다.

#13 공사 현장

입찰이 있는 날. 입찰 현장에 대한 안내판이 세워져 있고. 이미 도착해 있는 자동차들의 모습…. (각 차량의 뒤 번호판은 전국 각지의 것들…)
새로운 승용차 한 대가 도착한다. 충북의 번호판을 달고 있다. 입찰장으로 가까이 가려는 차를 막아서는 몇 명의 사내들…. 양복을 입고 있지만 불량해 보이는 인상들이다. 차의 뒤에 타고 있던 건설회사 상무, 불안해서 본다.
막아선 사내 중의 태호, 뒷문을 열어준다.

태 호 어디서 오셨습니까?
상 무 충남 오룡건설에서 왔습니다만….
태 호 입찰하시려고요?
상 무 그렇습니다만 누구신지….
태 호 (품에서 돈 봉투를 꺼내준다) 차비에 보태 쓰시지요.

상 무	이건…. 아니 이거 보세요.
태 호	(둘러선 사내들에게) 이분 돌아가신다. 가시는 길 가르쳐드려.

차를 막아선 사내들, 차의 앞을 위협적으로 텅텅 치며 다가선다.

14   입찰장 입구

들어서는 사내들. 입구에서는 진행원이 입장하는 자들의 신분증을 확인 대조하고, 응찰서를 나누어주고 있다. 서류봉투를 낀 부장, 총총히 입구 쪽으로 가는데 그 앞을 막아서는 사내들.

부 장	뭐요.
사 내	그냥 가십쇼.
부 장	무슨 소릴 하는 거야. 어이.

부장의 어깨를 짚는 손. 부장 돌아보면, 무사시가 서 있다.

15   입찰장 밖 주차장

부장, 사내들에 의해 강제로 차에 태워지고 있다. 뒤에서 그 모습을 보는 무사시.

#16   입찰장 내부

줄줄이 다가온 입찰자들이 함에 응찰서를 넣고 있다.
(시간 경과)
같은 장소. 결과가 발표되고 있다.
사내, 민길태, 예견했다는 듯 기분 좋게 일어선다. 근처의 사내들…. 대부분 서로 안면이 있는 자들…. 악수를 청하고 어깨를 쳐주기도 하고 분분히 일어선다.
그런 모습을 뒤에서 보고 있는 태호, 몸을 돌이킨다.

17   종도의 회의실

각 건설회사에 적을 두고 있는 상무며 부장들…. 대부분 주먹패 출신들이고 현재는 종도의 밑에 포섭이 된 사내들… 거들먹거리는 자세로 이리저리 앉아서 한담을 나누고 있다가 문이 열리고 종도가 들어서자 일제히 자리에서 일어난다.

태호와 무사시를 양쪽에 거느린 종도, 가운데 자리에 와서 앉는다. 정중하게 자리에 앉는 사내들…. 종도의 가까이에 앉았던 길태. 테이블을 짚어 종도에게 고개를 숙여.

길 태   덕분에 저희 회사에서 이번 공사를 따냈습니다.
종 도   수고했어.
길 태   (준비했던 가방을 밀어준다) 회장님께서 감사드리라고 했습니다.
종 도   애들 것도 잘 챙겨줬고?
길 태   그러믄요.

옆의 태호, 가방을 받아놓는다.

종 도   이번에 들러리는 누가 섰는가?
철 수   저흽니다.
종 도   애썼구만. (길태에게) 인사는 제대로 했겠지.
길 태   물론입니다.
종 도   그래 다음 공사는 어딘가?
태 호   다음 주에 15억짜리가 하나 있습니다.
종 도   그렇지. 쪼끄만 다리를 하나 놓는다든가. 가만있자. 어이 장 상무.
근 술   예.
종 도   이번에 거기서 맡아볼까.
근 술   (고개를 숙여) 감사합니다.
종 도   그건 그렇고 봄부터 큰 공사가 시작될 거 같더구만. 경지정리를 한다지 아마.

술렁이는 모습들….

종 도	워낙 큰 거라서 한 회사에서 맡기는 어려울 거 같고…. 몇 개 회사에서 나눠야 될 거 같애. 내정가액은 이달 말까지 내 알아보지.
길 태	경지정리라면 즈이 회사가 경험이 있는데요. 형님. 그거 즈이가 맡으면…. (얘기하다 보면)
종 도	(차갑게 불쾌한 듯 보고 있다)
길 태	(우물쭈물 입을 다문다)
종 도	시방 내 머리가 모자랄 거 같아서 니 머리로 가르쳐주는 거냐?
길 태	죄송합니다.
종 도	너하고 나하고 자리를 바꿀까?
길 태	(벌떡 일어서 허리를 꺾는다) 용서하십시오.

종도, 장내를 둘러본다. 모두 침묵하여 머리를 숙이고 있다.

#18   광주 검찰청

전경.

#19   복도

우석, 서류가 가득 든 박스와 가방을 잔뜩 들고 걸어온다. 방의 호수를 찾느라고 두리번거리다가 마주 오던 장 수사관과 부딪친다. 떨어져 내리는 박스와 서류들.

장 수사관 이런 제기. (일단 욕부터 나오고)

우석, 떨어진 서류를 집느라고 애쓰는데. 장 수사관, 그냥 가려다가 발에 서류 뭉치가 걸린다. 또 욕을 중얼대며 서류를 집어 박스에 던져놓는다. 가려는데.

우 석	저기.
장 수사관	(벌컥) 뭐요.
우 석	503호가 어딥니까?

장 수사관 (우석의 옷깃을 덥석 잡아 바로 앞의 방문에 걸린 호수를 가리켜 보이며) 보이쇼? 바로 여기 오공삼 글자 보이냐고?

우 석 아.

장 수사관 아 아아.

빈정대주고 간다. 저만치 가다가 발걸음이 점점 느려지다가 돌아본다. 우석이 박스를 잔뜩 안아 올린 채 503호의 문을 열려고 애쓰고 있다. 장 수사관, 혹시나 설마 해서 보고 있다.

#20   검사실 내부

문이 열리며 들어서는 우석, 박스 때문에 앞이 안 보이는 상태인데.

오 계장 소리 아이구. 이제 오십니까?

우석, 낯익은 소리에 보면 오 계장, 반가이 다가와 박스를 받는다.

우 석 아니 여긴 어떻게….

오 계장 왜요. 놀라셨습니까? 놀라실 거 없습니다. 제가 이 바닥에서 내일모레면 20년째입니다. 이 정도면 내가 있고 싶은 곳 정도는 내가 알아서 마련할 수가 있지요. 하하. 어이 미스 리.

타이프 치는 아가씨 미스 리, 일어나 인사를 한다.

오 계장 말씀드렸던 강 검사님이셔. 강 검사님, 인사받으시죠.

우 석 (어리둥절한 채) 아 반갑습니다. 미스 리, 잘 부탁합니다.

오 계장 어이구 장 수사관도 오셨나?

우석, 돌아보면 문을 빠끔히 열고 들여다보던 장 수사관. 우석과 마주치자 으이구 하는 표정.

오 계장 우리 방에서 함께 일할 분입니다. 베테랑이시죠. 그 점에 있어서는 자타가 공인하고 있더군요. 하하.

(시간 경과)
오 계장, 우석의 책상에 조목별로 서류더미를 늘어놓으며.

오 계장 이쪽이 미결사건들 인수받은 거고요. 그리고 이쪽은 이번 달 내로 처리해야 될 송치사건들입니다.

우 석 고마운데요. 오늘 밤샐 각오하고 왔는데 미리 다 정리해놓으셨군요.

오 계장 에에 밤을 새다뇨. 신혼인 분이 그런 말씀 함부로 하시는 게 아니지요. 사모님 안녕하시지요?

우 석 예.

오 계장 이사 끝나셨습니까?

우 석 예.

오 계장 집들이하셔야죠. 비누하고 성냥 사났는데…. 어이 미스 리 우리 사모님 못 봤지. 아아 미인이시지. 아암.

우석, 웃고 한쪽을 본다. 거기 장 수사관, 의자에 비스듬히 앉아서 땅콩을 던져 받아먹고 있다. 만사가 성가신 얼굴이다.

우 석 여기서 일한 지 오래됐다고 했죠?

장 수사관 (보지도 않고) 8년 5개월 됐습니다.

우 석 그럼 이 지방 문제점을 누구보다 잘 아시겠군요.

장 수사관 (미처 입으로 받지 못해 떨어뜨린 땅콩을 찾느라고 책상 밑을 뒤진다)

우 석 우리가 해야 될 만한 일이 있습니까?

장 수사관 (그제야 우석을 보더니) 언제쯤 서울로 돌아가실 생각이십니까?

우 석 ?

장 수사관 간단한 얘깁니다. 시간 때우길 원하신다면 송치사건이나 충실히 하시면 됩니다. 출세를 원하신다면 국가보안법 위반자들을 잡으시면 되고요. 빨갱이를 만들면 더욱 좋지요. 출세가 빨라진다고요. 혹시… 진짜 검사가 되길 원하신다면 (땅콩을 씹으며 생각해보다가) 관둡시다. 감기약을 먹었더니 헛소리가 나오네. (일어서 문 쪽으로 가며) 화장실 다녀오겠습니다.

나가버린다.

미스 리　(미안해서) 신경 쓰지 마세요. 워낙 저런 분이에요. 검사님들하고 말썽이 많아
요. 그래서 맨날 이 방 저 방 옮겨 다녀요. 속은 좋은 분이세요.

우석, 빙긋 미소가 번지며 문 쪽을 다시 본다. 마음에 들었다.

#21　요릿집

곱게 한복을 차려입은 아가씨들이 줄줄이 입장해 들어온다. 광주의 최 부장
검사를 위시해서 지방 유지들이 우석을 환영하는 자리. 한쪽에 앉은 우석은
영 자리가 어색하고 언짢다. 김 사장, 아가씨 하나를 끌어 우석의 옆자리에
앉히며.

김 사장　오늘 너 특별히 잘해야 하느니라. 이분이 오늘의 주빈이시다. 알겠느냐.
여자1　예에.
최 부장검사　야아 젊은 검사가 있으니까 이 늙은 검사는 찬밥이구만.
여자2　(최 부장검사의 옆에서 술을 따르며) 아이 부장님껜 제가 있잖아요. 저, 조강
지첩!

장내 웃음…. 우석, 술을 따라주는 여자1에게 엉거주춤 술잔을 내밀어주고
있다.

여자1　영감님.
우 석　예?
여자1　결혼하셨어요?
최 부장검사　어허 이거 노골적이구만 어?
김 사장　아니 서울에서 영감님을 어떻게 모셨길래 우리 강 검사님께서 이렇게 숫총각
같으실까.

최 부장검사 말도 말아요. 술도 안 마신다는 걸 내 억지로 끌고 왔다니까.

왁자지껄 웃고 술잔들이 오가고…. 우석, 어색한 기분에 술을 마시는데. 옆에서 안주를 집어 입에 넣어주려는 여자1. 우석이 당황해서 움찔하다가 술잔을 엎지른다. 호들갑스럽게 닦아주는 여자1. 우석, 기분이 좋지 않다. 둘러보면 그런 우석을 흥미롭게 보고 있는 김 사장 등….

#22 방 밖 홀

우석, 전화를 하고 있다.

우 석 저녁 먹고 있어요. 아니 술자리야. 시간이 걸릴 거 같애요. …. (웃고) 별로 재미있지 않아. 기다리지 말고 먼저 자요. 어….

끊고 돌아서는데 기다리고 있는 태호.

태 호 강우석 검사님이시죠.
우 석 그런데요.
태 호 저희 회장님께서 인사를 여쭙고 싶다고 하십니다. 저쪽 방에서 기다리고 계십니다.
우 석 (웃음이 나온다) 용건이 있으면 검찰로 찾아오라고 하세요. (가려는데)
태 호 (막아서며 명함을 내민다) 아는 분이실 겁니다.
우 석 (명함을 보는) 이종도….
태 호 고등학교 때 친구이셨다면서요.
우 석 (잠시 태호를 보며 생각을 정리한다) 가서 이렇게 전해요. 검사는 용의자하고 사적으로 만나지 않는다고요. 아 이 명함 잘 받았어요.

우석, 가버린다.

23   다른 방

무사시 등 수하 몇 명과 술을 마시고 있던 종도. 그 앞에 보고를 끝내고 앉아 있는 태호. 종도, 테이블을 톡톡톡 두드리고 있다가 문득 웃기 시작한다. 쿡쿡 아주 재미있어 죽겠다는 듯 웃는다.

24   검찰청 근처 설렁탕집

설렁탕을 맛나게 먹고 있는 장 수사관, 그 앞에 내밀어지는 명함. 종도의 것이다. 고개 들어 보면 앞에 와 앉는 우석.

장 수사관 뭡니까?

우 석   이 사람 알죠? 이 지방에서 아주 유명하다면서요?

장 수사관 (명함을 들여다본다) 이 사람 뭐요?

우 석   조사를 시작할 생각이에요.

장 수사관 (우석을 보다가 깍두기를 어적어적 씹으며 생각하다가 킥킥 웃는다) 잘 찍으셨습니다. 이 정도 거물이면 털어볼 만하지요. 근데 저로선 말리고 싶은데요. 그 이유를 얘기해도 괜찮겠습니까?

우 석   (웃는) 말씀하세요.

장 수사관 목적이 유명한 검사가 되는 거라면 말입니다. 좀 더 쉬운 상대를 찾으세요. 이종도, 이놈은 너무 커요. (말 다 끝냈다는 듯 밥을 먹는)

우 석   … 압니다. 내 손으로 수배령을 내렸었고, 덕분에 검사 옷을 벗을 뻔했으니까.

장 수사관, 벙해서 보다가.

장 수사관 그래서 감정 때문에 수사를 하겠다는 겁니까?

우 석   책임감으로 해두죠. 죄가 있는데도 무사했다… 이렇게 되면 겁이 없어져서 더 큰 짓을 저지르게 될 테니까. 난… 검사 아닙니까?

장 수사관 … 대단히 상식적인 얘기군요. 상식이라… 그거 좋은 거죠. 워낙 상식이 대접을 못 받는 시대이긴 하지만….

우 석   (기다리는)

장 수사관 (그릇을 들어 국물을 마시더니 텅 내려놓는다) 사람이 좀 더 필요할 겁니다.

#25   네거리

교통정리를 하고 있는 조 순경. 2차선에서 새치기를 해 온 자가용 한 대를 잡아낸다. 길가로 유도해내는 조 순경.

#26   은행 앞길

회사 제복을 입은 아가씨 한 명, 돈 봉투를 들고 나서고 있다. 순간, 그 뒤를 따르던 청년 한 명, 슬그머니 뒤따르는 듯하더니 들치기를 해서 달린다. 아가씨, 비명을 지르며 쫓아가지만 그 앞길을 어영부영 가로막는 들치기와 한패의 행인.

#27   네거리

자가용의 옆에 서 있는 조 순경. 아무 청탁도 먹혀들 것 같지 않은 무표정의 얼굴로 면허증을 달라고 손을 내밀고 있다. 운전사, 꾸물거리며 면허증을 내민다. 조 순경, 받다가 보면, 면허증 아래에 함께 건네진 지폐. 운전사, 은근한 미소를 보내고 있다.
조 순경, 상관없이 딱지를 끊기 시작한다.

운전사   어어 뭐하는 거요. 이봐요. 어이. (당황해서 차에서 내리는)
조 순경   뇌물수수죄도 추가하겠습니다.

순간 조 순경, 돌아본다. 거리 저쪽에서 튀어나오는 청년. 뒤를 돌아보며 뛰고 있다. 그 뒤 저만치에서 소리 지르며 달려오는 아가씨.

아가씨   저 사람 잡아요. 내 돈!

조 순경, 후다닥 뛰어가다가 다시 돌아오더니 돈과 면허증을 운전석에 던지고 다시 달린다. 운전사 벙해서 보다가 재빨리 시동을 건다. 길 이쪽에서 기다리고 있던 오토바이.

청년, 그 오토바이를 타고 있는 남자 뒤에 올라탄다. 오토바이, 출발하는데 순간 달려온 조 순경, 막아선다. 오토바이, 놀란 대로 조 순경을 피해 달린다. 조 순경, 그대로 오토바이를 덮쳐버린다. 오토바이, 미끄러지며 쓰러진다. 조 순경, 함께 나뒹군다. 급하게 일어선 청년과 남자, 양쪽으로 갈라서 달아난다. 조 순경, 그중 돈 봉투를 든 청년을 겨냥하여 쫓는다. 차가 달려오는 길을 가로지르는 추격전으로 급브레이크를 밟는 차량들.

그 와중에 접촉사고가 일어난다.

#28   다른 거리

도망치는 청년과 쫓는 조 순경.

#29   골목

죽자고 도망치는 청년. 포기 없이 쫓는 조 순경.

#30   다른 골목

담장을 넘어오는 청년, 간신히 넘어와서 숨을 헉헉대며 좀 안심을 하려는데 담장을 기어오르는 조 순경. 청년, 할 수 없이 또 뛴다.

#31   폐차장

달려 들어온 청년, 숨이 터져 죽을 지경이 되어 있다. 뒤이어 달려 들어온 조 순경, 역시 헉헉대며 주위를 둘러본다. 청년의 모습이 보이지 않는다. 순간, 소리를 지르며 옆에서 달려드는 청년, 조 순경을 향해 철판을 휘두른다. 조 순경, 간신히 피해 넘어지고 청년은 달려든 기세로 엎어지더니 마지막 기운을 쓰고 난 다음 일어나지도 못한다. 조 순경, 간신히 일어선다.

청년, 헐떡이며 겨우 상체를 일으켜 돌아보더니 두 손을 앞으로 내민다. 수갑을 채우라는 것이다. 조 순경, 허리를 더듬어보지만 수갑은 없다. 조 순경, 휘청휘청 다가오더니 허리를 꺾고 잠시 숨을 고르고는 청년의 멱살을 덥석 잡는다. 청년, 한 대 맞는 줄 알고 손을 들어 얼굴을 가리는데 조 순경, 청년의 목에서 넥타이를 뽑아낸다.

(시간 경과)

아직 지친 상태에서 폐차장을 벗어나는 조 순경과 청년, 두 사람의 손목이 한쪽씩 넥타이로 묶여져 있다. 그 위로 장 수사관의 소리.

장 수사관 소리 한마디로 말해서 말을 잘못 쓰고 있는 거죠. 차로 펄펄 뛰어야 될 친구를 졸길에 묶어놓고 있다고 할까요.

32   경찰서 로비

장 수사관과 우석, 얘기하고 있다.

장 수사관 그러니 여기저기 부딪혀 말썽이 날 수밖에요. 현재는 교통계에서 호루라기 불고 있습니다.
우 석 (시계를 보며) 6시에 들어온다고 했나요?
장 수사관 (입구 쪽을 보며 빙긋이 웃어) 그 전에 또 만날 친구가 있습니다. 저기 오는군요. 강력계에서 빼내려면 좀 힘드실 겁니다.

입구를 들어서고 있는 형사들 몇, 그중에 백 형사가 있다. 형사들, 두 명의 젊은 양아치들을 잡아오고 있는 중이다. 그중에 한 명, 반항하며 버틴다.

양아치 이거 놓고 갑시다. 놓으라고요. 내 발로 걸어간다고. 놔요.

버티는 바람에 그를 잡고 있던 형사, 놓친다.

형 사 이 자식이.

그때 양아치의 뒷덜미를 덥석 잡아드는 손.

거구의 백 형사, 가볍게 양아치를 끌고 간다. 꼼짝 못하고 매달리다시피 끌려 가는 양아치.

장 수사관 유도가 4단입니다. 체포하는 데는 유도가 최고지요. 태권도 같은 거 잘못 쓰 면 상처 내기 십상이거든요.

장 수사관, 빙글빙글 웃고 있다. 우석, 감탄해서 백 형사의 힘을 보고 있다. 백 형사, 아예 양아치를 어깨에 둘러메고 계단을 오르고 있다.

#33   우석의 검사실

조 순경, 딱딱하게 경례를 붙인다.

조 순경 순경, 조명우. 검찰수사관 503호 근무를 명받아 왔습니다.

우석, 웃으며 한 손을 내민다.

우 석 강우석 검삽니다. 잘 부탁해요.

조 순경, 좀 망설이다가 악수를 받는다. 검사실에는 오 계장과 장 수사관, 미 스 리가 있고. 문이 슬그머니 열린다.

미스 리 누구세요?

비죽이 들여다보는 백 형사.

장 수사관 왔으면 들어와.
우 석 어서 와요.

백 형사, 우석을 아래위로 훑어보더니 들어선다. 가져온 서류를 우석의 앞에 밀어놓는다. 도대체 말이 없는 스타일. 오 계장, 슬그머니 백 형사의 옆에 가서 자신의 체구와 비교해보고는 물러난다.

#34   윤 회장의 집 / 새벽

전경. 아직 어두운 새벽.

#35   혜린의 방

침대에 잠들어 있는 혜린.

재희 소리 아가씨.

혜린, 잠에서 깨지 못하며 돌아눕는다. 그 어깨를 가만히 흔드는 손. 혜린,
잠이 덜 깬 상태에서 반사적으로 상체를 일으킨다. 자신을 내려다보고 있는
재희.

재 희 장도식이 왔습니다.
혜 린 누구?
재 희 장도식이요.
혜 린 몇 시야?
재 희 6시 좀 지났습니다.

혜린, 아직 완전히 깨지 못한 상태에서 이불을 젖히고 내려선다. 침대 발치에
얹어둔 가운을 걸치며 나서려는데 조용히 막아서는 재희.

재 희 약속 없이 온 사람입니다. 회장님이시라면 기다리게 했을 겁니다.

혜린, 멍하니 재희를 보다가 조금 정신이 나며 자신의 몸차림을 내려다본다.

혜 린 아.

재희, 약간 고개 숙여 보이고 문으로 가는데.

혜 린   저기.
재 희   (돌아보면)
혜 린   고마워.

재희, 얼핏 미소 스치며 나간다.

36   거실

장도식, 창밖을 보며 서서 기다리고 있다. 돌아보면, 들어서는 혜린. 단정하게
옷을 갈아입은 상태.

혜 린   좋은 아침입니다.
도 식   너무 일찍 왔나봅니다.
혜 린   (걸음을 멈추지도 않고 식당 쪽으로 가며) 아침식사 전이라서요. 식당에서 괜
        찮겠습니까?

장도식의 대답은 상관없이 식당 쪽으로 간다. 장도식, 그런 혜린의 자신감이
느껴져 미소가 떠오른다.

37   식당

넓은 데이블에 간단한 조반상이 차려져 있다. 밥과 국, 간단한 반찬 두어 가
지가 혜린의 앞에 놓여 있다. 양끝에 앉은 혜린과 장도식.

혜 린   (식사하며) 하루 세 끼 중에 아침이 제일 중요한 거 같아요. 어쨌든 먹는 만큼
        에너지가 나오니까요. 그래봤자 하루 세끼밖에 못 먹지만. 정말 생각해보니
        그렇네. 아무리 돈 많이 벌고 출세해봤자 하루 네 끼 다섯 끼 먹을 수 있는 것
        도 아닌데. 그렇죠?
도 식   (혜린의 말속에 든 뼈를 모른 척) 회장님께서도 비슷한 얘기를 하신 적이 있

였죠. 아침식사가 중요하다고요.

혜린　아.

도식　의도적인가…. 아버지를 닮으려고 애쓰고 있는 거 같아서 보기가 좀 안쓰러워요.

창가에 서서 커피를 마시던 재희, 슬쩍 돌아본다. 혜린, 장도식을 향해 아무렇지도 않은 듯 미소 지어 보이고 계속 맛나게 먹는….

도식　솔직한 심정이야. (어느새 슬쩍 반말로) 안쓰럽다는 거…. 나야 혜린이를 교복 입고 다닐 때부터 주욱 보아왔잖아.

혜린　(식사를 계속하며 흔들림 없이 장도식을 보고 있는)

도식　대학 때 혜린이 생각도 알고…. 알고 있겠지만 나 혜린이 데모하는 거 적극적으로 반대 안 한 사람이야. 물론 방법에는 문제가 있지만 이 사회에 책임을 진다는 태도…. 훌륭하다고 봐. 혜린인 보통 부잣집 아가씨들하곤 달랐어. 그저 좋은 옷이나 탐내고 신랑감이나 구하는 아가씨들 말이지. 내 말 새삼스러운가?

혜린　칭찬으로 듣고 있어요.

도식　난 혜린이의 그런 생각이 꺾이지 않았으면 해.

혜린　(잠시 보다가) 감동적이군요. 아줌마. 국 한 그릇 더 주세요.

걱정스럽게 보고 있던 재희, 피식 웃어 외면한다.
혜린이는 잘하고 있다.

도식　(단념하지 않고) 혜린이 뜻을 더 잘 펼 수 있는 일이 있을 거야. 그 뭐야. 불우청소년들을 위한 야학에 관심이 있지 않나.

혜린　그렇군요. 카지노 주식을 팔면 그런 학교를 몇 개라도 세울 수 있겠네요.

도식　혜린이.

혜린　좋은 생각이에요. (국을 받아 놓으며) 10년쯤 후에 할 일이 생겼네요.

도식　혜린이를 위해서 하는 얘기야. 이길 수 없어. 다친다고.

혜린　이기겠다는 생각은 없어요. 그냥…. 한번 보고 싶어요. 이 나라에 힘 가진 사람들 어디까지 치사하고 더러워질 수 있는지…. 그래도 괜찮은지…. 장 선생님 알고 싶지 않으세요?

도 식   ……:

혜 린   (미소 지어 보이더니 식사를 계속하는)

장도식, 일어서더니 나간다. 장도식이 나가고 나자 혜린, 여유 있는 얼굴이 사
라지며 숟갈을 툭 던져놓는다. 억지로 밥을 먹고 있었다. 체하는 기분. 물을
마시는 혜린을 저만치서 잠자코 보고 있는 재희.

#38   김동환의 사무실 건물

전경.

#39   내부 큰 방

국회의원 선거가 다가오고 있다. 벽 하나 가득 붙어 있는 상황판에는 각 지역
구별로 입후보자들의 현황이 붙어 있다. 와이셔츠 차림의 사내들 몇이 그 앞
을 바쁘게 오가며 새로 입수된 정보에 따라 기호와 후보의 이름을 빈칸에 적
어 넣고 있다. 전화를 받는 사람들….
메모하여 넘기고……. 일반 사람은 모르는 밀실에서 선거의 정보가 쌓여가고
있다. 강동환, 그 앞을 지나쳐가며 후보들의 이름을 훑어보고 있다. 그 뒤를
따르는 장도식.

동 환   허어 이것 봐. 정진석이가 무소속으로 나왔구만. 만만치 않겠는데. (어쩐지 즐
거운 게임을 앞두고 있는 듯한 표정이다. 이름을 보며 감탄하기도 하고 고개
를 설레설레 젓기도 한다. 그러다가) 그래서 윤 회장이 내놨던 어음이 얼마나
된대?

도 식   액수도 액수지만 문제는 시간입니다. 몇몇 사채업자들의 도움을 받고 소문도
좀 흘렸으니까 혜린이 힘으로 막기는 어려울 겁니다.

동 환   어려운 정도로는 안 돼. 시간 끌지 말고 빨리 항복받아.

도 식   예.

동 환   어허 이 친구 기어코 나섰구만.

도 식 이렇게까지 할 필요가 있을까요?

동 환 뭐가?

도 식 조금 더 시간을 주시면 설득을 더 해보겠습니다만…. 아직 어린 여자앱니다.

동 환 이봐요. 그래서 하는 말이야. 어린 여자애하고 이게 뭐하는 짓이야? 어린 거 한테 우리가 꼼짝도 못하더라. 다른 기업들에 소문이라도 나봐. 너나없이 나도 한번 뻗대볼까 이렇게 나오면 어쩔 거야?

도 식 무슨 말씀인지 알겠습니다.

동 환 선거가 코앞이야. 생각 같아선 돈 찍는 기계라도 수입했으면 좋겠어.

도 식 (웃는) 농담이라도 그런 말씀은….

동 환 알어. 안다고. (새로 이름을 적어 넣는 것을 보며) 거긴 어디야? 어딘데 후보 가 일곱씩 돼?

40 혜린의 사무실

서류더미에 싸여 있는 혜린. 앞에 선 최 과장에게.

혜 린 홋카이도 손님들 특실로 배정해줘요. 그리고… (장부를 보며) 이께다란 사람 아직 안 떠났어요? 일주일 동안 이만큼이나 잃고도 모자라단 겁니까?

최 과장 아직 돈이 남은 모양입니다.

혜 린 중소기업 한다면서요?

최 과장 이번엔 살던 집을 팔아 왔단 소리가 있습니다. 어떻게 할까요?

혜 린 …… 완전히 잃게 해요.

최 과장 완전히 말입니까?

혜 린 차비도 남기지 못하게 해요. 돌아갈 때 차비를 꿔주되 일본에서 반드시 받아 내고요.

최 과장 (빙긋 웃는)

혜 린 (한숨 쉬는) 알아요. 이 정도로 손을 씻진 않겠죠. 하지만 생각은 해볼 거 아 녜요. 다신 도박 같은 거 안 하겠다고… (자기도 웃는)

최 과장 오사카 여행사 예약은 어떻게 할까요? (새로운 서류를 펼치는데)

다급한 노크 소리와 함께 들어서는 제복의 종업원.

종업원	사곱니다. 502호 손님이 약을 먹었습니다.
혜 린	(벌떡 일어서며) 앰뷸런스.
종업원	불렀습니다.
혜 린	아직 살았죠?

문으로 벌써 나서고 있는데 막 다급하게 들어서는 민 변호사.

민 변호사	얘기할 게··.
혜 린	나중에 해요.
민 변호사	(혜린을 잡는다)
혜 린	(짜증이 나며) 나중에 하자니까요.
민 변호사	은행에서 연락이 왔어.
혜 린	?
민 변호사	어음이 돌아오고 있어. 한꺼번에 다.

혜린, 멈춘다.

#41   호텔 앞

앰뷸런스가 떠나고 있다. 종업원과 최 과장이 뒷수습을 하고 있고. 그 요란한 소리 뒤에 혜린과 민 변호사가 서 있다.

민 변호사	내일 오전까지 2억 정도를 막아야 돼.
혜 린	모레는요?
민 변호사	더 많아지겠지. 소문이 나기 시작하면 걷잡을 수가 없게 돼.
혜 린	····.
민 변호사	회장님께서 사실 좀 무리를 하시긴 했어. 슬롯머신들을 사들이면서···.
혜 린	누군지 알아봤어요?
민 변호사	누구라니?
혜 린	뒤에 누군가 있을 거 아니에요? 한꺼번에 어음을 돌리게 하는 사람 누구라고 생각해요?

민 변호사 그야….

혜 린 됐어요. 상관없어요. 이제 드디어 시작이군요. 그렇죠? (웃어 보인다. 그러더니 호텔 안으로 걸어 들어가며) 현금 동원할 수 있는 거 얼마나 돼요? 부동산 다 내놔요. 팔 수 있는 건 다 팔아 치워요. 사채업자들을 만나보겠어요. 아직은 돈을 빌릴 수 있을 거예요. 절대로 부도 같은 건 내지 않을 거예요. (문득 선다)

민 변호사 (기다리면)

혜 린 (돌아보더니) 이런 짓을 하는 사람들…. 그중에… 박태수. 그 사람도 끼어 있을까요?

#42   태수의 사무실 건물

태수, 수하들에 싸여 나서고 있다. 대기해 있는 자동차로 가는데 재빨리 그 앞으로 튀어나오는 영진.

영 진 안녕하세요. 대한일보 신영진 기잡니다. 박태수 씨죠?

얼른 그 앞을 막아서는 정근과 창민.

영 진 이번 고액 납세자 순위 35위에 오르셨다면서요. 성공한 청년사업가로서 인터뷰를 하고 싶은데요.

태수, 상관없이 차에 오른다.

영 진 (막히면서도 악착같이) 괜찮은 특집기사예요. 사진도 아주 잘 찍어드릴게요.

정근, 창민, 영진을 밀어내고 차에 오른다. 영진, 재빨리 태수 옆 창문에 붙어서.

영 진 강우석 검사 아시죠?

차는 출발한다. 영진, 단념하려는데 저 앞에 가던 차가 멈추어 선다. 태수, 창문을 내린다. 영진, 얼른 그 옆으로 뛰어간다.

영 진   강우석 검사하고 잘 알죠? 고등학교 때부터 친구라면서요?
태 수   ⋯ 어디서 그런 소릴 들었습니까?
영 진   강 검사한테서요. 저 강 검사하고 친해요.
태 수   친하다⋯.
영 진   우리 결혼할 뻔 했었어요. 강 검사하고 저요. 이 정도면 친한 거 맞죠? (천진
         하게 웃어 보인다)

#43   태수의 사무실

자리에 앉으며 영진, 내부를 둘러본다.

영 진   생각보다 검소하네요. 아 이거⋯ (명함을 내민다) 사회부에서 밥 먹고 있습니다.

정근, 차를 내온다. 태수, 정근에게 명함을 넘긴다.

태 수   먼저 얘기해두죠. 인터뷰는 안 합니다. 사진도 기사도 안 됩니다.
영 진   그럼⋯ 우리 뭐하죠?
태 수   내가 묻고 아가씨가 대답하는 겁니다. 이해하시겠습니까? (미소 짓고 있다)
영 진   (보다가 웃는다) 이런 건 신문사에서 배운 적이 없는데⋯. 큰일 났네.
태 수   강우석 검사하고 나에 대한 얘기 아가씨 말고 또 누가 알고 있지요?
영 진   (빤히 본다) 그 질문은 어떤 뜻인가요?
태 수   잊었군요. 대답은 아가씨가 하는 겁니다.
영 진   (살피며) 강 검사⋯. 박태수라는 친구가 있다는 이유로 저번 사건에서 제외됐
         어요. 검찰 내사가 있었대요. 그 일로 강 검사는 사표를 냈었고요.
태 수   그랬⋯ 군요.
영 진   흐흥 미안하다는 얼굴인데요. 역시 대단히 친한 사이인가봐요.

태수, 말없이 영진을 본다. 영진이 움찔할 정도로 차가운 시선이다. 나갔던 정
근이 들어선다.

태수, 정근을 본다.

정 근　확인했습니다. 대한일보 사회부 기자 맞습니다.

영진, 어이없어 본다.

태 수　기자 아가씨 내 말 명심해요. 내 기사가 나간다면 아가씬 더 이상 기자 노릇을 못 할 겁니다. 특히 강우석 검사와 나에 대해 아는 척을 한다면 아주 위험해질 거예요.

영 진　협박인가요?

태 수　(빙긋이) 사실입니다. 자 그럼‥. (내보내려는데)

영 진　쫓겨나기 전에 30초만 떠들게요. 성공한 젊은 사업가 기사를 쓴다는 거 거짓말이에요. 그런 특집은 없어요. 그러니까 기사는 안 나갈 거예요. 난 그냥 죽기 전에 우리나라 조직폭력에 대한 책 한 권만 쓰고 싶어요. 특히 윤재용 회장에 대해서요.

태수, 문 쪽으로 가서 정중하게 문을 열어준다.

영 진　아직 30초 안 됐어요. 지난번 주주총회에서 주주들이 윤 회장의 딸 대신에 박 선생님을 대표로 내세웠었죠. 지금 진행되고 있는 카지노의 어음 사태, 그거 혹시 박 선생님의 작품 아닌가요?

태 수　(잠시 보다가) 끝났습니까?

영 진　(할 수 없어) 네. 가요. 안녕히 계세요. 만나서 반가웠어요. 또 봐요, 다음엔 좀 더 반갑게 만났으면 좋겠네요.

중얼대며 나간다. 태수, 문을 닫더니.

태 수　(정근에게) 카지노 어음 사태라니 무슨 소리야? 알아봐. 빨리.

#44 　남산

날아가는 비둘기 떼. 여느 때처럼 만난 태수와 장도식.

도 식　알아. 좀 더 일찍 알려줬어야 했다는 거. 어쨌거나 우리 한편이니까 말이지.
　　　근데 뭐랄까. 내키지가 않더라고. 자네 아나? 믿지 않을진 모르지만 나 혜린
　　　이 그 아이를 좋아해요. 아주 맘에 들어한다고.
태 수　어음이 얼마나 됩니까?
도 식　상당해. 막아내기 힘들 거야. 게다가 해외에서 수금한 돈들…. 반입도 어렵게
　　　됐어. 길목을 막았거든. 내가.
태 수　어떻게 하고 있습니까?
도 식　누구? 혜린이? 아직 포기하지 않고 있어. 부동산 있는 대로 다 내놓고 사채업
　　　자들을 찾아다니고 있지. 그것도 쉽지 않을 거야. 그쪽이 아는 길은 내가 다
　　　알고 있으니까.
태 수　(허 웃는) 무서운 사람들이군요.
도 식　혜린이가 그러더군. 한번 두고 보겠다고. 힘 가진 놈들 어디까지 치사하고 더
　　　러워질 수 있는지.
태 수　어디까지 갈 생각입니까?
도 식　혜린이가 두 손 들 때까지.

태수, 벌떡 일어나 저만치 가는.

도 식　이젠 늦었어. 위에선 혜린이를 본보기로 만들 생각이야. 카지노 포기해도 좋
　　　다는 거지. 대신 반항하면 어떻게 되는지 제대로 가르쳐주겠다는 거야.
태 수　(장도식을 돌아본다) 만약에 그 어음을 다 막아내면 어떻게 됩니까?
도 식　(웃는) 이런 일엔 기본이 있어. 밟을 땐 철저하게 밟는다. 다신 싹도 자라지 못
　　　하게 말이지.

#45 　카지노 내부

손님들이 가득한 상황…. 최 과장, 빠른 발걸음으로 테이블 사이를 빠져 밀실

쪽으로 간다. 밀실 앞에서 초조한 듯 기다리던 종업원 한 명, 급히 다가온다.

최 과장 (낮은 소리. 그러나 화가 나서) 뭣들 한 거야. 국내인은 절대 들이지 말라고 했잖아.
종업원 막을 수가 없었어요. 무조건 밀고 들어와서…. 전에 오셨던 분도 계시고….

최 과장, 문을 연다.

#46   밀실 내부

신사 세 명 정도, 거만하게 앉아 있다. 여자 딜러 한 명, 불안한 듯 옆에 서 있
다. 최 과장, 재빨리 테이블을 둘러본다. 이미 각자의 앞에 칩이 쌓여 있고 카
드 한 벌이 펼쳐져 있다. 딜러가 막 카드를 섞고 있던 중이다. 최 과장, 얼른
카드를 모아 잡는다.

남자1 뭐야?
최 과장 죄송합니다. 저희 카지노에서는 국내인 손님은 모시지 않습니다.

남자들, 서로 마주 본다. 그중의 한 명 손목시계를 본다. 최 과장, 언뜻 불길
함을 느낀다. 순간, 등 뒤에 문이 열리며.

종업원 (다급한 목소리) 과장님.

최 과장, 돌아본다. 종업원을 밀치며 들어서는 단속반 사내들…. 그중의 한
명, 언뜻 신분증을 보이며.

사 내 단속 나왔습니다. (손님들을 향해) 여권 보여주실까요?

최 과장, 아뿔싸… 창백해지는 기분.

책상을 탕 치는 손. 주주1이다.

주주1   이럴 줄 알았어. 내 이럴 줄 알았다고.
        뒤에서 주주2, 초조하게 담배만 피워대고 있다.

주주1   (주주2를 돌아보며) 이런 어린애한테 사장 자리를 줘? 영업정지래. 영업정지.
        카지노 생긴 이래 이거 생각도 못 해본 일이야.

혜린, 창백하게 책상 앞에 앉아만 있다. 재희, 말없이 혜린의 뒤쪽에 있다.

주주1   어떻게 할 거야. 1년 365일 하루 스물네 시간 열어놔야 하는 카지노 문 닫아
        놓고 어떻게 할 거냐고.
혜린   말씀드린 것처럼 이번 일은 함정이었어요. 시간을 주시면 해결하겠습니다.
주주1   시간을 줘? 언제까지? 다 망해 넘어질 때까지?
혜린   (일어서) 지금 이러고 있을 시간이 없습니다. 빠른 해결을 원하신다면 이만 가
        주세요. 그게 도와주는 겁니다. (주주1을 지나쳐가는데)
주주1   (혜린의 팔을 잡아챈다) 이거 봐!

순간 다가선 재희, 주주1의 손의 맥을 잡아 떼어낸다.

주주1   어어 이이.
재희   차까지 모셔다 드리지요.
주주1   (손을 뿌리쳐 아픈 손을 만지며) 이건 또 뭐하는 놈이야. (혜린에게 흥분해서)
        이게 뭐야. 이게 뭐하는 짓이야?
혜린   (못 들은 척 돌아서 책상 위의 전화기를 든다) 검찰에 연결해줘. 담당검사 알지?

주주2, 주주1을 달래며.

주주2   그만 갑시다. 가서 우리끼리 대책을 강구하자고요.

주주1, 분해서 혜린에게 더 뭐라 말하려다가 그 앞을 가로막는 재희를 보고 못 이기는 척 주주2에게 끌려 나간다.

주주1 　　내 뭐랬어. 내가 뭐랬냐고. 내 이럴 줄 알았어. (재희에게) 넌 나올 거 없어. 원 별 깡패 같은 것들이. 어이구 내 이런 것들하고 상종을 해야 되나 어?

재희, 그들을 내보내고 문을 닫는다. 돌아서다가 움찔 놀란다. 혜린, 전화기 앞에 서 있다가 문득 코 밑을 닦아 본다. 주르르 코피가 흐르고 있다. 재빨리 다가선 재희, 손수건을 대어준다.
혜린, 손수건으로 코를 막은 채 잠시 움직임 없이 서 있다가.

혜 린 　　다 갔어?
재 희 　　예.
혜 린 　　문 닫았지?
재 희 　　예.

혜린, 천천히 재희의 가슴에 이마를 댄다. 조금씩 울음이 치밀고 있다. 소리도 내지 못하는 흐느낌으로 어깨가 흔들린다. 재희, 벽처럼 서서 지탱하여주다가 머뭇머뭇 한 손을 들어 그 어깨를 감싸준다.

#48　　카지노 정문 앞 / 밤

안내판이 세워진다. 한글과 일어, 영어로 쓰인 안내판에는 당분간 영업을 쉰다는 내용이 적혀 있다.

#49　　카지노 내부

텅 빈 카지노 바 쪽에 재희, 앉아 있다. 혜린과 민 변호사 마주 앉아 혜린, 민 변호사가 내밀어주는 서류를 보고 사인을 하고…. 사인을 끝낸 혜린, 서류를 챙기는 민 변호사를 보며.

혜 린   얼마나 더 버틸 수 있지요?

민 변호사 (텅 빈 카지노를 한번 보고) 영업정지가 일주일만 더 계속되면…….

혜 린   완전히 파산이군요.

민 변호사 그렇게 봐야지.

혜 린   아버지라면 이런 경우 어떻게 하셨을 거 같아요?

민 변호사 (보다 웃는) 난 그분의 생각을 한 번도 미리 짐작할 수 있었던 적이 없어. 언제나 뭔가 지시를 내리시고, 그 지시대로 따르다보면 나중에 알게 되는 거지. 아. 이래서 그 일을 시키셨구나.

혜 린   (길게 기지개를 켜는 기분. 포기 상태에 이르러 오히려 생기는 여유 같은…)

민 변호사 (가방을 챙기며) 사채업자를 더 알아보지.

혜 린   아저씨.

민 변호사 (멈칫하여)

혜 린   저 어렸을 때 이렇게 불렀죠. 아저씨.

민 변호사 ….

혜 린   그동안 수고하셨어요. 고마웠고요.

민 변호사, 언뜻 목이 메는 기분, 주섬주섬 가방을 챙겨 일어선다. 혜린을 향해 정중하게 인사를 한다. 혜린, 역시 정중하게 그 인사를 받는다.

민 변호사, 문 쪽으로 나가고. 혜린, 혼자 남아 있고.

재희, 일어서 민 변호사에게 고개 숙여 보이고 민 변호사, 문을 열다가 멈춘다. 막 문을 열고 들어서려던 태수.

재희, 태수를 보고 혜린을 돌아본다. 혜린, 일어서 몸을 돌리다가 태수를 발견한다. 태수, 말없이 안으로 걸음을 옮긴다.

재희, 혜린과 태수 사이를 막아선다. 민 변호사, 나가려다 말고 그 자리에 서서 본다.

태 수   (혜린을 향해) 둘이서만 얘기할 수 없을까?

재희, 혜린을 돌아본다. 혜린, 태수를 보고 있다가 재희 쪽을 향해 시선을 돌린다. 짧은 사이에 감정을 눌렀다. 혜린, 끄덕여 보인다. 재희, 내키지 않지만 나간다. 민 변호사와 재희, 나가고 문이 닫힌다.

(시간 경과)

혜린, 태수를 보지만 태수는 얘기를 시작할 생각은 없이 텅 빈 카지노를 둘러보고 있다. 혜린, 바 쪽으로 가서 컵 두 개를 놓고 술을 따른다. 태수, 그 옆으로 가 선다.

혜린, 한 잔을 태수 쪽으로 밀어준다. 자기의 잔을 들어 보이며.

혜 린 그쪽이 이겼어요. 축하해요.

그러나 태수, 술잔은 보지 않고 혜린의 얼굴만 보고 있다.

혜 린 (잔을 비운다)

잠시 마주 보는 두 사람. 혜린, 먼저 시선을 돌린다.

혜 린 언제쯤 항복할지 보러 왔어요? (끄덕이고) 가서 얘기하세요. 다 됐다고. 서류 갖고 와서 인수인계하라고요.

태수, 화를 애써 참고 있다. 참아서.

태 수 얘기하러 왔어.

혜 린 (웃는다. 이제 와서 얘기라니 하는 기분. 자리를 옮기며) 그동안 태수 씨에 대해서 생각해봤어요. 태수 씨 입장에서 생각해보려고 했어요. 그럴 수도 있었겠다. 충분히 억울하고 분해서 나라도 그럴 수 있었겠다. 나라면 더 독하게 갚아주려고 했을 거다.

태수, 술잔을 들어 마시려다가 냅다 던져버린다. 깨지는 소리에 혜린, 돌아본다.

태 수 (묵묵히 깨진 술잔을 보고 있다가 혜린을 돌아본다) 그런 게 아니야.

혜 린 난 사과를 하고 있는 거예요. 이젠 그쪽 차례예요.

태 수 (성큼성큼 다가온다)

혜 린 미안하단 말 한마디쯤 하면 어때요. 아버지를 죽음에 몰아넣었잖아요.

태 수	당신 아버지한테는 화난 적 없어.
혜 린	(하 웃는)
태 수	(혜린의 어깨를 짚어) 분하고 억울해서가 아냐.
혜 린	(태수의 손을 거칠게 쳐낸다)
태 수	복수 같은 건 생각해본 적 없어.
혜 린	(태수를 치고 민다)
태 수	(맞으면서도 혜린의 양어깨를 잡아) 널 갖기 위해서였어.
혜 린	(정지되는)
태 수	모르겠어? 그렇게 하면 널 가질 수 있을 거라고 생각했어. 넌 내 여자니까. 그 생각밖에 없었어.

혜린, 놀라움과 당황함으로 본다.

태 수	말했잖아. 다시는 힘이 없어서 내 여자를 뺏기지 않겠다고.

혜린, 조금씩 무너져 내리는 자신을 순간 다잡는다. 태수의 손에서 벗어나 물러선다.

혜 린	아버진 날 사랑하셨어요. 나도 아버질 사랑했는데 그땐 몰랐어요. 나중에야 알았는데 말씀드릴 수가 없었어요. 너무 늦어서.
태 수	(… 끄덕인다)
혜 린	이젠 끝났어요.
태 수	…. 알아.

혜린, 돌아선다. 태수, 돌아선다. 혜린, 문득 돌아보았을 때 태수는 이미 문에 도착하여 열고 있다.

#50   카지노 입구 밖

기다리고 있는 재희. 문이 열리며 태수가 나선다.
재희, 한 팔을 벽에 짚어 태수를 막고 안을 들여다본다. 보이는 저 안에 혜린이 혼자 뭔가 생각에 잠겨 있다. 무사해 보인다.

재희, 팔을 내려 길을 내준다. 태수, 그런 재희에 대해 얼핏 미소가 스치는 기분. 간다.

그 뒤, 문틈 사이로 돌아앉아 있는 혜린의 뒷모습이 보인다.

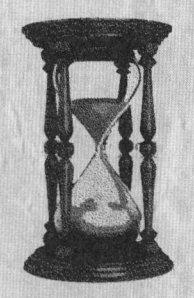

20부

박태수, 그 사람도 찬성했습니까?
그 사람이 다칠 수도 있습니다.

그래 알아. 상관없잖아.
그 사람, 자기가 먼저 시작한 일이야.
달면 삼키고 쓰면 뱉고 그런 거. 그런 자들 속성이야.
알면서 자기가 먼저 그쪽에 붙었잖아.
난‥ 난 벌써 경고했어. 그 사람‥ 각오하고 있다고 했어.

The
   Sandglass..

#1 　 우석의 집(관사 사택) / 밤

전경.

#2 　 거실

우석과 오 계장, 장 수사관, 조 순경, 백 형사 등이 둘러앉아 회의 중.

장 수사관 그 소위 건설폭력배들…. 이제까지 몇 명의 검사가 손을 대긴 했습니다. 피래미 몇 명 잡고는 끝나버렸지만요.

우 석 문제가 뭐였습니까?

장 수사관 일단 피해자가 나서질 않는다는 겁니다.

오 계장 아니 가만있어봐요. 그 깡패들이 그냥 공짜로 입찰장에 나가주진 않을 거 아녜요.

장 수사관 물론 수고비를 받지요. 대충 공사비의 3프로 내지 5프로를 받아냅니다. 그렇지만 그거 떼주고 공사를 맡는 게 나으니까…. 회사로서는 필요악이라 이거죠.

오 계장 30억 공사에 3프로면 얼마야. 3억에 3프로면 300…. 30억이면 3000…. 거 괜찮네.

조 순경 (진지해서) 괜찮다니요? 그만큼의 공사비가 새는 거고 그만큼 부실공사가 되는 건데요.

오 계장 이 친구하고는 농담을 못 해.

그러는데 우석, 얼른 일어선다. 선영, 쟁반에 국그릇들을 받쳐들고 온다. 우

석, 받아든다.

선 영 만둣국이에요. 이북식으로 했는데 입맛에 맞으실지 모르겠네요.
오 계장 아이구 사모님 기다리고 있었습니다.

상에 널린 서류들을 재빨리 치우는 오 계장. 그릇 나누는 걸 돕는 조 순경….
백 형사, 앞에 놓이는 만둣국을 들여다보고 심각하게.

백 형사 이게 전붑니까?
선 영 더 있어요. 많이 드세요.

우석, 국그릇을 건네며 선영을 본다. 따뜻한 감사가 전해지고 전해 받는다.

오 계장 야 이 김치 때깔 좋네. 사모님 저 다이어트 시작한 거 아세요? 검사님 댁에서
회의하면서 저 아주 망했어요.
조 순경 잘 먹겠습니다.

왁자지껄 식사가 시작된다.

#3   우석의 집 앞

나서는 수사관들…. 우석, 배웅한다. 뒤미처 안에서 달려 나오는 선영, 보자
기에 싼 통을 들고 있다. 조 순경에게 건네주며.

선 영 자취하신다고 했죠? 김치 갖고 가세요. 아직 덜 익었어요. 하룻밤 내났다가
냉장고에 넣으세요.

조 순경, 감격하여 받아들고는 경례를 붙인다.

조 순경 감사합니다.

선영, 수줍어서 우석의 뒤로 슬쩍 숨는다.

오 계장 저 사모님. 우리 마누라는 김치 솜씨가 없는데 이런 사람한테는 뭐 없을까요?

장 수사관, 오 계장의 등을 밀며 간다.

장 수사관 잘 먹고 갑니다.

분분히 인사가 오가고….

#4   거실

우석, 문을 잠그고 들어서서 보면 선영, 날랜 솜씨로 상을 닦고 있다.

선 영 내일도 야근하면 집으로 모시고 와요. 수사비가 쥐꼬리만 하다면서요. 없는 돈에 괜히 밖에서 돈 내고 식사하지 마요. (쟁반을 들고 부엌으로 가며 계속) 영양가도 없고 조미료만 잔뜩 들어서 힘도 못 써요.

우석, 얼른 물 쟁반을 들고 따라간다.

#5   부엌

선영, 설거지대에 그릇들을 넣으며.

선 영 조 순경님인가…. 자취하는 분이요. 하루 세끼 밖에서 사 먹는 모양이던데 사 먹는 밥 금방 배고프다고요…. 뭐해요?

우석, 수세미에 세제를 묻히고 있다.

우 석 설거지.
선 영 (수세미를 뺏는다)

우 석   어어 내 솜씨를 못 믿는 모양인데….

선 영   (화가 난 듯 밀쳐내고 설거지를 시작한다)

우석, 뻘쯤해서 웃는.

#6   공사현장

대규모의 공사가 진행 중이다.
거대한 기중기며 포클레인의 움직임….

#7   건설회사 앞

정태, 수하 몇을 거느리고 나선다. 대기해 있는 차에 올라탄다. 그 위에.

장 수사관 소리 깡패들의 꿈이 뭔지 아십니까? 건설회사에 업무상무가 되는 겁니다. 현재 대부분 건설회사의 업무상무는 폭력배들이 맡고 있습니다.

#8   뒷거리

소형버스의 뒷문이 열리고 야구방망이며 일본도 등이 무더기로 던져 넣어진다. 우르르 버스에 올라타는 사내들. 그 위에.

장 수사관 소리 그 폭력배들끼리 담합을 해서 입찰을 하고 공사를 따내는 거죠. 그 패거리에 들어가지 못하면 입찰현장에서 쫓겨나기 일쑵니다.

#9   종도의 회의실

길태를 비롯한 사내들, 서로 삿대질을 하며 떠들어대고 있다. 종도가 없는 상태에서 저희들끼리 다투고 있는 중이다.

장 수사관 소리 담합 과정에서 즈이들끼리 칼부림이 나고 완전 개판이었죠. 솔직히 말해서 이종도가 오고 난 뒤론 10년 만의 평화시대입니다.

10   룸살롱 방

무사시를 거느린 종도, 들어선다. 이미 앉아 있던 중년 신사들(고급 공무원들),
종도를 맞아들인다.

장 수사관 소리 이 지방의 조직폭력배 8개파를 통일시키고 정리해놓은 게 이종도 그놈입
니다. 그놈 뒤에 아주 거물이 있다는 소리가 있는데 허풍만은 아닌 거 같습니
다. 이리로 오자마자 고위직들하고 어울려 다니는 꼴이 그래요.

11   광주 검찰청 / 밤

전경. 조 순경, 기다리고 있다가 보면, 저만치 조용히 다가오는 승용차.
문이 열리며 조심스레 내리는 나이 든 김 사장.
조 순경, 얼른 다가가 경례를 붙이고 안내를 한다.
불안하여 주위를 살피며 조 순경의 뒤를 따르는 김 사장.

12   우석의 검사실

오 계장, 종이커피를 받쳐들고 들어온다. 소파에 마주 앉은 우석과 김 사장.
오 계장, 그들 앞에 커피를 놓는다.

오 계장 우리 아가씨가 퇴근을 해서요. 여기 자판기 커피 괜찮아요. 검찰청 커피라서
그런가 농도가 아주 찐해요. 맛있어요.

김 사장, 불안한 대로 받아 마시며 슬그머니 주위를 둘러본다.
저만치 모여 있는 장 수사관과 백 형사, 조 순경…. 각자 딴 일들을 하고 있지
만 역시 주눅이 드는 분위기다.

우 석 저희가 알아본 바로는 이곳 건설업계에서 김 사장님만큼 심지가 곧으신 분이

없다고요.

김 사장 아 예….

우 석 모든 건설업체에서 폭력배 출신 업무상무를 둘 때도 혼자 버티셨고요.

김 사장 그야 뭐….

우 석 힘드셨을 겁니다. 그런 식으로는 공사를 따낼 수가 없었을 테니까요.

김 사장 아 예…. (우물쭈물)

우 석 그래서 할 수 없이 지난봄에 결국 폭력배 출신 상무를 고용하셨지요? (서류를 보며) 안길태…. 양산파 두목. 현재는 이종도 밑에 통합이 된 인물이군요.

김 사장 (그제야 정신이 난다) 뭔가 잘못 아신 거 같군요. 그런 사람은 우리 회사에 없습니다. 소문이 어떻게 났는지 몰라도 폭력배 같은 건 없습니다.

우 석 (빙그레 웃으며 보다가) 역시 김 사장님 거짓말이 서툰 분이시군요.

김 사장 무슨 말씀이신지….

오 계장, 타이프에 용지를 끼우고 받아 칠 준비를 하고 있다.

우 석 (오 계장을 향해) 아니 그만두세요. 우리 그냥 사적으로 한담을 나누는 거니까.

오 계장 아 그렇군요. (서슴없이 종이를 죽 빼낸다)

우 석 김 사장님 회사에 대해 알아봤습니다. 실력이나 재무 상태나 그만큼 탄탄한 회사가 없더군요. 공사 이후 하자가 없기로도 유명하고요. 그런데 지난 3년간 제대로 된 공사 하나 따내지 못했어요. 맞지요?

김 사장 저기… 오라고 해서 오긴 왔습니다만 저로선 드릴 말씀이….

우 석 우린 이번에 이 지역의 건설폭력배들을 뿌리 뽑을 생각입니다. 김 사장님 같은 분이 실력에 따라 정당하게 경쟁을 할 수 있게 할 겁니다. 그걸 바라시는 거 아닙니까?

김 사장 (묵묵히 있다가 더듬더듬 담배를 꺼낸다)

우 석 (불을 붙여준다)

김 사장 (길게 담배 연기를 뿜고는) 죄송합니다. 그냥 놔둬주십시오. 제겐…. 내달에 시집갈 딸이 있습니다. 저야 어떻게 돼도 상관없지만…. (목이 메는 기분. 성급히 담배를 피우는)

우 석 그래서 이 밤중에 남몰래 오시라고 했습니다. 눈치 채지 못하셨습니까? 사장님께선 단지 담합 자료가 어느 서랍에 들어 있는지만 가르쳐주십시오. 오늘 우린 만난 일이 없는 겁니다.

김 사장   (아직도 망설이고 있다)

우 석   폭력배들에게 돈을 뺏기면 그만큼 철근 하나가 덜 들어가겠지요. 그런 식의 부실공사를 하고 나면 김 사장님 같은 분은 잠도 오지 않을지 모르지요. 언제 금이 가고 부서져 내리는 건 아닐까⋯. 아닙니까?

담배를 손에 든 채 멍하니 있던 김 사장, 잠시 후⋯ 우석을 돌아본다.

#13   우석의 집 거실 / 밤

우석의 팀, 회의 중이다.
옆에서는 선영이 과일을 깎고 있다. 테이블 위의 녹음기에서 김 사장의 목소리가 들려 나오고 있다.
조 순경, 부지런히 받아쓰고 있고.

김 사장 소리   그 밑에 떨거지들 이름이야 다 모르지만 웬만한 두목급들은 대충 압니다. 삼진건설에 업무부장하는 장근술이. 정환에 영업상무 조한택이. 그런데 말이요. 이왕 할래믄 한꺼번에 해야 됩니다. 누구 남기고 누구 빼고 이래서는 물만 흐려놓을 겁니다. 더 극악스러워질 거라고요.

우석, 녹음기를 끈다.

우 석   어떻게 생각해요?

오 계장   맞는 말이네요. 옳은 말씀이에요. 한꺼번에 발본이 색원을 해야 되는데.

장 수사관   하나씩 잡을려면 5년이 걸려도 어려울 겁니다. 그런 식으로 한 놈 두 놈 넣어봤자 금방 새로운 놈이 자리 차지할 거고.

오 계장   애들 또 홍콩 일본을 부산 대전 가듯이 다니는 놈들이잖아요. 도망가면 그만이지. 나도 뭐 바다 건너 제주도엔 한 번 가봤지요. 거 제주도 좋대요. 우리나라 같지가 않더라고요. 공항에 딱 내리니까 가로수가 달라요.

우 석   모두 몇 명쯤 되지요?

조 순경   중간두목 이상만 백 명은 되겠는데요.

선 영   (과일접시를 올려놓으며) 뭐하러 하나씩 쫓아다니며 잡아요? 지 발로 오게 하
        면 될 텐데….

        시선이 집중된다.

선 영   (말해놓고 좀 무안하지만) 하숙 칠 때 담에다가 자꾸 낙서를 하는 애가 있었
        어요. 그래서 내가 그 옆에 써놨어요. 이거 누가 그랬냐. 솜씨가 좋은데 아르
        바이트할 생각 없냐. 그랬더니 찾아왔더라고요. 그래 잡아놓고 페인트칠을 시
        켰죠.

        혼자 웃다가 보면 아무도 웃지 않고 쳐다보고 있다.
        선영, 머쓱해진다.

#14   회사 건물

        전경. 두어 대의 차량이 달려와서 선다.
        장 수사관을 비롯한 정사복의 수사관들이 우르르 내린다.

#15   내부 사무실

        장 수사관을 선두로 우르르 들어서는 수사관들….
        놀라는 직원들….
        안의 사무실에서 나오는 길태.

길 태   이 사람들 뭐야?

        장 수사관, 아무 말 없이 수색 영장을 길태의 코앞에 들어 보이더니 바로 수하
        들에게 지시를 내린다. 사무실의 캐비닛마다 쑤셔대며 수색을 시작하는 7, 8명
        의 수사관들….
        길태, 당황해하다가 재빨리 전화기를 들어 어디론가 전화를 한다.
        장 수사관과 백 형사, 조 순경, 서로 눈짓을 주고받더니 길태의 사무실로 들

어간다.

길태, 전화를 하다 말고 그들을 보고 급해서 쫓아간다.

조 순경, 입구에서 그를 막는다.

길 태 이봐. 검찰 어디서 나온 거야? 담당이 누구냐고.

조 순경 출입을 금하겠습니다.

길 태 어쭈.

조 순경 형사소송법 제119조 1항. 압수수색영장의 집행 중에는 타인의 출입을 금지할 수 있습니다.

길 태 (같잖아서 밀치고 들어서려는데)

조 순경 (끄떡없이 버티어 서서) 경찰관직무집행법 제11조 시행령 9항. 공무집행에 대한 항거의 억제를 위해 무기를 사용할 수 있습니다. (허리춤의 권총 케이스의 단추를 푼다)

길태, 권총도 겁나지만 무슨 말인지 일단 헷갈리면서 어처구니없어 보다가 다시 전화기로 쫓아간다.

16   길태의 사무실 안

장 수사관, 길태의 책상 아래 서랍을 당겨본다.

잠겨 있다. 장 수사관, 길태를 부르려는데 백 형사, 손잡이를 잡고 힘을 주는가 싶더니 와작 부수며 열어버린다.

장 수사관, 이크 해서 밖의 눈치를 보며 몸으로 슬그머니 가로막는다.

백 형사, 서랍에서 두툼한 서류철과 장부를 꺼낸다.

장 수사관, 대충 들춰본다. 찾던 것이다.

17   건물 내 복도

사장실 문이 빠끔히 열려 있고, 김 사장, 슬그머니 밖을 엿보고 있다.

장 수사관 등, 우르르 나서고 있고, 길태, 그들을 따라가며 뭐라 계속 떠들고 있다.

김 사장, 얼른 문을 닫았다가 그들이 지나가자 다시 살그머니 문을 열어 엿본다.

18   우석의 검사실

한구석에 앉은 길태, 나름대로는 거들먹거리며 앉아 있지만 계속 눈치를 보고 있다.
그러나 오 계장과 미스 리는 종이에 사다리를 그리고 있느라고 낄낄대고 있고, 백 형사는 신문을 덮고 잠이 들어 있고, 조 순경은 뭔가 열심히 타이프를 치고 아무도 길태에게는 신경을 쓰지 않고 있다.
미스 리, 사다리 그린 종이를 들고 조 순경에게 가서.

미스 리   몇 번 하실래요? 짜장면 값 내기예요. 남는 돈으로는 군만두도 살 거예요.
조 순경   공짜도 있습니까?
오 계장   물론이지. 사다리의 맛은 공짜표에 있는 거니까. 최하 공짜에서 최고 만 원. 골라요 골라.

조 순경, 심각하게 번호 하나를 고른다.

오 계장   백 씨도 깨워. 먹기는 곱곱배기로 먹는 사람이 이럴 땐 꼭 자는 척한단 말이야.

문이 열리며 우석과 장 수사관이 들어선다.

우 석   식사들 하셨어요?
오 계장   안 그래도 준비 중입니다. 미스 리, 검사님도 하나 고르셔야지.
미스 리   몇 번 하실래요? 조 수사관님이 먼저 3번 골랐어요.
길 태   (어처구니가 없다) 이거 보십시다.

우석, 사다리를 하나 고른다.

길 태   댁이 검사님이쇼?

우석, 힐끗 보고 책상으로 간다.

길 태 아니 사람을 잡아다놨으면 조사를 하든지, 이 뭐하는 거요? 나 사업하는 사람이에요. 시간이 썩어 나는 줄 알어?

우 석 (오 계장에게) 누구예요?

오 계장 그 왜 진정서 있었잖습니까? 건설회사끼리 입찰하는 데 담합을 했대나 어쨌대나.

우 석 아아.

오 계장 어떻게… 심문을 하셔야죠.

우 석 지금은 좀 바쁜데…. 장 수사관이 대충 받지.

우석, 책상의 서류들을 챙기더니 다시 나가며.

우 석 난 볶음밥 시켜줘요.

미스 리 네. 군만두도 드실 거죠.

길태, 돌아버릴 지경이다.
(시간 경과)
밤. 사무실의 불이 반쯤은 꺼져 있는 상태.
장 수사관, 땅콩을 까먹고 있고.
백 형사, 무뚝뚝하게 타이프를 치며 길태를 심문하고 있다.

백 형사 입사한 게 언제야?

길 태 (하루 종일 기다림으로 어지간히 지쳐 있다) 반말하지 말고 합시다.

백 형사 입사한 게 언제요?

길 태 지난 3월이요.

백 형사 3월 며칠이요?

길 태 회사 서류 보면 알 거 아뇨?

백 형사 (전혀 흔들림 없이) 3월 며칠이요?

길 태 젠장 4일쯤 될 거요.

백 형사 한 달 봉급은 얼마요?

길태	아니 이것 보쇼. 당신 내 마누라가 보낸 사람이야? 이따위 거 물어보려고 날 이때껏 잡아놓은 거야?
백 형사	한 달 봉급이 얼마요?

길태, 복장이 터지는데.
장 수사관, 어슬렁거리며 다가온다.

장 수사관	대충 해.
백 형사	그래도 빈칸은 메꿔야지요.
장 수사	어차피 형식적인 건데 뭘 그래.
길태	(눈치를 본다)
장 수사관	(길태를 향해) 이봐요. 우리도 아주 귀찮아 죽겠어. 입찰에서 제외된 쪽에서 진정서가 여기저기 들어왔단 말야. 위에서 지시가 내려왔는데 우린들 어떻게 해.
길태	아니 어떤 놈의 자식이 진정서를 보냈다는 거요? 누군지 알면 그냥….
장 수사관	그냥 뭐? 그 집에 불이라도 지를라고?
길태	….
장 수사관	신문에서 알면 우리도 골치 아퍼. 위에 방침은 이번 일 반성문이나 받고 모양새나 갖추라는 거니까 협조하라고.
백 형사	반성문만 받을 겁니까?
장 수사관	그럼 그 많은 사람들 다 어떻게 잡아넣겠나. 그 사람들 다 집어넣어봐. 당장 대한민국 건설업계가 흔들리는데.
백 형사	반성문만 받으면 됩니까?
장 수사관	몇 명은 잡아넣어야지. (책상 위의 서류철을 끌어당겨 뒤적여보며) 질 나쁘게 구는 놈들 몇은 있을 거라고. 그런 놈들로 머릿수 채우면 될 거 아냐.

길태, 장 수사관이 뒤적이는 서류들을 훔쳐본다.
각 건설회사 이름과 그 밑에 업무부장이니 영업상무니 하는 직함 옆에 이름들이 수도 없이 적혀 있다.

백 형사	머릿수만 채우면 됩니까?
장 수사관	어허 사람 참. 이봐요, 안 상무.

길태	예?
장 수사관	나중에 이 친구한테 고기나 좀 사줘. 남들 네다섯 배는 먹으니까 각오하고.
길태	아 그야 고기뿐이겠습니까? 아하하. (대충 어떻게 돌아가는지 감 잡았다. 금방 나긋해져서)

#19 검찰청 입구 / 새벽

길태, 나서고 있다.
대기하고 있던 승용차 부지런히 와서 선다.
부하가 뛰어내려 뒷문을 연다.
길태, 차에 타려다가 다시 한 번 검찰 청사를 돌아본다.
차에 타고 출발하고….
잠시 후 한 대의 소형차가 그 뒤를 따른다.
운전석에는 조 순경과 백 형사.

#20 우석의 집 거실

넥타이를 매고 출근 준비를 마친 우석, 신문을 보고 있다.
그 옆에서 선영, 가위로 신문 기사를 오리고 있다.
전화벨 소리.
선영, 재빨리 받는다.

선영	여보세요. 아 조 순경님. 아침 드셨어요? 또… 큰일이네…. 잠깐만요. (우석에게 건네고)
우석	어. 어디야?

#21 호텔 로비

구석에서 전화를 하는 조 순경.

조 순경	비상 연락망이 잘 돼 있는데요. 대충 다 모이는 거 같습니다. (입구 쪽을 보고

있다)

장근술이 수하를 거느리고 들어서고 있다.

조 순경   한 놈 또 오고 있습니다.

#22   호텔 커피숍

한쪽을 차지하고 있는 길태와 그 무리들….
장근술이 도착하고 대충 인사를 하고 나지막한 회의가 진행되고 있다.
건설폭력계의 상무들과 부장들이 모인 것.
그쪽에서는 보이지 않는 이쪽 카운터 옆에서는 백 형사가 케이크이며 빵이 들어 있는 유리 케이스에 코를 박다시피 하고 빵을 고르고 있다.
기다리는 종업원 아가씨에게 그중 하나를 짚어 보인다.
아가씨, 그 빵을 꺼내는데 백 형사, 하나를 더 짚어 보인다.
여전히 표정 없이 무뚝뚝하고 진지하게.

#23   우석의 검사실

전화벨이 여기저기 울리고 있다. 미스 리, 바쁘게 전화를 받고 있다.

미스 리   누구시라고요? (메모하며) 오진건설에 이용호 상무님. 찾아오신다고요? 저기 오늘 내일은 시간이 없고요. (스케줄 표를 살피며) 모레 17일 오후 2시면 어떨까요? 일단 면담을 하시고요. 그 다음에 다시 날짜를 잡아서 반성문을 쓰시게 됩니다.

조 순경, 사내 한 명에게.

조 순경   28일 오후 2시 이곳 회의실로 오시면 됩니다. 주민등록증하고 필기용구를 갖고 오시는 거 잊지 마시고요.

24   취조실1

우석과 장근술, 면담 중.
오 계장이 타이프 치고 있고.

우 석   그렇다면 작년 한 해 동안 5억짜리 공사 하나밖에 따내지 못했다는 겁니까?
         그쪽 세계에서 위치가 별로 높지 않은 모양이죠?
근 술   아니 밑에 애들도 경력을 쌓아야 하니까… 나야 그전에 많이 했고.
우 석   그전에 뭘 했는데요?

25   취조실2

장 수사관과 백 형사, 취조 중.

장 수사관   맛배기로 하나만 더 해봐.
사 내   얼마짜리요?
장 수사관   억 단위 없어? 이거 뭐 5000, 8000, 시시하잖어.

26   취조실1

오 계장   (전화를 받는 중) 28일 오후 2시까지 여기 4층에 회의실이 있어요. 주민등록
          증, 볼펜… 만년필도 됩니다. 연필은 안 되고요. 갖고 오세요.

27   광주 공항

무사시를 데리고 나오는 종도.
기다리던 태호와 일행들, 달려가 맞는다.

태 호   잘 다녀오셨습니까?
종 도   어.
태 호   한 시간 전에 홍콩에서 연락 왔었습니다. 회장님께서 지시하신 일 끝냈다고요.

종 도	그래.
태 호	사무실로 가실 겁니까?
종 도	애들 불러. 회의할 게 있어.
태 호	(난처해서) 오늘입니까?
종 도	왜?
태 호	애들 다 검찰에 갔는데.
종 도	(걸음을 멈춘다) 검찰이라니?
태 호	오늘 반성문 쓰는 날입니다. 회장님께 연락이 안 돼서 그냥….
종 도	무슨 소릴 하고 있는 거야?
태 호	별거 아닙니다. 형식적인 거죠. 명단에 있는 애들은 다 갔습니다. 협조하는 차원에서….
종 도	협… 조?
태 호	(우물쭈물…) 죄송합니다. 연락을 드리려고 했지만 홍콩 호텔로 전화를 했는데….
종 도	말 똑바로 못 해. 뭐가 협조고 반성문이야!

28   광주 검찰청

전경.

29   검찰청 내 회의실

50여 명의 신사복들이 우글우글 모여 있다.
출신이 짐작되는 듯 삐딱한 자세들…. 담배를 피워대는 자도 있고.
조 순경과 미스 리, 각자의 앞에 종이를 몇 장씩 나눠주고 있다.
우석, 앞으로 나선다.

오 계장	조용히들 하세요. 거기 뒤에 담배 끄세요.
우 석	강우석 검삽니다. 바쁘신 와중에 모여주셔서 감사합니다.

와글와글, 빨리 합시다. 몇 시야 이거 등등

그중에는 길태와 장근술 등의 모습도 보인다.

우석, 빙긋이 웃으며 둘러보다가 옆에 서 있던 백 형사에게 고갯짓을 한다.

백 형사, 무뚝뚝하게 앞으로 나서더니 맨 앞에 앉아 있는 자의 책상을 주먹으로 쾅 친다. 책상 위에 올려져 있던 재떨이며 잔들이 떨어져 박살이 난다. 일순 조용해진다.

그 앞의 사내, 책상을 내려다본다. 우직 금이 가 있다.

우 석 지금부터 내가 하는 말을 잘 들어주기 바란다. 각자 앞에 종이가 놓여 있을 것이다. 첫 장에는 사표를 쓴다. 각자 회사 앞으로 보내는 사직서다. 두 번째 종이에는 각서를 쓴다. 향후 3년간 재취업을 하게 되면 어떤 처벌이라도 달게 받겠다는 내용이다. 세 번째, 준비한 대로 반성문을 쓴다. 장 수가 많을수록 정상참작이 될 것이다. 쓸 줄 모르는 자는 여기 계신 오 계장에게 물어보면 친절하게 가르쳐줄 것이다. 이상.

우석, 앞문으로 나가버린다.
갑자기 웅성거리는 사내들….

30   복도

소리 없이 장 수사관의 지시에 따라 길목 길목 포진을 하는 정복 경찰들….
우석, 지나쳐가며 장 수사관에게.

우 석 집단 난동을 부릴지도 몰라요. 조심해서….
장 수사관 물론입니다.

31   회의실 내

사내들, 끙끙거리며 글을 쓰고 있다.
그중에는 옆 사람 것을 커닝하려는 자도 있고, 안 보여주려고 손으로 가리기도 하고….

오 계장   다 쓰신 분은 앞문으로 한 분씩 나와주세요. 질서를 지키시고 한 번에 한 분씩만 나오시는 겁니다. 여기 검찰청은 조용한 곳이에요. 조용하게 움직여주시기 바래요.

#32   회의실 앞 복도

사내 한 사람, 문으로 나선다.
홀가분하게 나서는데 기다리던 경찰 두 명, 양쪽으로 다가서며 팔을 낀다. 사내, 얼결에 끌려간다.

#33   검찰청 내 유치장

사내들, 벌써 바글바글 들어가 있다.
또 한 명의 사내가 끌려와서 반항을 하며 안에 처넣어진다.

길 태   검사 불러와. 야 이 자식들아. 내 말 안 들려? 검사 불러오란 말야.

백 형사, 천천히 그 앞으로 나선다.

길 태   이 새끼들 나한테 사기를 쳐? 검사 불러! 반성문 쓰면 끝난다고 했잖아. 그랬어. 안 그랬어?
백 형사   (창살 사이로 손을 넣는가 싶더니 길태의 멱살을 잡는다) 들었냐?
길 태   뭐야?
백 형사   검사님이 그런 말하는 거 들었어?
길 태   이 이…
백 형사   조 순경. 이런 건 뭐지?

뒤에 서 있던 조 순경.

조 순경   명예훼손죄입니다.

길태, 말이 막히는 것을 보고 백 형사, 손을 놓아준다.
그러더니 돌아서며 아무도 안 보게 히죽 웃는다.

#34　　종도의 사무실

종도, 의자를 발로 냅다 차버린다.
한쪽에 서 있던 태호, 움찔하고 그 옆의 무사시, 종도를 힐끗 돌아본다. 종도,
잠시 움직임 없이 서 있다가 문득 킥킥 웃는다.

종 도　　강우석이라고?

#35　　우석의 검사실

기자들, 대여섯 명 모여 있다.
미스 리, 바쁘게 차를 나누고….

우 석　　이건 시작입니다. 궁극적인 목표는 이종도입니다.

기자들 메모를 하다 말고 고개를 든다. 서로 시선을 마주 보고.

오 기자　　이종도라고 하셨습니까?
우 석　　압니까?
오 기자　　성일물산에 이 회장을 말씀하시는 거죠?
우 석　　맞습니다.
오 기자　　이 회장이 이번 사건과 무슨 관계가 있는데요?
우 석　　기자분들이라면 아는 줄 알았는데요.
박 기자　　알지요. 이 회장이라면 청년사업가로서 지역발전을 위해 애를 많이 쓰는 사
　　　　람인데….
오 기자　　강 검사님이 초임이라 잘 모르시는가본데. 이 회장님이 그럴 분이 아닌데…

우석, 팔짱을 끼어 뒤로 기대며 기자들을 본다.

새로운 난관이다.

36   요릿집

회식이 한창이다.
이종도가 기자들을 불러 회식을 시켜주는 중.

종 도   어이 오 기자. 오늘은 어째 술을 아끼시는 거 같습니다.
오 기자   열심히 마시고 있는데요.

웃음과 화기애애함.
종도, 여기저기 술을 따라주고.

오 기자   (테이블 밑으로 수첩을 펴놓으며) 그러니까 이 회장님하고 강 검사하고 원래
         같은 고등학교 출신이라 이겁니까?
종 도   그래요. 그 참 안타까운 일입니다.
박 기자   사이가 안 좋았습니까?
종 도   좋고 나쁘고 할 것도 없었어요. 그 친구야 워낙 전교 1, 2등 하는 친구였고,
         나야 밑바닥에서 기었고.

웃음들….

종 도   근데 그…. 자리가 사람을 만든다는 말 있잖습니까? 역시 그런가. 그 친구 학
         교 때는 그렇지 않았어요.
오 기자   (테이블 밑으로 재빨리 메모를 해가며) 무슨 뜻입니까?
종 도   그 친구가 이리로 부임해 왔을 때 말입니다. 우연히 같은 술집에 들게 됐더란
         말입니다. 아마 여기 유지분들한테 술대접을 받는 거 같더라고요. 그런데 내
         가 인사를 안 했어요.
박 기자   왜요? 반가웠을 텐데.
종 도   차라리 친구가 아니었으면 나도 부담 없이 인사를 했지요. 그런데 이거 검사
         친구가 되다보니까 그런 자리에서 인사를 한다는 게 뭔가 부담을 주는 거 같

고 말입니다. 나 동기동창이니 잘 봐달라…. 청탁하는 거 같고 그럽디다. 그런
데 그게 영 섭섭했던 모양입니다.

박 기자　에이 검사들 그 이상한 권위주의 있습니다. 세상이 다 발아래로 보이는 건
지 원.

종 도　그 참 괜찮은 친구였는데….

오 기자, 메모지에 휘갈겨 쓰고 있는 글자.
[… 인사 없다… 앙심 먹은 검사]

#37　　우석의 집 거실

선영, 여느 때처럼 신문들을 늘어놓고 스크랩을 하고 있다가 기사 하나를 보
고 가위를 내려놓는다. 신문을 집어들어 보는 곳.
사회면 한 귀퉁이에 작은 박스기사가 실려 있다.
큰 제호는 [검사의 보복성 수사]
작은 제호는 [인사 없다는 이유로 청년실업가에 수사 지시]

#38　　검찰청 복도

걸어오는 우석.
부장검사실 앞에서 노크를 두어 번 하고 문을 연다.

#39　　부장검사실

문을 열고 들어서는 우석.
광주의 최 부장검사, 소파 앞쪽을 가리킨다.
우석, 앞에 와 앉으면. 최 부장검사, 테이블 위에 놓여 있던 신문을 건네준다.

최 부장검사　읽었어요?

우 석　예.

최 부장검사　해명해봐요.

우 석	해명할 가치도 없습니다.
최 부장검사	강 검사, 나도 서울지검에 친구들 많아요. 강 검사가 어떤 일로 여기까지 내려오게 됐는지 들었어요. 그러지 말아요.
우 석	뭘요?
최 부장검사	어허 이거 봐요. 기자들 불러놓고 이종도를 잡겠다고 공언을 했다며? 검사가 그러면 못써요. 이 회장, 나도 알아. 벌써 여기저기서 나한테 전화 오고 있어. 유망한 청년실업가를 그러면 되느냐. 검사면 다냐.
우 석	청년실업가 아닙니다. 조직폭력배 두목입니다.
최 부장검사	(벌컥) 어허 이 사람, 검사 될 자질이 부족한 사람 아냐. 빠른 시일 내에 수사 종결해. 다른 검사들까지 욕 먹이지 말고!

우석, 잠시 보다가 일어선다.

40　　복도

우석, 문을 열고 나온다.
걸어가는데 우석을 지나쳐가던 젊은 직원 두 명, 우석의 뒤에서 힐끗거리며 무언가 얘기를 한다.
우석, 걸음을 멈추고 돌아보면 그들, 얼른 가버린다.
빈 복도에 우석, 그대로 서 있다.

41　　우석의 거실

우석, 신문을 읽다가 보면 선영, 꿇은 채 엎드려 바닥을 닦고 있다. 익숙한 솜씨로 박박. 우석, 신문을 치우고 그런 선영을 본다. 선영은 바닥에서 뭔가 잘 지워지지 않는 것을 발견했는지 손톱으로 긁어가며 열중하여 닦고 있다.
우석, 그 옆으로 가서 앉는다. 선영, 우석을 힐끗 보고 빙긋 웃더니 계속한다.

우 석	당신, 뭘 잊고 있는 거 아닌가?
선 영	(일하며) 뭘요?
우 석	우리 이제 부부예요. 당신은 더 이상 하숙집 아가씨가 아니에요. 내 아내라고.

선영, 우석을 돌아본다. 우석, 선영의 손에서 걸레를 뺏어놓고 일으켜 세운다.

우 석   잠깐 일어나봐요.

선영, 엉거주춤 따라 일어서면 우석 대뜸 선영을 들어 안는다.

선 영   엄마.

놀라는 선영에 상관없이 우석, 선영을 안아 방으로….

#42   방 안

우석, 선영을 침대에 앉히고 마주 본다. 선영, 부끄러워 죽겠고. 우석, 선영의
앞치마를 벗겨준다. 선영, 얼른 돕고….

우 석   우리 그림 같은 연애도 못 해보고 아마 그림 같은 결혼생활도 못 할 거예
         요. 10년이 지나도 당신, 자가용 타고 시장에 못 갈 거예요. (선영의 두 손을
         모아 잡아 그 눈을 놓치지 않으며) 혼자 있어야 되는 시간이 더 많을 테고…,
         나하고 같이 사는 거 많이 힘들 거예요. 그렇지만 이거 하나는 약속해요. 내
         가 하는 일 내가 생각하는 거, 언제나 당신한테 얘기해줄게요. 당신이 모르는
         내 일이나 내 생각… 없을 거예요. 좋은 일도 나쁜 일도 다 얘기할 생각이에
         요. 약속해요.

말없이 듣고 있는 선영, 눈물이 그렁해지고 있다. 간신히 울음을 참고 있다가
목이 잠겨서.

선 영   하나 물어봐도 돼요?
우 석   그럼요.
선 영   언제까지 나한테 존댓말 할 거예요?
우 석   (웃고) 부부는 동격이란 말 알아요? 당신이 반말을 시작하면 나도 말을 놓을
         까 하는데.

선영, 울며 웃는다. 그러다 우석의 목을 끌어안아버린다. 침대 옆 화장대 위에 놓인 액자 속에 우석과 선영의 결혼식 사진이 들어 있다.

#43   교외 별장 앞길

순찰차 한 대가 오고 있다. 타고 있는 순경1과 2.
운전을 하던 순경1, 앞을 보며 찌푸린다.

순경1   뭐야 저거.

그들이 보는 앞에 자동차 몇 대가 도로의 반을 점령하며 주차해 있다.
순경1, 차를 세우고 순경2가 차에서 내린다.
순경2, 차 한 대 앞으로 어슬렁거리며 다가간다.
차 옆에 서 있는 운전사.

순경2   어이 여기 차 빼요.

운전사, 같잖다는 듯 쳐다본다.

순경2   주차금지 구역입니다. 뒤에 차 밀리는 거 안 보입니까?
운전사   딱지 끊으면 될 거 아뇨.
순경2   뭐?
운전사   비싼 걸로 하나 끊어주슈.

순경2, 어처구니없어 뭐라 말하려다가 멈춘다.
차의 뒤에서 어슬렁거리며 나타나는 사내들···. 험상궂어 보이는 양복의 사내들이다.
순경2, 머뭇거리다 문득 돌아보면 저만치 다가오고 있는 자가용 몇 대.
그 자가용의 옆에서 호위를 하듯 따라 뛰고 있는 사내들···.
순경2, 놀라서 그저 보고만 있는데 다가온 차의 호위들은 순경2를 밀치다시피 해서 입구 앞에 자리를 잡아 차를 세운다.

차의 뒤에서 내리는 중년의 신사.
차 안에 있던 순경1도 입을 벌려 보고 있다. 새로운 차들이 도착하고 있다.
엄중한 호위, 속속 내리는 보스급 신사들…. 깍듯하게 허리를 굽혀 절을 하는 사내들….
별장에서 암흑가 보스급 모임이 시작되려 하고 있다.

#44   별장 내부

열 명 정도의 보스들이 둘러앉아 있다. 서로 인사하는 법도 없이 침묵으로….
입구 쪽에 망을 보듯 서 있는 정근과 창민, 인영.
인영, 손목시계를 본다.
태수가 늦어지고 있다. 잠시 후 문이 열리고 가방을 든 태수가 들어선다. 좌중을 향해 가볍게 고개 숙여 보인다.
보스들도 약간 끄덕여 답례한다.
인영, 얼른 태수 뒤로 가서 따르며 낮게.

인 영 오래들 기다리셨습니다.

태수, 끄덕이며 중앙의 자리로 가서 서더니 묵묵히 가방을 테이블 위에 올려놓는다. 좌중에 모인 보스들, 말없이 지켜보고 있다.

태 수 준비를 해올 게 있어서 좀 늦었습니다.

태수, 가방을 열더니 안에서 한 뭉치의 서류며 증권 등을 꺼낸다.
정근과 창민, 시선을 마주친다. 그들도 그것이 뭔지 짐작이 안 간다.

태 수 여기 스물네 곳 슬롯머신 업소의 지분과 다섯 군데 관광호텔 그리고 여섯 군데 나이트클럽의 경영권이 있습니다. 이 자리에서 이것들을 공매하려고 합니다.

보스들, 놀라서 쳐다보고 더러 웅성거린다.
누구보다 놀란 정근과 창민. 태수의 뒤에 선 인영도 놀라서 쳐다본다.

#45　별장 앞

보스들이 하나씩 나오고 있다.
이만치에서는 지프차를 타고 온 사복 형사들까지 동원돼서 이어폰을 끼고 듣거나 무전을 하고 있는데 워낙 엄중한 호위군단에 밀려 가까이 가지 못하고 있다.
그들의 차가 한 대씩 형사와 경찰들 앞을 유유히 빠져나간다.

#46　별장 내부

태수와 그 측근들만 자리하고 있다. 침중한 분위기.
태수, 혼자 여유 있는 표정으로 서류봉투를 하나씩 나눠주며.

태 수　인영이는 주류도매상들을 맡아줘야겠다. 이 정도면 네가 데리고 있는 애들, 생활은 충분히 될 거야. 그리고 창민이는 계속 클럽을 봐주고. 정근이는…

정 근　형님.

태 수　내 말 안 끝났어.

정 근　제 말부텀 들어주십시오. (각오가 대단해 보인다)

태 수　(보다 허 웃는)

정 근　즈이들한테 이러실 순 없습니다. 즈이들 그동안 형님 말에 한마디 대꾸라도 한 적 있습니까? 숨 쉬지 말라면 코 막고 죽고 목을 바치라면 목을 내놓을 각오로 여기까지 따라왔습니다. 그런데 이러실 수 있습니까?

태 수　(난처하고 조금은 성가시고)

인 영　이유가 뭡니까? 이유라도 알려주십시오. 난데없이 형님 전 재산을 다 팔아치우고 남은 건 즈이들 다 나눠주고. 그리고 이제는 우리 모르는 걸로 하자. 서로 남남이다.

태 수　마지막으로 말없이 따라줄 순 없겠냐? 이제까지처럼 이유 묻지 말고.

인 영　마지막이라고요? (기가 차서 말도 안 이어지는)

창 민　좋습니다. 하라시는 대로 하겠습니다.

태 수　고맙구나.

창 민　하라는 대로 하면 형님. 즈이들 내치지 않는 거지요?

태 수	…….
창 민	형님 어디 가셔도 전 따라갑니다. 저 말 다했습니다.
정 근	그럽시다. 이왕 팔아 치는 거 저한테 주실 것도 팔아주십쇼.
인 영	우리하고 인연 끊자는 거. 그거 형님 때문에 우리까지 곤란해질까봐 그러시 는 거죠? 무슨 일입니까? 우리가 나서서 안 되면….
태 수	느이들, 그동안 고생 많이 했다.
정 근	형님.
태 수	느이들 이해 못 하겠지만 지금 나 아주 기분 좋다. 이런 거 몇 년 만에 처음이 야. 이런 말하는 내가 우습게 보이냐.

아무 말 못 하는 인영 등….

태 수	아니면 정근아.
정 근	예.
태 수	술 시켜라.

#47   해암의 한옥집

정원의 고즈넉함.
연못가에 선 해암, 잉어들에게 먹이를 주고 있다.
고개를 들어 보면 오 군의 안내를 받아 혜린이 들어서고 있다.

#48   해암의 방

오 군이 차를 나누고 있다. 법도에 맞게 따른 차를 다반에 받쳐 와 해암과 혜 린의 앞에 한 잔씩 놓는다.
해암, 차를 한 모금 맛본다. 앞의 혜린, 야단을 맞을 각오로 있다.

해 암	부도 직전에 영업정지라….
혜 린	죄송합니다. 결국 이렇게 되었습니다. 어떻게든 부도는 막아볼 생각입니다.
해 암	어떻게?

혜 린	어떻게 해서든지요.
해 암	자존심 같은 건 버릴 각오가 돼 있단 얘긴가?
혜 린	… 예.
해 암	…. 오 군아.
오 군	예.

해암, 한 손을 오 군 쪽으로 내민다. 오 군, 얼른 문갑에서 봉투를 하나 꺼내 바친다. 해암, 봉투를 혜린에게 내어준다. 혜린, 뭔가 싶은데.

해 암	꺼내봐. 그 정도면 되겠는가.

혜린, 조심스레 봉투 안을 열어본다. 손에 잡혀 나온 수표 한 장.
액수를 확인하는 순간 깜짝 놀란다.

혜 린	어르신…. (바닥을 짚어 고개를 숙이는데)
해 암	인사할 거 없어. 자넨 그 돈을 가지고 부도를 막아. 그리고 영업정지도 풀어. 그러면 되는 거야.
혜 린	빠른 시일 내에 돈을 갚겠습니다. 그리고 이 은혜도 꼭 갚을 겁니다.
해 암	나한테 갚을 거 없어. (성가시다는 듯 손을 내저으며) 일 끝났으면 얼른 가. 자네 바빠야 되는 사람 아닌가.

49   카지노 내부

빈 룰렛이 돌아가고 있다. 텅 빈 카지노. 그 가운데에 우뚝 서 있는 혜린. 아무 표정도 읽을 수 없는 얼굴.

50   태수의 사무실 건물

51   내부 로비

엘리베이터가 열리며 서슴없이 나서는 혜린과 그 뒤를 따르는 재희.

복도를 지키던 두어 명의 사내, 놀라서 나선다.

사 내 뭡니까?

혜린, 그들에겐 상관없이 앞으로 나간다. 사내들, 혜린의 앞을 막아서려는데
재희, 재빨리 혜린을 보호하며 그들을 밀쳐버린다.
혜린, 빠른 걸음으로 중앙의 문을 향해 나간다.
문이 열리며 나서던 정근, 얼른 달려오며.

정 근 약속하신 분이야. 무례하지 마.

사내들, 물러서고 혜린, 또박또박 정근이 나온 방으로 들어간다.
혜린, 들어서고, 재희, 문을 닫더니 막듯이 문을 등지고 버티어 선다.

#52 태수의 사무실

들어선 혜린, 잠시 멈칫한다. 태수는 사무실을 정리하고 있었던 듯 책상 위의
박스에는 물건들이 쌓여 있다.
태수, 혜린이 둘러보는 시선을 따라 같이 둘러보다가.

태 수 사무실을 정리하는 중이야. 앉을 데가 마땅치 않군. (소파 위의 것들을 치우
며) 놀랐어. 윤 사장이 먼저 날 찾을 거라곤 생각도 못 해봤는데.
혜 린 제안할 게 있어서 왔어요.
태 수 영광이군.
혜 린 (선뜻 말을 못 꺼낸다)
태 수 (기다리다가 서류 더미 뒤에서 양주병을 찾아낸다) 가만있자. 잔이 있어야 될
텐데… (두리번거리는데)
혜 린 (용기를 내어) 전에 만났을 때 했던 말 기억해요? 우리 이젠 끝이라고 했었죠.
태 수 …. 그랬어.
혜 린 다시 시작해볼 생각 없어요?
태 수 (보다가 양주의 뚜껑을 열고 병째로 한 모금 마신다) 다시 시작한다… 그것뿐

인가?

혜 린   더 정확하게 말한다면 다시 시작하는 것처럼 보이기만 하면 돼요.

태 수   누구한테?

혜 린   내 카지노 문을 닫은 사람들이요.

태 수   …. (웃는다. 웃고 중얼중얼) 이건 도박이군.

혜 린   뭐라고 했어요?

태 수   도박이라고 했어. 운이 좋으면 한 여자를 갖게 되는 건가. (혜린의 마음을 읽고 쓸쓸한 기분이 된다) 운이 나쁠 수도 있고….

혜 린   눈치 챘겠지만 이런 제안…. 카지노를 위해서예요. 카지노를 살리기 위해 나 무슨 짓이라도 할 거예요. 태수 씨, 나한테 이용당할 수도 있어요.

태 수   그렇군.

혜 린   (조금씩 자신이 없어지고 있다) 말도 안 된다고 생각하면 거절해도 좋아요. 처음부터 승낙할 거라고 기대하지 않았어요.

태 수   (빙긋이 웃더니) 말했잖아. 이건 도박이라고. 도박이란 게 원래 그래. 전부 다 잃기 전에는 끝낼 수가 없지. (쓸쓸한 기분에 한 모금의 양주를 더 마신다)

#53   윤 회장의 집 정원

대문을 열어주는 정원사.
재희, 빠른 걸음으로 들어서더니 안으로 뛰다시피 들어온다.

#54   서재

벌컥 문이 열린다. 책상 앞에서 민 변호사와 일을 하던 혜린, 고개 들어 본다.
들어선 재희, 성큼성큼 혜린의 앞으로 다가오더니.

재 희   사실입니까?

혜 린   (머뭇거리는)

민 변호사 앉아. 앉아서 차근차근 얘길 들어봐.

재 희   민 변호사님도 찬성한 일입니까?

민 변호사 그렇게 간단한 얘기가 아니야.

재 희   (혜린을 향해) 저는 알 필요도 없는 겁니까?

혜린, 일어서더니.

혜 린   민 변호사님 술 드시겠어요?
민 변호사 (재희를 힐끗 보고) 아니. 이거 마저 정리해야지.

#55   홈 바

혜린, 술을 따른다.

혜 린   안 할 거야?

옆에 앉은 재희, 아무 말 없이.

혜 린   (술을 마시며 말을 고르다가) 부도는 간신히 막았지만 문제는 영업정지를 푸
        는 거야. 방법은 하나밖에 없어. 그 사람들 안심시키는 거지. 나도 그들 편이
        됐다고 일단 안심을 시키고 그 다음에….
재 희   그런 거 싫어하지 않았습니까? 음모나 권모술수…. 가진 자들의 술책 같은
        거….
혜 린   그래. 그렇지만 어쩔 수 없어. 이건 정당방위 같은 거야.

재희, 말없이 있다가….

재 희   박태수, 그 사람도 찬성했습니까?
혜 린   응.
재 희   (잠시…) 그 사람이 다칠 수도 있습니다.
혜 린   … 알아.
재 희   안다고요?
혜 린   (지레 불끈해서) 그래 알아. 상관없잖아. 그 사람, 자기가 먼저 시작한 일이야.
        달면 삼키고 쓰면 뱉고 그런 거. 그런 자들 속성이야. 알면서 자기가 먼저 그

쪽에 붙었잖아. 난·· 난 벌써 경고했어. 그 사람·· 각오하고 있다고 했어.

재희, 혜린을 돌아본다. 무언의 비난 같은 것이 느껴진다.

혜린 왜. 할 말 있으면 해. 없어? 없으면 시키는 대로 해. 시키는 대로 하는 거 그게 재희가 할 일이잖아.

재희, 말없이 혜린을 보고 있다가 선뜻 일어서더니 문 쪽으로 간다.

혜린 재희!
재희 (멈추면)
혜린 도와줄 거지?
재희 ···. (돌아보지 않은 채) 분부하실 게 있습니까?

혜린, 언뜻 말을 못 하고 보는···.

#56 호텔

전경. 혜린, 민 변호사와 함께 호텔로 들어서고 있다.
민 변호사는 가방을 들고 있다. 뒤에 남은 재희와 장근섭, 두어 명의 사내. 안 보는 듯 주위를 둘러본다.
재희, 귀에 이어폰을 낀다.
장근섭, 역시 이어폰을 끼다가 재희를 툭 쳐서 한곳을 가리킨다.
한 대의 차가 도착하며 강동환이 내리고 있다.

#57 내부 복도

걸어가던 혜린, 마주 오던 태수와 문 앞에서 마주친다.
태수, 얼핏 미소가 스치는데 혜린, 저도 모르게 시선을 피하고 문 쪽으로 가려고 한다.
태수, 그 어깨를 짚어 세우더니 고개를 기웃해 혜린의 얼굴을 들여다본다. 살피는 듯.

혜린, 머뭇머뭇 미소를 지어 보인다.

민 변호사, 문을 열어 기다리고 태수, 혜린의 등을 가만히 밀어 안으로 들어
간다. 혜린, 밀려 들어가다가 문득 발걸음을 멈춘다.

따라 선 태수, 혜린을 돌아본다.

혜린, 다시 결심하여 계속 걷는다.

#58   내부

나중에 도착한 강동환, 일어난 태수와 수선스레 악수를 나눈다.

동 환   아 이거 오랜만이구만.
태 수   예.

태수의 옆에 앉은 혜린을 향해서도 고개를 숙여 보인다.

동 환   오랜만이지요?
혜 린   (고개를 숙여 보인다)

강동환의 옆에 선 장도식, 혜린과 태수를 번갈아 살펴보며, 강동환과 함께 자
리에 앉는다.

동 환   좋은 소식이 있다면서요?

혜린은 테이블을 내려다보고 있고, 태수는 미소만 띄운다.

도 식   여기 두 분께서 결혼식을 올린답니다.
동 환   허어 이거 경삽니다. 이제 보니 두 분 참 잘 어울리시는구만.
민 변호사 아직 초청장을 만들지 못했습니다. 장소와 날짜가 잡히는 대로 보내드리겠습
        니다.
동 환   그래요. 내 꼭 가야지. 이거 윤 회장님께서 살아 계셨으면 얼마나 기뻐하셨겠

습니까?

혜린, 후딱 시선을 들어 강동환을 본다.
테이블 밑으로 태수의 손이 혜린의 무릎을 지그시 누른다.
혜린, 다시 시선을 내린다.

태 수	누구보다 강 실장님의 축하를 먼저 받고 싶었습니다. 그동안 신세 진 것도 많고.
혜 린	(말을 잘라 끼어들어) 죄송하다는 말씀도 드리고 싶었어요. 그동안 심려를 끼 쳐드려 죄송합니다.

그러더니 가방을 테이블 위에 올려놓고 중앙으로 민다.
강동환, 좀 민망해지고 장도식, 가방을 치우려는데 혜린, 가방을 잡은 손을 놓지 않은 채.

혜 린	저 이제 이분과 결혼을 하게 되면 사업에서 손을 뗄까 합니다.

장도식, 손을 치운다.

동 환	아까운 사업가가 은퇴를 하는 셈이군요. 하하
혜 린	모든 걸 남편 뜻에 따를 생각이에요. 강 실장님, 저는 미워하시지만 박태수 씨는 자기 사람으로 생각하고 있으시지요?
동 환	(좀 불쾌하지만) 오늘 이거 내가 단단히 야단맞는 자리인 거 같은데.

장도식, 뭔가 심상치 않음을 느끼며 보고 있다.

혜 린	(아직은 부드러움을 잃지 않으며) 남편이 카지노 사업을 맡게 되면 영업정지 를 풀어주세요.
동 환	(헛기침을 하여 물을 마시는)
도 식	윤 사장님. 카지노의 영업정지는 실장님께서 관장하는 일이 아니에요. 그건 어디까지나 검찰이….
혜 린	아버지가 이제까지 어떤 식으로 운영해오셨는지 들었어요. 그 장부는 잃어버

렸지만요. 태수 씨는 아버지의 방식대로 운영할 거예요. 슬롯머신 업소에서 나온 이익금 전액과 카지노 이익금 중에서 해당 금액을 스위스의 은행에 입금시킬 거예요. 그렇지요? (태수를 본다)

태수, 아무 말 없이 혜린이 하는 것을 지켜보고 있다.

혜 린   스위스 은행에 아직 돈이 남아 있어요. 작년 10월 이후로 입금된 거 찾지 못하셨죠?

민 변호사 회장님께서 비밀번호를 바꾸셨습니다.

혜 린   번호, 알고 있지요?

민 변호사 예.

혜 린   그 번호도 드리겠어요. 이 정도면 사과의 뜻으로 충분하지 않나요?

도 식   혜린 양 이런 얘기는…. (어떻게든 얘기를 끝낼 생각인데)

동 환   (불쾌함이 감춰지지 않으면서) 너무 늦었다고 생각하지 않나?

혜 린   부족한가요?

동 환   그동안 자네가 여기저기 떠벌리고 다닌 건 어떻게 수습할 생각이야? 뭐? 독재 권력을 유지시키기 위해 더 이상 정치자금을 대줄 수 없어? 또 뭐? 순순히 달라는 대로 주다보면 점점 더 많이 요구할 것이다. 그래서 버르장머리를 고쳐놓겠다 이런 생각이었다며?

혜 린   사실 아닌가요?

도 식   실장님. (말을 막고 싶은)

동 환   왜? 이제 와서 항복할 생각이 들었나? 아무 때고 무릎을 꿇으면 받아들여질 거 같아서?

도 식   나중에 얘기하시죠.

동 환   나라에 돈 대는 사람이 자네뿐인 줄 알어? 자네 돈이 아니면 우리가 절절맬 거 같았어?

혜 린   물론 그러시겠죠. 기업마다 거액을 내놓고 있을 테니까. (뛰는 가슴을 필사적으로 누르고 있다)

동 환   자네가 정치의 뭘 알어? 이 나라가 이만큼 된 게 누구 덕이라고 생각하는 거야? 파벌싸움밖에 모르는 엽전들한테 이 나라를 맡겨놓아봐. 지금 공장 하나라도 제대로 돌아갈 거 같애? 그래. 기업마다 애국자금을 내놓았어. 더

럽지만 내가 그 일 맡고 있어. 그 돈으로 이 나라가 유지되는 거야.

혜 린   그랬군요. (이제 끝났다)

동 환   장 부장.

도 식   예.

동 환   이 여자가 갖고 있는 카지노 지분 다 몰수해.

도 식   하지만…

동 환   방법을 찾아봐. 안 되면 아예 문 닫게 해. 카지노 같은 거 없어도 나라가 망하
         진 않아.

         장도식, 힐끔 혜린을 보다가 멈칫. 혜린은 편안한 표정이다.
         강동환, 벌컥 의자를 밀어 일어나는데.

혜 린   그렇게는 안 될 겁니다.

         강동환, 벌컥 뭔가 말하려는데 혜린, 테이블 위의 가방을 연다.
         굳는 강동환. 가방 안에서는 녹음기가 돌아가고 있다.
         태수, 놀라서 본다. 태수 역시 몰랐던 일이다.
         장도식, 순간, 가방을 잡아채더니 녹음기의 테이프를 거칠게 꺼낸다.

혜 린   소용없습니다. 마이크는 두 개예요. 하나는 밖에서 녹음이 되고 있어요.

         순간 문이 벌컥 열리며 재희와 장근섭 등이 들어선다. 재희, 재빨리 혜린의
         뒤로 와 서고 장근섭, 장도식에게 가더니 손을 내민다.
         장도식, 허탈하여 녹음기를 들어 보인다. 장근섭, 조용히 녹음기를 받아든다.
         강동환, 부들부들 떨리는.

동 환   어쩔 생각인가?

혜 린   어쩌고 싶지 않습니다. 영업만 제대로 할 수 있으면 이런 테이프 사용하고 싶
         지 않아요.

         강동환, 주위를 둘러보더니 휙 나가버린다.

장도식, 천천히 태수의 앞에 와서 선다.

도 식 자네…. 어리석은 짓을 했어.

태 수 (묵묵히‥)

재희, 그런 태수를 보고 다시 혜린을 본다.
혜린, 테이블을 짚고 선 채 태수 쪽은 보지 않고 있다.

20부 THE END

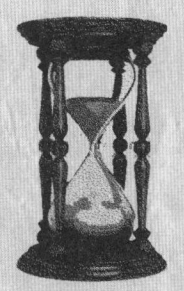

21부

… 무슨 말이 하고 싶은 거죠?

… 당당하게 살아.
어쩔 수 없었다는 말 같은 건 당신하고 어울리지 않아.
그런 말은 나 같은 사람이나 쓰는 말이야.
어쩔 수 없이 주먹질을 하고 어쩔 수 없이 감옥에 들어가고.

The
     Sandglass..

1   호텔

　　전경.

2   호텔 별실

　　문이 열리고 태수, 연 문을 잡고 서서 혜린을 들어가게 해준다.
　　혜린, 들어선다. 태수, 문을 닫는다. 혜린, 문득 걸음을 멈춘다.
　　방의 한가운데 테이블에는 샴페인과 값진 안주가 촛대며 꽃병과 함께 차려져
　　있다.

태 수　(테이블로 와서 의자를 빼준다)
혜 린　(잠시 망설이다 와서 앉는)
태 수　(앞에 앉아 병뚜껑을 연다)
혜 린　미안해요. 미리 얘기하지 않아서. 어쩔 수 없었어요.
태 수　어쩔 수 없었다……. 많은 사람들이 하는 얘기지.
혜 린　축하할 기분이 아니면 그냥 가겠어요.
태 수　(혜린의 잔에 술을 따른다) 꼭 축하하기 위해서 술을 마시는 건 아니니까.

　　태수, 자기의 잔을 든다.
　　혜린, 내키지 않는 대로 건배를 받는다.

태 수	… 내가 알고 싶은 건 어디서부터 어디까지가 속임수인가 하는 점이야. 그러니까 결혼 얘기도 결국 연극이었나.
혜 린	…….
태 수	그럴지도 모른다고 생각했어.
혜 린	외국으로 가는 비행기 표를 구해놓겠어요. 있을 곳도 마련하고. 당분간 밖에 나가 있는 편이 좋을 거예요.
태 수	(다른 생각을 하고 있다) 언젠가 우리 어머니 얘기해준 적 있나. 어머닌 요정을 하셨더랬어. 그런데 언제나 당당했지.
혜 린	출국하는 거, 서두르는 게 좋을 거예요.
태 수	한번은 내가 패싸움을 해서 정학을 받게 됐어. 어머닌 교무실에 찾아와서 큰소리를 치셨어. 그럼 친구들이 맞는데 사내자식이 돼서 혼자 도망쳐야 되냐고. 이 학교에선 그렇게 가르치냐고.

태수, 미소까지 띠며 회상 속에 있다.
혜린, 끼어들지 못한다.

태 수	난 어머니가 이 남자 저 남자하고 술 마시는 걸 보면서 자랐어. 그렇지만… 괜찮았어. 난 알고 있었거든. 어머닌 아버질 몹시 사랑했어. 그건 누구라도 알 수 있었어. 난 가끔 아버지를 질투했어. (웃고 혜린을 본다) 아버진 운이 좋은 남자라고 생각했어.
혜 린	… 무슨 말이 하고 싶은 거죠?
태 수	… 당당하게 살아. 어쩔 수 없었다는 말 같은 건 당신하고 어울리지 않아. 그런 말은 나 같은 사람이나 쓰는 말이야. 어쩔 수 없이 주먹질을 하고 어쩔 수 없이 감옥에 들어가고.
혜 린	….
태 수	아직도 가끔 당신 처음 만났을 때 생각을 해. 우석이 방에서였지.
혜 린	(이런 분위기가 점점 참기 어려워진다)
태 수	우석이 결혼식에 갔었어. 아주 좋아 보였어.
혜 린	(말을 끊으며) 얘기 들었어요.

혜린, 딴 데를 본다. 잠시 동안 태수는 아무 소리가 없다.

결국 혜린이 돌아보았을 때 태수는 혜린을 바라보고 있다.

혜 린 아직 할 말, 남았어요?

태 수 (웃고는) 혜린이, 당신이 불쌍하단 생각을 하고 있었어.

혜 린 ······.

태 수 (잔을 들어 보인다) 나도 그렇고.

태수는 술을 마신다.
창으로 들어온 햇살이 부드럽게 그림자를 드리우고···.
과거와 현재의 중간쯤에 둘이 마주 앉아 있다.

#3 우석의 집 외관 / 밤

현관 벨소리.
경쾌한 선영의 소리.

선영 소리 네에.

#4 우석의 집 내부

선영, 앞치마에 손을 닦으며 현관 쪽으로 온다.
문을 열자 무사시가 두 명의 수하를 뒤에 두고 서 있다.

선 영 (마아서듯이 해서) 어디서 오신 분들이세요?

무사시, 뒤의 부하가 들고 있던 상자를 받아든다. 상자는 고급스럽게 포장이
되었다.

무사시 검사님께 전해주십시요. (내미는데)

선 영 (오히려 손을 뒤로 빼며) 이게 뭔데요?

무사시 상감청자입니다.

선 영	이걸 왜요?
무사시	전해드리면 압니다. 위에 봉투도 있습니다.

상자 포장 위에는 봉투가 얹혀 있다.

선 영	이거 뇌물인가요?
무사시	(언뜻 대답을 못 하는데)
선 영	우리 남편 검사예요. 도로 갖고 가세요. 아니면 뇌물공여죄로 구속할지도 몰라요.

선영, 문을 닫으려는데.

무사시	(몸으로 버티며) 저는 시키는 대로 할 뿐입니다.
선 영	안 가실 거예요? 그럼 거기 가만 서 계세요. 경찰에 전화하고 올게요.

안으로 들어간다. 무사시, 수하들과 마주 보더니 문을 닫고 나간다.
선영, 전화기를 들다가 보고 흐응…. 안심하다가 문득 짚이는 게 있다. 얼른 뛰어나간다.

#5 현관 밖

벌컥 문을 연 선영. 현관문 앞에 놓여 있는 상자.
선영, 계단 아래로 소리를 지른다.

선 영	이거 봐요.

선영, 다급하게 상자를 들고 벗겨지는 신발을 끌며 뛴다.

#6 우석의 집 밖 길

차에 타려는 무사시 일행.

무사시, 담배를 피워 물고 있다.
급하게 쫓아 나온 선영, 무사시를 밀치고는 상자를 차 안에 던져버린다.

선 영　이거 놓고 갔어요. 자요. 안녕히 가세요.

돌아서는데 무사시가 선영의 팔을 잡는다.
선영, 순간 악 소리를 지른다. 무사시, 놀라서 팔을 놓고는.

무사시　이러지 않는 게 좋을 겁니다.

그때 영진의 소리.

영진 소리　그거 협박하는 거예요?

저만치 영진이 다가오고 있다.

영 진　안녕하세요?
선 영　어머. 어서 오세요.
영 진　(주섬주섬 가방 안을 뒤진다) 나 신문 기자거든요. 카메라 챙겨 왔는데‥.

무사시, 아무래도 안 되겠다 싶어 피우던 담배를 던지고는 그대로 차에 탄다.
출발해 가는 차.
선영, 담배꽁초를 주워들며.

선 영　정말 이쁜 짓만 골라 하고 있어. (그제야 선영을 돌아보며) 이상한 꼴 보여드
　　　렸네요.
영 진　보기 좋았어요.

선영, 그러는 영진을 보다가 웃는다.

#7   우석의 집 부엌

정갈한 잔에 뜨거운 물이 부어지면서 모과차의 색이 우러난다.
정갈한 접시에 약과와 강정이 보기 좋게 담긴다.
선영, 찻상을 차리고 있다. 쟁반을 들어 부엌을 나가려다가 고개를 기웃해서
슬쩍 거실을 내다본다. 그러다가 얼른 자세를 가다듬고 거실로 나간다.

#8   거실

테이블에 마주 앉아 있는 우석과 영진. 영진은 여러 장의 지방 신문들을 읽
고 있는 중이다.
우석, 얼른 테이블에 널려 있던 신문지들을 치운다.
선영, 가져온 것들을 테이블에 늘어놓으며.

선 영   입에 맞으실지 모르겠어요. 옆집 할머니께서 가르쳐주신 대로 했는데….
영 진   이거 다 직접 만들었어요?
선 영   맛없으면 흉보시려고요?
우 석   맛있어요. 들어봐요.

영진, 어처구니없는 얼굴로 우석을 보고 웃는다.
우석, 좀 어색하고…. 영진, 먹기 시작하며.

영 진   그러니까 이곳 신문들은 대충 이종도의 편이란 거죠? 그래서 중앙지의 도움
이 필요한 거고요.

선영, 일어서려는데 우석, 슬쩍 잡아 앉히며.

우 석   (영진에게) 흥미 없어요?
영 진   흥미 있어요. 드디어 강우석 검사, 언론의 중요성을 깨닫게 되다…. 설마 강우
석 검사가 유명인사가 되고 싶어서 쇼맨십을 발휘하자는 건 아닐 테고….
선 영   그런 거 아니에요. (흥분하려다가)

영 진	알아요. 일단 언론에 터뜨리고 나면 윗선에서 함부로 압력을 넣지 못하겠죠.
선 영	(안심해서) 맞아요.
영 진	이종도, 분명히 기삿거리 돼요. 건설폭력배 두목에 대한 수사에 착수하다···. 그런데 그거뿐이에요. 아시겠죠? 단발에 끝날 거라고요. 뭔가 있어야 돼요. 다른 신문에서도 받아주고 저 또한 위에 눈치를 봐야 되는데. 위에서도 함부로 잘라내지 못할 그 무엇.
우 석	이종도의 과거 경력 가지고도 안 될까요?
영 진	윤재용 회장 밑에 있었죠. 그런데 그 사람 이미 죽었잖아요. 살아 있는 무엇이 필요해요. 그래야 오래가요.
우 석	살아 있는 무엇이라면···.
영 진	(우석을 빤히 보다가) 이를테면 제2의 윤재용이라고 불리는 박태수와의 관계 같은 거 말입니다.

우석, 말없이 영진을 본다.

#9   김포공항

국제선 출국장 앞.
태수, 단신으로 에스컬레이터를 오르고 있다. 배웅 나온 자 하나 없이 홀로 떠나는 길이다.
출국 입구를 향해 걷다가 문득 선다.
한쪽을 돌아본다. 누군가의 시선을 느낀 것 같다. 그러나 바라본 곳에는 상관없는 사람들만···.
태수, 다시 걸음을 옮겨 여권을 보이고 입구로 들어서다.
이만치, 기둥 뒤에 등을 기대고 서 있던 혜린, 잠시 그대로 서 있다가 천천히 몸을 돌려 걸어간다. 가다가 무심코 출국장 입구를 돌아보던 혜린, 선다.
입구 저편에는 들어가는 사람들에 상관없이 태수, 우뚝 서서 혜린을 바라보고 있다.
혜린, 보다가 다시 걷는다. 다시는 돌아보지 않는다.

10   출입국 심사대

태수, 차례가 되어 여권 등을 직원 앞에 넘겨준다.
직원, 여권을 보다가 후딱 태수를 본다.
태수, 기다린다. 직원의 일은 좀처럼 끝나지 않는 듯….
무언가를 바쁘게 타이핑하며 계속 태수를 힐끗거린다.

11   공항 주차장

운전대에서 나온 재희, 시계를 본다. 왠지 불안해지는 마음.
청사 쪽으로 걷기 시작한다. 길을 건너기 전에 멈춰서 지나가는 차들을 보내
다가 문득 보는 곳, 서서히 지나가고 있는 차 한 대.
뒷좌석에 타고 있는 사내, 장도식. 카폰으로 무언가를 지시하고 있다. 재희,
후딱 청사 쪽을 본다.

12   출입국 심사대

태수, 조금씩 불안해지기 시작한다. 주위를 둘러본다. 차례를 기다리는 사람
들…. 그러다 태수, 움찔한다. 이쪽을 향해 바쁘게 다가오고 있는 정복의 경
비대들…. 태수, 심사직원을 돌아본다. 직원, 얼른 시선을 피한다.
태수, 재빨리 그 자리에서 피해 도로 나오려는데 차례를 기다리던 여행객 아
줌마, 태수의 옷깃을 잡는다.

아줌마   뭐가 잘못됐대요?
태 수   (옷깃을 뿌리치려 하지만)
아줌마   비행기 못 탄대요? 아이구 뭐가 잘못됐는데? 나 우리 딸네 집에 꼭 가야 되
         는데.

그러는 사이 달려온 경비대, 태수를 에워싼다. 놀라는 아줌마.
태수, 허탈함 속에 단념한다.

#13 서울 검찰청 내 회의실

벽에 설치된 슬라이드에 비춰지는 사진. 전당대회 난입 사건 때의 태수 모습이 찍힌 사진이다. 슬라이드가 꺼지고 불이 켜진다. 서울 검찰청의 서 부장검사, 기자들에게 발표를 하고 있다.

서 부장검사 당시 박태수는 행동대장급의 위치에서 사건에 투입된 걸로 밝혀졌습니다. 박태수의 위 총두목은 박성범. 현재 청주교도소에 수감 중입니다. 박성범에 대해서도 조사가 진행 중이므로 곧 자세한 내용이 드러날 것입니다.

듣고 있는 기자들 중에는 영진도 끼어 있다. 기자 중의 하나가 손을 든다.

기자1 그럼 아직 구체적인 물증이 나오지 않은 겁니까?

서 부장검사 방금 보신 사진 외에 다른 물증이 더 필요합니까?

기자1 어쨌든 박태수가 야당의 사주를 받았다는 증거는 나온 게 없잖습니까?

서 부장검사 벌써 10년이 다 돼가는 사건이긴 하지만 현재 은행 구좌를 추적 중이니까 곧 돈이 오고 간 증거가 나올 겁니다. 무엇보다 당시 관계자들 중에 증인들의 자백이 여러 건 있었고, 또….

영진 잠깐만요. 잘 납득이 되지 않는데요. 검찰에선 이번 사건을 이례적으로 수사 도중에 발표를 하는 거잖습니까? 그렇다면 그만큼 자신이 있다는 얘긴데 아직 몇 사람의 자백 말고는 물증도 없다고요?

서 부장검사 물증이 없다는 말은 안 했습니다.

영진 (서 부장검사가 더 말하지 못하게 계속 몰아붙여) 이건 단순한 사건이 아니에요. (미소를 띠는 거 잊지 않지만 어조는 강하게) 야당의 총재를 선출하는 자리에 깡패가 동원됐어요. 그게 같은 야당 내의 파벌 싸움이었단 말씀이신데….

서 부장검사 발표문 그대롭니다.

영진 박태수 자신이 자백한 일입니까?

서 부장검사 증거가 확실하면 자백은 나오게 돼 있어요.

영진 발표 시기가 묘하군요. 국회의원 선거를 두 달 남긴 이 시점에 말입니다.

서 부장검사, 불쾌해서 본다.

서 부장검사 검찰의 독립성에 대해 애길 하고 있는 거요?

기자2 자백을 했다는 증인들에 대해 더 말씀을 해주시죠.

서 부장검사 (잠시 영진을 보다가 기자2를 향해) 발표문에 나온 대로 이 사건은 당시 동원됐던 폭력배 중의 한 명이 양심선언을 하면서 밝혀지기 시작한 겁니다.

영진, 더 이상 듣지 않고 혼자 생각에 잠겨 있다.

#14 서울 검찰청 내부 복도

검사장, 빈 복도에 발소리를 내며 걸어가고 있다.

#15 취조실 옆방

문이 열리며 검사장, 들어선다. 안에서 녹음 등을 하고 있던 직원들, 대충 인사를 한다. 검사장, 인사하는 사내들을 제지시키고 유리를 통해 방의 상황을 본다.
방에는 태수와 서 부장검사와 또 한 젊은 검사(신 검사)가 마주 앉아 있다. 모두가 어지간히 지쳐 있는 상태이다.

신 검사 누군가 시킨 사람이 있을 거 아냐? 일을 시키고 돈을 주고. 그래서 서울까지 패거리들을 끌고 왔을 거 아니냐고.

태수, 편히 뒤로 기대앉은 채 상대를 물끄러미 바라보고 있다.

#16 취조실

신 검사 (사진들을 태수의 앞에 거칠게 펴놓으며) 이봐. 여기 당신 얼굴 나와 있는 거. 당신, 분명히 전당대회장 쳐들어가서 국회의원들 폭행했어. 배후가 누구냐고.

태수, 사진을 몇 장 들어 유심히 본다. 피식 웃음이 나올 듯한 얼굴이다. 검사, 짜증이 나며 얼굴을 부비고 담배를 꺼내 불을 붙인다.
옆에서 보고 있던 서 부장검사.

서 부장검사 이해할 수가 없군. 암말 않고 있으면 당신 죄만 무거워져. 혼자 다 뒤집어 쓸 참인가?

태수, 그러는 서 부장검사를 바라보다가 자세를 바로 하더니.

태 수 한 가지만 물어봐도 되겠습니까?
서 부장검사 해봐.
태 수 이 사진 누가 제공한 겁니까?
서 부장검사 이거 봐.
태 수 대답하기 곤란합니까? 그럼 다른 걸 묻죠. 내가 여기서 배후를 밝히면 그 배후인물을 구속할 수 있습니까?

서 부장검사, 아무 말 없이 태수를 본다.

태 수 그 사진을 건네준 사람이 배후 같은 건 밝힐 필요가 없다고 말했을 텐데요. 아닙니까?

신 검사, 태수를 보다가 서 부장검사의 눈치를 힐끗 본다.

#17   취조실 옆방

검사장, 유리 건너의 모습을 지켜보고 있다.
태수는 다시 뒤로 기댄 자세이다.

#18   철로변 / 밤

밤기차가 어둠을 뚫고 달리고 있다.

19   기차 내부

좌석의 한곳. 펼쳐져 있는 신문에 보이는 기사. 태수의 사진과 큼직한 제호.
[각목전당대회 행동대장 박태수 검거]
[신화당 내 파벌싸움의 하수인]
신문지가 펼쳐져 있는 좌석에 앉아 있는 우석. 어두운 창밖을 내다보고 있다.

20   검찰청 내 보호실

태수, 와이셔츠 차림으로 허술한 매트리스 위에 누워 있다.
자물쇠 열리는 소리. 태수, 문 쪽을 본다. 문이 열리고 밝은 빛에 잠시 눈살을
찌푸렸다가 멈칫, 일어나 앉는다. 간수가 연 문으로 들어서는 우석. 간수, 밖
에서 문을 닫더니 잠근다. 태수, 어이없는 표정으로 우석을 보다가.

태 수   너 광주에 있는 줄 알았는데.
우 석   어젯밤에 올라왔어.
태 수   개인적으로 온 거야?
우 석   이 방에 들어온 건 검사 빽을 쓴 거고.

태수, 보다가 웃는다.

태 수   … 앉아라. (추운 기를 없애려고 어깨운동을 한다)
우 석   니 담당…. 나하고 연수원 동기야. 조서 읽어봤다.
태 수   뭐하러 왔냐? 나하고 친구란 거 자랑하고 싶냐?
우 석   묵비권 쓰고 있단 얘기도 들었어.
태 수   흐흥.
우 석   나한테도 얘기 안 할래?
태 수   (보다가 웃는다) 야. 남들이 보면 니가 날 걱정해서 온 줄 알 거야. 어? 직무수
        행 중인 줄은 모르고 말이야.
우 석   언제쯤이면 폭탄선언을 하기로 되어 있니?
태 수   무슨 소리냐?

우 석 (불끈 치솟지만 서성거리며 애써 삭히고) 지금 너 하나 때문에 밖이 얼마나 우습게 돌아가는 줄 알어? 니가 어떻게 이용당하고 있는지 아냐고?

태 수 ……. (성가시다는 듯)

우 석 아무리 주먹질에 돈밖에 몰라도 그렇지. 너도 생각이란 게 있을 거 아냐. 이 번엔 얼마나 받았어? 얼마를 받고 이따위 앞잡이 짓을 하기로 한 거야?

태 수 (웃음기가 가신다)

우 석 뭐? 야당 파벌싸움에 동원됐다고? 그랬어? 야당 총재로 출마한 아무개가 지 가 낙선할 거 같으니까 너한테 돈 주고 난장판을 만들라고 했어?

태수, 잠자코 일어서더니 문 쪽으로 간다.

우 석 누구 머리에서 나온 각본이야? 얘기할 수 없겠지?

태수, 문을 쾅쾅 두드리며.

태 수 간수! 어이 문 열어. 면회 끝났어!

우 석 도대체 너 왜 그러고 사니?

태수, 후딱 돌아본다. 그리고 잠시….

태 수 너야말로 하나도 안 변했구나. 알어? 너 강우석, 언제나 너만 옳지. 틀린 건 하나도 없어. 너 말이야.

우석, 태수, 그렇게 마주 보고 있다

#21 보호실 밖 복도

간수, 안을 기웃거린다. 안은 조용하다. 고개를 갸웃하고 다시 저만치 간다.

22   보호실 내부

우석과 태수, 침대의 양 끝에 앉아 있다.
오랜 침묵 뒤…. 언뜻 보면 한가로운 자세로….
우석, 아래만 내려다보고 있다가 문득 일어선다.
태수는 보지 않고 문 쪽으로 간다. 문을 두드린다.
태수, 등을 보이고 선 우석을 바라본다. 문이 열리고 간수가 들여다본다.
우석, 선뜻 나가지 못하고 머뭇거리다가 갑자기 잠바를 벗더니 간수에게 준다.
간수, 어리둥절하여 받는데.

우 석   조사해봐요.
간 수   예?
우 석   그 옷, 저 친구한테 줄 거니까 조사해보라고.

간수, 어리둥절한 대로 잠바를 주물럭거리며 조사한다. 태수, 그러는 우석을
보고 있다가.

태 수   우석아.
우 석   (돌아선다)
태 수   ···· 부탁이 있는데···. 혜린이를 좀 돌봐주겠니? 그 친구·· 지금 힘들어.
간 수   아무것도 없는데요.

그러나 우석은 대답이 없다. 우석은 태수를 바라보고 있다.

23   검사장실

바둑판 위에 반 넘어 바둑알이 늘어져 있다. 검사장, 책을 보며 바둑을 혼자
두고 있는 중이다. 노크 소리.

검사장   예.

문이 열리며 들어서는 우석.

검사장   어이구 강 검사. 왔단 말 들었어요.

우 석   안녕하셨습니까?

검사장   (시계 보며) 아직 점심시간 남았는데 우리 바둑 한 판 둘래요? (금방이라도 바둑판 위의 알들을 쓸어버릴 기세인데)

우 석   아닙니다. 말씀드릴 게 있어서 왔습니다.

검사장   그래요? 시간이 없으면 할 수 없지.

우석, 앞에 앉고 검사장, 아직 바둑판에 미련을 못 버리고 힐끗힐끗 보면서.

검사장   이거 조훈현하고 다께미야가 둔 건데 역시 조훈현이 한 수 위야. 조훈현이 다께미야한테는 유독 약하다고 하는데 그건 잘못 본 거예요.

우 석   박태수 사건에 저를 차출해주시면 안 되겠습니까?

검사장   … 왜요?

우 석   전에 제가 맡았던 윤 회장 사건하고도 관련이 있고… 또.

검사장   안 된다는 거 알지요?

우 석   … 예. 그렇지만 담당이 아니라도 좋으니까….

검사장   강 검사. 뭔가 착각하고 있는 거 아니에요?

우 석   방법이 없겠습니까?

검사장   강 검사. (머리를 긁적이고 생각을 해보더니) 혼자서 영웅이 되는 사람은 없어요.

우 석   ……

검사장   그것도 다 영웅을 필요로 하는 대중이 있고, 그 대중이 밀어줘야 되는 거예요. 대중을 민중이라고 불러도 좋아요.

우 석   제가… 영웅심이 있는 걸로 보입니까?

검사장   박태수 사건… 그 뒤에 진짜 배후 밝히고 싶어하는 마음 알아요. 그렇지만 아직 때가 아니에요. 때는 모두가 같이 만드는 거예요. 어느 한 사람이 앞장서서 되는 게 아니에요.

우 석   ……

검사장   혼자 다 할 수 있을 거 같지요? 아니요. 혼자는 아무것도 못해요. 잘난 척하

	면 안 돼요. 봐요. 바둑알 하나로 이기는 거 봤어요? 다 합해야 돼요. 그럼요.
우 석	….
검사장	(책을 보며 한 알을 놓는다) 음 좋은 수야. 튼튼해.
우 석	전 그런 거 모릅니다.
검사장	뭐요. 이 수를 모른다고요? 봐요. 여기서 대마허리가 잘릴 뻔했는데….
우 석	전 검사입니다. 검사가 해야 될 일밖엔 모릅니다. 그게 제일 중요하다고 생각
	합니다.
검사장	(물끄러미 우석을 보다가 다시 바둑알을 하나 놓는다)

#24   서울 검찰청 앞

건물을 보고 있는 인영과 정근, 창민.
인영, 창민에게 뭔가 낮게 얘기하고 있다. 정근, 문득 인영을 툭 쳐서 한곳을
가리킨다. 청사에서 나오고 있는 우석. 정근 등, 슬그머니 우석에게 등을 돌린
다. 우석, 자기 생각에 빠져 그들을 지나쳐가고 정근 등, 가는 우석을 바라본다.

#25   윤 회장의 집 정원

대문을 여는 재희. 대문 밖에 서 있는 우석.
재희, 길을 비켜준다. 들어서는 우석, 주위를 둘러본다.
재희, 앞장서 길을 안내한다. 현관 앞에 도착한 재희, 문득 걸음을 멈추더니
우석을 돌아본다.

재 희	한 가지 말씀드릴 게 있습니다.
우 석	예.
재 희	아가씬 요 며칠 몸이 불편하십니다. 되도록 얘기를 빨리 끝내주십시오.
우 석	… 그러지요.

재희, 현관문을 연다.

#26   거실

안내되어 온 우석. 거실에는 아무도 없다. 재희가 가리킨 의자에 앉는다.
재희가 안으로 사라지고 남은 우석, 내부를 둘러본다. 윤 회장이 쓰던 그대로
중후하고 어두운 방. 여성스러움이나 가정적인 면은 찾아볼 수가 없다.
안에서 나오는 혜린. 며칠 동안 심한 몸살 중.
해쓱한 얼굴에 우석을 보더니 미소를 띠고 다가온다.

혜 린   전화받고 놀랐어. 웬일이야?

혜린을 뒤따라온 재희는 구석에 자리를 잡는다.

우 석   (일어서며) 아프다며?
혜 린   몸살이 좀…. (앉고) 별거 아냐.
우 석   (앉고 잠시 할 말을 못 찾다가) 용건만 간단히 얘기할게.
혜 린   (웃는) 여전하네. 별수 없는 공무원이야.
우 석   태수도 비슷한 말을 하더군.
혜 린   (굳는)
우 석   (그런 혜린을 살피며) 태수 만나고 오는 길이야.
혜 린   … 그랬어?
우 석   태수, 아무 말 안 하고 있어. 그런데 나… 어떤 느낌을 받았어.
혜 린   ….
우 석   태수가 검거된 거 혜린이 너하고 관계 있니?
혜 린   (머뭇 시선을 피하는)
우 석   그 안에서 태수, 니 걱정을 하고 있었어. 나한테 부탁할 정도로. 느이 둘, 무
         슨 일이니?
혜 린   (잠시 그대로 있는가 싶더니 불쑥 웃는다) 끈질겨, 그 사람. (똑바로 우석을
         본다) 박태수가 몇 년 전부터 우리 아버지 재산을 노리고 있던 거 알고 있지?
         지금은 내가 그 재산이니까 당연히 걱정되겠지.

재희, 그렇게 말하는 혜린을 본다.

혜린, 그런 재희를 힐끗 본다.

우 석   (여전히 혜린의 표정을 살피며) 카지노… 영업정지가 풀렸다며. 태수, 그 직후
          에 검거됐어. 상관없는 일이니?
혜 린   (미소 띤 얼굴) 무슨 소설을 쓰고 있는 거야 지금?
우 석   상관없는 일이야?
혜 린   우석 씨. 내 밑에 카지노만 몇 갠 줄 알아? 남자 하나 때문에 문 열고 닫고 그
          런 사장 아니야 나. 우석 씨 나 알잖아. 이래봬도 소신껏 눈치 안 보고 나쁜
          짓 안 하고 사업하고 있어. 무슨 말인지 알지?

          우석, 아무 말 없이 혜린을 보고 있다. 혜린, 문득 기침이 나며 손수건으로
          입을 막는다. 겨우 기침이 진정되고.

우 석   너 아프단 소리 들었을 때 잠깐 생각했어. 역시 태수 일로 충격을 받은 건가.
          너 여간해서 아프지 않잖아.

          혜린, 어설프게 웃다가 얼핏 보면 재희, 나가버리고 있다. 재희가 등 뒤로 닫
          는 문소리. 우석도 일어선다.

혜 린   가려고?
우 석   …… 나 지금 이종도를 쫓고 있어. 잘하면 돌아가신 느이 아버지 누명을 벗길
          수 있을지도 몰라. 난 박 회장 살해사건의 1차 배후가 이종도라고 생각하고
          있으니까. 그래서 난 니가 도와줄 거라고 생각했어.

          혜린, 아무 말 없이…….

27   정원 대문 쪽

          우석, 나서고 있다. 정원사, 대문을 열어준다. 우석, 나서기 전에 다시 한 번
          집 쪽을 돌아본다.

#28   정원 안쪽

두꺼운 스웨터 깃을 여미며 혜린, 정원으로 나선다. 보면 재희가 그네 줄을
살펴보고 있다.
혜린, 다가선다. 재희는 돌아보지 않는다.
그네는 낡고 칠이 벗겨져 있다.

재 희   (줄을 당겨보며) 치워버릴까 생각 중입니다. 쓰는 사람도 없고….

혜린, 그네에 앉는다.

재 희   위험해요. 줄이 낡았어요.
혜 린   (그러나 상관없이 그네를 조금씩 흔들며) 여기 앉아본 거 몇 년 만인가봐.
재 희   바람이 찹니다. 들어가지요.
혜 린   (재희를 본다) 속으로 나 욕하고 있지?

재희, 대답 없이 손수건을 꺼내더니 줄을 잡고 있는 혜린의 손을 가만히 떼어
손을 펴고 손바닥을 닦아준다.

혜 린   난 이제 더 이상 착한 사람이 아니야. 다신 그렇게 못 될 거야. 나도 알아.

재희, 줄의 잡는 부분도 닦는다.

혜 린   날 떠나고 싶지 않아?

재희, 손을 멈추었다가 계속 닦는다.

혜 린   언제까지 이런 식으로 내 옆에 있어줄 수는 없잖아. 독립하고 싶은 생각 있지?

재희, 손수건을 깨끗한 면으로 뒤집어 접으며.

재 희   제가 부담스러워졌습니까?

혜 린   ···· 가끔.

재 희   ··· 언제나 생각했었습니다. 저를 부담스러워하시기 전에 떠나야 한다고···. 늦었군요.

혜 린   언제나 생각했었어? 떠날 생각을 하고 있었어?

재 희   예.

혜 린   그랬·· 어?

재 희   언젠가 아가씨를 지켜줄 사람이 나타나면 내 자리는 없어지는 거라고. 그렇게 나 자신에게 얘기해왔습니다.

혜린, 정원을 본다. 바람이 불고 낙엽이 떨어져 내린다.
그렇게 정원을 보면서 혜린, 한 손을 들어 재희의 팔소매를 잡는다.
재희, 혜린에게 잡힌 자신의 팔을 내려다본다.

혜 린   (정원을 보는 시선으로) ····· 그럼 아직 안심이네. 지금 내 옆엔 아무도 없잖아. 염치없는 말이란 거 알지만 지금 나 그래. 재희밖엔 아무도 없어.

혜린이 재희의 팔에 이마를 기댄다. 재희, 아무 말 없이 우뚝 서 있다가 문득 머뭇거리는 한 손을 들어 자신의 팔을 잡고 있는 혜린의 손을 감싼다. 혜린, 낙엽을 보고 있는 시선으로 얼핏 눈물이 어리는 기분.
정원은 초겨울로 접어들고 있다.

29   광주 경찰청 / 밤

전경.

30   우석의 검사실

일제히 쳐다보고 있는 수사팀들. 모두 믿기지 않는 듯 우석을 보고 있다. 오계장, 헛기침을 하여 목을 가다듬고.

오 계장	검사 직권으로 긴급구속입니까?
우 석	더 이상 끌 순 없어요. 현재로선 정식 영장을 받기는 힘들 거 같고.
오 계장	그래봤자 이틀밖엔 잡아놓지 못할 텐데요.
우 석	그 안에 영장을 받아내야죠. 문제는 더 이상의 지원 병력은 없다는 겁니다. 현재 인원으로 할 수 있겠습니까?

잠시 조용한데 장 수사관, 빙긋 미소를 짓는가 싶더니 벌떡 일어서며.

장 수사관	자아 들었지. 아가 잡으러 간다. 일어나 움직이라고.

#31 고급 아파트 앞 주차장 / 새벽

백 형사, 고급 승용차 앞에 우뚝 서서 손목시계를 본다. 아파트 위쪽을 올려다보고, 저만치 경비실로 들어가고 있는 경비를 보고, 그러더니 느닷없이 승용차를 발로 차기 시작한다.
안으로 들어가려던 경비, 놀라서 내다본다. 백 형사, 사이드미러를 잡더니 끄응 휘어버린다. 경비, 달려오며.

경 비	이봐. 뭐하는 거야. 어이 이봐.

백 형사, 상관없이 이번엔 무엇을 분지를까 살핀다. 카폰의 안테나가 눈에 띈다.

경 비	(달려와) 어이 당신 누구야?

백 형사, 무게 있게 돌아본다. 경비, 감히 덤비진 못하고.

경 비	왜 왜 이러는 거요?

백 형사, 안테나를 잡더니 분질러버린다. 경비, 안으로 달려간다. 백 형사, 상체를 기울여 경비가 내부 인터폰을 하는 모양을 확인한다.

32   아파트 내부

마담 여자. 인터폰을 받고 있다.

여 자   뭐라고요? 우리 차 분명해요? 아니 그걸 그냥 놔둬요?

33   아파트 앞

벌컥 문이 열리며 여자, 나서는데 문의 양옆에 있던 장 수사관과 조 순경, 여자를 밀치고 안으로 뛰어든다.

여 자   어머 이 사람들 누구야?

34   아파트 내부

잠옷 차림으로 안방에서 잠이 덜 깨어 나서는 이종도.

종 도   왜 이렇게 시끄러워.

그러다 달려든 장 수사관과 조 순경에 의해 잡히고 수갑이 채워진다.

종 도   뭐야 이거?
장 수사관 체포하는 중이요.
종 도   뭐가 어째. 니들 영장 있어?
장 수사관 조 순경.
조 순경   예. 이종도 씨 맞습니까?
종 도   영장 내봐!
조 순경   현재 이종도 씨는 긴급구속 요건에 따라 연행되는 겁니다.

장 수사관 등이 종도를 끌고 문으로 간다. 마담은 놀라서 보고만 있다. 조 순경, 종도를 끌고 가며 계속.

조 순경   형사소송법 제206조 1. 검사 및 사법경찰관은 피의자가 사형, 무기 또는 장기 3년 이상의 징역이나 금고에 해당하는 죄를 범하였다고 의심할 만한 상당한 이유가 있고 70조 제2항 제2호 제3호에 해당하는 사유가 있는 경우에 긴급을 요하며… (적당히 끊어도‥)

조 순경은 계속 읊고 있고, 이종도, 끌려가며 다급하게 마담에게 이른다.

종 도   애들한테 전화해. 연락할 데 다 하라고 해. 알아들었어?

#35   취조실

아무런 장식이 없이 책상만 덩그러니 놓인 방.
종도, 양복을 차려입고 있다. 거울도 없이 윗도리를 걸쳐 입으며 종도의 얼굴, 일그러져 있다. 넥타이는 없다. 허리띠 없는 바지가 영 불편하다. 바지를 추켜올리다가 책상 위에 던져놓았던 잠옷을 들어 바닥에 팽개쳐버린다.
문이 열리더니 오 계장이 타이프를 안고 들어선다.

오 계장   옷 갈아입으셨어요? 아이구 신수가 훤해지셨네.

타이프를 책상 한쪽에 내려놓고 종이를 꽂아 준비를 하며 오 계장은 즐거운 얼굴이다.

오 계장   사우나를 못 하셔서 어뜩하죠. 이 회장님 같은 분은 적어도 하루에 한 번은 사우나를 하실 텐데. 근데 그 사우나 같은 데서는 팁을 얼마나 쥐야 돼요? 아무래도 그… 아가씨의 서비스에 따라 다르겠지요?

계속 떠들 참인데 문이 열리며 우석이 한 아름의 자료를 들고 들어선다.
종도, 우석을 보더니 금세 설정을 끝내고 미소를 짓는다.

종 도   이게 누구야, 강우석이, 너 맞지?
우 석   (흘낏 보고는 자리에 앉는다)

종도	나 기억 안 나? 고등학교 때 같은 반이었잖아. (우석의 맞은편에 의자를 당겨 앉으며) 그때 너 태수하고 친했었지. 나 기억날 거야. 나 맨날 태수 꽁무니를 쫓아다녔으니까. 야 이런 데서 만나는구나. 세상 참 좁아. 어?
우석	(딱한 듯 바라보고 있다가) 오 계장.
오계장	예.
우석	이런 말들 빼지 말고 다 기록하세요, 반말은 반말 그대로…. 빼거나 더할 거 없습니다.
오계장	그러지요. (타이프를 치기 시작한다)
종도	(뜨악했다가 자세를 뒤로 하여) 그래 검사의 직무에 충실하겠다…. 좋지.
우석	여기 왜 온 줄 알지요?
종도	아니 모르겠는데요. 나, 현재 사업에 충실하고 있는 사람인데 무슨 일입니까? (다분히 빈정대는 투)
우석	(자료 몇 개를 뒤져보며) 그럼 사업 얘기부터 해볼까요. 호텔 한 개, 파친코장 두 개. 건설회사 한 개에 새시공장과 스티로폼공장도 있군요. 봅시다…. 새시공장이라면 기계 하나 없이 창고만 덩그러니 있는 걸 말하는 거죠?
종도	흥. (상대도 하기 싫다는 듯)
우석	그런데 작년 1년간 공사 수주액만 60억이군요. 진주아파트 건설 당시 협박에 의해 공사를 따냈다고요.
종도	협박?
우석	그 자리에서 새시업자들 불러다가 하청을 주고…. 아 그러니까 앉은자리에서 수억을 챙긴 셈이군요.
종도	방금 협박이라고 했소?
우석	스티로폼공장이라…. 작년 4월, 부도 직전의 회사를 인수. 건설현장을 찾아다니며 역시 협박에 의해 납품 계약을 체결했군요. 그 건수가….
종도	(여유 있는 듯) 이봐 검사.
우석	말씀하시죠.
종도	협박이란 말 그렇게 함부로 써도 되는 거요?
우석	피해 당사자가 협박을 당했다고 고소를 했어요. 그러면 일단 협박죄 혐의가 성립이 되는 거죠. 자 차근차근 계속합시다. 시간은 많으니까.

종도, 더 이상 여유를 가장하기가 힘들어지고 있다.

#36 우석의 검사실

문이 벌컥 열리며 최 부장검사와 종도의 변호사가 들어선다.

최 부장검사 강 검사 어딨어.

미스 리 취조 중이신데요.

최 부장검사 취조? 취조실 몇 호야?

변호사 나, 이종도 회장님 변호삽니다. 만나봐야겠습니다만.

미스 리, 재빨리 신문을 펴들고 최 부장검사에게 다가가며.

미스 리 신문 보셨어요? 여기 중앙지에 우리 검사님 이름 났어요.

최 부장검사, 뭐? 해서 신문을 잡아채고 본다. 미스 리, 그 옆에 고개를 들이
밀고 굳이 소리를 내어 읽는다.

미스 리 건설폭력배들에 대해 수사 중인 광주지검은 19일 폭력배의 두목급으로 지목
되고 있는 이종도 씨를 긴급구속했다. 광주지역 폭력배 출신으로 알려진 이
씨는…….

최 부장검사, 신문을 미스 리에게 던져놓더니 부리나케 방을 나선다.
변호사도 쫓아나가고.
그 뒤에 대고 미스 리, 문까지 쫓아가며 계속 신문을 읽는.

미스 리 이런 기사도 있어요. 이번 수사는 건설폭력을 척결하려는 검찰의 의지를 나
타내는 것으로서 이 씨에 대한 검찰의 향후 처리방침이 주목된다.

미스 리, 가는 부장을 비죽이 내다보고는 돌아선다.
백 형사, 미스 리를 향해 근엄하게 엄지를 세워 보인다.

37   취조실

종도, 특유의 뻔뻔스러움을 되찾고 있다.

종 도   007가방 하나에 현금을 가득 넣으면 얼마까지 들어가는 줄 아시요? 2억 5000까지 풀로 들어가. 그 가방 들고 경찰 검찰 세무소까지 한 바퀴 도는 거야. 신년에 한 번 추석에 한 번 여름 겨울 휴가비, 정기적인 상납만 1년에 네 번이야. 돈이 썩어 나서 내가 그 짓 해왔는 줄 알어?

우 석   (팔짱을 끼고 듣고 있다)

종 도   (오 계장을 향해) 잘 받아 적고 있소? 놓치지 말라고. 기분 내키면 상납 받은 위인들 이름도 다 밝혀줄 수 있으니까.

우 석   이종도.

종 도   왜. 부담스럽나? 어?

우 석   이름을 밝힐 거면 정확하게 밝혀, 내가 아는 경찰 중엔 평생 상납 같은 거 모르고 살아온 자가 더 많아. 함부로 싸잡아 얘기하면 명예훼손죄가 추가될 수 있어.

종 도   (보다가 킥킥 웃는다) 상납 같은 거 모르고 사는 자가 더 많다…. 그럴까? 응? 그렇다고 생각하십니까? (웃는)

오 계장, 종도를 보고, 우석의 눈치를 보고, 점점 고개가 수그러지며 타이프를 친다.

38   골목길(외진 곳)

골목 어귀에 버티고 선 무사시. 쭈뼛거리며 다가오는 검찰 직원을 보고 있다.
찾아온 검찰 직원은 무사시에게 머뭇머뭇 고개를 끄덕여 보이고 골목 안으로 들어간다.
무사시는 지키듯 버티고 서 있다. 골목 안에서 기다리고 있는 태호.
직원과 태호, 만나서 뭔가 은밀하게 얘기를 나눈다. 직원은 자꾸 주위를 두리번거리며 초조한 분위기다.

39   취조실

우석, 종도, 오 계장, 모두 다 지쳐 있다. 우석, 셔츠 소매를 걷어붙인 상태에서 넥타이를 느슨하게 풀며 오 계장에게.

우 석   내일 아침 9시부터 대질심문 시작합시다.
오 계장   누구부터 할까요. 워낙 많아서….
우 석   부두목들부터 시작하지요. 과거의 각 파 두목급, 현재는 건설폭력으로 검거돼 있는 자들.
오 계장   준비하지요.
        오 계장, 나간다.

종 도   어이 강 검사.
우 석   (돌아보면)
종 도   건달패들 생리를 잘 모르는 거 같구만. 의리라는 말 들어봤나?
우 석   의리라….
종 도   내 앞에서 날 손가락질할 놈이 있을 거 같애?
우 석   (물끄러미 보다가 자세를 바꾸어) 우리가 조사해본 바에 의하면 말이야. 과거에 박태수를 삼청에 넣은 게 바로 이종도라고 하던데. 그런 게 의리인가.
종 도   (보다가 문득 킬킬 웃는다) 그 정도 조사를 해봤으면 알겠군. 나를 봐주는 사람들이 어느 정도인지. 어? 한 가지 가르쳐줄까. 강우석이 넌 나를 잘못 건드렸어.
우 석   (종도의 얼굴 앞에 바싹 대어) 잘 들어. 난 널 탈세 같은 걸로 기소하지 않아. 넌 범죄단체구성죄로 기소될 거야. 두목은 사형, 무기, 적어도 10년 이상이야.

순간 문이 열린다.
최 부장검사다. 안의 상황을 쓱 보더니.

최 부장검사 강 검사, 나 좀 봅시다.

우석, 내키지 않지만 천천히 몸을 일으켜 나간다.

그 뒤에서 종도, 킬킬 웃고 있다.

#40   부장검사실

최 부장검사, 어지간히 성이 나 있다.

최 부장검사 강 검사. 그렇게 스타가 되고 싶어? 그래?

우석, 아무 표정 없이 앉아 있다.

최 부장검사 오늘 내가 기자들 막느라고 얼마나 고생한 줄 알어? 이렇게 홍두깨 식으로
        애매한 사람 잡아놓고 뭐? 긴급구속? 이제 증거 없어서 내놓게 되면 우리 검
        찰이 무슨 소리를 들을지 생각해봤어?

우 석   증거 있습니다.

최 부장검사 (답답하다는 듯 문가로 가서 문을 열더니 밖에 아무도 없는지 살펴보고 다
        시 돌아와 목소리를 낮춰) 법원에서 전화 왔어. 좋은 말로 충고받았어. 나.
        판사가 증거 안 믿으면 무죄야. 알지?

우 석   판사 누굽니까?

최 부장검사 알아서 뭐하게?

우 석   그 판사 친척까지 계좌 추적을 할 거라고 전해주십시오.

최 부장검사 뭐야?

우 석   제대로 재판을 안 해주면 판사라도 조사해야지요.

최 부장검사 (어처구니가 없다) 어이 이봐요. 정신 차려. 상대는 판사야. 판사 건드리면
        자네 변호사 노릇도 못 해.

우 석   (말없이 보다가 피곤한 듯) 부장님. 저 고향에서 동생이 농사짓고 있습니다.
        저 내려가면 언제라도 받아줄 겁니다. 제 아내 역시 아무 말 없이 따라가줄
        여잡니다. 이런 말까지 해야겠습니까?

최 부장검사, 우두커니 보다가.

최 부장검사 이봐요 강 검사. 난… 나도 검사예요. 난… 내가….

더 이상 말을 못 하고 보다가 책상 앞에 가 기대앉는다. 심약하고 큰 잘못은 저지르지 못하지만 무사안일로 출세해온 자의 피곤함.

#41　취조실

종도, 혼자 있는데. 문이 열리며 직원(태호와 만났던)이 국밥 쟁반을 들고 들어온다. 종도 앞에 놓는다.
종도, 못마땅한 듯 음식을 훑어보는데.

직 원　(책상을 치우며 슬쩍) 밖에서 지시를 기다리고 있습니다.
종 도　(역시 시선은 마주치지 않으며 낮게) 멍청한 놈들, 어째 알아서 못해.
직 원　시키실 일은?
종 도　입부터 막으라고 해.
직 원　예.

종도, 수저를 들어 국물을 한 입 떠서 맛을 본다.

#42　취조실 밖 복도 / 밤

밖은 밤.
오 계장, 이쑤시개를 물고 오다가 방에서 나오는 직원을 본다.

오 계장　어 퇴근 안 했어요?
직 원　(대충 인사를 받고 간다)

오 계장, 그런 직원을 의아해서 본다. 문 앞을 지키고 있는 경찰에게 묻는다.

오 계장　저 친구 왜 왔어?

#43   광주 검찰청 / 밤

전경.

#44   우석의 검사실

오 계장, 들어서며.

오 계장 역시 지방은 서울하고 달러. 오고 가는 정이 있단 말이야.

미스 리 (하품하며) 저 퇴근해도 돼요?

오 계장 서울은 말이지. 지 거밖에 몰라. 아무리 옆에서 바빠 죽어가도 너 죽니? 난 산다 이건데. 야아 여긴 다르네.

미스 리 12시 넘었는데…. 누가 차 태워주면 좋을 텐데….

오 계장 미스 리도 좀 본받어. 306호실에 박 씨 있잖어. 우리 피의자한테 밥 갖다주더라고. 그런 거 쉽지 않어. 지네 일도 아닌데 말이야.

소파에 누워 있던 장 수사관, 일어난다.

장 수사관 밥을 갖다줘요?

오 계장 그래. 사실 나 깜박 잊고 있었거든.

장 수사관 언젭니까?

오 계장 아까 저녁때. 나 혼자 밥 먹다가 참 그놈도 밥 먹어야지 이러고 가보니까….

장 수사관 백 형사.

백 형사 예에.

장 수사관 박 씨 찾아봐.

오 계장 벌써 퇴근했지. 지금 몇 신데. 고맙단 말 내가 했어.

장 수사관 빌어먹을. (초조해서 서성이며) 아 내가 왜 생각을 못 했지.

오 계장 (짜증 나고 답답해서) 뭐얼?

장 수사관 (벌컥) 모르겠어요? 밖엔 그놈 패거리들 아직 많아요. 사시미칼 갖고 다니면서 공갈치던 놈들이라고. 공갈협박 전문이란 말요.

오 계장 (아직 멍한데)

장 수사관 (문득 멈춘다. 그러고는 후딱 미스 리에게) 사모님한테 전화해. 집에 꼼짝 말고 있으시라고 해. 문 열지 말고.

그러는데 벌써 조 순경, 윗도리를 집어들며 문을 박차고 뛰어나간다.
미스 리, 놀라서 전화 다이얼을 돌리고 장 수사관, 오 계장에게 버럭.

장 수사관 또 누굽니까? 종도, 그놈이 누굴 겁낼 거 같냐고요.

#45 우석의 집

거실, 전화벨이 울리고 있다. 선영, 집안일을 하다가 와서 받는다.

선 영 여보세요. 네 맞는데요, 누구시라고요? 아 안녕하세요.

전화 옆의 시계는 밤 1시를 넘기고 있다.

#46 길거리 공중전화 박스

옆에 자가용이 세워져 있고, 김 사장, 초조하게 전화기를 부여잡고 있다.

김 사장 검사님은 언제 들어오십니까? 아니, 검찰 쪽으로는 못 갑니다. 지금 곧 만나야 되는데. 전화로 할 얘기가 못 돼요, 이 어뜩하나….

#47 우석의 검사실

미스 리, 수화기를 들고 있다가.

미스 리 통화 중이신데요.

옆에서는 오 계장과 장 수사관이 조서를 급히 뒤져보고 있다.
백 형사, 잠바를 걸쳐 입고 있다.

장 수사관 전화 계속해.

#48   우석의 집 거실

선 영   (전화 계속) 그럼 우리 집에 와 기다리세요. 늦더라도 들어오실 거예요. 지금 어디 계신다고요? … 거기 알아요. 바로 요 앞인데…. 저희 집이 어딘가 하면…. 아니 거기 계세요. 제가 나갈게요.

#49   길거리 공중전화 박스

김 사장, 전화를 끊고는 초조하니 담배를 꺼낸다.
주위를 살핀다. 어두운 길…. 인적은 드물고….

#50   우석의 집 거실

전화벨이 울리고 있다.
아무도 없다.

#51   길

선영, 옷깃을 여미며 걸어오고 있다. 저만치 공중전화가 보인다.
옆에는 차가 한 대 세워져 있고, 김 사장이 서성이며 담배를 피우고 있는 모습이 보인다.
선영, 반가워 한 손을 올리려다가 멈춘다.
김 사장의 뒤쪽으로부터 달려온 차가 김 사장의 옆에 급브레이크로 선다.
선영, 놀라서 보는데 차에서 뛰어내리는 두 남자. 놀라 당황하는 김 사장을 끌어 잡는다.
선영, 무작정 소리 지르며 뛰어간다.

선 영   여보세요. 누구세요.

김 사장을 차에 집어넣으려던 태호와 무사시, 당황하여 돌아본다.
선영, 소리 지르며 뛰어오고.

선 영   김 사장님 맞지요? 이 사람들 누구예요. 왜 이러는 거예요.

그러다가 무사시와 얼굴이 마주친다.

선 영   어머. 댁은 전에….

순간 김 사장, 그 틈을 타 도망치려고 해보는데 어설픈 몸짓에 금방 무사시에게 잡히고 만다. 무사시, 김 사장을 차에 집어넣으려는데.

선 영   뭐하는 거예요. 이 사람들 왜 이래, 이거 봐요.
선영, 겁도 없이 김 사장을 떼어내며 잡아당긴다.

선 영   이종도가 보냈죠? 그렇죠?

태호와 무사시, 시선을 마주친다. 태호, 선영을 잡더니 차에 넣어버린다.

#52   길 아래쪽

달려오던 조 순경, 선영의 비명 소리를 듣는다.
보면 급출발을 하는 자동차. 유턴을 하더니 조 순경 쪽으로 달려온다. 조 순경, 차를 향해 막아서듯 마주 달리는데 차는 속도를 줄이지 않고 그대로 달려온다. 아슬아슬하게 피한 조 순경, 차 뒤에서 몸부림치고 있는 선영을 본다.

조 순경   사모님.

조 순경, 몇 걸음 따라 뛰다가 주위를 둘러본다. 공중전화 박스 옆에 세워져 있는 김 사장의 자동차.

53   자동차 내부

꽂혀 있는 키. 조 순경, 급히 시동을 걸고 차를 급선회시킨다.

54   밤거리

쫓고 쫓기는 자동차. 인적이 드문 거리를 질주하고 있다.
몇 번 앞지르기를 하려다가 실패하는 조 순경. 앞차는 90도로 꺾어 다른 길
로 접어든다.
조 순경, 미처 돌리지 못하고 얼마만큼 앞으로 가다가 미친 듯이 백을 해서
핸들을 돌려 쫓는다.

55   다른 길

순찰차 한 대, 서서히 진행하며 순찰을 돌고 있다가 과속으로 달려오는 태호
의 차를 본다.
태호의 차는 순찰차의 옆을 달려가버린다. 순찰차, 경광등에 사이렌을 켜고
달리기 시작한다.

56   김 사장의 차 안

조 순경, 액셀을 밟다가 그 앞으로 뛰어드는 순찰차를 본다. 순간 핸들을 급
히 꺾는다.
조 순경이 운전하는 차는 길가의 쓰레기더미를 박으며 선다.
조 순경, 욕을 내뱉으며 뛰어내린다.

57   길

순찰차도 멈춰 서서 순경 한 명이 문을 열고 나오려는데 조 순경, 앞의 차를
놓치지 않으며 그대로 순찰차의 뒷문을 열어 뛰어든다.

내리려던 순경1.

순경1　뭐야 당신.

조 순경, 신분증을 꺼내 보이며 다급해서.

조 순경　앞차를 따라가요 빨리.
순경1　이게 뭐요. (신분증을 들여다보는데)

운전석의 순경2, 상황 판단이 안 되는데. 조 순경, 순경1의 멱살을 잡아 차 안
으로 끌어들이며. (상체를 기울여 앞문을 닫으며)

조 순경　검사 사모님이 납치됐어. 뭐하고 있는 거야!
순경2, 입을 벌리며 보다가 급출발을 시킨다. 앞차는 다른 길로 꺾어지고 있
다. 조 순경, 상체를 기울여 차 안의 무전기를 빼어들어 호출을 시작한다.

#58　다른 길

세워져 있는 순찰차2. 안에서 컵라면을 먹고 있던 순경 두 명, 무전에서 흘러
나오는 소리를 듣는다.

소 리　범인은 현재 학림교에서 서강사 쪽으로 진행하고 있다. 반복한다. 검사 부인
을 납치한 검은색 소나타를 추격 중이다.

운전석의 순경, 먹던 라면을 옆으로 넘기고 시동을 건다.

#59　우석의 검사실 앞 복도

문이 박차지며 우석이 뛰어나온다.
그 뒤를 따르는 백 형사와 장 수사관.

60 상가 앞길

끼이익 소리를 내며 급회전을 하여 들어서는 순찰차.
그러나 얼마 진행하지 못하고 급브레이크를 건다.
저 앞에 태호의 차가 마주 보는 방향으로 세워져 있다.
헤드라이트는 꺼지고 안은 보이지 않는 상태이다.

61 순찰차 내부

뒷좌석의 조 순경, 앞차를 보며.

조 순경　지원 요청하세요.

권총을 꺼내며 문을 열고 내린다. 열린 문을 방패 삼아 잠시 몸을 숨겼다가 생각을 바꾸고 그대로 총을 겨눈 채 차를 향해 마주 다가가기 시작한다.

조 순경　경고한다. 안에 있는 자, 손들고 내려. 들리나!

조 순경, 어느 정도의 거리를 두고 멈춰 선다. 차에서는 아무 소리도 없다. 조 순경, 불안해지기 시작한다.

조 순경　사모님, 안에 계십니까?

순간 헤드라이트의 하이빔이 퍽 켜진다.
조 순경, 눈을 가리는 순간 차는 앞으로 달려온다. 조 순경을 지나고 순찰차 옆을 지나 달려간다. 조 순경, 차의 바퀴를 겨냥한다.
순간, 길의 저 앞을 막으며 들어서는 순찰차2.
두 차가 부딪치는 순간인데 조 순경, 총을 발사한다.
바퀴에 맞으며 차는 그대로 옆으로 꺾여져 전봇대를 들이박는다.
아슬아슬하게 비켜선 순찰차에서 경찰들, 뛰어내린다. 조 순경도 달려가고.
차 안 운전석에는 사내 한 사람만이 핸들에 고개를 박고 엎드려 있다.

조 순경, 문을 벌컥 열어 사내를 잡아채어 본다. 사내는 정신을 잃고 있다. 들여다보던 순경1, 뒤를 향해 소리 지른다.

순경1   앰뷸런스 불러!

조 순경, 미칠 듯한 심정으로 주위를 둘러본다.
불 꺼지고 셔터가 내려진 상가…. 길가에 내어놓은 쓰레기봉지들….
순찰차의 경광등 불빛 속에 사이렌 소리와 다급하게 움직이는 경찰들의 발소리만 들리고 있다.

#62   상가 안 창고 내부

어두운 방, 물건을 넣어두는 창고로 쓰이는 곳.
문이 박차지며 태호, 선영을 안으로 밀쳐 넣는다.
넘어지는 선영. 그 뒤로 무사시가 김 사장을 밀고 들어선다.
창밖에서는 경찰차의 사이렌 소리가 들리고 있다.
태호, 무사시에게 벌컥.

태 호   이 여자 어떻게 할 거야!

선영, 밀쳐 넘어진 김 사장에게 가서.

선 영   괜찮으세요?

김 사장은 공포에 질려 선영이 잡는데도 움찔하여 몸을 웅크린다.
선영, 태호 등을 돌아본다. 창밖을 내려다보던 무사시, 선영을 돌아본다.

선 영   (겁나지만 애써) 밖에 경찰들 와 있어요. 이러지 마시고 저기…. 자수하세요,
제 남편 검사예요, 제가 얘기 잘 해드릴게요.
태 호   (무사시에게) 이 여자가 니 얼굴 아는 거 분명해?

무사시, 고개를 끄덕인다. 선영, 순간 눈을 꼭 감는다.

태호, 빌어먹을 욕을 하며 옆의 무언가를 발로 찬다.

그 소리에 눈 감은 선영, 움찔 놀란다.

태호, 무엇을 생각했는지 선영에게 두어 걸음 다가서는데 그 앞을 막아서는 무사시. 선영을 돌아본다.

#63   상가 앞길

조 순경, 미친 듯이 여기저기를 살펴보고 있다.

그들이 간 곳을 알 수가 없다. 저만치 앞에서 역시 수색하던 순경 한 명이 조 순경에게 고개를 저어 보인다.

순찰차 안에서는 순경 하나가 계속 무전을 치고 있다.

조 순경, 갑갑한 마음에 돌아서다가 문득 한곳을 본다. 거기 상가의 셔터가 내려져 있는데 밑이 조금 들려 있다.

조 순경, 다가가 셔터를 올려본다. 셔터는 손쉽게 올려진다.

#64   창고 내부

선영의 입에 테이프가 붙여지고 있다. 손과 발도 이미 테이프로 감겨 있다. 무사시, 테이프를 붙인 후 선영을 들여다본다.

선영, 무사시의 등 뒤를 본다.

태호가 김 사장을 끌고 방을 나서고 있다. 선영, 다시 무사시를 본다.

무사시, 빙긋이 미소를 짓는다.

무사시   당신… 맘에 들어.

#65   상가 내부 복도

총을 든 조 순경, 미친 듯이 이곳저곳을 찾아다니고 있다.

조 순경   사모님 어디 계십니까? 사모님!

잠겨 있는 문을 어깨로 부딪쳐보다가 총으로 손잡이를 쏜다.

벌컥 문을 열어젖히고 총을 겨눠 안으로 들어서 살핀다. 아무도 없는 사무실이다. 조 순경, 다음 방으로 뛴다. 역시 잠겨 있다.

다시 총을 들어 겨누다가 후딱 계단 쪽을 향해 총을 겨눈다.

계단 아래 어두운 쪽에 보이는 사람 그림자.

조 순경, 총을 겨눠 한 발씩 다가가다가 보면 웅크려 앉아 있는 그는, 김 사장이다.

조 순경, 재빨리 주위를 살핀다. 주위에는 아무도 없다. 조 순경, 벌컥 다가가 김 사장의 멱살을 잡아든다.

조 순경   사모님은 어디 있습니까? 예?

김 사장은 넋이 나간 듯 반응이 없다. 그때 조 순경, 무슨 소리를 듣는다. 어디선가 들리는 쿵쿵 부딪히는 소리.

#66   창고 안

선영, 손과 발이 묶인 채로 발로 책상을 차대고 있다.

창밖에서는 자동차들이 급정거로 서는 소리와 앰뷸런스의 소리들이 섞이고 있다. 선영은 줄줄 울고 있다.

순간 문이 박차져 열리며 불이 확 켜진다. 조 순경이다.

조 순경, 선영을 발견하고 달려든다.

조 순경   괜찮습니까?

선영, 울며 고개를 끄덕인다.

조 순경, 선영의 테이프를 풀어주기 시작한다. 조 순경, 한꺼번에 긴장이 풀리며 횡설수설하고 있다.

조 순경   괜찮으신 거죠? 다친 데 없는 거지요?

입의 테이프가 풀린 선영, 아직 말이 나오지 않는 상태에서 말을 하려고 애쓴다. 조 순경, 선영의 손목에 감긴 테이프를 풀며.

조 순경 다행입니다. 못 찾는 줄 알았습니다. 못 찾으면 저도 죽을 생각이었습니다. 정말입니다.

순간 복도에 들리는 여럿의 발자국 소리.
선영, 조 순경의 소매를 부여잡는다. 조 순경, 바싹 긴장하여 선영을 가로막아 총을 드는데 문에 나타나는 우석. 그 뒤로 장 수사관, 백 형사, 다른 경찰 등…….
조 순경, 울 듯해서 비켜선다. 그 뒤로 나타나는 선영.
우석, 성큼 다가선다. 얼굴은 무섭게 긴장이 되어 있다.
선영, 멈췄던 울음이 다시 터지며.

선 영 도망갔어요. 김 사장님 끌고 갔어요. 나, 그 사람 알아요. 전에 그 사람 우리 집에….

말이 멈춘다. 우석이 선영의 양어깨를 잡은 것이다. 다음 순간 우석, 선영을 당겨 안는다. 다시는 놓치지 않겠다는 듯.
뒤에 선 조 순경, 땀을 닦는 듯 눈물을 훔친다.
장 수사관, 돌아서주며.

장 수사관 멀리 못 갔을 거야. 찾아내!

#67   상가 내 복도

경찰들, 어수선하게 수색을 하고 있는 와중.
장 수사관, 김 사장 앞에 서 있다.
아직 계단 한쪽에 웅크리고 앉은 김 사장은 넋이 나간 얼굴로 무언가를 손에 움켜쥐고 있다.
장 수사관, 김 사장의 손을 펴서 본다. 한 장의 사진이 나온다. 김 사장과 그 부인, 20대의 딸과 고등학생쯤의 아들이 함께 찍은 가족사진이다.

문득 김 사장이 쉰 목소리로 입을 연다.

김 사장　그놈들이 줬어요. 그놈들이 갖고 있었어요. 그놈들이 나한테 줬어요.

　　　　　장 수사관, 그러는 김 사장을 본다.

#68　어떤 사무실

문을 열어젖힌 백 형사, 안에서 불어닥치는 바람에 얼굴을 찡그린다.
보면, 창문이 활짝 열려 있고 그곳에서 불어온 바람에 사무실 안의 종이들이
날리고 있다.
백 형사, 창으로 다가가 밖을 본다. 창밖은 어두운 샛골목…. 아무도 없는 골
목이다.

#69　광주 검찰청 / 낮

#70　취조실

문이 열리고 최 부장검사 들어선다. 앉아 있던 종도, 최 부장검사를 본다.
최 부장검사는 앞의 의자에 앉더니 안경을 벗어 꼼꼼하게 닦는다.
안경을 끼고 종도를 본다.

최 부장검사　왜… 그런 짓을 했어요?
종 도　……: (고개를 돌린다. 자신도 그 얘기를 듣고 어처구니없는 부하들 짓에 화가
　　　　나 있던 참이다)
최 부장검사　(나직하게) 감히… 검사 부인을 건드려요?
종 도　내가 시켰단 겁니까? 허!
최 부장검사　(어조도 표정도 변하지 않아서) 이종도 씨.
종 도　(벌컥) 난 이 안에 있었잖소. 왜 이래요?
최 부장검사　(조용히) 당신 끝장이야. 내가 약속해.

종도, 멈칫해서 최 부장검사를 본다.

#71   카지노 로비

재희가 빠르게 달려 올라가고 있다.

#72   혜린의 사무실

여비서, 당황해서 말하고 있다.

여비서   죄송해요. 이분들이 무작정 밀고 들어오시기에‥.

인영, 창민, 정근이 단정한 차림으로 서 있다.
책상 앞의 혜린, 그들을 훑어보고는 아무 말이 없다.
민 변호사, 혜린의 기색을 보고는 나선다.

민 변호사 밖에서 좀 기다려주겠습니까? 지금은 중요한 얘기를 하는 중인데.

인영 등은 태산처럼 서서 움직이지 않고 혜린을 바라보고 있다.
문이 벌컥 열리며 재희가 들어선다.

재 희   무슨 일입니까?

재희, 재빨리 혜린의 옆으로 다가서며 그들을 본다.

혜 린   (여비서를 향해 *끄덕여* 보인다) 됐어요. 차나 준비해줘요.

여비서, 겨우 안심하여 나간다.
혜린, 책상 앞에서 일어나 소파 쪽으로 가며.

혜 린   앉으시지요.

인 영	아니요. 한 가지만 여쭙고 돌아가겠습니다.
혜 린	말씀하세요.

재희, 혜린의 옆을 보호하며 선다.

인 영	저희 형님에 대해 어떤 대책을 세우고 계신지 여쭤보러 왔습니다. 그리고 저희가 필요하시면 써달라고요.
혜 린	(냉정하게 보다가) 형님이라면 박태수 씨 말씀이신가요.

정근, 혜린의 냉정함에 인영을 돌아본다.

인 영	물론입니다.
혜 린	그러니까 박태수 씨에 대해 제가 무슨 대책을 세워야 한다는 말씀이신 거 같은데….
정 근	(인영에게) 이거 말이 이상하잖소.
인 영	저희 형님과 결혼하시려던 걸로 알고 있는데요.
혜 린	그런 말이 있었나요.
정 근	이런 제길.
인 영	형님, 윤 사장님 때문에 구속되셨습니다.
혜 린	(미소 짓는다) 전당대회장 폭력사건 때문이 아니었나요. 신문엔 그렇게 실렸던데요.
정 근	뭐가 어째요. (벌컥 나서려는데)
인 영	(팔을 들어 정근을 막는다. 그 자세로 잠시 혜린을 노려보더니) 잘 알겠습니다.
창 민	난 첨부터 이 여자가 맘에 안 들었수.
인 영	가자.

인영, 창민의 등을 밀며 문으로 간다. 문가에서 돌아보면 정근은 아직도 분한 얼굴로 그 자리에 서 있다.

인 영	나와.

정근, 간신히 몸을 돌려 문 쪽으로 간다. 인영, 정근을 밀며 나가려는데 정근, 갑자기 뿌리치고 돌아서더니.

정 근   저런 여자 때문이었나? 어? 난 이해 못 해. 저런 여자 때문에 형님은 우리까지 버린 거야? 전 재산 다 팔아 치우고, 우리까지 버렸어?

이미 책상 쪽으로 가고 있던 혜린, 멈칫하여 돌아본다. 인영, 정근을 잡아서 나가고 있다.

인 영   못나게 굴지 마.

정근, 끌려 나가며.

정 근   이해할 수 있소? 이해하겠냐고.

문이 닫힌다. 혜린, 굳어서 닫힌 문을 보고 있다.
재희, 그런 혜린을 돌아본다.

#73　복도

걸어 나오는 인영 등, 우울하다. 엘리베이터 앞에서 창민, 버튼을 누른다. 기다리는데.

혜린 소리   잠깐만요.

돌아보면 혜린이 급히 걸어오고 있다.
재희, 중간에 멈춰서 보고만 있다.

혜 린   태수 씨 전 재산을 팔았다고 했어요?

셋 다 대답 없이 본다.

혜 린   좀 전에 그렇게 말했어요? 그래요?

인 영   예. 그 돈은 이미 받으셨을 텐데요.

혜린, 무너지는 듯한 기분. 이제야 알았다.

21부 THE END

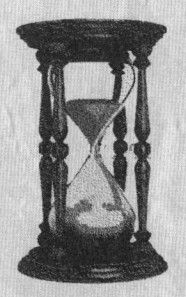

22부

나는… 나야말로 행운이라고 생각했습니다.
한 사람을 알고 평생 그 사람을 바라볼 수 있었습니다.
세상에 그럴 수 있는 사람은 그렇게 많지 않습니다.
아가씨가 있어서 난 그렇게 할 수 있었습니다.
이해하겠습니까?
감사를 드려야 할 사람은 접니다.
아가씨에게도 그럴 수 있는 사람이 있었으면 좋겠습니다.

The
   Sandglass..

1   인천 바닷가

횟집이 늘어서 있는 길에 현수막 하나가 바람에 펄럭이고 있다.
[기호3번 신민당 고완섭 먹고도 안 찍는 민주배짱!]
자막: 1985년 2월
택시 한 대가 와서 선다. 내리는 장도식. 택시기사, 잔돈을 세면서 계속 떠들고 있다.

택시기사 아시겠습니까? 손님 절대 투표는 하셔야 됩니다. 투표를 해서 여당 놈들 정신 차리게 해야 된다고요. 여기 있습니다.

장도식, 잔돈을 받고 내리는데 택시기사, 창문 밖으로 목을 **빼어** 한마디 더.

택시기사 우리 국민들 욱하는 성질을 보여주시라고요. 안녕히 가십쇼.

장도식, 묵묵히 걸으며 피식 웃는다.

2   횟집

장도식이 들어선다. 카운터에 모여 텔레비전을 보고 있는 요리사들, 종업원 아줌마들. 종업원 한 명, 겨우 텔레비전에서 눈을 떼어.

종업원	어서 오세요. 일행 있으십니까?

장도식, 그들이 보는 텔레비전을 힐끗 본다. 각 후보의 유세 장면이 나오고 있는 뉴스 장면이다.

도 식	여자 손님을 만나기로 했는데….
종업원	이쪽으로 오십쇼.

텔레비전을 보던 아줌마 한 명, 분이 나서 떠든다.

아줌마	이봐라. 이거 편파방송 아이가. 여당이 연설하는 건 길게 보여주고 야당은 짧게 보여주고.

장도식, 종업원의 안내를 받으며 가는데 뒤에서 계속 들리는….

아줌마	돈도 없고 방송도 이 모양이고. 내사마 야당 사람들 불쌍해서 찍어줘야겠구마.

3   2층 방

창문 밖으로 보이는 바다…. 아무도 없는 방 안에 마주 앉은 혜린과 장도식. 장도식, 혜린의 잔에 정종을 따르며.

도 식	대단한 선거야. 아주 재미있어.
혜 린	좀 초조하시겠어요.
도 식	이런 말하는 거 이젠 우스갯소리가 됐지만 윤 사장, 나 4·19 세대야. 그때 구호도 기억해. 여러분! 행동이 결여된 지성을 우리는 원치 않습니다.

혜린, 웃는다. 멈추려다가 또 웃는다.

도 식	말하자면 나, 변절자야. 그런데 나, 지난 20년에 보람을 느끼고 있어. 내 나름대로 행동을 해왔으니까.

혜 린	경제 발전된 거 봐라. 우리가 아니었으면 국민들은 아직도 밥을 굶고 있을 거다. 그런 논리인가요?
도 식	뭐 그렇게까지 유치하진 않아. 그냥·· 이런 생각은 하지. 어차피 거쳐야 할 과정이었다면 그걸 우리가 해냈다고. 욕을 먹어가면서 말이지.

혜린, 피식 웃고 창밖의 바다를 보다가.

혜 린	박태수 씨 어떻게 하면 **빼낼** 수 있지요?

장도식, 그런 말을 하는 혜린을 물끄러미 본다. 종업원이 회 접시를 받쳐들고 와서 가운데에 놓고 간다. 회가 떠진 생선은 아직도 아가미를 벌떡거리고 있다.

도 식	윤 사장, 그렇게 어리석지 않은 줄 알았는데.
혜 린	내 카지노 지분과 바꾸는 조건이면 어때요?
도 식	(보다가 허허 웃는다) 내 그동안 윤 사장의 계산은 대충 읽고 있다고 생각했는데···. 윤 사장은 카지노를 살리기 위해 박태수를 이용했어. 말하자면 박태수가 우리를 배신하게 만든 거야. 그 친구가 어떤 대가를 치를지 뻔히 알면서 말이야.
혜 린	맞아요.
도 식	그런데 카지노를 찾고 보니 남자도 필요해졌다 이건가?
혜 린	···· 나, 약속은 지켜요. 카지노 영업정지가 풀리는 즉시 녹음 테이프는 돌려드렸잖아요.
도 식	그랬지. 그날 도청을 한 솜씨는 기가 막혔어.
혜 린	······ 태수 씨 빼내야겠어요. 조건을 말씀해보세요.
도 식	····· 너무 늦었어.
혜 린	·····:
도 식	박태수는 이제 유명인사가 됐어. 선거기간 동안 쓸모가 많았고. 이젠 우리 손을 벗어났어.
혜 린	(말없이 보다가 핸드백을 챙겨든다) 당신들이 할 수 없는 일이 있었나요? 일개 도시에 탱크를 집어넣기도 했잖아요. 잊었어요?

혜린, 약간 고개를 숙여 보이더니 먼저 자리를 뜬다. 남은 장도식, 그대로 남겨져 있는 회 접시를 내려다본다. 피식 웃음이 나온다. 이제 생선은 미약하게 조금씩 움직이고 있을 뿐이다.

#4   횟집 앞

나서는 혜린. 대기하고 있던 재희, 차의 문을 열어준다. 혜린, 차에 타려다가 문득 바다를 본다.

#5   바닷가

혜린, 바다를 보며 앉아 있다. 재희, 그 뒤에 서 있다. 혜린, 문득 재희를 돌아본다. 혜린의 미소가 쓸쓸한 듯….
재희, 혜린의 옆으로 와서 앉는다. 함께 나란히 바라보는 바다…. 그러다 불쑥.

혜 린   옛날 옛적에 그 사람하고 나 저어기 어디 섬에 갔었어. 여기서 보이나 몰라….
          그때 그 사람, 그런 말을 했어. 자길 믿는다면 옆에 있어달라고. 다음 날 새벽
          에 난 도망쳤어. 그땐 그게 그 사람을 위하는 거라고 생각했어.
재 희   아니었습니까?
혜 린   난 그냥… 겁이 났던 거 같애. 어떤 한 사람의 여자가 된다는 게. 그래서 사랑
          을 해야 된다는 게…. 그건 참… 겁나는 일이잖아. 제일 어려운 일이고….

          바다를 보는 재희, 빙긋이 웃고 있다.
          재희가 알고 있는 사랑은 그런 게 아니다.

혜 린   재희는 내가 절대로 도망치지 않는 사람이라고 했지. 아니. 난 정말 겁나면 도
          망쳐. 내가 어떤 사람인지 재희는 잘 몰라.
재 희   어떤 사람인지는 별로 중요하지 않습니다. 난 그저 생각합니다. 이분은 내 앞
          에서만 눈물을 보인다. 지치면 나에게 기댄다. 더 이상은 생각하지 않습니다.

          혜린, 재희를 돌아본다. 재희는 바다만 보고 있다. 혜린도 재희가 보는 바다

를 본다.

혜 린   나 그 사람한테 빚을 지고 싶지 않아.
재 희   ….
혜 린   그동안 그 사람 때문에 나 참 마음이 불편했어. 그 사람 생각만 하면 언제나 마음이… 아팠어.
재 희   예.
혜 린   더 이상은 그러고 싶지 않아.
재 희   압니다.
혜 린   더 이상은 못 하겠어.

그들이 보고 있는 겨울 바다….

#6   구치소

작은 창문으로 하늘이 보인다. 미결수의 감방.
한쪽 벽에 붙어 앉아 있던 몇 명의 미결수, 한쪽을 힐끗거리며 보고 있다. 그들이 보고 있는 다른 쪽 벽에 편하게 기대앉은 태수. 눈을 감고 있다.
철컹 문이 열린다. 무심코 돌아보던 태수, 굳는다. 성큼 들어서는 미결수복의 정근. 태수를 발견하자 얼른 다가와 그 앞에 덥석 엎드린다.

정 근   형님.
태 수   (혀를 차고 싶은 심정) 무슨 짓이야?
정 근   (신이 나 있다) 말씀드렸잖습니까. 형님 가시는 곳이면 어디든 따라간다고요. 그래서 왔습니다.

정근, 문득 두리번거리더니 한 남자를 가리킨다.

정 근   어이 너!

남자, 당황해서 보면.

정 근   너 일로 댕겨.

남자, 영문도 모르고 움직거린다.

정 근   임마. 거기 문틈 새로 바람 들어오잖아. 형님 감기 드신다. 막어.

남자, 기세에 눌려서 쭈뼛거리며 문틈 앞에 막아 앉는다. 태수, 그만 허 웃고
만다.

태 수   다들 잘 있냐?
정 근   그러믄요. 저기 근데 형님. 저 드릴 말씀이…. (얼른 무릎을 꿇는 자세로) 실
         은 저희들, 쓸데없이 입을 놀렸습니다.
태 수   말해.
정 근   저기… 저희는 그 여자가 알고 있는 줄 알고…. 그래서 찾아갔던 겁니다. 저희
         들이 무슨 도움이 될까 해서….
태 수   (앉는 자세가 바뀌어져서) 무슨 소리야?
정 근   그 여자가 형님 일을 모른 척하기에 약이 올라서 그만….
태 수   돈 얘기냐?
정 근   … 예.
태 수   (무슨 말을 하려다 말고…)
정 근   형님 돈이란 거 알고 그 여자 엄청 놀라는 거 보고 우리도 놀랐습니다. 그래
         서 그 여자가….
태 수   정근아.
정 근   예.
태 수   그 여자라고… 함부로 부르지 마라.
정 근   죄송합니다. (꾸벅 고개를 숙이는)

태수, 다시 뒤로 기댄다. 생각에 잠기는….

문이 열리고 태수, 들어선다. 우뚝 선다. 거기 와 있는 민 변호사.

민 변호사 앉으세요.

태수, 자리를 잡아 앉는다. 교도관도 뒤에 자리를 잡고. 민 변호사, 가방에서 이것저것 서류를 꺼내며.

민 변호사 내가 변호사 이름은 달았어도 원래 이런 게 전문이 아니라 좀 서툴 거예요. 먼저 기소 내용부터 살펴볼까요?

태 수 윤 사장이 보냈습니까?

민 변호사 내가 마음에 안 들면 다른 변호사를 소개할 수도 있어요.

태 수 (말없이 보기만)

민 변호사 다른 변호사를 원해요? 그렇다면 가서 그렇게 전하지요.

태 수 이런 거 윤 사장한테 별로 좋지 않을 텐데.

민 변호사 그럴 겁니다.

태 수 먼저 윤 사장 생각부터 들어봅시다. 그 다음에 변호사를 바꿀 건지 생각을 해보고.

민 변호사 (기록을 하고 있는 간수 쪽을 힐끗 보고) 사장님은 빚을 갚아야 한다고 생각 하고 계십니다.

태 수 그거뿐입니까?

민 변호사 (사실 태수가 마음에 안 든다. 그런 내색을 감추지 않고 태수를 본다)

태 수 빚을 갚는다. … 단지 그거요?

민 변호사 사건에 관계된 얘기만 하죠.

태 수 아니 나한텐 그게 재판보다 중요한 문제요.

민 변호사 …… 내 생각을 말해도 되겠어요?

태 수 (끄덕)

민 변호사 세상엔 말이에요. 서로 만나지 않았어야 하는 인연도 있어요. 사람들은 그런 걸 악연이라고 해요. 당신들 두 분 서로 그래요.

태 수 (물끄러미 민 변호사를 보다가 빙긋 웃는다) 그 말은 결국 나하고 혜린이… 우리가 다시 만날 거란 얘기로 들리는데…….

민 변호사, 태수의 시선을 계속 받아보려고 하다가 결국 머뭇머뭇 눈길을 돌린다.

#8   광주 검찰청

전경.

#9   우석의 검사실

오 계장, 힐끗거리고 본다. 창가에 등을 보이며 서 있는 여자, 혜린의 부티 나고 늘씬한 뒷모습을 훔쳐보고 있다. 문이 열리는 바람에 오 계장, 움찔한다. 우석, 들어선다.

오 계장   이제 오십니까. 아까부터 기다리셨는데‥.

우석, 돌아서는 혜린을 본다.

오 계장   서울에서부터 오셨답니다. 검사님을 잘 아신다고 해서 제가 기다리시라고‥.
혜 린   나 왔어.
우 석   그래. 잘 왔어.

오 계장, 벙해서 본다.

혜 린   저번에 우리 집에 왔을 때 내가 잘못했어. 말 안 한 거 있어.
우 석   그런 거 같았어.
혜 린   이종도를 만나게 해줘.

우석, 혜린의 저의를 살피듯 본다.

혜 린 이종도 앞에선 우리, 모르는 사이였으면 해. 그게 낫겠지?

#10 취조실(거울 없는 방)

이종도, 살피듯 보고 있는 앞에서, 혜린, 단정하게 앉아 우석의 질문에 답하고 있다. 오 계장, 부지런히 받아 타이핑하고 있고,

혜 린 당시 아버진 열두 개 슬롯머신 업소에 지분을 갖고 있었어요.
우 석 윤재용 회장 본인의 이름으로 샀습니까?
혜 린 아뇨. 반은 박 회장 이름으로 샀어요.
우 석 박 회장이라면 교통사고로 사망한 박승철 씨를 말하는 겁니까?
혜 린 네.

이종도, 혜린의 속셈을 몰라 보고만 있다.

우 석 어째서 남의 이름… 그러니까 박 회장의 명의로 산 거지요?
혜 린 어차피 그 슬롯머신의 이익금은 상납용이었기 때문이에요. 상납받는 쪽에서 그러길 바랐죠.
우 석 좀 더 자세히 설명해주겠어요?
혜 린 간단해요. 아버지 돈으로 슬롯머신 지분을 사서 그 이득금을 바치는 거죠. 그 덕분에 카지노를 유지할 수 있는 거고요.
우 석 그 과정에서 이종도가 한 역할은 뭡니까?
혜 린 (종도를 본다)
종 도 (마치 관계없는 말을 듣는다는 투로 앉아 있지만 내심은 초조하다)
혜 린 영업상무였습니다. 슬롯머신 지분을 사들이는 데 앞장섰고, 부하들을 시켜서 운영을 했고요.
종 도 (허허 웃는다)
혜 린 그 대가로 두 개의 업소 지분을 받은 걸로 알고 있습니다.

우석, 잠자코 있다가.

우 석   누구한테 상납을 한 겁니까?
혜 린   ….

종도, 혜린을 숨도 쉬지 않고 보고 있다. 혜린, 얼핏 종도를 돌아본다.

혜 린   그 내역을 적어놓은 장부가 있어요. 언제 누구한테 얼마를 줬다는….

오 계장, 돌아본다. 우석도 잠시 숨을 멈췄다가.

우 석   어디 있습니까?
혜 린   아버지가 은행 금고에 넣어두셨는데 제가 그걸 찾아 나오는 날 뺏겼습니다.
(종도를 바로 보며) 내 손에 들고 있는 걸 뺏어갔어요.
우 석   (종도와 혜린을 번갈아 본다)
혜 린   그 얼굴을 기억해요.

종도, 관심 없다는 듯 딴 데를 본다.

우 석   오 계장.
오 계   예.
우 석   이종도 수하 인물들 인명록 있지요?
오 계   사진 붙어 있는 거 말씀이시죠? 갖고 오겠습니다.

오 계장, 나간다. 종도, 귀를 후비며 여유 있게 보이려고 애쓴다.

혜 린   검사님.
우 석   예.
혜 린   이분과 잠시 단둘이 얘기를 나눠도 되겠습니까?
우 석   (혜린을 보다가) 곤란합니다. 피의자와 증인을 단 둘이 놔둘 수는 없어요.
혜 린   부탁입니다.

우석, 말없이 혜린을 본다. 혜린, 부탁하는 눈길로 우석을 본다. 종도, 둘의 눈치를 본다. 우석, 몸을 일으킨다.

우석   5분 정도면 되겠습니까? 문밖에 있지요.

우석, 나간다. 문이 닫히고 혜린, 낮게 긴 숨을 내쉰다. 종도, 벌컥 상체를 혜
린에게 내밀며 낮게.

종도   원하는 게 뭐요? 어? 어쩌자고 이러는 거야?
혜린   댁이야말로 어쩌실래요?
종도   이거 봐. 머리 잘 써. 같이 망하고 싶어? 나하고 나란히 쇠고랑 차고 싶어? 내
       가 그렇게 못 할 거 같애?
혜린   장부… 복사본 갖고 있지요?
종도   (멈칫했다가) 뭐래는 소리요 시방?
혜린   갖고 있어 뭐하시게요? 나라를 상대로 협박하실래요? 댁의 배짱에 될까요?
종도   …….
혜린   난 댁의 부하 얼굴을 기억해요. 댁이 슬롯머신 운영하면서 끌어들인 깡패들
       도 알아요. 댁의 비밀 구좌 번호도 알고 그 구좌에서 깡패들한테 지불한 금
       액도 알아봐줄 수 있어요. 댁이 조직폭력배의 두목이란 거 열 개도 더 증거
       대줄 수 있어요.
종도   (문득 킬킬 웃는다) 날 너무 쉽게 생각지 마쇼.
혜린   박 회장, 살해 교사했지요? 민 변호사 앞에서 그 사실을 시인했다고요.

종도, 비죽이 웃으며 혜린의 옷깃을 손가락으로 털어준다.

종도   민 변호사 정도로 될까? 내 뒤엔 아무도 없는 줄 아쇼? 어?
혜린   그 뒤에서 댁이 비밀 장부 복사본을 갖고 있는 걸 알면 퍽 기뻐하겠군요.

종도, 웃음이 멈춰 본다.

종도   그런 거 없어. 잘 들어. 그런 거 없어.
혜린   … 없어요? 그거 참 안됐군요.

혜린, 일어서서 문 쪽으로 간다. 종도, 그러는 혜린을 보고 있다. 혜린, 문손
잡이를 잡으려는데 그 팔목을 덥석 잡는 손. 어느새 성큼 달려온 종도다.

11   검찰 내 복도

혜린, 혼자 걸어오다가 보면 복도 저 끝 햇살이 들어오는 창문 앞에 우석이
서 있다. 혜린, 그 앞에 가서 선다.

우 석   그 장부, 종도가 갖고 있나.
혜 린   …:
우 석   받기로 했어?
혜 린   자꾸 다그치면 나 우석 씨한테 거짓말을 하게 돼. 다른 증언이 필요하면 언제
         든지 불러.

         혜린, 가려는데 우석, 그 어깨를 잡는다.

우 석   혜린아.

         이만치에서 몰래 보고 있던 오 계장, 이크 해서 고개를 숨긴다. 아무래도 둘
         이 영 수상하다.

우 석   (혜린을 돌려세운다) 난 널 믿어. 믿어서 종도하고 둘이 남겨준 거야.
혜 린   알아.
우 석   너 지금 어디서 무얼 하고 있든지 대학교 때 알아버린 거 잊지 못할 거야. 난
         그걸 믿어.
혜 린   …..:
우 석   무엇이 옳고 그른지 너 알고 있어. 그 장부 우리한테 줘.
혜 린   …. 미안해.
우 석   여전히 대한민국 검사를 믿지 못하는 거니?
혜 린   ….. 우석 씨를 위해서야.
우 석   혜린아.

혜린	그리고 그 사람을 위해서야.
우석	… 태수?

혜린, 끄덕이더니 머뭇거려 우석을 보다가 돌아서서 간다. 우석, 가는 혜린을 보고 있다가.

우석	나오세요.

엿보던 오 계장, 이크 했다가 쭈뼛거리며 나온다.

우석	대기시켰습니까?
오계	그럼요. 준비하고 있을 겁니다. 근데 그러니까 방금 그 미인이 바로 윤재용 회장의 그…

말하다가 보면 우석의 낯빛이 너무 우울하다.

#12   길거리

혜린의 차가 달리고 있다.

#13   혜린의 차 안

운전석의 재희. 뒷자리의 혜린. 재희, 운전하며 백미러를 유심히 본다.

재희	벨트 매시겠습니까?

혜린, 뒤를 돌아본다. 따라오고 있는 차. 혜린, 벨트를 찾아 맨다. 재희, 속력을 높인다.

14   조 순경의 차 안

조 순경이 운전을 하고 있고, 그 옆에 백 형사가 앉아 있다. 그들이 보는 시선에서 앞의 혜린의 차가 속력을 높이고 있다.

조 순경   눈치를 챘는가본데요.
백 형사   그러네.
조 순경   속도위반인데요.
백 형사   딱지 끊어야지.

조 순경, 액셀을 밟는다.

15   길

재희, 백미러를 보며 속력을 높여 운전하고 있다. 조 순경의 차가 점점 거리를 좁혀온다.
재희, 앞쪽을 본다. 중앙선 너머 저만치 빨간불이 파란불로 바뀌며 섰던 차들이 출발한다. 재희, 순간, 차를 급회전시켜 중앙선 저쪽으로 들어선다. 유턴한 재희의 차가 아슬아슬하게 달려오는 차들의 앞을 달리며 조 순경의 차를 지나쳐간다.
조 순경, 급히 차를 세우지만 중앙선 너머 길은 이미 달려오는 차들로 메워지고 있다. 조 순경, 분해 미칠 지경인데 옆에서 백 형사가 묻는다.

백 형사   저런 건 얼마짜리 딱지야?

16   종도의 아파트 입구

문이 열리며 마담 여자, 내다본다.

여 자   누구시라고요?
혜 린   윤혜린입니다. 이종도 씨 상사 되는 사람이에요.

여 자	어머. 그럼 윤 회장님의 따님이시라는….
혜 린	부탁을 받고 왔습니다만….

여자, 얼른 문을 연다.

#17 안방

마담 여자, 놀라서 보는데. 재희, 침대의 시트를 휙 벗기더니 매트리스를 홀링든다. 혜린, 매트리스 밑을 손으로 더듬어본다. 한곳에 손이 멈춘다. 재희, 나이프를 꺼내 그 부분을 푸욱 찢는다. 여자, 놀라서 입을 가린다. 혜린, 찢겨진 매트리스 안에서 서류봉투를 꺼낸다. 안을 열어본다. 복사한 장부뭉치.
여자, 보다가 불안한지 어디론가 연락하려는 듯 부지런히 나간다. 혜린, 재희를 본다. 재희, 빙긋 웃고 있다.

재 희	어떻게 아셨습니까? 그자가 복사본을 갖고 있으리란 거.
혜 린	몰랐어.
재 희	몰랐어요?

혜린, *끄덕인다.*

혜 린	응.

#18 장도식의 사무실 건물

#19 장도식 사무실

켜져 있는 텔레비전에서 개표 상황을 발표하고 있다.
(1985년 2월 개표 상황)
울리는 전화벨. 텔레비전을 보고 있던 장도식, 수화기를 든다.

도 식	예. …· 윤 사장?

20   국도

달리는 차 안 뒷좌석의 혜린, 카폰을 하고 있다.

혜 린   아버지께서 남겨주신 유산을 오늘 찾았어요. 이거 새로운 거래 조건이 될 거 같아요. 박태수 씨 빼내는 방법을 다시 생각해보셔야 할 거 같네요.

21   장도식의 사무실

장도식, 아무 말 없이 수화기를 잡고 있다. 점점 안색이 굳어지고 있다. 장도식, 문득 시선을 들어 텔레비전을 본다. 여자 아나운서가 말하고 있다.

아나운서   선거 개표 결과에 대해… 신민당 바람….

22   건물 복도

젊은 참모들, 바쁘게 움직이고 있다. 군데군데 두셋씩 모여 뭔가를 숙덕거리고 있기도 하고 서류를 든 사무원, 뛰듯이 지나쳐가기도 한다. 그들 사이를 빠른 걸음으로 걷고 있는 장도식.

23   회의실

관계대책기관회의가 열리고 있는 중이다. 강동환과 그 외 인물들. 회의라기보다는 중구난방으로 저마다 한마디씩 떠들고 있는 격앙된 분위기. (아래 대사들은 겹쳐서 따로따로 떠들어대도 상관없음) 옆 사람에게 말하기도 하고 모두에게 소리 지르기도 하고 각각….

사내1   한마디로 개망신이야. 부산에선 세 명이나 떨어졌어. 아니 2등도 못해! 2등도 못하냐고.
사내2   부재자 표 관리는 잘했습니다. 대부분 70퍼센트가 넘어요.
사내3   우린 할 만큼 했습니다. 돈 대달래는 거 다 대줬고, 통장 반장까지 다 동원했어요.

떠들썩한 가운데 강동환은 뒤로 기대 그들을 보고만 있다.

사내1   강남에 표 넘어간 거 봐. 압구정동에 몇 프로라고?
사내2   우리가 22.3프로 신민당이 35.9프로 민한당이 30.9프롭니다.
사내4   물량공세를 잘못했어. 돈 있는 놈들한테 서툰 짓을 한 거라고. 선물 반품소
동 난 거 들었지요.

떠들썩한 가운데 들어선 장도식, 강동환의 뒤로 가서 뭔가 낮게 말한다. 강동
환, 흠칫 놀라 장도식을 돌아본다. 그 동안에도 계속 떠드는 인물들….

사내1   경찰 정보과 예상은 100프로래매? 어떻게 된 거야?
사내2   부산 6개 선거구 중에서 2개소 당선자는 맞혔습니다. 두 개밖에는 못 맞혔군요.
사내4   욱! 바람이야. 무슨 말인지 알어? 욱하는 성질로 뒤집어졌단 말이야.
사내3   무슨 말씀을 그렇게 합니까?
사내4   내 말이 아니야. 사람들이 다 그렇게 말한단 말이야.
사내1   유세 때부터 잘못했어. 야당 쪽에서는 아예 전투하자고 덤볐는데 우린 다리
놓는 얘기나 하고 있었잖아.
사내4   이거 봐. 이건 부산 중동 영도구에서 나온 정보야. 유권자들이 이랬대. 표를
갈라주어 민정당은 떨어뜨리자. 2등도 시키지 말자!

그들 떠드는 와중에 강동환, 슬그머니 일어나 나간다.

24   장도식의 사무실

테이블에 다리를 올려놓고 피곤하게 앉은 강동환, 술을 마시고 있다.
장도식, 강동환의 빈 잔에 술을 따라준다.

동 환   … 확인했나? 정말로 윤 회장의 장부를 그 여자애가 갖고 있어?
도 식   그런 거짓말을 할 여자는 아닙니다.

강동환, 말이 없다.

도 식 박태수의 석방을 원하고 있습니다.

동 환 안 돼.

도 식 장부 내용을 발표할 겁니다. 윤혜린, 그럴 수 있는 여잡니다.

동 환 못 하게 해.

도 식 ….

동 환 왜 대답이 없어.

도 식 어디까지를 말씀하시는 건지….

동 환 왜 이래. 이거 자네가 시작한 일이야.

도 식 구체적으로 지시를 해주십시오.

강동환, 벌컥 다리를 내리며 상체를 장도식에게 기울인다. 그 바람에 테이블 위의 양주병이 넘어지고 술이 쏟아진다.

동 환 이봐. 난 평생 이 나라의 안전을 위해 살았어. 안 그래도 선거 때문에 나라가 흔들리고 있어. 이 장부가 공개되면 나라가 어떻게 될지 생각해봤나. 이거 이용해서 빨갱이 같은 놈들이 선동을 해대고 어리석은 백성들이 우왕좌왕하고 휩쓸리고…: 자네 다시 한 번 광주사태를 보고 싶나?

장도식, 아무 소리도 하지 않는다.

동 환 (다시 뒤로 기댄다) 위험요소는 싹부터 잘라. 벌써 잘라야 했어.

묵묵히 앉아 있는 장도식을 힐끗 본다.

동 환 자네, 그 여자애 정들어하는 거 알아.

도 식 (보면)

동 환 나라를 위해서야. 후세 역사는 이해해줄 거야.

장도식, 테이블가로 뚝뚝 떨어지고 있는 술을 내려다본다.

25   광주 검찰청

전경. 벌컥 소리를 지르는 장 수사관의 소리가 들린다.

장 수사관 소리 누구? 이름이 뭐야. 이름이 있을 거 아냐?

26   우석의 검사실

우석이 보고 있다. 장 수사관, 수화기를 붙잡고 있다.

장 수사관 장도식? 그래서 면회를 시켜줬어? 누구 맘대로? (듣고 있다가) 빌어먹을. (수
        화기를 쾅 내려놓는다)
오 계장 뭐가? 누가? 면회라니?
장 수사관 (우석을 보더니) 구치소에서 온 전화입니다. 이종도, 지금 면회 중이랍니다.

27   면회실

종도, 겁먹은 눈으로 보고 있다. 그 앞에 앉은 장도식.

도 식   그래서 자네가 내준 게 아니란 말이지.
종 도   그러믄요. 그런 걸 제가 갖고 있을 리가 없잖습니까. 그 여자가 제가 줬다고
        했습니까?
도 식   (차갑게 보다가) 자네가 줬을 거야.
종 도   아닙니다. 하늘에 맹세합니다. 정말입니다. 그게 뭔지도 몰랐습니다. 제 어머
        니 두고 맹세할 수 있습니다.
도 식   자네가 줬어.
종 도   하. 미치겠네. 선생님.
도 식   윤혜린이 그런 걸 갖고 있었다면 굳이 녹음 같은 거 할 필요도 없었으니까.
종 도   녹음이요?
도 식   자네가 저지른 일, 자네가 처리해야지.
종 도   (머뭇) 예?

도 식   왜. 싫은가?

종도, 언뜻 뜻을 몰라서 보는…….

28   법원 복도

급하게 걸어가는 우석. 누군가 서류를 들고 문을 열고 나오다가 우석에게 부
딪힌다. 우석, 미안하다는 말도 없이 계속 걷는다.

29   판사실

벌컥 열고 들어서는 우석. 책상 앞에 앉아 서류를 보고 있던 나이 지긋한 판
사, 본다. 우석, 그대로 걸어가.

우 석   이종도, 보석 허가 냈다는 거 사실입니까?
판 사   (안경 너머로 우석을 보고 책상 한편에 밀어놓았던 서류의 이름을 본다) 강우
         석 검사?
우 석   취소해주십시오.
판 사   (어처구니없다는 듯) 당신 검사 맞아요?
우 석   다음의 경우 보석을 허가할 수 없게 돼 있습니다. 첫째 피고인이 사형, 무기
         또는 10년 이상의 죄를 범한 때. 이종도가 그렇습니다. 둘째 피고인이 죄증을
         인멸하거나 인멸할 염려가 있을 때. 이종도는 충분히 그렇습니다.
판 사   결정은 났어요. 맘에 안 들면 즉시항고를 하세요.
우 석   증거인멸 정도가 아닙니다. 이종도 같은 인물은 반드시 또 다른 범죄를 저지
         릅니다. 모르시겠습니까?
판 사   (성가시다는 듯 머리를 벅벅 긁으며) 앉읍시다. 앉아서 얘기하자고.
우 석   (앉는)
판 사   나도 다 생각이 있어서 한 겁니다. 강 검사, 여기 사람 아니지요?
우 석   그래서요?
판 사   이종도 광주 사람이에요. 광주 사람, 감정 많습니다. 같은 광주 사람 넣어두
         면 안 좋아해요. 에 또 게다가 이 지역감정이란 게…

우 석	판사님.
판 사	내 말 안 끝났는데.
우 석	광주 사람들이 방금 그 말 고마워할 거라고 생각합니까?
판 사	뭐가요?
우 석	그런 말이 범죄가 될 수도 있습니다.
판 사	… 어째요?
우 석	게다가 이번 보석 결정은 광주하고 상관없는 걸로 알고 있는데요.

판사, 부들부들 떨며 보는…….

#30   복도

우석, 걸어 나온다. 아까와는 달리 기운이 없다. 아까 우석과 부딪친 사람, 바쁘 오다가 우석을 보고 멈칫한다. 우석, 그 자리에 우뚝 서더니 뭔가 생각에 잠긴다. 그 사람, 우석을 힐끗거리며 지나쳐간다.

#31   구치소 앞

종도, 나오고 있다. 기다리던 수하가 종도에게 외투를 씌워준다. 대기해 있던 차에 오른다. 출발하는 차.

#32   우석의 집 / 밤

전경.

#33   거실

선영, 빨래를 개며 보는 곳에 우석, 소파에 앉아 신문을 펴든 채 읽지는 않고 생각에 잠겨 있다.

34   안방

나란히 누운 선영과 우석. 우석, 슬그머니 일어나더니 방을 나간다. 잠든 듯 눈을 감고 있던 선영, 눈을 뜬다.

35   거실

선영, 가운을 걸치며 살그머니 나와본다. 불도 켜지 않은 거실에 우석, 창문을 향해 등을 보이며 서 있다. 그런 우석을 바라보는 선영. 문득 돌아보는 우석. 선영, 무안한 듯 머뭇거리다 어깨를 으쓱해 보인다.
(시간 경과)
스탠드 하나만 따스하게 빛을 던지고 있고. 선영, 모과차를 우려내고 있다. 소파 밑에 기대앉은 우석. 그렇게 말없이 있다가.

우 석   80년 5월, 난 광주에 있었어요. 계엄군이었고요. 그래서 난 검사 같은 거 될 자격이 없다고 생각했어요.

선영, 말없이 차 한 잔을 우석의 앞에 밀어놓는다.

우 석   아버진 돌아가시면서 그런 말씀을 하셨어요. 넌 잘할 수 있어. 내가 알어. ······ 난 평생 빚을 진 마음으로 살 생각이었어요. 빚을 갚는 마음으로 그렇게 살면 되는 거라고.
선 영   당신 좋은 검사예요.
우 석   (쓸쓸히 웃고 고개를 젓는) 아니. 난 자꾸 잊어요. 언제 그런 일이 있었던가 잊어버리고·· 잊지 말아야지 생각하는 것도 잊고·· 빚진 마음 같은 건 다 잊어버리고···· (말을 잇지 못한다)

선영, 주춤주춤 우석의 옆으로 가서 앉는다. 우석을 돌아본다. 우석은 자기만의 회한에 빠져 있다. 멀어 보이는 우석. 선영, 슬그머니 소파 위로 올라가 앉는다.

우 석   자꾸 그런 생각이 들어…. 대충 포기하고 그냥 살아도 되지 않을까…. 그래도
        누구 뭐라 그럴 사람도 없을 텐데….

        선영, 마른기침을 해서 목을 고르지만 뭐라 할 말이 생각나지 않는다. 우석,
        그런 선영을 돌아보고 얼핏 우울한 미소를 짓는다. 다시 우석은 자기 앞의 공
        간을 본다.

선 영   그냥 이렇게 생각하면 어때요? 그러니까 그냥… 다른 뭣 땜에가 아니고 그
        냥… 우리 아이 때문이라고. 우리 아이가 자라는 세상을 위해서라고.
우 석   (선영을 돌아본다)
선 영   (얼른) 내 말은 옛날의 빚을 매일 기억하는 건 아무래도 힘드니까 자라는 아
        이를 보면서 생각하는 게 쉽지 않겠냐고요.
우 석   (선영을 향해 돌아앉더니) 우리 아이라고 했어요?
선 영   (어색하고 수줍고… 그러다 끄덕인다)
우 석   (언뜻 받아들이지 못하고 보는)
선 영   병원 다녀왔어요. 3개월 돼간다고….

        우석, 선영의 얼굴을 보고 배를 보고 다시 얼굴을 보고 그러다가 고개를 숙
        이더니 잠시 움직이지 않는다. 선영, 머쓱해서 본다. 잠시 후 우석의 손이 선
        영의 무릎 위 손을 찾아 잡는다. 우석, 선영을 올려다본다. 눈물이 어리는 듯
        한 얼굴로 미소 짓고 있다.

우 석   고마워.

        선영, 잠깐의 긴장이 한꺼번에 풀어진다.

우 석   고마워.

        선영, 한 손을 들어 머뭇머뭇 우석의 머리를 건드려본다. 그러다가 머리칼을
        흩뜨려놓는다. 울 것 같은 행복으로 둘, 마주 보며 웃고 있다.

36   윤 회장의 집

전경.

37   식당

혜린, 혼자 아침식사를 하고 있다. 문득 집 안에서 울리는 전화벨 소리. 혜린, 수저를 멈추고 그 소리를 듣는다. 듣기만 한다. 주방 안에서 아줌마가 바쁘게 거실 쪽으로 간다. 잠시 후 벨소리가 그친다. 혜린, 천천히 국물을 한 입 떠먹는다. 아줌마가 수화기를 들고 들어선다.

아줌마   전화 왔는데요.

혜린, 말없이 아줌마가 들고 있는 전화기를 본다.

38   장도식의 사무실

장도식, 전화를 하고 있다.

도 식   박태수, 내보낼 준비를 하고 있어. 아무래도 시간은 좀 걸릴 거야. 그 전에 우리로서는 확인 작업을 해야겠는데. ...... 아니 윤 사장이 갖고 있다는 복사본의 일부만 받아볼 수 있으면 돼. 장소를 정하지. 조용한 데가 낫겠지. 그래요….

얘기를 하고 있는 장도식의 얼굴, 우울하다.

39   구치소

전경.

40 　 면회실

들어선 태수, 교도관을 돌아본다. 교도관은 태수를 넣어놓고는 다시 나가버
린다. 문이 닫힌다. 민 변호사가 기다리고 있다.

민 변호사 조용히 얘기할 게 있어서요.

태수, 피식 웃고 자리에 앉는다.

민 변호사 (굳은 얼굴이다) 우리 사장님 말씀에 따르면 조만간 박태수 씨 풀려난답니다.
태 수 무슨 소리요?
민 변호사 이런 말을 전하라고 하더군요. 위에서 무엇을 시키더라도 고분고분 해주라고
요. 예를 들어 조서에 인장을 찍으라면 찍어주고, 사과문을 쓰라면 쓰고.
태 수 (날카롭게 보다가) 거래 조건이 뭡니까?
민 변호사 …… 윤 회장님이 남긴 장부가 있었어요. 지난 몇 년간 상납한 돈, 외국으로
빼돌려준 돈, 그것을 받은 사람, 죄 적혀 있는 거지요. 원래 이종도가 훔쳐 갔
던 것인데 그 친구가 복사본을 갖고 있었던 모양이에요. 그걸 찾아왔어요.
태 수 …· 미쳤군.
민 변호사 나도 그렇게 말씀드렸지요.
태 수 그래서 그 장부를 공개하지 않는 대신에 날 빼준다. 그 말을 믿는단 말이요?
민 변호사 사장님은 그렇게 믿고 있어요.
태 수 겁도 없이. 만나야겠소. 윤 사장 오라고 해요. 만나서 내가….
민 변호사 저도 그렇게 말했지요. 일단 만나고 난 다음에 결정하라고요. 사장님께선 박
태수 씨가 풀려난 다음에 보자고 하더군요.

태수, 불끈해서 보고 있다.

41 　 구치소 감방

덜컹 문이 열리고 태수, 들어선다. 기다리던 정근, 얼른 다가서며.

정 근	인영이 형님 만났습니다. 좋지 않은 소식인데요.
태 수	(휙 돌아본다)
정 근	(찔끔한 대로) 이종도 그 자식이 풀려났답니다.
태 수	(굳어서 보는)
정 근	보석인가 뭔가…. 형님 친구, 그 검사 역시 별수 없는 모양입니다. 인영이 형 말로는….

말을 더 잇지 못한다. 태수, 갑자기 울 안에 갇힌 맹수처럼 방 안을 서성이기 시작한다. 다른 자들, 슬금슬금 구석으로 피한다. 태수, 생각할수록 치밀어 오르는 불길한 예감. 끓어오르는 성질을 이기지 못해서 느닷없이 벽을 차고 치고…. 정근, 옆에서 어쩔 줄 모르고. 태수, 간신히 멈추어 벽을 짚고 숨을 몰아쉬다가.

태 수	정근아.
정 근	예. (얼른 다가선다)
태 수	(정근의 옷깃을 움켜잡아 가까이 당기더니 낮게) 나 여기서 나가야겠다.

정근, 놀라서 본다.

태 수	너희들한테 미안해서 어쩌냐.

정근, 태수를 보다가 빙긋 웃는다.

#42   구치소 앞

문을 나서는 민 변호사. 이만치 차 안에서 보는 시선. 민 변호사, 대기해 있는 차 쪽으로 걸어간다. 차 안의 영진, 들고 있던 사진을 본다. 어느 복도에서 나오는 혜린을 찍은 사진. 혜린의 뒤에 따르는 재희와 민 변호사의 얼굴이 함께 나와 있다. 민 변호사는 대기해 있던 차에 올라타고 출발한다. 영진, 흥미 있는 미소를 띠며 차를 출발시킨다.

#43 부둣가 창고 앞

멀리 보는 시선으로 승용차 두 대가 와서 선다. 앞의 승용차에서 내리는 종도. 미리 와서 대기하던 사내들, 맞이한다. 종도, 창고를 둘러본다. 뒤차로 간다. 뒷자리의 창문이 내려지며 장도식이 보인다. 종도와 무어라 몇 마디 얘기를 나눈다. 이만치 숨어서 그들을 보고 있는 인영과 창민. 서로 눈을 마주치고 슬그머니 자리를 피한다. 장도식이 탄 차가 빠져나간다. 종도, 그를 배웅한다. 무사시와 태호를 비롯한 사내들, 험상궂게 어슬렁거리고 있다. 태호의 발길에 녹슨 깡통이 걸린다. 태호, 툭 차낸다. 깡통은 무사시의 앞에 멎는다. 무사시, 그대로 깡통을 밟고 지나간다. 우그러져 남겨진 깡통.

#44 윤 회장의 집 / 밤

전경.

#45 재희의 방

별다른 꾸밈이 없는 재희의 단조로운 방 모양새. 재희, 겉옷을 벗어 옷걸이에 걸고 셔츠의 소매 단추를 풀고 와이셔츠의 단추를 푸는데 노크 소리. 재희, 다가가 문을 연다. 가운 차림의 혜린, 서 있다. 재희, 잠깐 보다가 옆으로 비켜선다. 혜린, 들어서서 어색하게 웃고 방을 낯설게 둘러본다. 재희, 의자를 빼내주지만 혜린, 고개를 젓는다. 재희, 그저 서 있는데, 혜린, 머뭇거리다가 들고 온 서류봉투를 테이블 위에 놓는다. 재희, 무엇이냐는 듯 봉투를 보고 혜린을 본다.

혜 린   제주도의 땅문서야. 저번에 다 팔고 이거 남았어. 꽤 넓은 땅이야. 재희 이름으로 바꿔놨어.
재 희   (표정 없이 혜린을 보고 있다가) 무슨 뜻입니까?
혜 린   (웃는데 어쩔 수 없는 쓸쓸함) 달리 방법을 모르겠어. 고맙다는 표시를 하고 싶은데…. (기운을 내어) 내일 제주도에 다녀와. 가서 땅 둘러보고 팔든지 통나무집을 짓든지 생각해보고.

재 희   무슨 뜻이냐고 물었습니다.

혜 린   그렇게 해. 그럼 내 맘이 좀 편해질 거야. 날 위해서 그렇게 해줘. 그럼…. 잘 자.

나가려는데 재희, 한 손을 들어 문을 짚고.

재 희   무슨 생각을 하고 있습니까?

혜 린   … 그동안 고마웠어. 늘 받기만 했어. 한 번쯤은 나도 뭔가를 주고 싶었어.

재 희   …… 잠시 내 얘기를 해도 되겠습니까?

혜린, 침대 쪽으로 가더니 걸터앉는다. 재희를 본다.
재희, 문을 등진 채 생각하다가.

재 희   늘 받기만 한다고 생각했습니까?

혜 린   (끄덕인다)

재 희   (혜린을 따뜻하게 보고 있다) 나는… 나야말로 행운이라고 생각했습니다. 한 사람을 알고 평생 그 사람을 바라볼 수 있었습니다. 세상에 그럴 수 있는 사람은 그렇게 많지 않습니다. 아가씨가 있어서 난 그렇게 할 수 있었습니다.

혜 린   ……:

재 희   이해하겠습니까? 감사를 드려야 할 사람은 접니다.

혜 린   (뭔가 말을 하려다가 목이 메는 기분으로 입을 다문다)

재 희   아가씨에게도 그럴 수 있는 사람이 있었으면 좋겠습니다.

혜린, 일어선다. 재희, 문을 열어주고 뒤로 물러선다. 혜린, 문으로 간다. 멈춰서 재희를 돌아본다. 재희는 거기 서 있다. 혜린, 재희에게 한 걸음 두 걸음 다가가 그의 목을 끌어안는다. 재희, 혜린을 안는다. 잠시 후 아픔을 누르고 서서히 혜린을 떼어 얼굴을 본다. 혜린의 눈에 눈물이 어려 있다. 두 손으로 혜린의 얼굴을 감싸 그 이마에 입 맞춘다. 눈을 감았던 혜린, 다시 눈을 떴을 때 재희는 깊이 혜린의 눈을 들여다보고 있다.
재희, 자신의 가슴에 모아진 혜린의 두 손을 감싸 잡는다. 이것으로 되었다고 재희는 생각한다. 혜린의 입가에 얼핏 미소가 스친다. 평화로움과 감사…. 혜

린, 시선을 떨어뜨린다.

마지막으로 재희의 손이 혜린의 손을 아쉽게 놓아준다.

#46   구치소 감방

문이 열리고 태수, 나간다. 문득 멈춰서 뒤를 돌아본다. 정근, 굳어서 보고 있다. 태수, 나가고 문이 닫히고. 정근, 얼른 쪽문에 붙어서 내다본다. 멀어져 가는 여러 명의 발소리….

#47   구치소 마당

호송차가 서 있고, 태수를 비롯한 세 명 정도의 미결수가 뒤에 탄다. 문을 닫고 잠근다. 재판정에 가기 위한 호송이다.

#48   구치소 앞

철문이 열리고 호송차가 나온다. 그 뒤로 철문이 철컹 닫힌다.

#49   호송차 뒤 내부

수갑을 차고 앉은 태수, 슬쩍 앞쪽을 본다. 운전기사와 그 옆에 앉은 교도관. 교도관이 뒤를 돌아본다. 태수 외에 세 명, 차에 흔들리고 있다.

#50   공항 국내선 앞

간단한 가방을 든 재희, 길을 건너 입구로 들어가려다 선다. 자동문이 열린다. 재희, 움직이지 않고 그대로 서 있다가 문득 뒤를 돌아본다. 다시 앞을 보면 여전히 열려 있는 자동문.

재희, 한 걸음 뒤로 빠진다. 자동문이 닫힌다. 닫힌 문을 재희, 잠시 보고 있다.

51   혜린의 사무실

혜린, 얄팍한 서류봉투를 가방 안에 넣는다. 책상 위에는 또 하나의 두툼한 서류봉투가 있다. 혜린, 그것을 잠시 보고 있다가 들어서 밀어준다. 그 앞에는 민 변호사가 앉아 있다.

혜 린   잘 보관해주세요. 은행에 넣는 게 좋겠지요?

민 변호사   나는 찬성할 수 없어.

혜 린   끝난 얘기예요.

민 변호사   다른 방법이 있을 거야. 아니면 오늘 약속이라도 취소해. 다른 날 다른 장소에서 나하고 같이 나가자고.

혜 린   저 혼자 나가요.

민 변호사   왜?

혜 린   (웃는) 조용히 만나기로 했어요. 그거뿐이에요.

민 변호사   그거뿐이라면 재희는 왜 제주도로 보냈지?

혜 린   아저씨.

민 변호사   그거뿐이라면 나한테 왜 약속장소를 알려주지 않는 거야.

혜 린   (잠시 보다가) 아무 일 없어요. 상대는 그래도 나랏일을 하는 사람이에요. 우리나라 법치국가예요. 아무 일 없어요.

민 변호사   혜린이.

혜 린   아저씨는 해줘야 될 일이 있잖아요. 아시잖아요.

민 변호사, 더듬더듬 주머니에서 손수건을 꺼낸다. 그 손수건을 들고 바라보다가 안경을 벗어 닦는다.

52   건물 주차장

혜린, 혼자 걸어 나온다. 열쇠로 차의 문을 열고 운전석으로 들어간다. 이만치 차 안에서 그 모습을 보는 영진. 시동을 건다. 혜린의 차가 주차장을 빠져나가고 있다. 영진, 막 차를 출발시키려는데 운전석이 벌컥 열린다. 영진, 놀라서 보면 재희다.

재 희   자리를 옮겨주겠습니까?

영진, 멍해서 보고 있다.

#53 길

재희, 영진의 차를 운전하고 있다. 저 앞에 혜린의 차가 간다. 조수석에 앉은
영진, 사진을 꺼내 본다. 구치소 앞에서 보았던 그 사진. 혜린 옆에 찍혀 있는
재희의 얼굴. 운전을 하는 재희를 다시 본다. 재희는 굳은 얼굴로 앞만 보고
있다. 영진, 영문을 알 수는 없지만 어쨌든 흥미 있다.

#54 국도

2차선 국도길. 태수를 태운 호송차가 가고 있다.

#55 호송차 내부

사내 한 명은 수갑을 찬 채 잠들어 있다. 그 앞에 앉은 태수, 눈을 감고 있다
가 슬며시 뜬다. 창밖의 위치를 확인한다.

#56 운전석

운전하던 교도관, 문득 얼굴을 찌푸린다.

교도관1   뭐야!

조수석의 교도관2도 본다. 저 앞 십자로 부근에 컨테이너 한 대가 가로막고
있다. 운전사 한 명이 바퀴에 매달려 갈아 끼우고 있다. 교도관, 차를 세운다.
창문 밖으로 고개를 내밀어.

교도관1   뭐요?

운전사, 미안하다는 듯 손을 들어 보인다. 교도관2, 시계를 본다.

교도관2 이런 제기.

순간 교도관2의 옆 창문이 박살이 난다. 놀랄 사이도 없이 교도관2의 얼굴 앞으로 가스총이 들이밀어지고 발사된다. 창민이다. 그사이 문을 열고 도망치려던 교도관1은 기다리던 인영에 의해 목이 잡힌다.

#57   호송차 내부

문이 벌컥 열린다. 태수, 기다린 듯 나간다. 나머지 미결수들, 놀라서 우왕좌왕하는데 그들 얼굴 앞에서 창민, 다시 문을 닫아버린다. 미결수 한 명, 소리를 지르며 문을 열려고 하지만.

#58   차 밖

창민, 차의 문을 잠가버린다. 그 옆에서 인영이 태수의 수갑을 풀고 있다. 컨테이너의 운전사, 재빨리 바퀴의 나사를 조인다.

#59   길

컨테이너 트럭이 달리고 있다.

#60   컨테이너 내부

잠바를 걸쳐 입는 태수. 준비된 옷을 갈아입었다. 인영, 오토바이의 열쇠를 내어준다. 열쇠를 받은 태수, 잠시 인영을 보다가 팔을 벌려 안아준다. 옆에 있는 창민의 어깨를 툭 쳐주고 컨테이너 안에 준비되어 있는 오토바이에 올라탄다. 창민, 헬멧을 내준다.
태수, 다시 한 번 둘을 번갈아 바라보고 오토바이의 시동을 건다.

#61 길

달리는 컨테이너. 속력을 늦춘다. 뒷문이 열리며 태수가 탄 오토바이가 달려
나와 땅에 내려선다. 방향을 선회하며 중심을 잡더니 그 기세로 달려 나간다.

#62 부둣가 창고 앞

어두워지고 있다. 혜린이 모는 차가 들어와 멈춰 선다. 운전석의 혜린, 잠시
주위를 둘러본다. 어두워져가고 있는 창고 앞에는 아무도 보이지 않는다.
혜린, 두려움을 애써 누르고 가방을 들어 차에서 내려선다. 주위를 둘러보며
몇 걸음 걷다가 혜린, 흠칫하여 돌아본다. 가로등이 하나씩 켜지고 있다. 혜
린, 손목시계를 본다. 그러다 굳는다. 저벅저벅 들리는 여럿의 발자국 소리.
천천히 고개를 들어 보았을 때 거기 태호와 그리고 여럿의 사내들이 다가와
서 선다.
혜린, 뒤를 돌아본다. 뒤에도 다가서고 있는 사내들⋯⋯. 혜린, 공포를 내보이
지 않으려 애쓰며 한 걸음씩 차로 다가선다. 차에 타고 도망칠 생각이다. 간신
히 차 옆에 다다르고 등 뒤로 슬그머니 차 문의 손잡이를 잡아 벌컥 여는데,
순간, 누군가의 손이 차 문을 잡는다. 혜린, 공포에 질려 돌아보면 무사시가
거기 서 있다. 혜린, 다급하게 주위를 둘러보지만 도망칠 곳은 없다. 순간 무
사시의 손이 혜린의 어깨를 잡는다.

#63 창고에서 떨어진 곳

숨어서 보고 있는 재희와 영진. 그들이 보는 저만치에 혜린이 무사시와 사내
들에게 밀려 창고 쪽으로 가고 있다. 영진, 겁에 질린 채 가방을 뒤져 사진기
를 꺼내드는데 재희, 영진의 손목을 잡는다.

재 희   경찰에 연락해주겠습니까?

영진, 말이 잘 안 나온다. 끄덕거리고 허겁지겁 뒤로 빠지다가 멈칫 재희를 돌
아본다. 재희는 뚫어져라 혜린 쪽만 바라보고 있다.

64   창고 앞

드르륵 열리는 창고의 거대한 문. 사내들에 둘러싸여 입구로 밀려난 혜린의 눈에 보이는 창고 안의 모습. 태호, 혜린의 등을 미는데 혜린, 그 손을 홱 뿌리치고 제 발로 걸어 들어가기 시작한다. 거대한 재물들이 여기저기 놓인 창고 안에는 또 다른 사내들이 여기저기 서서 혜린을 보고 있다. 혜린, 멈칫 발을 멈춘다. 저 앞에 돌아 나오고 있는 종도.

종 도   윤 사장…. 윤혜린.
혜 린   (마지막까지 설마 했던 마음이 무너져 내린다. 간신히 자세를 유지하며 어쩔 수 없이 떨리는 목소리) 내가 만나기로 한 사람은 다른 분인데요.
종 도   (입에 물었던 담배를 뱉더니 발로 비벼 끄고) 내 물건을 찾으러 왔어.

태호, 혜린이 든 가방을 낚아채더니 안을 뒤져 봉투를 꺼낸다. 안에서 꺼낸 것은 10여 장의 복사 종이.

혜 린   나머지가 필요하면 주겠어요. 그걸 원했다면 이렇게까지 할 필요 없어요.
종 도   (웃는다) 부잣집 딸들은 다 그런가? 세상이 아주 간단한 줄 안단 말이야.

혜린, 극한의 공포를 느낀다. 종도, 혜린의 옆에 있는 사내에게 고갯짓을 한다.

65   창고 밖

재희, 근처에서 대걸레 자루를 집어든다. 무릎에 대고 목검의 길이로 분지른다. 손에 단단히 거머잡고 재희, 문득 어두워진 밤하늘을 우러른다. 그리고 창고 입구를 향해 나가기 시작한다. 창고 입구를 지키며 어슬렁거리던 서너 명의 사내, 재희를 보고 놀라 다가온다. 재희, 속도를 늦추지 않고 계속 걸어 나가며 그들을 맞아 목검을 휘둘러 싸우며 길을 나아간다. 혜린을 향해.

66   창고 안

혜린, 미친 듯이 한 사내를 밀어제치고 도망치기 시작한다. 손에 잡히는 대로
집어 던지며 쌓인 짐 위로 기어오르지만 이내 발목이 잡히고 끌려 내려진다.
종도, 새 담배에 불을 붙이며 구경을 하고 있다가 문득 고개를 돌린다.
창고 문이 벌컥 열리고 있다. 혜린을 쫓던 사내들, 돌아보는 곳에 재희가 들
어서고 있다. 문밖의 한바탕 격투로 흐트러진 모습. 무사시에게 잡혀 버둥거
리며 일어서려던 혜린도 재희를 본다. 재희, 혜린을 본다. 순간 옆의 사내가
각목을 휘두른다.
재희, 등을 맞아 휘청이며 반격한다. 잠시 정지했던 사내들이 우르르 재희 쪽
으로 몰린다.

67   부둣가 공중전화 박스

영진, 전화를 하고 있다.

68   밤거리

태수가 탄 오토바이가 달리고 있다. 저만치 앞에 검문소가 보인다. 바리케이
드 앞을 막아서고 있는 경찰들…. 태수, 오토바이의 방향을 급하게 바꾸어
옆길로 접어든다.

69   창고 안

몽타주 분위기. 재희, 20여 명과의 싸움을 계속하고 있다. 재희의 목표는 오
직 혜린이 있는 쪽이다.
혜린, 무사시에게 잡혀 몸부림친다. 종도, 싸움을 구경하며 피우던 담배의 재
를 턴다. 무사시, 혜린을 옆의 사내 둘에게 밀쳐낸다. 혜린이 보는 앞에서 무
사시, 바바리를 벗어젖히고 등에 꽂았던 쇠파이프를 뽑아낸다.
혜린, 소리 지르며 나아가려다 사내들에게 잡힌다. 재희, 얼핏 혜린을 돌아보
다가 다시 얻어맞는다.

#70   산길

태수의 오토바이가 길도 없는 산등성이를 넘어 국도로 떨어져 내리며 계속 달린다.

#71   창고 안

재희, 아직까지 버티고 있다. 누군가의 몽둥이를 막아내고 간신히 반격을 한다. 그때 재희의 뒤로 다가서는 무사시.
혜린, 잡힌 채 재희! 소리 지른다.
재희, 순간 돌아보며 자신의 머리를 노리는 무사시의 쇠파이프를 겨우 피하지만 어깨에 얻어맞는다. 무사시, 다시 후려치려다가 뒤를 돌아본다. 입구에서 한 사내가 안을 돌아보며 외치고 있다.
종도, 그를 돌아본다. 태호, 입구로 달려가 밖을 본다. 저만치 어둠 속에 달려오고 있는 경찰차들의 경광등 불빛.
재희, 무릎이 꺾이며 땅에 무릎을 꿇는다. 사내들, 우우 달려 나간다. 무사시, 종도를 호위하기 위해 종도에게 달려온다. 그러나 종도는 혜린을 보고 있다.
혜린, 잡았던 사내들이 달려 나가면서 혼자 기진하여 휘청인다.
혜린, 재희를 향해 나간다. 무릎을 꿇은 재희, 간신히 고개를 들어 혜린을 보다가 시선이 옆으로 옮겨진다. 혜린의 옆에 종도, 혜린을 보며 무사시의 쇠파이프를 받아들고 있다. 혜린, 재희의 시선을 따라 종도 쪽으로 시선을 돌리다가, 경악을 하며 눈을 감는다. 순간 혜린을 덮쳐 안는 재희, 머리를 얻어맞으며 그대로 무너져 내린다. 그 뒤로 무사시의 호위를 받으며 달려 나가는 종도, 아쉬움이 남아 혜린 쪽을 돌아보고 있다.
혜린, 비현실의 아득함 속에서 자신을 감싸고 쓰러진 재희의 얼굴을 머뭇머뭇 들어서 본다.

#72   부둣가로 가는 길

달려오던 태수, 오토바이를 급브레이크로 멈추며 옆으로 숨겨 세운다. 잠시 후 숨어 있는 태수 옆을 지나쳐가는 서너 대의 승용차.

태수, 순간 지나쳐가는 자동차 속에서 종도를 본다. 자동차가 지나가자 태수, 뛰어나와 그들이 온 쪽을 본다. 멀리서 경찰차의 사이렌 소리가 들리고 있다.

#73   창고 앞

경찰차들…. 앰뷸런스…. 무전을 하고 있는 경찰….
그 와중에 영진이 보는 곳. 재희가 들것에 실려 나오고 있다. 그 옆을 따르고 있는 혜린. 앰뷸런스에 태워지는 재희.
경찰 한 명, 혜린을 잡아 뭔가 말하려는데 혜린, 거칠게 뿌리치고 앰뷸런스에 따라 탄다.
앰뷸런스가 사이렌을 울리며 달리기 시작한다.

#74   앰뷸런스 내부

재희, 가쁜 숨을 쉬며 혜린을 본다. 코피가 주르르 흘러내린다.
바쁘게 응급처치가 이루어지는 옆에서 혜린이 울며 재희를 보고 있다. 그 목소리가 들리지 않는다.
재희에겐 자신의 심장 고동 소리 외엔 아무것도 들리지 않는다. 가물가물한 정신 속에서 재희는 혜린의 얼굴을 놓치지 않으려 애쓴다. 혜린과의 지난날 몇 장면이 혜린의 얼굴에 겹쳐 순간순간 스친다.

#75   병원 복도

들것에 누운 재희의 시선으로 보이는 장면…. 재희의 침대를 밀며 달리는 사람들…. 천장의 불빛…. 그리고 옆을 떠나지 않는 혜린의 얼굴…. 혜린은 울고 있다. 울며 재희를 향해 뭔가 외치고 있다. 재희의 심장 고동 소리가 점차 미약해진다. 시야가 가물거린다.
정상적인 시선에서 침대는 응급실 문을 박차고 들어선다. 침대는 응급실의 한곳에 멈춘다.
혜린, 문득 재희가 손을 움직이는 것을 본다. 혜린, 재희의 손을 잡는다. 혜린을 향한 재희의 눈이 웃는 듯싶다.

다시 재희의 시선. 혜린이 자신을 보고 있다. 흐려지는 시선을 돌린다. 달려오는 의료진들이 보인다. 다시 혜린을 본다. 혜린은 상체를 굽히며 애타게 부르고 있다. 재희. 재희….

그 혜린의 모습이 점차 어두워지고 암흑이 된다. 심장 고동 소리가 끝난다.

22부 THE END

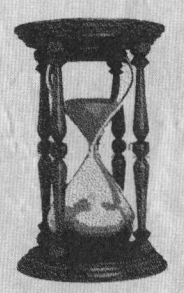

23부

··· 나에 대한 건 하나도 남기지 마.
나는 처음부터 없었던 사람이야.
이 세상에게도··· 당신에게도···. 그러는 게 좋아.

바보군요. 추억마저 없다면
우리 살아온 게 너무 불쌍하잖아요.

The
Sandglass..

#1 강변길

인영과 창민이 탄 차가 달리고 있다. 그 뒤를 쫓는 경찰차들….

#2 차 내부

앞에 나란히 앉은 인영과 창민은 쫓기는 자의 절박함보다는 오히려 홀가분한 얼굴들이다.
운전하는 인영, 백미러 속의 경찰차들을 보며.

인 영 기분이 어때?
창 민 좋습니다.
인 영 그냥 좋은 정도야?
창 민 끝내줍니다.

인영, 웃는데 앞길로 나타나는 경찰차들…. 인영, 급회전을 하여 옆으로 나 있는 한강 다리 위로 올라선다.

#3 길

인영의 차를 개통되지 않은 한강 다리 위로 몰아가는 경찰들…. 유리창 안으로 보이는 경찰들은 무전을 하는 등 바쁜 모습들….

<u>#4</u>　　<u>차 내부</u>

다리 위를 달리던 인영, 문득 속도를 줄인다. 백미러로 보이는 경찰차들은 다리 위로 얼마만큼 쫓아오더니 멈춰 서고 있다.

창민　　형님.

창민의 소리에 앞을 본 인영. 그 앞, 다리 저쪽에서부터 몰고 들어오는 경찰차들…. 인영, 차를 세운다.

<u>#5</u>　　<u>다리 위</u>

한가운데 세워져 있는 인영의 차. 양쪽으로 막아선 경찰차에서 뛰어내리는 경찰들…….

<u>#6</u>　　<u>차 내부</u>

인영과 창민, 어쩔 수 없는 공포를 느끼고 있다. 사방으로 좁혀오고 있는 경찰들…. 그들이 외치고 있는 확성기 소리.

확성기 소리 차 문을 열고 두 손 올리고 천천히 내려라. 너희들은 포위됐다. 차 문부터 열고!

창민, 양주병의 마개를 연다. 인영에게 내민다. 인영, 한 모금을 마시고 창민에게 준다. 창민도 한 모금 마신다. 서로 보고 공포를 떨치듯 웃고. 인영, 벌컥 문을 연다.

<u>#7</u>　　<u>밖</u>

다가서던 경찰들, 움찔하여 총을 겨눈다. 내려서는 인영과 창민. 경찰들, 후다닥 덮쳐서 인영 등을 차 위에 엎드리게 하고 몸수색을 한다. 그새 다가온 제복의 경찰들, 수갑을 채운다. 그때 누군가 인영의 머리를 잡아 올린다.

경 찰	박태수는 어딨나?
인 영	(보다가 빙긋이 웃더니 창민에게) 들었니? 형님 아직 무사하시다.
창 민	예. 들었습니다.

#8   파출소 앞

순경 한 명이 게시판에 전단을 붙이고 있다. 태수의 사진이 나와 있는 수배전단. 수배, 탈옥범, 키, 나이, 서울말씨 등이 적혀 있다.

#9   광주, 우석의 검사실

오 계장, 짜장면을 먹으면서 신문을 보고 있다. 사회면에 커다랗게 실린 태수의 사진과 기사.
오 계장, 슬쩍 우석 쪽의 눈치를 본다. 우석은 등을 돌려 의자에 기대앉은 채 창밖을 보고 있다.
전화벨 소리. 미스 리, 전화를 받는다.

미스 리	네. 503호실입니다. 네? 아 예. (전화 끊더니 우석을 살피며 조심스럽게) 부장님이 찾으시는데요.

우석, 돌아본다.

미스 리	오시래요. 지금.

#10   부장검사실

들어서던 우석, 멈칫한다. 광주의 최 부장검사와 함께 앉아 있는 서울의 검사장.

우 석	(반가워서) 여긴 어떻게 오셨습니까?
검사장	강 검사가 보고 싶어서 왔지요. (싱긋 웃는다)

(시간 경과)

셋이 앉은 테이블 위에 놓이는 녹차 세 잔. 차를 갖다놓은 여직원, 나가고.

검사장 박태수가 탈옥했어요.

우 석 신문 봤습니다.

최 부장검사 이종도는 소재불명이야. 보석으로 나간 자가 행방불명이라고.

우 석 알고 있습니다.

검사장 서울에 검경 합동수사팀이 만들어졌어요. 강 검사 거기 들어와줘야겠어요.

우 석 (뜻밖의 제안이다)

검사장 말하자면 파견근무를 해주는 형식인데. 어때요?

최 부장검사 이종도나 박태수나 모두가 한 나무에 달린 가지들이라면서. 이종도, 그놈도 서울에 있을지 몰라. 강 검사 가서 마무리 짓고 와. 여기 일은 내 알아서 정리할 테니까.

우 석 (말없이 생각에 잠겨 있다)

검사장 강 검사가 시작한 일이에요. 결자해지. 첫수를 뒀으면 끝내기를 해야지요.

우 석 (이윽고 고개를 들더니 최 부장검사에게) 함께 일하던 팀이 있습니다. 같이 갔으면 합니다만.

11   광주역

열차가 들어오고 나가고…. 플랫폼의 우석과 선영. 우석, 선영의 가방을 들고 있다.

우 석 그쪽 역에 영석이가 나와 있을 거예요. 내가 같이 가줬어야 하는 건데.

선 영 두고 봐요. 어머니 치마 붙잡고 당신 흉만 잔뜩 늘어놓을 거니까.

우 석 ……. (제 목에 감겨 있던 목도리를 풀어 선영의 목에 둘러주며) 미안해요.

선 영 미안하겠지요, 당연히. 잡았던 깡패는 놓아주고, 검사가 돼 가지고 깡패가 겁나서 마누라는 고향집에 피난시키고….

우 석 (선영의 귀에 대고) 아이가 들어.

선 영 들으라고 하는 소린데 뭐.

우 석 (선영의 배에 가까이 하며) 엄마 말만 들으면 안 된다 너.

| 선 영 | 이이가….

웃고 밀고 하다가 선영, 어머 놀라서 우석의 뒤로 숨어버린다. 저만치서 가까이 오지 못하고 딴 데를 보는 척하는 조 순경과 백 형사. 우석도 어색해서…. 조 순경, 우석과 시선이 마주치자 자기도 모르게 사복 차림에 거수경례를 붙인다. 선영, 무안한 대로 숨었던 우석의 등에서 나와 인사하고.

| 우 석 | 지금 근무시간 아닌가.
| 백 형사 | 순찰 중입니다.

우석, 웃는데. 백 형사와 조 순경, 꾸러미 하나를 서로 미루고 있다. 그러다 백 형사의 힘에 눌려 할 수 없이 꾸러미를 받아든 조 순경, 그것을 선영에게 얼른 주어버린다.

| 선 영 | 뭐예요?
| 조 순경 | (어색해서 딱딱하게) 음악 테이프입니다. 태아교육에 좋은 음악들로 엄선했습니다. 모차르트, 슈베르트, 비틀즈도 있습니다.
| 선 영 | (부끄럽기도 하고) 고맙습니다. 잘 들을게요.

조 순경, 기분이 좋아서 눈치 없이 서 있다.

| 백 형사 | 잘 다녀오십시오.

그러더니 조 순경이 뒷덜미를 붙잡아서 끌고 간다. 조 순경, 어어 해서 인사도 못 하고 왜 이래요, 하며 끌려간다.

#12   기차 객실 내부

우석, 선영의 등을 감싸 자리를 찾아온다. 선영의 가방을 위에 올려주고. 자리에 앉혀주고…. 그러는데 문득.

선 영	당신. 그거 알아요? 내가 왜 당신을 좋아하는지.
우 석	잘생겼기 때문이 아닌가. (장난스럽게 웃는데)
선 영	… 당신을 존경할 수 있어서예요. 난요. 존경할 수 없는 남자하곤 못 살아요.
우 석	(언뜻 대답을 못 하는데)
선 영	조심하세요.

기차 출발 신호 소리.
우석이 내키지 않은 발걸음을 옮기며 선영을 돌아본다.

13   기차역

출발하는 기차의 창문으로 선영을 바라보고 있는 우석이 보인다. 선영, 수줍게 한 손을 살짝 들어 보인다. 우석도 어색한 대로 한 손을 머뭇머뭇 들어 보인다. 많이 드러내 표현하지 않아도 전해지는 사랑.

14   서울 검찰청

전경. 우석이 브리핑하는 소리.

우 석	한마디로 이것은 윤재용 회장이 갖고 있던 카지노를 둘러싼 정계, 재계, 폭력배들의 암투라고 이해하시면 됩니다.

15   검찰 회의실

검사장을 비롯하여 서울의 서 부장검사(전과 연결), 우석의 수사팀, 신 검사, 그 외 경찰 간부 등 관계자들이 모여 있는 가운데 우석이 브리핑하고 있다. 영사기에서 흘러나오는 불빛, 스크린에는 윤재용 회장의 얼굴이 비춰지고 있다.

우 석	본 검찰이 이 사건의 수사를 시작한 것은 작년 4월, 박승철 회장의 교통사고 사망 소식을 접하면서부터였습니다. 당시 박 회장은 카지노 이권을 놓고 윤

회장과 치열한 경쟁 중이었습니다.

스크린에 박승철 회장의 생전 모습이 나타난다. 어느 석상에선가 사람 좋게 웃고 있는 얼굴이다.

우 석　(계속) 조사 결과 박 회장은 사고를 위장, 살해를 당했음이 판명됐습니다. 그 배후 인물로 윤재용 회장이 거론됐습니다만 수사 도중 윤 회장은 사망했습니다. 그것으로 수사는 일단 종결됐습니다.

(우석, 서 부장검사를 본다) 서 부장검사, 우석과 시선이 마주치자 슬그머니 시선을 돌린다.

우 석　당시 박 회장 살해범으로 강대영이란 자가 구속됐습니다.

스크린에는 강대영의 사진이 나타난다. 죄수번호를 앞에 든 모습이다.

우 석　강대영은 조사 결과 이종도란 인물의 부하였던 걸로 드러났습니다.

스크린에 이종도의 사진이 나타나고.

우 석　이종도는 윤 회장의 밑에서 영업상무로 일하고 있던 자입니다. 조직폭력배 출신으로 사건 직후 광주로 거처를 옮겨 건설폭력배들을 규합, 지휘했습니다. 현재 수배 중입니다.

우석, 말을 하며 한곳을 본다. 서 부장검사가 슬그머니 밖으로 나가고 있다.

우 석　윤 회장 사망 직후 그 재산을 노리는 새로운 인물이 등장합니다.

스크린의 사진이 바뀐다. 박태수가 나타난다. 앉아서 보던 이들 사이에 작은 웅성거림이 일어난다.

우 석 박태수입니다. 박태수는 박 회장 밑에서 일하던 자로서 과거 이종도와 더불어 정치테러 등에 관계했던⋯. (우석, 잠깐 말을 멈춘다)

우석의 말을 기다리는 사람들⋯. 검사장, 우석을 본다.

우 석 조직폭력배의 두목입니다. 박태수는⋯: 모종의 비호세력을 업고 급부상, 윤 회장의 사후, 카지노의 주주들에게 새로운 사장 후보로 추대되기도 했습니다. 결국 윤 회장의 자리는 그 딸인⋯.

스크린에 혜린의 모습이 나타난다.

우 석 윤혜린이 이어받았습니다. 그리고 박태수는 구속됐습니다. 지난 77년에 있었던 정치테러의 행동대장이었다는 게 구속 사유였습니다.

스크린이 꺼지고 불이 켜지고. 경찰 제복의 간부 한 명이 질문을 한다.

간 부 박태수 뒤에 모종의 배후세력이라니 무슨 소리요?
우 석 그것을 밝히는 것이 이번 수사의 초점이 돼야 할 겁니다. 그렇지 못하면 행동대원 몇 명 잡는다고 해도 사건은⋯ 범죄는 계속될 겁니다.

(시간 경과)
닫혔던 커튼이 젖혀지고 있다. 들어오는 햇살. 회의에 참석했던 자들이 2, 3명씩 얘기를 나누며 회의장을 빠져나가는 분위기. 우석, 회의장의 한구석으로 오 계장과 장 수사관을 부른다. 우석, 다른 이들이 듣지 못하게 은밀히.

우 석 은밀히 조사해줘야 할 게 있어요.
오 계장 예. (수첩을 펴는데)
우 석 서 부장검사를 조사해줘요.
오 계장 (메모하려다가 본다) 누구요?
우 석 동산, 부동산⋯ 은행계좌. 부인이나 친척들 것까지 다 조사해봐요.

오 계장, 멍하니 보다가 메모한다. 메모하다가 얼른 메모한 것을 도로 지운다. 장 수사관, 재미있다는 듯 흐흥 웃는다.

(시간 경과)

벽에는 아직 스크린이 걸려 있다. 이제 회의장의 사람들은 다 빠져나갔다. 빈 회의실.

우석, 영사기로 걸어가 스위치를 올린다. 밝은 빛 속에서 흐리게 스크린에 나타나는 혜린의 얼굴. 우석, 버튼을 누른다. 슬라이드가 한 장 거슬러 오르며 태수의 모습이 나타난다. 우석, 우두커니 태수의 모습을 보고 있다.

16   혜린의 사무실 건물 / 낮

전경.

17   혜린의 사무실

혜린과 간부 몇 명, 민 변호사, 회의 중이다.

혜 린   오사카의 단체손님들은 언제 들어온다고 했죠.
간부1   이달 28일입니다.
혜 린   숙박시설은 체크했습니까?
간부1   그럼요. 여행사 쪽과 얘기 끝냈습니다.
혜 린   (서류에 서명을 하며) 말레이시아 수금은 어떻게 됐어요?
간부2   70퍼센트 끝냈습니다.
혜 린   예정대로라면 이달까지 완료돼야 하는 거 아닌가요?
간부2   독려하겠습니다.
혜 린   전화만 하지 마시고 직접 가보세요.
간부2   알겠습니다.

민 변호사, 혜린의 기색을 살핀다. 겉으로 보기에 혜린은 아무 변화도 없어 보인다.

혜 린	최 상무님 세무소 다녀오셨죠?
간부3	예. (서류를 뒤지며 보고할 준비)

(시간 경과)

간부들, 나가고 있다. 민 변호사, 나중에 나가며 다시 혜린을 돌아본다. 혜린은 아직 테이블 앞에 앉아서 서류를 보고 있다. 민 변호사, 조용히 문을 닫아준다. 혜린, 보던 서류를 덮으며 일어선다.

혜 린	재희, 준비해. 카지노에 가봐야겠어.

그렇게 말하다가 문득 멈춘다. 천천히 뒤를 돌아본다. 물론 아무도 없다. 잠시 망연하게 서 있던 혜린, 서랍장 쪽으로 가서 문을 연다. 그 안에 재희가 쓰던 목검이 달랑 세워져 있다.

혜린, 꺼내든다. 손때가 묻어 반들거리는 목검. 혜린, 어루만져보다가 가슴에 끌어안고 아예 바닥에 주저앉는다. 그렇게 서랍장에 기대어 목검을 안고 혜린, 우두커니 앉아 있다.

#18   국무회의실 앞 복도

관료들, 국무회의가 끝나고 나서고 있다. 대기하던 보좌관들이 달려가 뒤를 따르고 위원들은 두셋씩 얘기를 심각하게 나누며 나간다. 그중에 나오던 강동환, 기다리는 장도식을 본다. 강동환, 얘기를 하던 관료 한 명과 인사를 하고 헤어지더니 장도식에게로 온다. 장도식을 지나쳐 걷는 강동환. 그 옆을 따르는 장도식.

동 환	(아까와는 다르게 얼굴에 감출 수 없이 드러나는 분노) 그래서! 또 뭐를 실패했나. 아니면 또 다른 협박거리를 들고 왔나?
도 식	죄송합니다.
동 환	자네 그 말 이제 지겹지도 않아?
도 식	이종도까지 실패할 줄은 몰랐습니다.

강동환, 주위를 둘러보더니 재빨리 장도식을 옆의 외진 복도로 밀고 간다.

동 환 내 뭐랬어. 정치하는 데 깡패는 끼워 넣지 말라고 했지?

도 식 (물끄러미 보다가) 그런 말씀을 하셨더랬습니까?

동 환 뭐야?

도 식 우리 아이들, 시끄러운 일에 끼워 넣지 말라고 하셨지요. 나중에 입 막기 쉬운 애들을 이용해라. 깡패는 어차피 남아도는 인력. 나라를 위해 목숨을 바치면 그들로서도 영광이다. 그렇게 말씀하신 걸로 들었는데요.

동 환 (분이 나서 보다가 바싹 다가서더니) 장도식이!

도 식 말씀하십시오.

동 환 두 번 말 안 하겠어. 윤혜린이 갖고 있는 장부 찾아와. 당장! 깡패 뒤에서 노닥거리지 말고 자네가 직접 해! 그러지 못할 경우 나보다 먼저 다치는 건 자네야. 내가 그렇게 만들겠어. 명심해!

강동환, 떨쳐 돌아서더니 가버린다. 남은 장도식, 가볍게 목운동을 두어 번 하더니 피식 웃는다.

19   혜린의 사무실 건물 앞 / 낮

혜린, 민 변호사와 함께 나온다. 대기해 있는 자동차. 기다리던 운전사가 재빨리 뒷문을 연다. 혜린, 멈칫 기사를 본다. 낯선 젊은 기사. 혜린, 운전석을 본다. 비어 있다. 혜린, 상념을 누르고 차에 타려는데 그 앞을 막아서는 장도식의 직원1, 2. 혜린의 눈앞에 신분증을 보여준다.

직원1 잠깐 같이 가실까요?

민 변호사, 놀라 다가서며.

민 변호사 당신들 누구요? 뭐하는 사람들이야?

직원1, 민 변호사에게도 신분증을 들이밀어 보여준다. 그러더니 혜린을 자기

들의 차로 데려간다. 민 변호사, 그들을 잡으며.

민 변호사 이보시오. 나 변호사요. 정식대로 절차를 밟아요. 이거 봐요.

그러나 직원들, 민 변호사를 밀어제치고 혜린을 차에 태운다. 혜린, 그 와중에 민 변호사를 보지만 아무것도 지시해줄 말이 떠오르지 않는다. 민 변호사, 뒤로 밀쳐지고 그 뒤에서 젊은 운전기사, 어쩔 줄 모르고 보고만 있고. 혜린을 태운 차는 출발한다. 주변을 지나던 사람들, 놀라서 보고만 있는데, 그들 뒤, 건물 뒤에 숨어서 가는 차를 보고 있는 사람. 모자를 눌러 쓴 태수다.

#20   남산 길

혜린을 태운 차가 가고 있다.

#21   차 내부

조수석에는 직원1, 카폰으로 뭔가 얘기를 하고 있고, 뒷좌석에는 직원2와 혜린이 앉아 있다. 운전기사, 운전을 하다가 문득 사이드미러를 본다. 거울에 비치는 모습. 뒤에 오토바이 한 대가 따라오고 있다.

#22   길

뒷좌석의 직원2가 돌아본다. 헬멧의 남자가 모는 오토바이는 점점 거리를 좁혀오고 있다. 혜린도 돌아본다.

차 옆에 따라붙는가 싶더니 남자, 태수는 잠바 뒷덜미에 찔러 넣었던 쇠파이프를 꺼내든다. 차 안의 사내들이 놀라는 순간, 태수, 차 앞으로 오토바이를 몰며 쇠파이프로 차 앞 유리를 박살 낸다. 끼이익, 브레이크 소리를 요란하게 내며 차가 길 옆으로 위태롭게 선다.

태수, 오토바이를 돌려 달려오며 차에서 튀어나오는 직원1과 2를 쇠파이프로 공격한다. 태수, 오토바이에서 내리지도 않은 채 직원1과 2를 쓰러뜨린다. 차 안의 운전기사는 핸들에 고개를 박은 채 겁을 내어 나오지도 않고 있는 상태.

태수, 차 옆에 오토바이를 세운다. 혜린, 차에서 나와 태수를 본다. 헬멧 유리 안에서 태수가 혜린을 보고 있다. 어디선가 멀리 들려오기 시작하는 경찰차 의 사이렌 소리.

태수, 한 손을 내민다. 혜린, 잠시 머뭇거리다가 그 손을 잡고 태수의 뒤에 탄 다. 앞에 앉은 태수, 기다린다. 사이렌 소리가 가까워지고 있다. 혜린, 태수의 허리를 감싸 안는다. 태수, 그제야 출발한다.

23   합동수사본부실

여기저기서 울리는 전화벨 소리. 검찰수사관과 제복의 경찰들이 여럿 바쁘게 일하고 있는 분위기. 들어선 오 계장, 한구석의 우석을 발견하고 빠른 걸음으 로 다가간다. 우석은 신 검사와 함께 뭔가 얘기를 나누고 있다가 돌아본다.

오 계장   윤혜린이 행방불명입니다.
우 석   행방불명이라니?
오 계장   (언뜻 주위를 보고 소리를 낮춰) 남산에서 데려갔대요. 그 변호사가 그 자리 에 있었다는구만요.

우석, 더 생각할 것도 없이 나가려는데 오 계장이 그 앞을 막는다.

오 계장   제가 알아보지요. 거기 아는 친구도 있고 또…. 그게 모양새도 좋아요.

우석, 겨우 침착함을 되찾는다.

신 검사   윤혜린이라니…. 윤 회장 딸 말이야?

24   북한강 위

겨울 강물 위로 보트가 달리고 있다.

25   보트 위

태수가 운전을 하고 있다. 그 옆에 혜린, 추위에 몸을 웅크리고 있다. 태수,
그런 혜린을 보며 속력을 높인다.

26   별장 입구

열쇠로 문을 여는 혜린.

27   별장 내부

혜린, 먼저 들어선다.
오랫동안 쓰지 않았던 듯한 개인별장. 가구들에는 흰 천이 덮여 있다. 태수,
들어서서 그런 내부를 둘러보다가 돌아보면 혜린은 입구에서 더 들어오지 않
고 있다. 혜린, 태수와 눈이 마주치자 들고 있던 열쇠를 입구 옆 테이블 위에
놓는다.

혜 린   열쇠 여기 있어요. 오늘 밤은 여기서 지내세요. 그치만 오래 있을 곳은 못 될
       거예요. (태수와 눈을 마주치지 않은 채 핸드백을 뒤지더니 지갑을 꺼낸다)

       태수, 그러는 혜린을 보고만 있다.

혜 린   현금이 좀 있어요. (지갑째 테이블에 놓는다) 카드도 있지만 추적당할지 모르
       니까….
태 수   날 봐.
혜 린   현금을 더 구해볼게요.
태 수   날 보고 얘기해!

       혜린, 잠시 멈추었다가 비로소 태수를 본다. 태수, 말없이 혜린을 보고 있다.
       혜린, 치밀어 오르는 것을 삼키고 나직하게.

혜 린	재희가 죽었어요.
태 수	(대답 못 한다)
혜 린	나 대신 죽었어요.
태 수	(비로소 소리 내어) 알아.
혜 린	알아요?
태 수	(아픔으로 혜린을 본다)
혜 린	당신을 살리자고 내가 죽였어요.
태 수	···· 당신 변호사가 그러더군. 당신과 난 서로 만나선 안 될 인연이었다고.
혜 린	(끄덕인다. 끄덕이며 조그맣게) 그래요.

혜린, 천천히 몸을 돌이켜 문손잡이를 잡아 연다.

태 수	···· 난···. 그래도 상관없어.

멈추었던 혜린, 등을 보인 채 그대로 서 있다가 돌아본다. 그 눈에 눈물이 고여 있다. 태수, 다가와 선다.

태 수	난 상관없어. 아무것도. 당신밖엔···.

혜린, 웃는가 싶더니 차츰 울음이 되며 태수의 어깨에 고개를 박는다. 태수, 혜린을 안는다.
깊이···. 오래 기다려온 그리움으로···.

#28   합동수사본부실

옆의 우석의 집무실. 문을 열고 들어서는 오 계장. 안에는 우석과 신 검사. 우석, 보던 서류를 치우며.

우 석	알아봤습니까?
오 계장	근데 거기 없대요.
우 석	없다니요?

오 계장	거기서 데려간 건 맞아요. 데려가긴 했는데 데려가는 도중에 뺏겼대요.
우 석	뺏겨요?
신 검사	지금 윤혜린이 얘기하고 있는 거야?
오 계장	오토바이를 탄 사내가 나타나서는 그냥 직원들을 패고 뺏어갔대요. 거기 아주 비상이더라고요. 쥐어 터진 애들은 아프단 말도 못 하고 낑낑대고 있고…. 하아. 그 참 백주대낮에 어떤 놈인지 간도 크지…. 그래 가지고….
우 석	지금 당장 윤혜린이 집으로 수사팀 보내요.
오 계장	집입니까?
우 석	윤혜린 소유의 호텔도 뒤지라고 해요. 다른 숙박소로는 못 갔을 테니까…. 아니 윤혜린이 소유의 별장부터 알아봐요. 하나도 빠짐없이.
신 검사	잠깐. 강 검사. 지금 누굴 쫓는 거야? 안 그래도 우리 인원 모자라. 다른 데로 빼낼 사람이 없다고.
우 석	같이 있어.
신 검사	뭐?
우 석	박태수. 지금 둘이 같이 있어.

신 검사, 놀라서 보는데 우석, 시선을 피하더니 우물쭈물 서류를 들다가 던지고는 밖으로 나가버린다.

29   합동수사본부실

집무실에서 나온 우석, 문을 등진 채 섰다. 그 앞에 직원들, 바쁘게 일하고 있는 모습…. 창밖에는 어둠이 내리고 있다.

30   별장 안

벽난로의 장작불이 타오르기 시작한다.
태수, 불쏘시개로 장작을 뒤적거린다. 불길이 좀 더 활기차게 오른다. 혜린, 먼지 쌓인 장식장에서 양주병을 찾아낸다. 태수를 돌아보고 미소 짓는다.
창밖엔 눈이 내리고 있다.
눈 내리는 창가에서 태수와 혜린, 술잔을 마주친다.

태수, 술을 마시려다가 그대로 혜린을 본다. 혜린은 단숨에 잔을 비우고 있다. 그 모습에 태수는 아련한 옛날을 생각한다. 미소 짓는 태수의 표정에 혜린이 묻는다.

혜 린   무슨 생각해요?

태수, 미소 지으며 고개를 젓는다. 서로 그렇게 마주 보는데 다시 쓸쓸함이 자리 잡는다.
혜린, 얼른 창밖을 본다. 하염없이 밤하늘에 내리고 있는 눈. 벽난로에 불이 타오르고 있다.
태수, 불에 손을 쬐다가 돌아본다. 혜린, 담요를 무릎에 덮고 추운 듯 불을 향해 웅크려 앉아 있다. 태수, 혜린의 등 뒤로 가서 담요를 등 뒤까지 덮어주려다가 아예 자신의 몸으로 감싸준다.
혜린, 고개를 뒤로 하여 태수에게 기댄다. 묵묵히 그렇게 불을 보다가 문득.

혜 린   기억나요? 철로변에 있던 우리 집…
태 수   ……:
혜 린   가끔 생각해요. 새로 샀던 그릇이랑 수저… 냄비… 당신이 고쳤던 의자는 어떻게 되었을까……: 그 후로 다신 그 집에 가보지 못했어요.
태 수   …… 그러지 마.
혜 린   뭘요?
태 수   …… 기억하지 마. 잊어버릴 건 잊어버려.

혜린, 태수에게 기대었던 고개를 들어 불을 본다.

태 수   ·· 나에 대한 건 하나도 남기지 마. 나는 처음부터 없었던 사람이야. 이 세상에게도… 당신에게도…. 그러는 게 좋아.

혜린, 말없이 불만 보고 있다가.

혜 린   이것이 마지막이라고 생각하고 있어요?

태 수	… 그럴 거야.
혜 린	그래서 혼자 남은 내가 힘들까봐요?
태 수	혼자 살 생각 같은 건 하지 마. 그러면 안 돼.

혜린, 태수에게서 빠져나와 태수를 향해 돌아앉는다.

| 혜 린 | 바보군요. (눈물 어려 미소 짓는다) |

혜린, 천천히 자신의 블라우스 단추를 풀기 시작한다. 태수, 혜린의 손을 잡아 멈추게 한다.

| 혜 린 | 추억마저 없다면 우리 살아온 게 너무 불쌍하잖아요. |

서로 마주 보는 시선. 태수의 고통과 그것을 받아들이는 혜린. 이윽고 소리 나지 않는 마음의 대화가 이어진다.

| 태수 소리 | 용서해. |
| 혜린 소리 | 무엇을요? |

태수, 혜린의 머리를 감싸 천천히 당긴다.

| 태수 소리 | 미안해. |
| 혜린 소리 | 뭐가요? |

태수, 혜린에게 입 맞춘다.
벽난로의 불은 저 혼자 타오르고 있다.

31　같은 장소(시간 경과)

창밖에 새벽이 찾아오고 있다. 벽난로의 불은 사그라지고 있다. 재가 되어가는 장작들 위에 새로운 장작이 두어 개 얹혀진다.

옷을 차려입은 태수, 조심스레 장작을 뒤적여 불길을 살린다. 태수, 돌아본다. 벽난로 앞 카펫 위에 모포를 덮고 혜린이 잠들어 있다. 태수, 혜린의 잠든 모습을 하염없이 내려다본다. 한 손을 들었다가 잠을 깨울까봐 도로 거둔다. 태수, 마음을 다잡고 선뜻 일어선다. 태수가 문으로 가는 소리. 문 앞에서 잠시 멈추었다가 문이 열리는 소리. 찬바람이 순간 불어 들어온다. 문이 닫힌다. 잠자는 듯 눈을 감고 있던 혜린의 눈가로 눈물이 흘러내린다.

32   별장 밖 정원

새벽길, 옷깃을 세우며 걸어 나오던 태수. 문득 걸음을 멈추고 후딱 돌아본다. 거기 창가에 모포로 몸을 감싼 혜린이 내다보고 있다.
잠시 그렇게 마주 본다. 태수, 고개를 돌리고 계속 걸어간다. 가는 태수의 모습을 혜린이 움직임 없이 서서 보고 있다.
(시간 경과)
한낮.
햇살에 비친 눈이 반짝인다.
별장 문 앞에 와서 서는 자동차. 버적버적 들어서는 발자국 소리. 장 수사관과 두어 명. 장 수사관, 잠시 집을 둘러본다.

33   현관 앞

장 수사관, 현관문 손잡이를 돌려보는데 문은 열려 있다. 좀 주저하며 문을 연다.

34   내부

들어서던 장 수사관, 멈칫 선다. 거기 거실에 혜린이 혼자 흔들의자에 앉아 있다. 들어서는 사내들은 쳐다보지도 않고 혼자만의 생각에 잠겨 의자를 조금씩 흔들고 있다.

#35   검찰청 로비

혜린과 민 변호사가 들어서고 있다. 기자들이 둘러싸 따라 들어가며 질문을
던지고 있다.
[박 회장 살해사건의 진범이 따로 있다면서요?]
[아버지의 누명을 벗길 자신이 있습니까?]
[폭력배들의 보복이 두렵지 않으십니까?]
[이종도는 윤 회장이 키우던 폭력배 맞지요?]
장 수사관과 조 순경, 백 형사 등이 혜린을 감싸고 기자들 사이를 뚫고 지난
다. 기자들 중에는 영진도 있다. 영진은 질문보다는 뒤에서 혜린의 표정을 살
피고 있다. 엘리베이터로 들어서는 혜린 일행. 그때 기자 한 명, 재빨리 다가
서며.

기 자   박태수와 내연의 관계라면서요?

혜린, 그 질문에 멈칫하더니 돌아서 그 기자를 똑바로 본다.

기 자   맞습니까?

혜린의 옆에 서 있던 백 형사, 기자의 얼굴을 그대로 밀어내버리고 문을 닫는
다. 영진, 뭔가 메모를 하는 기자의 어깨를 툭툭 친다.

영 진   선배.
기 자   왜?
영 진   좀 기자답게 굴 수 없어요?

기자, 벙한데 영진, 불쾌한 듯 가버린다.

#36   검찰청 내 복도

우석, 빠르게 걸어간다.

#37 취조실(거울이 있는)

들어서는 우석. 혜린과 마주 앉아 있던 신 검사, 일어선다.

신 검사 이거 서러워서 안 되겠는데. 강 검사하고만 얘기를 하시겠대.

우석의 어깨를 툭 치더니 나간다. 우석, 혜린을 본다. 혜린, 우석을 표정 없이 보다가 방의 한쪽 면을 차지하고 있는 거울을 본다. 그러더니 마른기침을 하고 정중하게.

혜 린 물어보실 거 있으면 물어보세요.

우석, 혜린이 보았던 거울을 본다.

#38 거울 이쪽 방

유리 저쪽에서 우석이 이쪽을 보고 있다.
검사장과 서 부장검사, 몇 명의 직원들……. 앞에는 녹음기가 돌아가고 있다.

#39 취조실

우석, 다시 혜린을 보더니 빙긋 웃는다.

우 석 그럴 필요 없어.

우석, 거울을 향해 선다.

우 석 윤혜린 양은 대학 때부터 제 친구입니다.

혜린, 놀라 우석을 본다.

40   거울 이쪽 방

우석, 이쪽을 향해 얘기하고 있다.

우 석   친한 친구였습니다. 편하게 얘기하겠습니다.

검사장, 그런 우석을 보며 피식 웃는다.

41   취조실

우석, 의자를 당겨 앉는다. 혜린, 어쩔 수 없다는 듯 웃는다.
우석, 혜린의 웃음 끝에 배어 있는 쓸쓸함을 본다.

우 석   박태수 얘기부터 할까?
혜 린   (끄덕인다)
우 석   어제 같이 있었니?
혜 린   (끄덕인다) 응. ⋯⋯ 오늘 새벽까지 같이 있었어.
우 석   ⋯⋯ 박태수. 수배 중인 거 알고 있지?
혜 린   알어. 탈옥한 것도.
우 석   범인을 도피시켰어. 숨겨줬고. 신고했어야 돼.
혜 린   그럴 수 없었어. 그리고 싶지도 않았고.
우 석   (말없이 보다가) 어디로 갔는지 아니?
혜 린   (고개를 젓는다) 나 자는 새 그냥 떠났어. 난 아주 겁이 나. 그 사람, 마지막을
          각오한 사람 같았어.
우 석   (끄덕이고 잠시 침묵한다. 그리고⋯) 그럼 다음 얘기할까. 아버지가 남겨준 장
          부가 있다고 했지? 갖고 있니?
혜 린   (물끄러미 보다가 거울 쪽을 한 번 보고 다시 우석을 돌아본다) 우석 씨, 정말
          괜찮겠어?
우 석   해보지 않곤 몰라. 시작도 안 해보고 미리 안 될 거란 생각은 안 해.

혜린, 그렇게 말하는 우석을 보고 잠시 미소를 띠더니 가방에서 서류봉투를

꺼낸다. 우석에게 내준다.

혜 린   여기 있어. 앞에 일부는 분실했지만 나머진 그대로야.

#42   거울 이쪽 방

서 부장검사, 굳은 안색으로 유리 저쪽의 그들을 보고 있다.
유리 너머에서 혜린은 계속 말하고 있다.

혜 린   80년 이후부터 정부 고위직 누구에게 얼마를 어떤 방식으로 상납해왔는지
        다 적혀 있어. 여기 쓰여진 돈은 세금하고도 관계 없는 돈이야. 이걸 조사하
        면 그간 카지노가 얼마를 어떻게 탈세를 해왔는지도 알 수 있을 거야.

#43   취조실

우석, 장부를 몇 장 들춰보고 혜린을 본다.

우 석   느이 카지노 타격이 클 거야.
혜 린   각오하고 있어. 문만 닫지 않게 해줘. 기회만 주면 개과천선할 거야.

        혜린, 쓸쓸하게 웃는다.

#44   밤 뒷골목

술집이 늘어서 있는 뒷골목. 골목 어귀에서 제복의 경찰 네 명 정도가 드나드
는 사람들을 불심검문 하고 있다.
술 취한 자가 비틀거리며 지나간 샛골목 어둠 속에 몸을 숨기고 있는 사내.
모자를 눌러쓴 태수다. 태수가 지켜보고 있는 술집 입구에서 몇 명의 술 취
한 사내들이 나온다. 여자들이 배웅을 하고…. 사내들 중에는 종도의 부하가
끼어 있다.

#45 뒷골목 다른 곳

종도의 부하, 홍얼대며 걸어가고 있는데 순간, 뒷덜미가 잡혀지며 그대로 벽에 이마를 찧는다. 태수다. 버둥거리는 사내의 귀에 대고 묻는다.

태 수   느이 두목 어딨니?

#46 경마장 / 낮

출발 신호와 함께 말들이 힘차게 달려 나가기 시작한다. 응원을 보내는 사람들…. 경마장의 소란스러운 분위기…. 스케치…. 관중석에 태호가 있다. 태호의 뒤에는 수하 두 명이 붙어 있다. 태호는 경기에는 관심이 없이 핸드폰으로 소란스러운 가운데 뭔가 통화를 하고 있다.

#47 경마장 화장실 앞

태호와 부하 두 명, 화장실 쪽으로 온다. 태호, 화장실 안으로 들어가고 부하 두 명은 입구 밖에 양쪽으로 나누어 선다.

#48 화장실 내부

태호, 세면기에 손을 씻고 있다. 그 옆에서 경마에 찌들어 보이는 중년 한 명, 손을 씻고 문 쪽으로 간다. 중년, 문을 열려는 순간, 문이 안으로 박차지며 밖에서 지키던 태호의 부하 중 한 명이 던져져 들어와 나뒹군다.
태호, 놀라는데. 순간, 다른 부하 한 명도 얻어맞으며 들어와 뒹군다. 뒤이어 들어서는 태수. 태호, 재빨리 방어 자세를 취하는데 태수 앞에서 이미 겁에 질려 있다. 놀라 뒤로 엉덩방아를 찧었던 중년, 슬금슬금 기어 문밖으로 나가려는데 태수, 그 앞에 들고 있던 파이프를 던진다. 움찔 놀라는 중년.

태 수   문을 막아.

중년, 얼른 고개를 끄덕인다. 말은 나오지 않는다. 태호, 순간, 윗도리를 벗어 젖히더니 옆의 거울을 박살 낸다. 말없이 보고 있는 태수. 태호, 태수를 겨누며 윗도리로 깨진 유리조각을 감싸 잡는다. 긴장하여 태수를 향해 온다. 태수, 꼼짝 않고 서서 노려보고 있다. 그 뒤에서 중년, 벌벌 떨며 화장실 문을 안에서 파이프로 가로질러 막고 있다. 순간 태호가 공격해오고 태수, 쉽게 피하더니 유리조각을 차버리고 한 방 먹인다.

#49   변기실 안

문이 박차지며 태호의 뒷덜미를 움켜쥔 태수, 태호의 머리를 변기 쪽으로 밀어댄다. 억지로 버티는 태호.

태 수   어디 있어?

태호, 반격을 하려 하지만 태수, 그의 무릎 뒤를 차서 꺾어버리고 더욱 세게 움켜쥔다.

태 수   어디야!

태호의 머리가 변기 속으로 빠져들려 하고 있다.

태 호   피 필리핀.

태수, 벌컥 태호의 머리를 잡아채어 든다.

태 호   오 오늘 저녁 출국…. 고 공항에서….

태수, 번쩍 고개를 든다.

50   검찰청

전경. 합동수사본부의 떠들썩한 소리. 그 위에 들리는 화장실 안의 중년 소리.

소 리   맞습니다. 이 사람 맞아요.

51   합동수사본부실

경마장 화장실 안에 있던 중년이 겁먹은 얼굴로 장 수사관 앞에 앉아 있다. 그 앞에 펼쳐져 있는 태수의 사진.

중 년   틀림없어요. 이 사람… 내 눈으로 똑똑히 봤습니다. 네.

그 옆에 선 우석. 그 얼굴 위에.

우석 소리 이건 벌써 일주일 전에 처리됐어야 할 문제입니다.

52   부장검사실

서 부장검사 앞의 우석.

우 석   이종도는 보석으로 풀려난 직후 소재불명이 된 자입니다. 어째서 아직 출국 금지 요청이 받아들여지지 않는지 이해할 수 없습니다.
서 부장검사 (우석이 내민 서류를 들춰보며) 뭔가 착오가 있었던 모양이구만. 알았어. 내 즉시 공항에 통보를 하지.
우 석   (잠시 보다가) 그래주시겠습니까?
서 부장검사 강 검사는 어서 가서 일봐. 경마장에서 사건이 있었다며?
우 석   예. 그럼.

우석, 나간다. 남은 서 부장검사, 서류를 잠시 본다. 곤혹스러운 얼굴. 그러다가 서랍을 열더니 안에 넣어버린다.

#53 복도

걸어오던 우석, 멈칫 선다. 아무래도 뭔가 불안하다. 뒤를 돌아보고 망설이는 기분으로 서 있는데.

검사장 강 검사.

우석, 돌아보면 검사장, 다가오고 있다.

검사장 차 한잔할래요?
우 석 (망설이는데)
검사장 내 바둑 두잔 소리는 안 할게.

#54 검사장실

테이블에 놓여 있는 두 잔의 차.

검사장 내 친구 중에 스님이 있는데 그 스님 친구가 직접 만든 차예요. 찻잎을 키워서 따서 볶았다고 하든가.
우 석 죄송합니다.
검사장 뭐가요?
우 석 저를 자제시키려고 하시는 말씀이면 듣지 않겠습니다. 참으라든가 때를 기다리라든가. 그런 말씀은 안 듣겠습니다.
검사장 넘겨짚지 말아요. (웃더니) 차 식어요.
우 석 (차를 들어 마시는데)
검사장 하려면 제대로 하란 얘기를 하고 싶었어요. 제대로 끝까지 되도록 빠른 시간 내에 끝내요. 오래 끌면 위험해요. 어중간하게 해도 안 돼요. 중간에 멈추면 강 검사가 다치게 돼 있어요. 무슨 말인지 알죠?
우 석 …· 예.
검사장 공격이 최선의 방어예요. 속도를 늦추지 마요.
우 석 명심하겠습니다.

| 검사장 | 자아 그럼 우리 오늘 퇴근 후에 한 판 어때요? 시간이 없으면 속기로 해도 좋고. |

우석, 웃는다. 검사장의 따뜻한 마음을 느끼고 있다.

#55 공항 입구

종도를 태운 차가 들어서고 있다. 검문하는(당시만 해도 있었음) 군인이 차를 세운다.
운전을 하는 무사시, 차의 트렁크를 열어준다. 트렁크 안을 형식적으로 검사한 군인, 차를 보낸다.

#56 합동수사본부실

오 계장, 헐레벌떡 들어서고 있다. 한쪽에서 우석은 와이셔츠를 입은 사내들 몇 명과 앉아서 장부의 내역을 정리 조사 중이다.
오 계장, 우석에게 쫓아가서.

오 계장	이종도 출국 금지시키셨죠?
우 석	왜요?
오 계장	시켰다고 했죠? 그래서 저보고 확인해보라고 하셨죠?
우 석	그런데요?
오 계장	그래서 확인했죠. 안 돼 있답니다. 공항에선 그런 요청, 받은 일 없대요.

오 계장의 말이 끝나기도 전에 우석은 뛰어나가고 있다.

#57 부장검사실

뛰어드는 우석. 비어 있는 방. 우석을 쫓아온 여직원.

| 여직원 | 부장님 퇴근하셨어요. 벌써 나가셨다고요. |

우석, 어처구니가 없다.

#58   공항 출국 건물 앞

종도의 차가 멈춰 선다.

무사시, 내려서 종도를 위해 문을 열어준다.

종도, 내려서 거만스레 주위를 둘러보는 동안 무사시는 트렁크를 연다. 무사시, 가방을 꺼내기 위해 상체를 숙이는데 그 머리 위로 내려 찍히는 트렁크 문. 종도, 후딱 돌아본다. 태수다.

종도, 기겁을 하여 차 뒤로 돌아 도망친다.

태수, 쫓으려는데 그 뒤를 잡고 공격해오는 무사시. 태수, 무사시를 맞아 반격한다.

태수, 어떻게든 무사시를 떼어내고 종도를 잡으려 하지만 무사시는 끈질기다. 무사시를 맞아 싸우며 태수는 종도를 놓치지 않고 보는데, 종도는 당황하다가 차의 운전석으로 뛰어든다.

태수, 차의 문을 잡아 열려 하지만 얻어맞고 넘겨졌던 무사시가 다시 붙잡고 늘어진다. 그 사이 종도는 차를 출발시켜 도망친다.

저만치서 공항 경비대가 달려오고 있다.

태수, 무사시에게 마지막 공격을 가하고는 문득 달려오는 경비대들 쪽을 본다. 달려오던 경비대 중의 한 명, 경비대1, 태수의 얼굴을 정면으로 본다.

태수, 막 근처에 멈추어 선 승용차 쪽으로 달려간다. 승용차에서 아무 생각 없이 내리던 남자, 태수에게 잡혀 밀쳐진다.

남자, 놀라는데 태수, 그대로 그 차를 몰고 달려간다. 남자는 소리를 지르며 차를 쫓아 뛰고, 뒤미처 달려온 경비대들, 일부는 무전을 치고 나머지는 몇 걸음 더 쫓아가보고….

그 와중에 경비대1, 갸웃거리다가 문득 옆의 쓰레기통에 박혀 있는 신문을 본다. 경비대1, 얼른 신문을 집어 펼친다. [탈옥 3일째]라는 제호 아래 태수의 사진이 나와 있다.

59   강변길

쫓기는 종도의 차. 쫓아가는 태수의 차.

60   거리

세워져 있는 순찰차. 경찰 한 명, 무전을 듣고 있다.

소 리   탈옥범 박태수, 공항에서 차량을 탈취, 도주 중이다. 탈취 차량은 차종
————넘버 —————— 반복한다.

경찰, 무전기를 손에 든 채 문득 바라보는 곳. 거기 종도의 차를 쫓아 태수의
차가 달려가고 있다.

61   강변길

태수, 차를 종도의 차 바로 옆으로 몰아간다. 그리고 순간, 핸들을 거칠게 꺾
으며 종도의 차를 강변으로 밀어버린다.

62   강변

언덕을 구르듯 미끄러져 내려오는 종도의 차. 얼마만큼 미끄러지며 박혀 섰을
때 그 문을 열고 비틀거리며 빠져나오는 종도. 간신히 중심을 잡고 뒤를 돌아
보았을 때 거기 언덕을 태수가 달려 내려오고 있다. 종도, 다시 도망친다.

63   한강 다리 교각 위

종도, 한 대 얻어맞으며 나가 뒹군다. 태수, 쓰러진 종도를 잡아 일으켜 다시
패려는데 종도, 있는 힘을 다해 뿌리치고 저만치 기며, 뛰며, 도망쳐 돌아서
는데 칼을 빼들고 있다. 태수, 상관없이 한 걸음 다가선다. 종도, 뒷걸음질을
치며.

종 도	이러지 마라. 태수야. 나한테 이러지 마.
태 수	(여전히 다가선다)
종 도	(뒤의 교각 난간에 막히며) 나도 할 말 있다. 야 내 말부텀 들어.
태 수	입 다물어.
종 도	내가 살자고 그랬어. 내가 살자니까 어쩔 수 없었어야.

태수, 종도의 바로 앞에까지 와서 선다. 종도, 다급해지며 칼을 들어 올리다가 순간 머리를 굴리더니 칼을 놓아버린다. 태수, 땅에 떨어진 칼을 잠깐 내려다보고는 다시 종도를 노려본다.

종 도	나 윤혜린이 그 여자는 건드리지 않으려고 했다. 태수 널 생각해서 그 여자만큼은….

순간 태수, 종도의 멱살을 잡아 교각에 밀어붙인다.

태 수	넌 그만 사는 게 좋아. 이런 식으로는 더 이상 살지 않는 게 좋아.
종 도	태수야.
태 수	내가 도와줄게.

태수, 비명을 지르는 종도의 멱살을 잡아채어 강물로 밀어버린다. 그러나 종도, 교각을 부여잡고 늘어지며.

종 도	아이구 어머니.

그 소리에 태수의 손에 힘이 얼핏 빠진다. 종도, 미친 듯이 태수의 다리를 잡고 늘어진다.

종 도	살려줘 태수야. 나 좀 살려줘. 나 죽은 듯이 살게. 나 죽인 셈 쳐. 난 죽은겨. 여기서 니 손에 죽은겨.

태수, 그런 종도의 옷깃을 잡아 쳐들어 몇 번 흔들어대다가 그러다가 만다. 종

도, 애처롭게 태수를 올려다본다.

종 도   태수야.

태수, 종도에게 잡힌 다리를 빼내며 비틀비틀 두어 걸음 물러선다. 살인 의지
가 꺾이며 허탈함으로 휘청이는 기분. 태수, 돌아서 하늘을 본다. 이제 어찌
할 것인가.
순간 태수의 뒤에 엎드린 종도. 그 옆에 떨어져 있는 칼을 본다. 태수, 언뜻 종
도의 기척을 느끼며 돌아서려는 순간, 태수의 어깨 뒤에 박히는 칼. 태수, 충
격으로 상체를 꺾으며 그대로 손에 잡히는 파이프를 집어들어 후려친다. 파
이프에 맞은 종도, 뒷머리가 교각에 부딪힌다.
종도, 주르르 무너져 내리며 강으로 빠진다. 태수, 반사적으로 엎드려 한 손을
뻗어보지만 종도는 이미 정신을 잃은 상태로 강물로 빠져들고 있다. 경찰차의
사이렌 소리가 들리기 시작한다.
정신을 잃은 채 강물에 잠겨들고 마는 종도. 강물에 번져가는 핏물.
태수, 다친 어깨를 부여잡고 힘겹게 일어나 앉는다. 저 멀리 언덕을 달려 내려
오고 있는 경찰들….
태수, 인생의 숙제를 끝낸 허무함으로 그저 앉아 있다.

#64   검찰 마당

기자들이 몰려서 있다. 호송차가 한 대 들어선다. 우르르 달려가는 기자들….
한 장의 사진을 남기기 위해 자리싸움을 하는 기자들….
검찰 수사관들이 기자들과 몸싸움을 하는데 호송차의 문이 열린다. 장 수사
관과 백 형사, 조 순경 등이 호위해서 내리는 태수. 한쪽 어깨에 붕대를 감싸
팔을 걸고 있다. 사방에서 터지는 카메라 플래시. 수사관들, 태수를 호위하여
입구 쪽으로 한 걸음씩 간다.
태수, 문득 걸음을 멈춘다. 저 앞 입구 쪽에 서 있는 우석.
우석, 태수 쪽으로 걸어온다.
기자들, 슬금슬금 움직여 길을 내준다. 여전히 카메라 셔터는 눌러대고…. 그
속에 태수에게 다가온 우석, 태수와 마주 선다.

태수, 묵묵히 우석을 본다. 우석, 고개를 끄덕이는 듯싶더니 한 팔을 들어 태수의 어깨를 감싼다. 태수, 움찔하는데 우석, 기자들의 셔터에는 상관없이 태수를 감싸 입구 쪽으로 걸어가기 시작한다.

우석과 함께 걸으며 태수, 문득 싱긋 웃는다.

23회 THE END

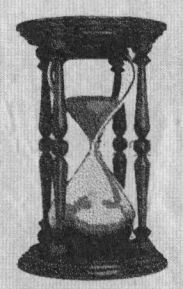

24부

그럼 언제쯤이냐고 친구는 묻는다.
나는 아직 끝나지 않았다고 대답한다.
어쩌면 끝이 없을지도 모른다.
그래도 상관없다고. 먼저 간 친구는 말했다.
고 다음이 문제야. 그러고 난 다음에 어떻게 사는지.
그걸 잊지 말라고.

The
    Sandglass..

1 　　검찰청 / 밤

전경. 깊은 밤이다.

2 　　우석의 집무실

모두 퇴근하고 불은 꺼져 있는 상태.
문이 소리 없이 열리더니 누군가 슬그머니 들어선다. 들어선 자는 열쇠로 파
일함을 열고 뒤지기 시작한다. 따로 보관되어 있는 서류봉투를 꺼낸다. 그 안
의 내용물을 꺼내본다. 혜린이 넘겨주었던 복사본 장부이다.
사내, 장부를 챙기고 서랍을 닫는데 순간 환히 켜지는 불. 사내, 깜짝 놀라 돌
아본다. 사내는 서 부장검사이다.
입구에 서 있는 장 수사관. 비켜주면 그 뒤로 들어서는 우석과 신 검사.
우석은 미리 예상했던 얼굴이지만 신 검사는 경악하고 있다.

신 검사　　부장님.

그 뒤로 들어선 백 형사와 조 순경, 서 부장검사의 좌우로 붙어 선다.
서 부장검사, 당황한 대로 재빨리 수습을 해보려고…….

서 부장검사　아‥ 다 퇴근한 줄 알았지…. 아직 안 갔었나….

장 수사관, 다가가더니 서 부장검사가 들고 있는 서류봉투를 받아든다.

서 부장검사 잠깐 검토를 해볼까 하고… 그거 윤재용 회장 딸이 놓고 간 거… 그 장부 맞지?

우석, 서 부장검사의 당황함을 보고 있다가.

우 석 이종도에게서 돈을 받으셨더군요. 가명 구좌로 작년 4월 이래 여덟 차례에 걸쳐 총 4억 6000.

서 부장검사 무슨 소릴 하는 건가 지금.

우석, 들고 있던 서류들을 하나씩 앞에 던져주며.

우 석 서초동의 빌라, 70평짜리를 단돈 5000만 원에 사셨다고요. 원주인이 이종도 쪽 사람으로 되어 있고요.

서 부장검사 (화내기로 한다) 이봐 강 검사. 지금 날 의심하고 있는 거야? 내가 뇌물이라도 받았다는 거야? 어?

우 석 … 예 그렇습니다.

서 부장검사 이… 이….

장 수사관, 우석을 돌아본다.

장 수사관 어떻게 할까요?

#3   검찰청 복도

우석을 따르고 있는 신 검사. 초조한 얼굴로 따르다가 불쑥 우석을 잡아 세운다.

신 검사 진심이야 자네? 정말로 부장검사를 구속할 거야?

우 석 구속 사유 충분하잖아.

신 검사 이봐. 잠깐 우리 생각 좀 해보자고. 그러니까 이건…. (가슴이 갑갑하여 서 있다가) 부장검사가 폭력배한테 뇌물을 받았어.

우 석 그래.

신 검사 이거 국민이 알면 어떻게 되겠어? 국민이 앞으로 우리 검찰을 믿을 거 같애? 이런 거 터뜨려놓고 우리가 법정에 서서 구형을 할 수 있을 거 같애? 무엇보다도 나라의 앞날을 생각해보자고.

우 석 신 검사.

신 검사 어. 그래. 생각해보자고 우선.

우 석 지금은 믿을 거 같애?

신 검사 뭐?

우 석 지금은 국민이 우리 검찰을 믿고 있다고 생각해? 우리가 터뜨리지 않으면 국민이 모를 거 같애?

신 검사, 아무 말 못하고 보고만 있다.
우석, 혼자 걸어가는데 그 뒷모습이 우울하다.

#4   장도식의 집무실

불 켜지 않은 집무실에 의자를 돌려 앉은 장도식의 뒷모습.
잠시 후 장도식, 의자를 돌려 책상을 향해 앉는다. 표정 없는 얼굴로 전화기를 본다.

#5   우석의 집무실 / 밤

우석과 오 계장.

우 석 내일 당장 강동환의 소환장을 보내도록 하지요. 어렵겠지만 밤을 새서라도 준비를 했으면 해요.

오 계장 그래야죠. 속도전이라 이거지요.

우 석 그리고….

우석, 말을 멈춘다. 문을 열고 들어서는 사내 세 명(정보부 소속의 직원들).

신사복이나 바바리 코트 차림.

사내1 강우석 검사지요?

우 석 그런데요?

사내1 (신분증을 얼핏 보인다) 우리 부장님께서 잠시 얘기를 나누고 싶어하시는데요.

우 석 (말없이 보는데)

오 계장 그런 거라면 일단 전화를 주시고 약속시간과 장소를 정한 다음에….

사내2, 오 계장을 옆으로 밀쳐놓는다. 오 계장, 더 말을 못 하는데.

우 석 정식으로 요청하는 겁니까?

사내1 우린 그런 거 모릅니다. 가실까요?

그때 문밖에서 듣고 있던 장 수사관, 들어선다.

장 수사관 가지 마십시오. 할 말 있으면 할 말 있는 사람이 오라고 해요.

우석은 아무 말 없이 사내들을 훑어보더니 일어선다.

#6   검찰청 마당

대기하고 있는 승용차. 우석과 사내 세 명, 승용차로 다가선다.
우석을 뒤에 태우고 사내들, 차를 출발시키려고 헤드라이트를 켜는데 그 불
빛 앞을 가로막고 선 백 형사.
백 형사, 성큼 다가오더니 뒷문을 연다.

백 형사 검사님 내리십시오.

우석의 옆에 앉았던 사내2.

사내2 당신 뭐야?

백 형사, 대답보다 먼저 사내2를 끌어낸다.

백 형사   너는 뭐야?

조 순경, 반대편 차 문을 연다.

조 순경   검사님. 들어가세요. 이자들 어디서 온 누군지 우리가 조사해보겠습니다. 다 조사하려면 며칠 걸릴 겁니다.

우석, 움직이지 않고 있다.
백 형사, 버둥거리는 사내2를 차에 밀어붙인 채 벌컥.

백 형사   내리십쇼 검사님. 당신 검사 아니요? 검사가 힘도 없이 이따위 것들을 따라가요?

우석, 차에서 내린다.

백 형사   (계속) 이런 꼴 보여주려고 우릴 여기까지 델고 온 겁니까?
우 석   놓아줘요.
백 형사   이런 빌어먹을.
우 석   어서.

백 형사, 사내2를 밀쳐버리더니.

백 형사   검사가 이 모양이니 우린 뭐야. 이런 검사 밑에서 일하는 우린 뭐냐고?

조 순경, 놀라 백 형사를 잡는다.

조 순경   왜 이래요?
백 형사   제엔장 으이구우.
우 석   나 검사예요.
백 형사   (벌컥 노려보는데)

우 석   대한민국 법치국가예요. 그렇게 형편없지 않아요. 이상한 상상하는 거 내가
       용납 못 합니다.

       백 형사, 조 순경, 말 못 하고 보는데.

우 석   같은 공무원끼리 얘기가 있답니다. 얘기하고 올 테니 들어가서 기다려요. (사
       내들을 향해) 갑시다.

       먼저 차에 탄다. 사내들도 눈치를 보며 슬그머니 차에 탄다. 문이 닫히고 차
       는 출발한다.

#7   호텔 로비 / 낮

       들어서고 있는 검사장과 신 검사.

#8   호텔 내 작은 룸

       기다리던 장도식, 일어선다. 총장을 소개하며 검사장과 악수를 나누는 장도
       식. 신 검사도 악수를 한다.
       (시간 경과)
       둘러앉은 네 명.

총 장   강 검사 문제는 내가 엄중하게 항의를 했어요. 그 점에 관해서는 장 부장 쪽
       에서도 사과하고 있고.
도 식   솔직히 실무책임자로서 저 역시 고통이 많습니다.
검사장   구체적으로 어떤 고통인가요? 그러니까 양심의 고통 같은 건가요?
신 검사   강 검사는 현재 11시간째 연락이 두절되고 있습니다. 이런 법은 없습니다.
도 식   허심탄회하게 말씀드리죠. 현재 정부는 5공 출범 이래 최대의 위기를 맞고 있
       습니다. 이런 시국에 윤 회장 사건의 전말이 밝혀지면 정부가 견디기 힘들다
       고 보고 있지요.
검사장   그래서요?

총 장　(어디까지나 중간에서 분위기를 좋게 하는 입장) 그래서 장 부장은 협조를 부탁하는 거예요.

도 식　강 검사는 아주 고집이 센 분이더군요. 선배님과 동료분께서 설득을 해주셨으면 합니다. 그걸 약속해주신다면 당장 돌려보내드리지요.

검사장, 느닷없이 허허 웃는다.

검사장　장 부장 같은 분도 할 수 없는 일을 우리가 할 수 있을 거 같습니까?

도 식　그럼 할 수 없지요. 강 검사는 모종의 복잡한 사건에 연루가 돼 있어서 우리로서도 어쩔 수가 없겠습니다.

검사장　무슨 뜻인지요? 나같이 머리가 단순한 사람은 그렇게 빙빙 돌려 말하면 못 알아들어요.

도 식　강 검사. 5·18 때 광주에 있었습니다.

검사장　계엄군으로 있었어요. 나도 알아요.

신 검사, 검사장을 돌아본다. 몰랐던 사실이다.

도 식　당시 강우석 일병은 작전수행 도중 여러 차례에 걸쳐 명령불복종을 했다더군요. 동료들의 증언이 있었습니다.

검사장　아니 잠깐만요.

도 식　(무시하고) 박태수도 같은 시기에 광주에 있었습니다. 이후 두 사람은 긴밀한 관계에 있었고. 그 배후에는 정부 전복을 기도하는 불순세력이 있을 수도 있습니다. 국가보안법에 적용되는 문제지요.

검사장　(말없이 장도식을 본다)

도 식　이젠 이해하시겠습니까?

검사장　(내내 견지하고 있던 온화한 표정이 사라지더니 신 검사를 향해) 이분들 뭔가 잘못 아시는군요. 검찰엔 강 검사밖에는 없는 줄 아시는 거 같애.

신 검사, 검사장의 뜻을 이해한다. 마음을 다잡더니 장도식을 본다. 겁은 나지만.

신 검사	강 검사가 이 사건을 계속하지 못한다면……. 제가 하게 됩니다. 저는 할 겁니다.
총 장	어이 신 검사.
신 검사	(더욱 용기를 낸다) 강 검사 몫까지 할 겁니다.
검사장	신 검사도 데려갈 겁니까? 그럼 또 다른 검사를 소개해드리지요. 우리 검찰에 검사 아주 많아요.

장도식, 아무 말 없이 그들을 본다.

#9　검찰청 로비

빠른 걸음으로 들어서는 선영.

#10　합동수사본부

오 계장, 장 수사관, 돌아보는 곳에 선영이 들어서고 있다. 오 계장, 시선을 피하고 싶은 심정이다. 그러나 선영, 똑바로 그들이 있는 곳으로 와서.

선 영	우리 그이 어디 있어요? 무슨 얘기예요? 소식을 모른다뇨?

오 계장, 옆에서 흘끔거리는 조 순경을 손가락질하며.

오 계장	사람 참 쓸데없이 연락을 해 가지고.
선 영	우리 그인 어디 있는지 모르는데 여러분은 왜 여기 있어요? 팀장이 없어졌는데 팀원들이 그냥 이렇게 손 놓고 있어도 돼요?
조 순경	검사님 남산에 계세요. 어젯밤…
장 수사관	입 다물어.
조 순경	하지만…
장 수사관	(선영에게) 사모님에게도 말씀드릴 수 없는 게 있습니다. 아무리 사모님이라도 말이지요.

백 형사, 책상을 괜히 퍽 차더니 나가버린다.

선 영   그럼 그이가 서울에 와서 어떤 일을 했는지…. 그러니까 그이한테 이런 변이
        생기게 만든 일이 어떤 건지 그것도 말씀해주실 수 없겠네요.
장 수사관 이해해주십시오.
선 영   (그들을 둘러보다가) 죄송해요. 제가 생각이 모자랐어요. (고개 숙여 보인다)

#11   복도

걸어오는 선영을 뒤따라 나오는 오 계장.

오 계장   저기 이해하세요. 이건 국가적인 일이라서 그래요. 에 저 어떻게 말씀드리면
        이해하실까…. 그러니까 우리가 손 놓고 있는 건…. (잘 생각이 나지 않는다)
선 영   들어가세요. 바쁘신데….

고개 숙여 보이고 가는데 오 계장, 망설이다가.

오 계장   윤 회장 사건을 조사하고 있었어요.

선영, 멈춰 돌아본다.

오 계장   그 왜 윤재용 회장이라고 카지노계의 거물…. 그리고 고위직 공무원…. 그거
        뭐 다 그런 거 아닙니까? 4000만이 다 아는 거 위에서만 쉬쉬하고 있는 거지
        요. 걱정 마세요. 아무리 그래도 검사님 아닙니까? 지금 잘 계실 거예요.

#12   남산 취조실

빈 방에 우석, 혼자 의자에 기대앉아 창가에 발을 올려놓고, 뒤에서 보면 잠
이 든 듯 보인다. 그러나 앞에서 보이는 얼굴은 창문을 향한 채 깊은 생각에
잠겨 허공을 바라보고 있다. 그 방의 창문으로 보이는 옆방. 세 명의 사내가
책상 주위에 둘러앉았거나 서서 서류들을 잔뜩 쌓아놓고 토론 중이다.

13 옆방

밤새워 일해 지친 모습들….

사내1 아니 이 친구는 어떻게 대학 때 데모 한 번 안 했어.

사내2 남들 데모할 때 미팅만 다녔나.

사내3 성적은 우수한데요.

사내1 부동산은 얼마나 갖고 있어?

사내3 부동산이란 게 없어요.

사내2 없어?

사내3 현재 검찰 관사 빌려 살고 있고. 저금은 좀 있는데 마누라 겁니다. 결혼 전부터 갖고 있는 건데요.

사내1 제엔장. (서류를 던져버린다)

14 신문사 복도

영진, 자판기에서 커피 두 잔을 뽑아 기다리고 있는 선영에게 간다. 선영, 커피를 받아들며 영진을 보는 눈을 떼지 않고.

선 영 도와주세요.

영 진 도와야죠. 도와야 되는데….

선 영 기사를 쓸 수 있죠? 신문에 내주세요. 사람들이 다 알면 그쪽에서도 어쩔 수 없을 거 아녜요.

영 진 (생각해보다가) 뭘 쓰죠?

선 영 네?

영 진 기사를 쓰려면 내용을 알아야죠.

선 영 대충 알려드렸잖아요.

영 진 대충으론 안 돼요. 검찰에선 아직 아무것도 발표하지 않고 있어요. 추측만 가지곤 쓸 수 없어요. 써도 안 실어줘요.

선 영 검찰에 아는 사람 많잖아요.

영 진 작은아버지가 검사장이에요.

선 영 그런데요?

영 진	다른 기자한테 얘기 안 하는 건 나한테도 안 해줘요. 강 검사하고 비슷한 분이세요.

선영, 갑갑하다. 한숨을 쉬는데 영진, 무언가 생각에 잠겼다가.

영 진	한 사람 있어요. 사건의 내용을 아는 사람. 이건 말 그대로 특종인데.

밝은 표정이 된다.

영 진	같이 가실래요?

15   혜린의 사무실 건물

16   혜린의 사무실

혜린, 책상 서랍을 열며.

혜 린	장부는 검찰에 줬어요. 강 검사한테요. (서랍에서 노트를 꺼내 온다) 이건 그 중에서 중요한 몇 가지를 메모해놓은 거예요. 이거라도 도움이 되신다면….

소파에 앉아 기다리는 영진과 선영.

영 진	잠깐 볼게요.

영진이 노트를 보는 동안 혜린, 앞에 앉아 선영을 본다.
선영, 어색해서….
영진은 연방 감탄하고 흥분하며 노트를 들춰보고 있다.

혜 린	(선영에게) 전에 한 번 뵌 적 있지요?
선 영	네. 한 번 집에 찾아오셨더랬어요. 그이가 우리 집에 하숙할 때….
혜 린	맞아요. 기억나요.

혜린, 여전히 온화한 얼굴로 선영을 보고 있다. 선영, 마른기침을 하며 앞에 놓인 차를 들어 마시는데.

영 진 이거 정말 신문에 공개해도 되겠어요?

혜 린 (그제야 영진을 보고) 그러라고 드린 거예요.

영 진 이거 공개되면 윤 사장님 카지노, 괜찮겠어요?

혜 린 괜찮지 않아요. 그렇지만 우리 카지노 (선영을 본다) 우석 씨보단 중요하지 않아요.

선 영 (고개 들어 보는)

혜 린 우석 씨하고 나, 대학교 때 친구였어요.

선 영 … 들었어요.

혜 린 나, 한때 결혼을 하면 우석 씨 같은 남자랑 하겠다고 생각한 적 있어요.

영진, 심상치 않아 양쪽을 살피는…….

혜 린 그런데 보기 좋게 거절당했어요.

선 영 아 그런… (다음 말은 잇지 못하는)

혜 린 인제 알겠어요. 그때 만약 우석 씨가 나 같은 여자하고 결혼했다면 이런 사건, 시작 못 했을 거예요. 그리고… 오늘 같은 일이 있을 때 우석 씨 떳떳하지 못했을 거예요. 아시잖아요. 우석 씨 떳떳할 수만 있다면 누구보다 강한 거.

선 영 (미소가 떠오른다) 알아요.

혜린의 얼굴에도 미소가 떠오른다.
그렇게 두 여자가 마주 보는데 영진, 탁자를 두드려 노크를 해서 주의를 끌고.

영 진 얘기 끝났으면 이만 일어날까요? 마감 전에 기사 써야 되니까.

선영, 영진을 따라 일어난다. 혜린, 일어선다. 영진은 벌써 문으로 가며.

영 진 (노트 들어 보이며) 이거 내일 중으로 갖다 드릴게요.

혜 린 그러세요.

선 영	저⋯.
혜 린	(보면)
선 영	조금 전까지 저 한심한 생각하고 있었어요. 내가 좀 더 힘 있는 집 딸이었으면 그이한테 도움이 됐을 텐데 하고⋯.
혜 린	⋯⋯ 우석 씨 일⋯ 잘 안 될지도 몰라요.
선 영	(끄덕인다) 각오해야 한다고 생각해요. 그렇지만⋯. (얼핏 목이 메이는 거 삼키고) 가볼게요.

선영, 혜린을 보고 미소 짓고 서두르는 영진을 따라 나간다. 문이 닫히고 혜린, 혼자 남는다. 잠시 무엇을 해야 할지 모르며 그냥 서 있다.

#17   신문사 사무실 / 밤

대부분 퇴근하고 난 빈 사무실에 영진, 혼자 남아 기사를 쓰고 있다. 마지막 줄을 완성하고 나서 원고를 가지런히 챙기며 잠시 생각을 하다가 기사의 맨 앞, 비어 있는 제목란에 굵게 제목을 쓴다.
[카지노 대부의 비밀장부 ――― 수사 중 검사 실종]
영진, 자신이 쓴 제목을 갸웃하여 다시 본다.

#18   요정 / 밤

전경.

#19   요정 방 안

강동환과 언론계 간부들, 회식 중이다. 강동환은 너털웃음을 웃어가며 얘기를 하고 있다. 간부들 중에 영진의 상사인 문 부장의 모습이 보인다. 그는 말 없이 술잔을 비우고 있다.

20   요정 정원

강동환과 간부들, 헤어지고 있다. 악수를 나누며 화기애애한 모습들···. 강동환과 악수를 나누는 문 부장. 문 부장은 공손하게 강동환의 손을 잡고 있다.

21   신문사 부장실 / 낮

문이 벌컥 열리며 영진이 들어선다. 영진은 갓 나온 신문을 들고 있다. 문 부장, 일을 하다가 본다.

영 진   (신문을 던져놓고) 왜 없어요?
문 부장   취재 안 나가?
영 진   내 기사, 왜 없어요? 일면 톱기사예요. 특종이고! 그런데 왜 없어요?
문 부장   신 기자!
영 진   왜요. 나한텐 처자식이 있어. 그 소리 하시려고 그러세요?
문 부장   (잠시 영진을 노려보다가) 맞아.
영 진   (말이 막히는데)
문 부장   그리고 여기 처자식이 있는 사람은 나뿐이 아니야. 그리고 기사 한 줄 나간다고 해도 세상은 바뀌지 않아. 바뀌는 건 아무것도 없다고! 그거 아직도 몰라?

영진, 말없이 부장을 보다가.

영 진   내가 언제 세상을 바꾸자고 그랬어요. 신문에 기사 내자고 했지. 그게 기자가 봉급 받고 하는 일이잖아요. (머뭇머뭇 보다가 눈물이 나올 거 같아서) 에이.

썩 돌아선다.

22   신문사 인쇄국

윤전기가 돌아가고 있다. 인쇄국의 여러 스케치. 그 안에서 일하는 숙련공들의 여러 모습들···.

23   인쇄국 한구석

영진, 바닥에 퍼질러 앉아 있다. 숨어 앉아 혼자 훌쩍이고 있는 중이다.
아이처럼 팔소매로 눈물을 문질러 닦는데 나이 지긋한 인쇄공, 김 씨 다가
온다.

김 씨   어이 신 기자.
영 진   (불퉁해서) 신 기자 죽었어요.
김 씨   (영진의 얼굴을 들여다보고) 울고 있어?
영 진   (돌아앉는데)
김 씨   (뭔가 내밀어준다) 이거 때문인가?

영진의 기사만큼 조판이 끝난 판이다. 영진이 적었던 제호가 큼직하게 읽힌
다. 인쇄 전의 거꾸로 된 글씨들….
[카지노 대부의 비밀장부 --- 수사 중 검사 실종]
판까지 짜인 상태에서 아웃이 된 기사인 셈이다.
영진, 그것을 받아들어 손으로 쓰다듬어본다.

김 씨   읽어봤어. 재미있던데?
영 진   (어이없어) 그냥 재미있어요? 정부 관료가 몇 년째 뇌물을 받아먹고, 세금 눈
        감아주고, 그거 조사하던 검사는 끌려갔는데 그냥 재미있어요?
김 씨   재밌지 그럼. 이런 얘기 사람들이 알면 어떻게 될까. 생각만 해봐도 재밌잖아.

영진, 허 웃다가 조판을 넘겨주고 일어서려는데.

김 씨   이 기사 꼭 이 신문에만 내야 되나?
영 진   (돌아본다)
김 씨   독립한 친구가 하나 있는데 말이지. 그 친구도 반평생을 신문사에서 굴렀거
        든. 요즘 학교신문이니 마을신문 같은 것도 찍는단 소릴 들었는데. 어때?

영진, 무슨 소린가 해서 보는.

24   개인 인쇄소

인쇄공들이 몇 명 일하고 있는 내부 저 구석에서 김 씨와 그 친구인 같은 연
배의 이 씨가 마주 서 있다. 이 씨는 김 씨의 조판을 읽고 있다. 이만치 떨어
져서 그런 이 씨를 흘깃거리는 영진. 이 씨, 사람 좋은 얼굴로 웃으며.

이 씨   이 예쁜 아가씨가 이 기사를 썼단 말이지.

김 씨   예쁜 아가씨가 아니고 신 기자야.

이 씨   그래 신 기자. 이 기사 말이에요. (판을 들어 보이며) 이거 요런 크기의 종이
         를 (호외 크기의 종이를 들어 보이며) 메꿀 만큼 더 쓸 수 있겠어요?

영 진   이걸 메꿔요?

이 씨   이게 뭐 김밥집 광고도 아니고, 손바닥만 한 종이에 찍을 수는 없잖아요.

영 진   (그제야 뜻을 알고 망설이다가) 저어… 정말 하시려고요?

김 씨   우리 노친네들이 장난칠까봐?

영 진   이거 위험할 수도 있어요. 불법 유인물 살포죄로 걸릴 거예요.

이 씨   불법으로 치면 벌써 시작했지. 저 친구들 말이지. (일하는 젊은이들을 가리키
         며) 다 불법 위장취업이에요. 학교 다니다 데모한다고 짤린 애들…. 하하.

가까이서 일하고 있던 젊은이 하나가 돌아보며 웃는다.
(시간 경과)
직공들, 활자를 고르고 있다. 한쪽 낡은 책상 앞에서 영진은 기사를 쓰고 있
다. 인쇄 준비가 진행돼간다. 밤이 되고…. 작업은 계속된다. 작업이 계속되
는 사이. 직공 한 명, 기사를 읽고 있다.

25   인쇄소 앞 / 밤

트럭 한 대가 와서 선다. 인쇄소에서 직공들이 뛰어나오고 트럭에서 주문했
던 종이뭉치를 내린다. 그 옆의 골목 저쪽, 승용차가 서 있다. 혜린과 마주 서
있는 영진. 혜린, 서류봉투를 영진에게 건넨다. 영진, 봉투 안에서 현금 다발
한두 개를 꺼내보고 감사의 미소로 혜린을 본다. 혜린, 종이뭉치를 내리는 트
럭을 돌아보고 있다.

26   인쇄소

각자 바쁘게 일하고 있는 직공들…. 그 사이를 종이뭉치를 들고 돕는 영진.
그리고 한쪽에서 난로에 라면을 끓이고 있는 선영. 문이 열리며 대학생들이
대여섯 명 들어선다. 분분히 인사를 하고 새로 일을 맡고 설명을 듣고….

27   인쇄소 앞 / 이른 새벽

용달차 두 대가 줄을 이어 들어선다.
운전석, 조수석에서 뛰어내리는 대학생들…. 인쇄소에서 호외 크기의 인쇄뭉
치를 들고 나오는 직공들, 학생들…. 트럭에 싣고…. 그중의 한 명은 벌써 기
사를 읽고 있다.

28   길 / 새벽

자전거들이 달려가고 있다. 학생들…. 자전거마다 뒤에는 인쇄뭉치가 실려
있다.

29   길거리 신문가판대

스포츠 신문 뭉치가 던져져 있는 자리 옆에 호외 뭉치가 던져진다.

30   아파트 경비실 옆

수십 장의 호외 뭉치가 놓여진다. 맨 겉장에 보이는 기사. 발행처 따위는 적
혀 있지 않은 유인물…. 커다랗게 시커먼 바탕에 씌어 있는 제호. [카지노 대
부의 비밀장부---조사 중 검사 실종]

31   신문 가판대 옆길 / 아침

시민들, 걸음을 멈추고 호외를 읽고 있다.

32 건물 복도

장도식, 빠른 걸음으로 걸어가고 있다. 회의실 앞에 멈춰 선다. 문을 열기 전에 안에서 들려 나오는 소리를 잠깐 듣는다.

소 리 도대체 경찰은 뭘 하고 있었어요. 다들 잠자고 있었나.

33 회의실

관계자 대책회의가 열리고 있다. 장도식, 한쪽 의자에 가 앉는다.

사내1 (아까의 목소리) 당장 이따위 짓을 한 자들 발본색원하세요. 하나 남김없이 다 잡아들여요.

사내1이 들고 흔들어대는 것은 영진이 쓴 호외이다.

사내1 도대체가 나라가 뭐가 되려고 이래요. 출처도 없는 이따위 유언비어가 거리에 나돌고…. 국민이 우리 정부를 어떻게 믿고 생활하겠어요. 우리 정부를 뭘로 보겠느냐고.

다들 침울하게 앉아 있는데.

사내1 장 부장 왔구만. 그래 이 도대체 어떻게 된 겁니까? 해명 좀 들읍시다.
도 식 …. 외람된 말씀입니다만.
사내1 외람돼도 좋으니 아무거나 말 좀 해봐요.
도 식 유인물을 쓴 자들을 잡아들이는 건 지금 중요한 문제가 아닙니다.
사내1 허 그럼 내가 중요하지도 않은 걸 붙잡고 헛소리하고 있다 이거요?
도 식 불행한 건 이게 유언비어가 아니라는 점입니다. 실제로 카지노 대부와 고위 공무원이 돈을 주고받았습니다. 그걸 증명하는 장부도 실재하고요.
사내1 그래서요. 이 유인물 잘 썼다고 상이라도 주잔 얘기요?
도 식 한 가지 다행한 건 장부에 나오는 이름은 한 사람뿐이라는 겁니다. 장부의 모든 거래는 한 사람 이름으로 되어 있습니다. 유인물에도 그 이름밖에는 없고요.

사내1 (보다가) 강동환 실장 말이요?

도 식 (말없이 고개 숙여 보이는)

사내들, 웅성거린다.

도 식 무조건 덮어버리기엔 이미 너무 늦었습니다. 나라의 안정을 위해서 한 사람의 희생이 필요할 때입니다.

사내1, 말없이 장도식을 보고 있다. 이제 좌중은 조용하다.

#34 남산 건물 앞

(장도식의 사무실이 있는) 우석, 혼자 걸어 나오고 있다. 추운 겨울날…. 며칠 수염을 깎지 못한 모습으로 우석, 옷깃을 올린다.

#35 검찰청 로비 / 밤

늦은 밤. 인적이 드물다.
선영, 오 계장과 인사를 나누고 헤어져 나오고 있다. 입구 쪽으로 가다가 문득 걸음을 멈춘다. 돌아보면, 어두운 로비 구석에 앉아 있는 그림자. 우석이다.
선영, 휘청하는 기분으로 선다.
혼자 생각에 잠겨 있던 우석, 고개를 든다. 그 앞에 와서 서는 선영. 울 듯한 얼굴로 한 손을 들어 수염이 거칠게 자라난 우석의 턱을 조심스럽게 만져본다.

선 영 당신 괜찮아요?

우석, 지친 얼굴에 미소를 지어 보인다.

선 영 어떻게… 왜 여기 있어요?

우 석 그건 내가 물어봐야 되는 말인데.

선 영   난 그냥…. (눈물 어린 얼굴로 웃는다) 지나가다 들렀어요.

우석, 선영의 손을 끌어 옆에 앉힌다. 선영의 손을 잡아 자신의 무릎에 놓고 내려다보다가.

우 석   난 그냥… 좀 피곤해서…. 이런 얼굴로 동료들을 보고 싶진 않고…. 어디 가서 한잠 자고 올까 했는데 결국 이리로 왔어요.

선영, 끄덕인다. 다 안다는 듯. 우석, 길게 기대앉으며 선영의 작은 어깨에 기댄다.

우 석   한 10분만 쉬면 될 거 같아…. 5분만….

선영, 꼼짝도 안 하고 우석을 받쳐주고 있다.
잠시 후 조심스레 돌아보면 우석은 잠든 듯 눈을 감고 있다. 그렇게 오래 앉아 있다.

36   고급 빌라 앞

대기해 있는 승용차. 운전석의 조 순경, 차의 뒷문을 열어놓고 기다린다. 안에서 서 부장검사를 사이에 끼고 연행해 나오는 장 수사관과 백 형사. 서 부장검사를 차에 태우고 출발하는 그림 위에 신문이 흘러간다. 크게 나와 있는 제호. [폭력배 비호… 부장검사 구속]

37   검찰청 입구

승용차가 도착하자 기다리던 기자들이 몰려든다. 차에서 변호사와 함께 내리는 강동환. 대기하던 장 수사관 등, 기자들을 막아 입구로 데려오는데 강동환, 멈추어 서더니 기자들의 카메라 앞에 의연하게 포즈를 취해준다. 태연한 척하면서도 속으로는 끓고 있다.
기자 한 명, 녹음기의 마이크를 대며.

기 자	구속을 하기 위한 소환이라고 하던데 알고 계십니까?

강동환, 그 마이크를 잡아채더니.

동 환	이건 정치적인 음모입니다. 난 정치적인 희생양이에요. 그걸 분명하게 밝힐 겁니다. 나 일개 정치검사의 잔 수에 넘어가지 않습니다. 두고 보세요.

#38   정부관청 기자실

대변인(사내1)이 기자회견을 하고 있다.

사내1	현재 정부의 모든 의지는 평화적인 정권교체를 이루는 데 집중돼 있습니다. 이러한 중대 시점에 일부 공직자의 불미스런 행위가 자행되어왔다는 점에 대해서 실로 유감을 금할 수가 없습니다. 아울러 공직자 단속을 제대로 하지 못한 데 대해서 국민 여러분께 머리 숙여 사과드리는 바입니다.

#39   우석의 사무실

녹음기가 돌아가고 있다. 신 검사와 강동환이 마주 앉아 있다. 강동환은 어디까지나 권위적인 태도로 여유 있게 앉아 있다.

신 검사	그래서 이 장부의 내용을 전혀 인정하지 못하겠다는 겁니까? (혜린의 장부를 들어 보인다)
동 환	그거 도대체 누가 만든 거요? 누군지 애썼구만.

오 계장, 받아 적으며 어이없는 얼굴.
우석, 창가에 서서 밖을 내다보고 있다.

신 검사	그래서 지금 윤재용 씨한테 한 푼도 받은 게 없다고 말하는 거예요?
동 환	다시 말하지만 이건 음모야. 몇 번 말해야 알겠어요? 이건 정치적인 음모라고.
신 검사	음모라…: 대체 누가 무슨 음모를 꾸민다는 겁니까? 어디 그 얘기나 한번 들

어봅시다.

동 환   이거 봐요. 나 사법고시 출신이에요. 당신들 두 사람보다 20년은 선배야.

우석, 강동환을 돌아본다.

우 석   그래서요?

동 환   (우석을 그제야 보고는) 당신들이 제대로 된 검사라면 이따위 장난질에 놀아나면 안 되지.

우석, 뒷쪽으로 천천히 걸어가는가 싶더니 느닷없이 거기 빈 의자를 발로 냅다 걷어찬다. 강동환을 비롯한 신 검사도 오 계장도 움찔 놀라서 본다.
요란한 소리를 내며 나뒹구는 의자……
우석, 강동환 쪽으로 오더니 상체를 굽혀 보며.

우 석   시간 낭비할 거 없이 간단하게 말씀드리죠. 우리로선 당신 잡아넣는 건 아무 문제가 안 돼. 우리가 알고 싶은 건 당신 뒤에 누가 어디까지 관계하고 있는가 하는 점이야. 당신 말대로 당신 희생당하고 있어. 이대로 혼자 다 뒤집어쓸 건가.

신 검사도 오 계장도 조용히 바라보고 있다. 강동환, 한동안 우석을 바라보고 있더니 불쑥 웃는다.

동 환   어이 젊은 친구. 생각을 좀 해보겠나? 만약에 자네 말이 다 옳다고 해. 그렇다고 해서 내가 누구의 하수인이었다고 말할 거 같아? 어쨌거나 내가 믿고 의지할 곳은 거기밖에 없어. 내가 거기에 등을 돌리고 나면, 어디 다른 데 날 받아줄 데가 있을 거 같아?

우 석   …….

강 동   그리고 자넨 나 못 잡아넣어!

우석, 잠시 강동환을 보다가 상체를 펴고 서더니.

우 석   그럼 시작해볼까요?

40   법정

증인석에 들어서기 전, 혜린, 정리가 내어준 선서문을 보며 선서를 하고 있다.

혜 린   양심에 따라 숨김과 보탬이 없이 사실 그대로 말하고 만일 거짓이 있으면 위
         증의 벌을 받기로 맹세합니다.

방청객이며 기자들이 가득 메운 방청석. 기자들 중에는 영진의 모습도 보인다.
피고석의 강동환, 증인석으로 가서 서는 혜린을 날카롭게 보고 있다. 그 옆에
는 세 명의 변호사가 머리를 맞대고 뭔가 상의를 하고 있다.
검사석에는 신 검사와 우석이 나란히 앉아 있다.
합의부 사건. 세 명의 판사가 앉아 있다.

판 사   검사 측 심문하세요.
우 석   (장부 복사본을 들고 일어서 혜린 쪽으로 간다) 이게 뭔지 압니까?
혜 린   네. 제가 검찰에 전해줬던 겁니다.

우석, 장부를 판사들에게 가져다준다.
(시간 경과)

우 석   지난 83년 10월 한 호텔에서 고 윤재용 회장과 피고 강동환과 함께 점심식사
         를 한 적이 있습니까?
혜 린   네.
우 석   그 자리에서 윤재용 회장이 피고 강동환에게 돈을 주는 것을 직접 목격했습
         니까?
혜 린   가방이 전해지는 걸 봤습니다.
우 석   가방 안에 뭐가 들었는지 압니까?
혜 린   2억의 돈이 현금으로 들어 있다고 들었습니다.
우 석   어떤 용도의 돈인지 알고 있습니까?

혜 린   (잠시 생각해보는)

기자들, 메모를 하느라고 바쁘다.

혜 린   당시는 5공이 들어선 지 얼마 안 된 때였기 때문에 아버진 새로 임명된 공직
자들과 친분을 가질 필요가 있었어요. 강동환 씨가 그 중간 소개 역할을 맡
아줬고 그에 대한 답례였을 겁니다.

변호사   이의 있습니다. 증인은 지금 모든 걸 추측으로 말하고 있어요. 가방 안에 돈
이 들어 있었을 것이다. 답례였을 것이다. 기록에서 삭제해주길 바랍니다.

우석, 판사를 돌아본다.
판사는 표정 없는 얼굴로 듣고 있다가 끄덕인다.

판 사   인정합니다. 삭제하세요.

방청석에서 웅성거림이 일어난다. 강동환, 미소를 짓는 듯한 얼굴로 여유 있
게 앉아 있다.

판 사   증인은 확실하게 모르는 건 모른다고 답변하세요.

혜린, 판사를 보았다가 다시 우석을 본다.
우석, 잠시 뭔가를 생각하는 얼굴이더니.

우 석   이상입니다.

자기 자리로 가서 앉아버린다. 판사, 그런 우석을 보고 있다가.

판 사   반대심문 하세요.

변호사 중의 한 명, 일어나 혜린 쪽으로 가며 우석을 가리켜 보인다.

변호사	증인은 저기 앉아 있는 강우석 검사를 압니까?
혜 린	네.
변호사	대학 때부터 친구였죠?
혜 린	…. 네.
변 호	얼마나 친한 사이였습니까?
신 검사	이의 있습니다. 본 사건과 관계없는 질문입니다.

우석, 말없이 보고만 있다.

변호사	이건 중요한 문제입니다. 증인과 검사는 오래전부터 각별한 사이였습니다. 본 변호인은 이번 사건의 증거가 어떤 조작에 의한 것이 아니었는지 그걸 밝히고 자 하는 것입니다.
신 검사	재판장님.

판사, 한 손을 들어 제지하더니 혜린을 본다.

판 사	계속하세요.

변호사, 자신만만해서 혜린을 돌아본다.

변호사	답변해주시죠.
혜 린	…… 질문의 뜻을 잘 모르겠군요. 그러니까 변호사님께서는 제가 대학 때 친 구였던 한 검사를 위해서 돌아가신 제 아버지가 뇌물을 줬다고 거짓말을 한 단 얘긴가요?
변호사	(당황해서) 증인은 예, 아니오로만 대답하세요. 친한 사이였죠?
혜 린	(무시하고) 바로 그 장부 때문에 요즘 저희 카지노는 세무조사를 받고 있습니 다. 아마도 수백 억이 넘는 세금이 추징될 겁니다. 대학 때 친구를 위해 제가 그 돈을 거저 내놓을 거란 얘긴가요? 이미 다른 여자의 남편이 된 옛날 친구 를 위해서요?

변호사, 멈칫 말을 못 한다. 턱을 괴고 듣고 있던 판사, 얼핏 미소 지을 뻔하다

가 입을 쓸어내리는 동작으로 미소를 감춘다.

메모를 하던 영진, 웃는다.

(시간 경과)

증인석에는 윤 회장 밑의 회계사가 앉아 증언을 하고 있다.

회계사 제가 회계사이긴 하지만 비자금 장부는 제가 관리하지 않았습니다. 그런 게 있다는 얘기는 들었습니다.

(시간 경과)

증인석에는 민 변호사가 앉아 있다.

민 변호사 장부는 회장님과 저만 관계했습니다.

신 검사 통상 어떤 식으로 돈을 전달했습니까?

민 변호사 직접 준 것은 몇 차례 되지 않습니다. 대개는 스위스의 은행으로 송금했습니다. 저희 카지노는 외국에서 수금을 하게 되기 때문에 외화를 송금하기가 쉬웠습니다.

신 검사 그런 행위가 외환관리법에 저촉된다는 걸 알고 있었어요?

민 변호사 …… 예.

신 검사 (재판장을 향해) 현재 민영훈 변호사는 불구속 수사 중에 있습니다. 변호사 면허는 1주일 전에 취소되었음을 알려드립니다.

민 변호사, 말없이 자기 앞만 바라보고 있다.

40-1 법정

(시간 경과)

방청석 뒤의 문이 열리며 조용히 들어서는 장도식. 뒷자리를 찾아 앉는다.

판 사 다음 증인 부르세요.

우석, 증인이 들어서는 앞문을 바라본다. 문이 열리며 교도관에 이끌려 들어오는 태수. 한복을 입고 포승을 하고 있다.

강동환, 동요가 이는 얼굴로 태수를 본다.

(시간 경과)

증인석에 앉아 있는 태수. 정리가 마이크를 태수의 입 높이에 맞게 조정해준다. 우석, 자리에서 일어서 태수에게 다가선다.

태수, 우석을 보며 조금 미소를 짓는다. 우석도 그런 태수를 잠시 따스한 얼굴로 보다가.

우 석   증인, 이 법정에 아는 얼굴이 있습니까?

태수, 주욱 둘러보다가 강동환을 보더니.

태 수   예.
우 석   누굽니까?
태 수   강동환 실장이 있군요.
우 석   언제 어떻게 알게 되었지요?
태 수   지난 81년 소개받았습니다. 저 사람은 날 박승철 회장에게 소개해줬고요.

순간 변호사, 벌떡 일어선다.

변호사   이의 있습니다.
판 사   말씀하세요.
변호사   증인은 폭력을 일삼던 자입니다. 현재 살인 등의 죄목으로 수감되어 있는 자이고요. 이런 자를 신성한 법정에 증인으로 세워도 되는지 다시 한 번 재고해주시기 바랍니다.

판사, 잠시 생각에 잠긴 얼굴로 앞에 놓인 서류들을 뒤적인다.

우 석   맞습니다. 증인은 살인죄를 저지른 자입니다.

판사, 고개를 들어 우석을 본다.

우 석 그러나 본 검사는 그 점에 있어서 증인에게 미안한 마음을 갖고 있습니다. 증인이 살인을 저질렀던 대상은 당시 검찰에 구속되어 있어야 했던 자입니다. 검찰은 그를 방치했고 검찰을 믿지 못했던 증인이 심지어 살인을 하게 했던 겁니다.

변호사 지금 검사는 검사로서 자기비하를 하고 있는 거요?

우 석 진실을 밝히고 있는 겁니다. 여기 증인도 이 법정에서 진실을 밝히면 살인에 또 하나의 죄가 더해지는 것을 알고 있습니다. 알면서 증언을 해준다면 본 검사는 감사할 따름입니다.

태수, 피식 웃는다.
여기저기 얘기하는 사람들로 법정은 소란스러워진다. 판사는 배석판사들과 함께 머리를 모으고 뭔가 얘기를 나눈다.
태수, 무심코 방청석을 보다가 문득 멈춘다. 방청석 한곳에 앉아 있는 혜린, 태수를 보고 있다. 태수, 그런 혜린을 본다.
판사, 봉을 두들겨 장내를 정숙하게 한 다음.

판 사 증인의 신뢰성 여부는 본 재판부에서 판단할 문제입니다. 검사, 심문 계속하세요.

변호인들 못마땅하다는 듯 얘기를 나누고.

우 석 (태수에게) 피고가 증인을 박 회장에게 소개해줬다고 했지요? 소개한 이유가 뭡니까?

태수, 혜린을 보고 있다가.

태 수 이런 얘기를 했습니다. 윤재용 회장이 건방지게 군다고요. 박 회장을 도와서 윤 회장의 카지노를 접수하라고 했습니다.

우 석 건방지게 군다는 건 구체적으로 어떻게 했다는 얘깁니까?

태 수 당시 윤 회장은 카지노 말고 슬롯머신을 20여 개 운영하고 있었습니다. 그 이익금은 강 실장에게 전액 상납하기로 했고요.

우 석	그런데 윤 회장은 자기 몫을 따로 챙겼군요.
태 수	그랬습니다. 그리고 지리산 개발 허가권을 내주기 전까진 스위스 은행에 돈을 넣지 않겠다고 협박을 했다더군요.

강동환, 눈을 감는다.

태 수	(혜린을 보며 얘기하고 있다) 강 실장은 고분고분하게 상납을 해줄 새로운 카지노 주인이 필요했습니다. 내가 아니더라도 누군가 내세웠을 겁니다. 난 내가 하는 게 낫겠다고 생각했지요.

혜린, 태수를 향해 보일 듯 말듯 미소를 짓는다.

우 석	피고는 그렇게 상납 받은 돈을 혼자 착복한 겁니까?
변호사	재판장님. 주의를 환기시켜주십시오. 검사는 증인이 알 수도 없는 일을 답변하도록 강요하고 있습니다.
판 사	(물끄러미 변호사를 보더니) 변호인은 지금 본 재판장이 제대로 판사 노릇을 못한다고 가르쳐주는 겁니까?

변호사, 말 못 하고 자리에 앉는다.

우 석	(태수에게) 다시 묻겠습니다. 피고가 그렇게 상납 받은 돈을 어떻게 썼는지 알고 있습니까?
태 수	강 실장 말로는 나라를 위해서 쓴다고 하더군요. 자기가 먹는 건 한 푼도 없다고요.
우 석	그런 얘기를 또 누가 들었습니까?
태 수	장도식이라고 강 실장 밑에서 부장을 하던 사람이 있어요.

우석, 신 검사에게 가서 서류를 넘겨받는다.
그러는 동안 뒤에 앉은 장도식, 태수 쪽을 보고 있다.

우 석	(서류를 판사에게 주며) 증인을 신청합니다. 성명은 장도식입니다.

장도식, 슬그머니 일어나 뒷문으로 빠져나간다.

#41   법정 뒤 복도

우석, 관계 서류를 들고 걸어가다가 문득 선다. 법정 뒤 보호소로 통하는 문에서 나오는 변호사, 우석을 스쳐 지나간다.
우석, 더 걸어가다가 문득 멈춘다. 뒤를 돌아본다. 저만치 뒤에서 변호사가 만나고 있는 인물, 장도식이다.
장도식, 변호사의 얘기를 듣다가 우석과 시선이 마주치자 빙긋이 미소 지어 보인다.
우석, 언뜻 스치는 불안감. 급히 변호사가 나왔던 문으로 들어간다.

#42   법정 뒤 보호소

우석, 빠르게 다가온다. 우석, 창살 속의 강동환을 본다. 한복 차림의 강동환은 패기 있던 모습은 간데없이 초라하게 고개를 숙이고 앉아 있다.

우 석   방금 변호사 왔다 갔지요?

강동환은 고개를 들지 않는다.

우 석   장도식 얘기를 전하고 갔습니까?

강동환, 천천히 고개를 들어 우석을 본다. 체념의 빛이 드러나 있다.

#43   법정

증인석에 앉는 장도식. 넥타이를 바로 하고 자세를 잡는다. 어디까지나 순수한 얼굴.
신 검사, 질문에 나선다.

신 검사	피고 강동환 밑에서 얼마나 일했습니까?
도 식	상관으로 모신 지는 5년하고 3개월쯤 됩니다.
신 검사	증인이 맡은 일은 뭐였습니까?
도 식	(미안하다는 듯) 국가기밀에 속하는 문제라 답변할 수 없습니다.
신 검사	윤재용 회장과 피고의 관계를 알고 있었습니까?
도 식	예.
신 검사	윤 회장에게 돈을 받는다는 사실도 알았습니까?
도 식	예.
신 검사	언제 어떻게 알았지요?
도 식	강 실장이 봉급에 비해서 호화로운 생활을 하고 있다는 투서가 있었습니다. 그에 따라 자체적으로 내사에 들어갔었습니다. 내사 도중 알게 되었습니다.

검사석의 우석, 강동환을 본다. 강동환은 고개를 숙이고 있다.

신 검사	얘기가 다르군요. 이제까지의 증언들에 의하면 윤 회장과 피고가 함께했던 자리에 증인도 늘 같이 있었다고 하던데요.
도 식	당연합니다. 검찰도 마찬가지겠지만 저희 기관은 상명하복 체계입니다. 명을 받으면 그대로 따르지요.
신 검사	윤 회장의 뇌물 공여 때도 명을 받았습니까?
도 식	아니오. 내사가 들어가기 전까지 그런 내용은 전혀 몰랐습니다.
신 검사	증인은 신중하게 대답하세요. 위증죄에 걸릴 수도 있습니다.
도 식	(미소를 짓는 듯) 신중하게 대답하고 있습니다.
신 검사	피고에 대한 내사를 자체적으로 했다고 했지요? 어떤 식으로 진행되었습니까?
도 식	기밀에 속하는 문제입니다.
신 검사	기관의 고위층이 뇌물을 받았어요. 그 대가로 불법을 도와줬고요. 그런 게 기밀사항입니까?
도 식	답변할 권리가 제게 없습니다.
신 검사	…… 마지막으로 묻겠습니다. 피고가 그동안 윤재용 회장에게 받아들인 스위스 은행의 돈, 지금 어디 있습니까?
도 식	그건 저희 소관이 아닙니다. 검찰에서 조사 중인 걸로 알고 있는데요.

신 검사, 말을 잃고 보고 있다. 검사석의 우석, 피곤한 듯 뒤로 기댄다.
(시간 경과)
방청객에는 조용한 침묵이 흐르고 있다. 어떤 기자가 수첩을 넘기는 소리만
사각 들린다.

판 사	(옆의 배석판사들과 얘기를 끝내고) 피고 최후진술하세요.

강동환, 꼼짝 않고 그대로 앉아 있다. 우석과 신 검사, 강동환을 본다.

판 사	피고.
동 환	……
판 사	할 말 없습니까?
동 환	(그제야 판사를 바라보더니 마른기침을 한다) …· 이번…· 이번 사건으로 사회에 물의를 일으키게 돼서 죄송한 마음 금할 수가 없습니다. 전…: (말을 끊었다가 우석을 본다)

우석, 마지막 희망을 버리지 못하고 본다.

동 환	지난 20여 년 국가발전에 공헌하기 위해 모든 걸 바쳐 일해왔습니다. 나름대로는 최선이라고 생각한 일들을 해왔습니다. 결국 이렇게 되었지만… (문득 상체를 펴고 꼿꼿이 앉아 내부의 떨림을 끝까지 자제해가며) 이것이 나라를 위하는 길이라면 이 모든 것에 책임을 질 각오가 돼 있습니다. 역사가 나의 충심을 알아줄 것입니다.

우석, 미동 없이 그렇게 말하는 강동환을 보고 있다.
더 이상은 뛰어넘을 수 없는 벽.

44   법원 밖

뛰어나오는 기자들…·. 공중전화에서 전화를 하는 기자…·. 그 위로 신문 제목들이 흘러간다.

[강동환 전 실장 징역 4년 선고]
[더 이상 확대수사 없어]
[비리공직자의 말로]

45   신문사 사무실

영진, 보던 신문을 내려놓는다. 일면 톱으로 나와 있는 제목.
[검찰의 축소수사인가 ───── 스위스 은행 돈의 행방은?]
그 밑에는 교도관들에 둘러싸인 한복 차림의 강동환 사진과 기사가 실려 있
다. 지나가던 동료 기자가 영진의 어깨를 툭 치며.

기 자   뭐하고 있어? 아직 강동환 붙잡고 있어? 그거 끝났잖아.
영 진   (그저 멍하니…)
기 자   3인조 강도 잡힌 거. 법원으로 송치된다던데 안 가봐?

영진, 무의식적으로 수첩 등을 가방에 챙겨 넣는다. 일어서다가 문득 신문을
들어 옆의 쓰레기통에 처넣는다.

46   혜린의 사무실 건물

47   혜린의 사무실

민 변호사, 혜린 앞으로 서류 파일 세 개를 밀어놓는다. 혜린, 파일을 볼 생각
은 않고 민 변호사를 본다.

민 변호사 나를 대신할 만한 변호사들이야. 세 명에 대한 이력서니까 이 중에서 골라봐.
          경력도 성품도 괜찮은 친구들이야.
혜 린   꼭 그만두셔야 되겠어요?
민 변호사 벌금형으로 끝나게 해줘서 고마워. 내가 빚졌어. 이젠 변호사도 아니니까 뭐
          로 갚아야 될지….
혜 린   (감정을 잡기가 어렵다)

민 변호사 이제 그만 쉬고 싶어. 애들도 다 컸고. 마누라하고 여행도 좀 다니고 싶고.

혜 린 그렇게 말씀하시면 더 잡을 수가 없잖아요.

민 변호사 …… 곧 박태수 공판이 있지?

혜 린 (끄덕인다)

민 변호사 솔직히 말해서 나 그거까지 보고 싶지 않아.

혜 린 …. 네.

민 변호사 괜찮겠어?

혜 린 (쓸쓸히 웃더니) 어제 그 사람 면회 갔었어요.

민 변호사 뭐래?

혜 린 못 만났어요. 안 만나겠다고 그랬대요. …… 그거 아세요? 아저씨까지 떠나면… 나… 아무도 없어요.

민 변호사, 말을 못 하고 혜린을 본다.
혜린은 딴 데를 보고 있다. 그 외로운 얼굴.

#48   법정

비어 있다. 우석, 한쪽에 우두커니 서 있다가 문득 피고석으로 간다. 거기 앉아본다. 그 자리에서 보이는 검사석…. 그 자리에서 보이는 판사석. …. 아무도 없는 법정에 우석, 혼자 피고석에 앉아 있다.

#49   검사장실

검사장, 한 판 가득히 늘어져 있는 바둑돌을 흰 돌 검은 돌 나누어 거둬들이고 있다. 그 앞에 앉은 우석. 기다린다.
이윽고 검사장, 입을 연다.

검사장 딴 검사로 바꿔달라.

우 석 예.

검사장 이제까지 사건을 맡아온 검사가 구형을 앞두고 딴 검사로 바꿔달라.

우 석 죄송합니다.

검사장	구속하고 조사하고 공소장을 만들 때까진 상관없었는데 막상 구형을 내리려고 드니까 상대가 친구라는 게 마음에 걸린다.
우 석	…· 예.
검사장	난 그런 거 허락 못 해요.
우 석	검사장님.
검사장	정 구형 내리고 싶지 않거든 검사 옷을 벗어요.
우 석	예?
검사장	난 이제까지 댁이 검사인 줄 알았어요. 그래서 피의자가 옛날에 친구였든지 말든지 수사를 맡겼어요. 그런데 이제 보니 검사가 아니구만요.
우 석	…·:
검사장	검사 아닌 사람이 검사 자리에 있으면 안 되지. 사직서 갖고 와요. 그리고 박태수 사건은 새 검사가 처음부터 다시 수사할 겁니다. 가짜 검사가 수사한 건 믿을 수가 없어요.

검사장, 냉정한 얼굴로 바둑알통 뚜껑을 덮고 챙긴다. 우석, 그런 검사장을 말없이 보고 있다.

#50   검찰청 보호실

일회용 컵 두 잔에 소주가 따라진다.
마주 앉은 우석과 태수. 우석이 가져온 소주를 마시는 중이다. 두 사람, 각자의 컵을 들어 건배를 하고 마신다.

태 수	좋은데. 근데 이거 규칙에 어긋나는 거 아니냐?
우 석	(웃기만)
태 수	(또 한 잔을 따른다)
우 석	혜린이가 너 만나고 싶어하던데.
태 수	···· 그 친구, 참 소주 맛나게 마시지. 기억나냐? 너 대학 다닐 때 그 자취방 말이야.
우 석	그때 혜린이 그 녀석 술 엄청 마셔댔지.
태 수	우리 어머니도 술을 좋아하셨어.

우 석	(그렇게 말하는 태수를 본다)
태 수	그래. 처음 혜린이 봤을 때 어머니 생각했어. 비슷한 데가 있어. 둘이 만났으면 참 잘 통했을 거야. (웃는다)

(시간 경과)
소주병은 비어 있다. 둘은 나란히 앉아 있다. 소주 한 병으로는 술이 취하지 않는 밤.

우 석	아마 검사가 바뀔 거 같다.
태 수	(돌아본다)
우 석	재판 도중에 이런 일은 별로 없지만 그렇게 될 거야. 어쩌면 너, 다시 조사받아야 할지 몰라. 성가시더라도 협조해줘.

태수, 그런 우석을 보다가 웃는다. 대충 짐작이 간다.

태 수	우석아.
우 석	어.
태 수	니가 해줘.
우 석	…. 싫어.
태 수	너 힘든 거 알어. 아는데…. 니가 해.
우 석	(고집스레 앞만 보고 있다)
태 수	난 널 알어. 너 같은 놈이 구형을 주면 나, 납득할 수 있어. 너 말고 다른 놈은 못 믿어. 너 말고 다른 놈이 나서서 내 죄가 어쩌고 그래봐. 나 속으로 그럴 거야. 웃기지 말고 너나 잘해라.
우 석	…… 나 광주에서 너 봤어.
태 수	?
우 석	(자기 앞을 본 채로 덤덤하게) 그때 나 계엄군이었다. 몽둥이로 사람들 패고 총 들고 쏴댔어. 그때 넌 시민군이었고. 광주에서 죽었다는 니 후배. 우리가 쏜 총에 맞았어. …. 너, 이제까지 나한테 속아왔어.

태수, 잠시는 놀라움에 우석을 보다가 문득 웃기 시작한다. 웃음이 잦아들고

침묵이 흐르다가.

태 수   그 다음이 문제야. 그리고 난 다음에 어떻게 사는지. … 하나는 너처럼 살고 하나는 나처럼 산 거야.

우 석   ……:

태 수   어이. 너 대단해. 진심이야.

우석, 그대로 앞을 보고 있는데 눈물이 고여든다. 문득 한 팔을 들어 눈을 가린다. 태수의 한마디가 내내 쑤시던 상처를 단숨에 어루만져놓았다.

태 수   우석아.

우 석   ….:

태 수   니가 해줘. 다른 놈은 싫다. …… 미안하다.

우석, 그 자세 그대로….

#51   윤 회장의 집 서재

혜린, 밤에 혼자 깨어 있다. 깊은 생각에 잠겨 있다가 문득 책상 위에 놓인 모래시계를 만지작거린다. 뒤집혀진 모래시계에서 모래가 떨어져 내리기 시작한다.

#52   법정

강동환 때와는 달리 썰렁한 방청석. 몇 명의 기자들의 모습도 더러 보인다. 문이 열리며 혜린이 들어선다. 혜린, 자리를 잡아 앉는다.
혜린이 보는 시선으로 앞쪽으로 우석이 들어와 검사석에 앉는다. 우석은 우울한 얼굴로 서류들을 정리해놓고 있다.
문득 우석, 얼굴을 든다.
교도관들과 함께 태수가 들어서고 있다. 하얀 한복을 입고 포승을 하고 있다. 혜린, 태수의 시선을 잡아볼까 해서 애타게 보지만 태수는 아무 데도 보지 않고 피고석에 앉는다.

정 리	일어나십시오.
	모두 일어선다. 세 명의 판사가 입장한다. (앞과는 다른 재판부)
	판사들 앉고.

정 리	착석.

모두 앉는다.

#53   법정 밖

영진, 혼자 계단 쪽에 걸터앉아 있다. 남자 기자 한 명, 부지런히 뛰어오다가 영진을 보고.

기 자	아직 시작 안 했어?
영 진	했을걸요.
기 자	뭐하고 있어?
영 진	담배 한 대 줄래요?
기 자	피지도 않는 담밴 아깝게….

투덜대며 담배 한 대를 빼준다.

기 자	안 가?
영 진	가요.

기자, 먼저 뛰어간다. 남은 영진, 담배를 입에 물고 그저 멍청히 앉아 있다. 겨울 하늘……. 그 위에 논고문을 읽는 우석의 목소리.

우석 소리 세상엔 상식이란 것이 있습니다. 무엇이 옳고 무엇이 그른지 모두가 알고 있는 기준이 상식입니다.

우석이 논고를 하고 있다.

우 석   물론 상식대로 사는 게 점점 어려워지고 있는 세상이며 시대라는 점을 인정
        합니다.

        태수, 자기 앞을 무심히 바라보고 있다.

우 석   사람들은 상식을 무시하고, 상식대로 살기 위해선 때로 고통과 용기가 필요하
        기도 합니다. 피고인은 지난 30년간 살아오면서 여러 번 선택의 기로에 섰었
        습니다. 그때마다 피고인은 좀 더 쉬운 길을 택했습니다.

        방청석에는 검사장도 뒷자리에 앉아 우석을 보고 있다. 그리고 뒷자리 어디
        쯤엔가 장도식도 온화한 얼굴로 앉아 듣고 있다. 장도식의 옆 몇 자리 건너엔
        눈에 띄게 배가 부른 선영이 앉아 있다.

우 석   (계속) 자신의 힘을 사용하고 힘 있는 자에게 붙어 지름길을 택하려 했습니
        다. 그것은 상식대로 살고자 애쓰는 대다수 서민들의 희망을 꺾은 것이고 그
        것이 피고인의 첫 번째 죄입니다.

        우석, 잠시 말을 멈춘다. 이마에 송골송골 배어 나와 있는 땀. 모두 주시하고
        있는 가운데 우석, 손수건을 꺼내 이마의 땀을 닦는다. 선영은 손수건으로
        입을 막고 울음을 참고 있다.

우 석   본 검사가 피고인을 인지수사 하고 공판까지 하면서 줄곧 느껴온 것은 피고인
        은 과거의 잘못을 충분히 반성하고 있다는 점입니다.

        혜린, 희망을 가지고 우석을 본다.

우 석   그러나 (멍하니 허공을 향한 채 외우는) …… 우리는 반성하는 사람은 용서할

수 있어도, 그 죄는 용서할 수가 없습니다. ···· 이 세상의 상식을 지키기 위해서입니다. (용기를 내어 논고장을 들어 읽는) 본 검사는 피고인의 이러한 제 정상을 감안하여 범죄단체 조직 및 폭력행위 등 처벌에 관한 법률위반, 살인, 및 특수도주죄를 적용···.

우석, 태수를 본다.
태수, 천천히 우석을 돌아본다.
우석, 말을 못 하고 있다. 태수, 얼핏 미소가 스친다.

우 석   사형을 구형합니다.

혜린, 비명이 나오려는 것을 손으로 막는다. 검사장, 우석을 보고 있다.
우석의 손에서 떨어진 논고장이 바닥으로 떨어져 내린다.
(시간 경과)
다른 날 선고 공판.

판 사   박태수. 일어서요.

태수, 일어선다. 구형 때와는 색깔이 다른 한복 차림.

판 사   1957년 5월 17일생 맞습니까?
태 수   예.

판사, 판결문을 낭독하는 모습이 아스라하게 보인다.
태수, 천천히 주위를 둘러본다. 태수의 시선에 비치는 모습들···. 검사석의 우석, 뚫어져라 판사를 보고 있다가 절망적으로 태수 쪽을 돌아본다. 방청석의 사람들, 더러 태수를 돌아보기도 하고···. 그중에 혜린의 모습이 있다. 혜린, 눈물이 가득한 눈으로 두 손을 가슴에 모아 잡고 태수를 보고 있다. 그 모습을 기억에 담아둔다.
판사가 태수를 올려다본다. 문득 들려오는 소리.

판 사 ···· 피고인을 사형에 처합니다. 주문과 같이 판결합니다.

봉을 땅땅 두들긴다.
태수, 마지막 의지로 굳건히 서 있다.

#55 법정 밖

장도식, 걸어 나오고 있다. 우두커니 앉아 있는 영진의 앞을 지나쳐간다. 영진은 지나가는 자가 누군지 상관없이 혼자의 허무함에 빠져 있다. 장도식은 대기해 있던 차의 뒷자리에 올라타고 차는 출발한다.

#56 거리

추운 날씨에 총총히 걸어가는 사람들···. 보도블록 위에는 선거 전단들이 휴지처럼 날리고 있다. (대통령 선거를 위한 전단들··) 그 위에 자막 혹은 날짜와 신문의 제호로.

자막: 1987년 10월 31일
　　　재야인사 123명 야당의 대통령 후보 단일화 촉구

미화원 한 명이 낙엽을 쓸듯 전단들을 쓸어 담고 있다.

자막: 1987년 11월 12일
　　　평화민주당 창당. 총재, 대통령 후보에 김대중

전파상 앞에 초라한 모습의 시민 둘이 텔레비전을 보고 있다.

자막: 1987년 12월 16일
　　　제13대 대통령 선거 실시. 노태우 당선

그들이 보고 있는 텔레비전에서는 구로구청 부정선거 항의 농성 장면이 뉴스로 방송되고 있다.

자막: 전국 11개 도시에서 부정선거 규탄 시위

텔레비전을 보고 있던 시민 두 명, 무심한 얼굴로 자리를 떠나 각기 갈 길로 간다. 미화원이 청소수레에 쓸어 모은 전단을 담고 있다. 쓰레받기를 탕탕 턴다.

#57   감방

문이 덜컹 열린다. 태수, 고개 들어서 본다. 거기 서 있는 교도관들. 세 명.

#58   사형장 가는 길

오전 10시경.
수갑을 차고 교도관들 사이에 끼어 걷던 태수, 문득 걸음을 멈춘다. 양 갈래 길 한쪽에서 기다리던 교무계장과 담당이 다가온다. 태수의 양쪽에 바싹 붙어 선다.
태수, 순간 휘청이는 무릎을 세우고 뒤를 돌아본다. 세 명의 연출조(교도관) 사이로 그가 기거하던 감방 건물이 보인다. 태수, 천천히 걸음을 옮겨놓기 시작한다. 그 건물들 사이로 올려다보이는 좁은 하늘.

#59   사형장 내부

들어서는 태수의 눈에 남쪽 벽을 가리고 있는 흰색 천이 보인다. 흰색 계통의 내벽. 천장에는 낮임에도 불구하고 백열등이 빛나고 있다.
태수, 반대쪽을 본다. 20여 명이 서 있는데 침묵 그 자체……. 그 사이에서 태수, 우석을 발견한다.
마룻바닥의 앞쪽에는 높이 60센티미터쯤의 강단이 있다. 강단과 마루 사이엔 경계목이 박혀 있다. 강단의 가운데에는 탁자가 놓여 있고, 그 뒤에 세 사람이 앉는다. 가운데가 구치소장, 그 오른쪽이 검사의 자리이다.
탁자 위에는 검은 보자기가 덮여 있고, 그 위에는 두툼한 서류뭉치가 놓여 있다. 구치소장이 앉은 자리 왼편에 작은 탁자를 두고 명적과 직원이 앉는다. 유언을 적기 위해서다. 그 뒤 의자에 목사와 신부와 스님이 앉아 있다. 강단 바로 밑 구치소장의 눈 아래 마룻바닥에 돗자리가 깔려 있다. 사형수는 그 돗자리 위에 편하게 앉혀진다. 그의 양쪽엔 교무계장과 담당이 서고 뒷편엔 세 명의 연출조가 선다. 양쪽 측문에 세 명씩 모두 여섯 명의 보안과 직원이 서서 계호한다. 돗자리에 앉혀지는 태수.

구치소장 몇 번이죠?

태 수 (잠시 목소리를 내지 못하다가) 1925번.

구치소장 성명은?

태 수 박태수.

구치소장 생년월일을 말씀해보세요.

태 수 1957년 5월 17일.

구치소장 1925번 박태수는 1986년 3월 2일 1심에서 사형선고를 받았습니다. 맞죠?

태 수 … 예.

우석, 결국 고개를 돌려버린다.

구치소장 항소를 포기했지요?

태 수 예.

구치소장 그래서 사형이 확정되었습니다. 법무부장검사관의 명령에 따라 지금 이 자리에서 사형을 집행하겠습니다. 유언이 있으면 하시죠.

태수, 우석을 본다. 우석은 고개를 돌리고 있다.

태 수 우석아.

우석, 괴로움으로 태수를 본다. 태수, 고갯짓으로 가까이 오라고.
우석, 자리에서 일어난다.
보안과 직원 한 명, 놀라서 다가오려는 것, 구치소장이 손을 들어 막는다.
우석, 태수에게 다가가 한 무릎을 꿇어 가까이.

태 수   (우석의 귀에 대고 낮게) 미안하다. 여기까지 오게 해서….
          태수의 목소리는 어쩔 수 없이 메말라 갈라져 있다.

우 석   (목이 메며) 금방… 끝날 거야.
태 수   나 떨고 있냐?
우 석   … 아니.
태 수   그게 겁나… 내가 겁낼까봐….
우 석   (눈물을 삼키며) 너 괜찮아.
태 수   그래.

          태수, 더 말이 없다. 우석, 일어선다.

구치소장   유언 없습니까?

          태수, 창밖의 빛을 찾아보는가 싶더니 눈을 감는다. 기다리는 자세. 우석, 휘
          청이듯 강단으로 올라와 돌아보지 않은 채 벽을 향해 섰다. 태수의 뒤에 있던
          자가 태수에게 용수를 씌운다.
          문득 태수, 눈을 뜬다. 어쩔 수 없는 공포 속에서 태수, 마지막 세상의 한 점
          을 본다. 커튼 뒤의 직원, 포인트를 젖힌다. 어두움….

#60   지리산

          옛날 태수와 우석이 태수 모친의 재를 뿌렸던 자리. 계곡과 능선….
          검은 상복을 입은 혜린, 유골단지를 감싸 안은 채 하염없이 앉아 있다.
          그 옆에 우석. 그렇게 나란히 앉아 계곡을 보며.

우석 소리   이제 그만 보내줘.
혜린 소리   어디로?
우석 소리   어디든 여기 아닌 데로.

          혜린, 재를 한 줌씩 뿌리기 시작한다.

혜린 소리 이 사람 이렇게 보내는 걸로 뭐가 해결됐어?

우석 소리 ··· 아직은··· 아무것도.

혜린 소리 그런데 꼭 보내야 했어?

우석 소리 아직이라고 말했잖아. 아직은 몰라···.

노을 진 계곡이 내려다보이는 산등성이 한곳에 나란히 실루엣으로 보이는 두 사람. 노을 안으로 흩어지는 태수의 재. 그 위로 들리는 우석의 목소리.

우석 소리 그럼 언제쯤이냐고 친구는 묻는다.

나는 아직 끝나지 않았다고 대답한다.

어쩌면 끝이 없을지도 모른다.

그래도 상관없다고. 먼저 간 친구는 말했다.

그 다음이 문제야. 그러고 난 다음에 어떻게 사는지.

그걸 잊지 말라고.

24부 THE END

1975년 4월 8일, 긴급조치 7호 선포

긴급조치란, 천재지변 또는 국가존립을 위태롭게 하는 사태가 발생될 경우, 국가의 안전보장과 공공의 질서가 위협받을 우려를 대비해 대통령이 국정 전반에 걸쳐서 내리는 특별한 조치를 말한다.

1975년 봄, 고려대를 비롯한 여러 대학에서는 개강을 맞아 격렬한 반정부 시위가 다시 시작되었고, 이에 정부는 1975년 4월 8일 긴급조치 7호를 선포해 군대를 진주시킴으로써 고려대와 서울대는 휴강하기에 이르렀다.

1978년 2월, 동일방직 사건

인천시 만석동에 동일방직 공장이 있었다. 다른 공장에 비해 보수가 좋았으나, 공장 환경은 열악하기 그지없었다. 32도가 넘는 실내 온도에 항상 먼지가 날렸으며 기계 소음이 너무 심해 의사소통이 불가능할 정도였다.

1972년 5월 10일, 동일방직에서 우리나라 최초로 여성 노조위원장이 선출되었다. 이때 선출된 주길자 위원장은 민주적인 노동조합을 만들어갔고 그 후에도 여성 위원장이 계속 선출되었다. 그러자 회사는 집행부를 남성으로 바꾸기 위해 방해 공작을 펼치며 남자 조합원들을 매수하기도 했다.

　1976년 7월 23일 이영숙 위원장이 경찰에 연행되자 수백 명의 조합원은 위원장의 석방을 요구하며 농성에 들어갔다. 이들을 저지하기 위해 경찰이 들이닥치자 노조원들은, 옷을 벗은 여자의 몸에는 손을 대지 않을 것이라는 생각에 옷을 벗고 저항했으나, 경찰들은 아랑곳하지 않고 조합원들을 끌고 갔다.

　1977년 4월 또 여성인 이총각 위원장이 선출되었고, 대의원 선거 하루 전날인 1978년 2월 20일에는 회사의 사주를 받은 남자 조합원들이 노동조합 사무실로 쳐들어와 투표함을 부수고 위원장에게 욕설을 퍼붓기도 했다. 대의원 선거 당일 새벽 5시 50분쯤에는 5~6명의 남자 사원이 다시 사무실로 쳐들어와 방화수통에 똥물을 담아 마구 뿌려대며 횡포를 부렸다. 이런 사태를 방지하기 위해 현장에는 노조에서 요청한 경찰들이 있었으나 방관만 하고 있었다.

　이 사건 이후 이총각 위원장을 포함하여 노조 집행부를 반조직 행위자로 낙인찍어 제명했다. 결국 노조원들은 TV와 라디오 생방송 중에 "노동3권을 보장하라" "우리는 똥을 먹고 살 수 없다"라고 외치며 농성했고, 전원 구속되었다. 노조원들은 끈질기게 저항했으나 결국 해고되었고 해고자들을 블랙리스트로 만들어 전국의 사업장으로 보내 다른 회사에 취업할 수 있는 길을 막아버렸다.

1979년 6월, YH 사건

가발 수출이 호황을 맞이하자 1966년에 설립한 YH 무역은 창업 4년 만에 대기업으로 성장했다. 하지만 1975년 YH 무역은 점점 기울어가고 있었다. 같은 해 6월에는 노조가 설립되었으며, YH 노조는 동일방직, 원풍모방 노조와 함께 섬유 업계 3대 민주노조가 되었다.

1979년, YH 무역이 경영난으로 문을 닫는다고 일방적인 폐업 공고를 냈고, 노조는 이를 받아들이지 않았다. 하루아침에 직장을 잃은 노조원들은 자신들의 처지를 세상에 알리기 위해 1979년 8월 9일, 신민당사를 찾아가 농성을 시작했다. 그러나 신민당사에 경찰이 투입될 움직임이 보이자 일부 노동자들이 투신자살을 하는 등 강력하게 저항했다.

결국 8월 11일 새벽 2시, 천여 명의 경찰이 신민당사에 난입하여 폭력을 휘두르며 노동자들을 강제 연행했는데, 이때 노조 집행위원장이 사망했다. 노조뿐만 아니라 신민당 의원들과 취재하던 기자들도 경찰에게 구타당해 중경상을 입었으며, 노조원들을 진압하는 데 걸린 시간은 불과 23분밖에 걸리지 않았다. 그 후 경찰은 YH 무역 노조원을 구속했으며, 배후 조종을 했다며 문익환 목사, 이문영 교수, 인명진 목사, 서경석 목사, 시인 고은 등 5명도 구속했다.

1979년 10월, 김영삼 의원 제명

　YH 사건에 분개한 김영삼 의원은 1979년 9월 10일 '박정희 정권 타도를 위한 범국민적 항쟁'을 선언했으며 "미 정부가 박 정권에 대한 지지를 철회해야 한다"고 《뉴욕 타임즈》를 통해 주장하기도 했다. 이에 집권당인 공화당은 김영삼의 발언을 '반국가적 발언'으로 규정하고 김영삼의 의원직을 박탈하기에 이르고, 국회 본회의장이 아닌 의원총회장에서 비공개로 김영삼 의원 제명 결의안을 변칙 통과시켰다.

1979년 10월 18일, 부마민주항쟁

　YH 사건과 김영삼 의원 제명 등으로 민심은 점점 정부에게서 멀어져갔다. 결국 1974년 이후 단 한 번도 데모가 없었던 부산대학교에서 독재 타도를 외치며 대규모 데모가 일어났다. 데모를 하는 학생 수는 점점 늘어나 4천여 명이 집결했으며 이들은 교문 밖으로 진출하려 했으나 경찰들의 무력 진압으로 물거품이 되었다. 그러자 학생들은 부산역으로 몰려갔고 길거리 시민들도 동참하기 시작했다. 결국 점점 늘어난 시위대로 인해 파출소가 점령당하기도 했다.

10월 17일 부산대에 임시휴교 조치가 내려지고 동아대 학생들도 데모에 가세하면서 시위는 시내 곳곳으로 퍼져 나갔다. 시민들까지 합심하여 시위에 가담한 것은 박정희 정권 출범 후 처음 있는 일이었다. 시위가 확산되자 10월 18일 부산 지역에 비상계엄이 선포되고 공수부대가 투입되었다.

이후 부산은 다시 침묵했으나 이 항쟁은 마산으로 번져갔다. 부산에 계엄령이 선포되었다는 소식이 들린 10월 18일, 마산의 대학생과 시민들은 격렬하게 시위를 했고 이에 정권은 10월 20일 마산·창원 지역에도 군대를 보내 시위를 봉쇄했다. 이로써 부마민주항쟁도 막을 내리게 되었지만, 이 사건은 전국으로 알려져 민주화운동의 불씨를 당겼다.

1979년 10월 26일, 박정희 대통령 사망

약 18년 동안 권력을 쥐고 있었던 박정희 대통령이 1979년 10월 26일 만찬 도중 살해당했다. 당시 중앙정보부장이었던 김재규는 박정희에 대한 불신과 차지철 경호실장에 대한 반감이 쌓여 있었다. 부마민주항쟁을 진압하는 과정에서도 박정희는 김재규가 아닌 차지철의 손을 들어주는 등 김재규의 불만은 점점 차오르고 있었고 결국 김재규는 총으로 차지철과 박정희를 살해했다. 이 사건을 계기로 박정희의 유신 정권은 막을 내리지만, 전두환이라는 더 큰 괴물의 등장을 불러오게 되었다.

1980년 5월 18일, 광주민주화항쟁

1980년 5월 18일부터 27일까지 광주에서 전개된 민주화항쟁으로 한국 현대사 최대의 사건으로 평가받고 있다.

박정희가 사망하자 이때를 틈타 전두환, 노태우가 주축이 된 신군부 세력이 쿠데타(12·12사태)를 일으켜 정치권을 장악했다. 군사 독재가 재발하자 국민 저항 운동은 전국적으로 확산되었고 신군부는 1980년 5월 17일 비상계엄령을 전국으로 확대했다. 1980년 5월 18일 광주시 역시 비상계엄군이 각 대학을 장악했고 이에 전남대학교 학생과 비상계엄군 간에 충돌이 일어났다. 계엄군에게 구타를 당한 학생이 속출하자, 학생들은 계엄철폐를 외치며 광주 중심인 금남로로 진출했다. 계엄군과 공수부대원들이 시위 학생들을 향해 무차별 총격을 가하고 사망하는 학생들도 늘어났다. 결국 광주 시민들도 시위에 동참하자, 군인들은 남녀노소 상관없이 닥치는 대로 체포하고 학살하기에 이르렀다. 광주 외곽으로 벗어나는 시민들도 있었으나 군대는 탱크까지 동원하여 시외로 향하는 도로를 모두

차단했으며 이에 불응하는 시민들을 사살하기도 했다. 결국 5월 27일까지 총 2만 5천 명에 달하는 군인이 투입되었으며, 수많은 사람들이 희생당했다.

삼청교육대

1979년 쿠데타로 권력을 장악한 신군부는 1980년 5월 31일 국가보위비상대책위원회(국보위)를 설치했다. 국보위는 안보태세 강화, 사회안정 등 국가기강을 확립한다는 명분으로 '삼청교육대'를 만들었다.

약 80만 명의 군인과 경찰이 투입되어 1980년 8월 1일부터 1981년 1월 25일까지 '불건전한 생활 영위자 중 현행범과 재범 우려자, 사회풍토 문란사범, 사회질서 저해사범' 등 총 6만 755명을 체포했다. 이들을 A, B, C, D의 4등급으로 분류하여 A급은 군사재판 또는 검찰 인계, B급은 순화교육 후 근로봉사, C급은 순화교육 후 사회복귀, D급은 훈방 조치되었다.

순화교육 대상자 가운데는 학생과 여성도 포함되어 있었으며, 전과가 없는 사람도 35.9퍼센트나 포함되어 있어 '불량배 소탕'이라는 명분과는 달리 억울하게 검거된 사람들도 많았다. B, C급으로 분류된 사람들은 4주를 원칙으로 교육하되 죄질에 따라 2주 동안 훈련한 후 조기 퇴소를 하기도 했다. 순화교육은 주로 힘든

육체 훈련이었으며, 구타가 빈번하게 일어났다.

　국보위에서는 삼청교육을 마친 사람들에 대해 전과를 말소해주는 등 갱생의 기회를 주겠다고 약속했지만, 그 기록은 고스란히 경찰 기록에 남아 있었다. 게다가 지속적인 보호관찰 및 자료로 활용하기 위해 전산기록으로 만들어 사후관리 기록카드를 작성하기도 했다.

The
    Sandglass..